世界文学与文化论坛

郝岚　吕超　主编

比较文学讲稿

黎跃进　著

南开大学出版社

天　津

图书在版编目(CIP)数据

比较文学讲稿 / 黎跃进著. —天津：南开大学出
版社，2021.1
（世界文学与文化论坛）
ISBN 978-7-310-05988-1

Ⅰ.①比… Ⅱ.①黎… Ⅲ.①比较文学－文集 Ⅳ.
①I0－03

中国版本图书馆 CIP 数据核字(2020)第 238145 号

比较文学讲稿
BIJIAO WENXUE JIANGGAO

南开大学出版社出版发行
出版人：陈　敬
地址：天津市南开区卫津路 94 号　　邮政编码：300071
营销部电话：(022)23508339　营销部传真：(022)23508542
http://www.nkup.com.cn

三河市同力彩印有限公司印刷　全国各地新华书店经销
2021 年 1 月第 1 版　　2021 年 1 月第 1 次印刷
230×170 毫米　16 开本　23.5 印张　2 插页　361 千字
定价：96.00 元

如遇图书印装质量问题，请与本社营销部联系调换，电话：(022)23508339

总　序

比较文学作为一门国际性学科，在欧美已有一百多年的发展历史。自 20 世纪初传入中国后逐渐发展壮大，于 80 年代中后期逐渐成为显学。天津师范大学的比较文学教学和研究活动便是在这一背景下展开的。自 1982 年中文 系组织编写《比较文学概论》讲义以来，已有三十多年的发展历程。

经过中文系相关教师的多年努力，在各级领导和前辈学者的支持下，天津师范大学比较文学学科发展迅速，在 1993 年国务院第五批学位点申报工 作中，成功获批为全国最早招生的比较文学硕士点之一①。2003 年，在国务院第九批学位点申报时，该学科顺利获得博士学位授予权。2005 年，"外国文学史"精品课获批国家级精品课，2006 年，该学科成功获批天津市重点学科。2009 年，以该二级学科为基础，文学院中国语言文学一级学科申报设立博士后科研流动站的申请获得批准。2011 年，我校中国语言文学一级学科获得博士学位授予权。

"十二五"期间，该学科教学团队共有教师 10 人，其中博士生导师 6 人，高级职称教师占团队人数的 80%。多年来，该团队教师发挥自身在科研和教学等方面的优势，始终以教学为本，潜心科研。在教学、科研、学科建设等重要中心工作中敢挑重担，勇担责任，为学校、学院发展作出了突出贡献。学科团队老中青相结合，学缘结构合理，研究方向全面，学术实力充沛。

近年来，团队在科研方面取得了丰硕的成果，获批国家社科基金重大项目 2 项，重点项目 1 项，一般项目 6 项，省部级重点项目 2 项，省

---

① 部分院校原有外国文学硕士点，当时这两个学科尚未合并。1998 年，国家才将原"比较文学""世界文学"合并为"比较文学与世界文学"一个学科。

部级一般项目7项。在第十三届（2014）和第十四届（2016）天津市优秀社科成果省部级奖项中，团队成员共获得一、二、三等奖各2项。

在努力科研的同时，团队成员也倾心教学，着力提高教学质量，建设精品课程。作为"十二五"综投教学创新团队，本团队原有的国家级精品课"外国文学史"也已成功转型升级并入选"第三批国家级精品资源共享课立项名单"；"比较文学"课程获批天津市级精品课；"中外文学经典与文学精神"成为天津市普通高校"慕课"教学试点课程。在教材出版方面，出版教材20余部，其中"十二五"国家级规划教材4部。指导的学生毕业论文多次获得"天津市优秀博（硕）士学位论文"或"本科优秀毕业论文"，培养了数百名博士和硕士研究生，遍布大江南北，其中相当一部分在国内高等学府任教，成为该领域的学术骨干。

本团队经过多年的努力，获得同行与专家的认可。近年来，团队成员1人获得全国五一劳动奖章；1人入选"教育部新世纪优秀人才支持计划"；3人获得"天津市教学名师"称号；2人获得"霍英东教育基金会高等院校青年教师奖"三等奖及天津市青年教师教学基本功大赛一、二等奖；4人次被评为天津市学科领军人才和天津市高校中青年骨干教师，3人次获天津市"131创新型"第一、二、三层次人才称号；6人次分别赴哈佛大学、牛津大学、斯坦福大学等国际著名大学交流进修。

呈现给读者的这套丛书命名"世界文学与文化论坛"，其出版获得了天津市"十二五"综投教学创新团队的经费支持，也感谢天津师范大学各级相关领导的大力支持。这是我校比较文学与世界文学教学团队多年沉浸于教学科研的特色成果总结。当然，这还只是万里长征的第一步，团队成员将再接再厉，进一步发挥传统优势，融汇创新思维，与时俱进，以科研带教学，用教学促科研，在多方面取得更大的成绩。

天津师范大学"世界文学
与文化论坛"编委会
2017年6月

目　录

上编　比较文学：原理与实践

下编　中外文化、文学之交流与比较

6

上编　比较文学：原理与实践

第一章　作为一门独立学科的比较文学

比较文学作为一门独立学科，有其自身特有的学科属性、独特的研究对象和发展历史。其确立于 19 世纪后半期，最早形成于法国。20 世纪比较文学逐步繁荣，尤其是 20 世纪后半期，随着世界殖民体系的瓦解，东方新生民族国家的独立和发展，比较文学研究中的"西方中心论"被突破，比较文学发挥跨越文化体系、平等对话的优势，"盛行世界各国，发展极其迅猛，现在已成为国际文坛最有活力、最有成就、最受人青睐的学科之一，因而被认为是当今世界上的一门'显学'"①。

第一节　比较文学产生发展的文化原因

一、时代的文化原因：20 世纪文化转型与应对文化危机的诉求

20 世纪以来人类文化处于转型当中。造成转型的原因有几个方面：（1）科学技术高度发达给人类生活带来前所未有的巨变；（2）殖民体系

---

① 陈惇、孙景尧、谢天振主编：《比较文学》，高等教育出版社 1997 年版，第 3 页。

瓦解和冷战结束从根本上改变了世界格局；（3）人类思维方式的发展开辟了前所未有的新视野。

转型当中出现了文化危机。由文化中心论、文化相对论和高科技对人类"物化"的威胁，带来了一系列两难处境：文化的多元与一元；整体化与零碎化；一体化与相对化；全球化与本土化。应对危机的途径，即沟通和理解。怎样沟通？哈贝马斯"互为主观"的理论和中国"和而不同"的理论可以给人们一些启示。

文学是沟通最好的切入点。每种文化体系都有自己的文学，文学关注的是人的心灵和感情，较少功利打算和利益冲突，在不同文化中有着较多的共同面。因此，对不同文化体系的文学进行跨文化的比较研究，是寻求文化沟通的最好途径。

二、根本的文化原因："全球化"与"本土化"的冲击碰撞

关于比较文学产生与资本主义的关系，马克思和恩格斯在《共产党宣言》中论述道：

> 资产阶级，由于开拓了世界市场，使一切国家的生产和消费都成为世界性的了……过去那种地方的和民族的自给自足和闭关自守的状态，被各民族的各方面的互相往来和各方面的互相依赖所代替了，物质的生产是如此，精神的生产也是如此，各民族的精神产品成了公共财产。民族的片面性和局限性日益成为不可能，于是许多民族的和地方的文学形成了一种世界的文学。[①]

资本主义已经经历了三个阶段：（1）工业资本主义（自由资本主义），以蒸汽机引发的工业革命为基础，是一个自由竞争、开拓、发展和残酷的资本积累阶段；（2）垄断资本主义（帝国主义），以电气化和两次世界大战为特征；（3）后资本主义（信息资本主义），以电脑化、信息化为特点，世界开始变小了。信息资本主义全球化意识形成，构成了对人类文化进行综合、宏观研究的基础。但同时，由于殖民体系瓦解，垄断崩溃，发展中国家民族意识逐渐觉醒。因此，全球化意识主要表现为表层文化

---

① 马克思、恩格斯：《马克思恩格斯选集》第 1 卷，人民出版社 1972 年版，第 254-255 页。

（如生活方式），在文化的深层，仍然存在一股强大的潜流：一种反对整齐划一的反冲力，一种肯定自己独特文化的强烈愿望，一种抵制外来影响的情绪（如世界各国对民族文化的弘扬等）。

文化反弹现象。彼此越相似，就会越强调各自的独特性。政治、经济的多元化趋势促使人们自觉地保持自身文化的特点。20世纪末，民族主义在全世界有泛滥之势（苏联解体、波黑战争、巴以冲突、"9·11"事件、泛突厥主义等）。

在文学领域，20世纪文学一方面是文学思潮的世界化，如现代主义、后现代主义；另一方面又盛行"寻根文学"，即从各自的民族源头寻求文学的灵感和表现力，如沈从文、莫言、福克纳、川端康成、马哈福兹、阿格侬、索因卡等中外作家的创作都是对民族传统的现代观照。

正是这种"全球化意识"和"本土化"追求之间的碰撞，为比较文学在20世纪以来的发展提供了文化依据。

三、内在的文化原因：人类文化同质和异质的对立统一

"全球化意识"的形成，使得人们开始以宏观的、整体的视角对人类文化进行综合的研究。爱因斯坦将宇宙作为研究对象、弗洛伊德将人类意识作为研究对象、马克思将人类社会作为研究对象，都是把人类当成一体来把握，就是因为人类文化具有同质的一面。正由于人类文化的同质性，人类表现出大体相似的文化进程，我们可以用"神话时代""英雄时代""宗教时代""工业时代"来概括人类的文明进程。也正因这种"同质"，我们公认在公元前600年至公元200年之间，当时的文明古国出现了一场深刻的精神变革，中国、印度、波斯、希伯来、希腊都出现了一批先贤圣人（中国的孔子、老子；印度的释迦牟尼；波斯的琐罗亚斯德；希伯来的以赛亚、耶利米；希腊的毕达哥拉斯、苏格拉底、亚里士多德、柏拉图；等等），他们对人类生存的宇宙环境、人类自身的处境等作出了系统的解释。这些解释所形成的理论学说，奠定了各自文明的宗教-伦理价值基础。他们对各大文明体系的影响至今无人可以匹敌，影响之深之大，无出其右者。德国学者雅斯贝斯把这几百年称为"人类历史的轴心期"。

正是由于这些先贤圣人的认识和解释的不同，形成了人类文化的多

元源头，出现了不同文化的"异质"。到"宗教时代"确立了人类四大文明不同的"宗教-伦理价值体系"：（1）西方基督教——其理想是彼岸性和超越性的，但罗马教会俗念未尽，基督教徒常陷入出世和入世的二元分裂痛苦中；（2）伊斯兰教将彼岸理想与穆斯林帝国的圣战融为一体，把对真主安拉的热诚体现在通过武力和军事进行的扩张活动中，理直气壮地投身于世俗的功业和军事扩张活动中；（3）佛教和印度教——强调业报轮回，是六根清净的出世宗教，追求涅槃成佛；（4）儒家学说——是一种积极入世的理论体系和实践规范，强调大同理想不在彼岸，而在日常的道德伦常之中。

不仅不同的文明体系在一些根本的价值观念上存在差异，而且同一文明体系内不同族群、不同国家，由于其演变进程的不同，也有差异。由此，文化的同质与异质的对立统一，就有了比较的基础。完全同质，甲等于乙，没有比较的必要；完全异质，甲和乙全不相干，则没有比较的可能。

文学是文化的缩影，有"小文化"之称。文化的同质和异质的对立统一，表现在文学领域，也是同质和异质的对立统一。人类文学的同质：在文学的内容、内在结构、文学功能和文学进程上都有一致的一面。人类文学异质的一面：即使面对同样的人生问题，其思考结果、表达方式也多种多样，并传达出不同的文化信息。

第二节　比较文学的定义和性质

作为一门学科的规范，尤其是入门阶段的学习，必须有一个能概括学科内涵（实质）和外延（对象、范围）的定义。

一、前人定义及其评析

国内一些权威学者对"比较文学"从不同角度加以定义。列举几位学者的看法如下。

季羡林："顾名思义，比较文学就是把不同国家的文学拿来比较。这也可以说是狭义的比较文学，广义的比较文学是把文学同其他学科来比较。包括人文科学与社会科学，甚至自然科学在内。"①

钱锺书："比较文学，作为一门专学科，则专指跨越国界和语言界限的文学比较。"②

乐黛云：比较文学"是文学研究的一个分支，它是历史地比较研究两种以上民族文学之间相互作用的过程，文学与其他艺术形式以及其他意识形态相互关系的学科"③。

孙景尧："比较文学是超越国界和语言界限的文学研究，是研究两种或两种以上民族文学彼此影响和相互关系的一门文艺学学科。它主要通过对文学现象相同与殊异的比较分析来探讨其相互作用的过程以及文学与其他艺术形式和社会意识形态的关系，寻求并认识文学的共同规律，目的在于认识民族文学自己的独创特点（特殊规律），更好地发展本民族文学乃至世界文学；它是一门有独立的研究对象、范畴、目的、方法、历史的文艺学学科。"④

曹顺庆："比较文学是以世界性眼光和胸怀来从事不同国家、不同文明和不同学科之间的跨越式文学比较研究。它主要研究各种跨越中文学的同源性、类同性、异质性和互补性，以影响研究、平行研究、跨学科研究和跨文明研究为基本方法论，其目的在于以世界性眼光来总结文学规律和文学特性，加强世界文学的相互了解与整合，推动世界文学的发展。"⑤

这些"比较文学"的定义，在中国比较文学复兴的 20 世纪八九十年代，为学界对这门学科的认识提供了视角。但大多由于时间比较早，对比较文学的理解或者比较感性，或者忽视学科的目标，或者未能将比较文学与其他文学研究、甚至文化研究作很好的区分，或者概念成串、表述繁复。因此，我们必须进一步深入阐述作为一门独立学科的比较文学的本质属性，探讨一个既清晰明确、又能揭示比较文学学科内涵和外延的定义。

---

① 杨周翰、乐黛云主编：《中国比较文学年鉴（1986）》，北京大学出版社 1987 年版，第 70 页。

② 杨周翰、乐黛云主编：《中国比较文学年鉴（1986）》，北京大学出版社 1987 年版，第 48 页。

③《中国大百科全书（外国文学）》第 1 卷，中国大百科全书出版社 1982 年版，第 135 页。

④ 卢康华、孙景尧：《比较文学导论》，黑龙江人民出版社 1984 年版，第 76 页。

⑤ 曹顺庆等：《比较文学论》，四川教育出版社 2002 年版，第 47 页。

二、本书的定义与关键词阐释

作为定义，必须包括学科的目标、实质、方法、对象等，还要求简洁扼要。我们试定义"比较文学"：

> 比较文学是以探寻人类文学共同规律和民族文学特色为宗旨，以跨文化研究为实质的文学研究；它以对话作为方法论基础，对不同文化体系的文学之间的历史事实关系、美学价值关系、学科交叉关系进行汇通的研究。

这一定义综合了前面定义的内容，又融入了我们对比较文学学科一些基本问题的理解。

首先，我们必须明确比较文学的学科宗旨。比较文学是同时探讨人类文学共同规律和民族文学特色的文学研究学科。它不同于一般的国别文学研究。国别文学研究只是在一个文化体系内探索文学的发展演变，可以看到民族文学发展演变的独特性，但达不到寻求人类文学共同规律的目的。而且，其民族文学特色没有其他民族文学的参照，只是自说自话，"特色"无从谈起。其次，比较文学也不同于一般的文学理论研究，文学理论研究的是文学的普遍性规律，忽略的是各自民族文学的独特性。只有在比较文学研究中，我们才能够通过跨文化的文学比较研究，在互为参照中对"人类文学的共同规律"和"民族文学特色"两个方面都进行自觉的把握。在比较文学研究中，这两者是一个问题的两个方面，互为表里，互相依存，两者不容分割。我们概括"人类文学共同规律"时，是建立在多种文化体系的文学特色基础上，对文学共性进行把握；讨论"民族文学特色"的时候，是在不同文化体系的文学中比较"特色"。

任何一门独立的学科，在它明确而独特的研究宗旨之外，都还有一套专门的概念术语，以支撑学科的理论构架。"比较文学"是一门还在发展中的学科，其理论体系有待进一步完善，但它的基本理论框架已经形成。这里，我们就定义中的几个关键词谈谈看法。

（一）跨文化：比较文学的学科实质

不少论者在定义"比较文学"时，常用"跨国界、跨语言、跨民族、跨学科"等词，其实，"跨文化"才是比较文学的本质所在。"跨文化"

是"比较文学"区别于别的文学研究学科的根本点，也是确定研究课题是否属于"比较文学"的根本依据。"跨国界""跨语言""跨民族"其实都是"跨文化"表现的外在形式，背后的内蕴都是"文化"。一种"语言"，是一种"文化"的结晶；"民族"的本质是文化问题；"国家"是人为的行政区划，在历史长河中，其分分合合变数很大。因此，"跨国界""跨语言""跨民族"等都只是一种感性的表述。在学理层面，"比较文学是跨文化的文学研究"，才是比较准确的表述，才能体现比较文学的学科实质。

在研究实践中，我们可以看到大量与"跨国界""跨语言""跨民族"的界定相左的事实。如蒙藏民族文学的比较研究没有跨越国界，但属于比较文学的课题；英国文学和美国文学的比较研究，印度英语作家的创作与英国文学比较，都没有跨越语言，但都是比较文学研究；海外华文文学和中国本土文学的比较研究，也没有跨越语言，也是比较文学；印度人祖先和伊朗人祖先都是雅利安人，他们的古代文学比较，当然是比较文学。

这里的"跨文化"，包括两个层面：一是跨越文学所属的文化体系；二是跨越文化大系统中与文学同一层级的子系统，即跨学科。这样，对"跨学科研究"这一比较文学研究的独特类型的"跨文化"也能作出合理的解释。对于"跨学科研究"，有论者认为其不属于比较文学，认为"跨学科的文学研究必须同时又是跨文化的研究，那才是比较文学，……单单'跨学科'不是比较文学研究"①。这是对"跨文化"理解的窄化。

而且，更重要的是，强调"跨文化"暗寓比较文学研究必须进入文化层面的研究，这才使得比较文学研究更具有深度和生命力。

（二）对话：比较文学的方法论基础

这里说的"方法论"，不是指如何进行比较文学研究的具体操作方法，而是指展开研究时对待不同文化体系的文学现象应有的基本态度和原则。这里的"对话"，是强调比较文学研究在方法论观念上的沟通、平等意识。

"对话"是一个内涵丰富的理论概念，在哲学、美学史上，其最早产

---

① 王向远：《比较文学学科新论》，江西教育出版社 2002 年版，第 104 页。

生于柏拉图的《对话录》，在书中，苏格拉底（Socrates，前469—前399）通过与雅典青年的对话来思考和传达自己的思想。在20世纪，海德格尔（Martin Heidegger，1889—1976）、伽达默尔（Hans-Georg Gadamer，1900—2002）和马丁·布伯（Martin Buber，1878—1965）分别从哲学的层面阐述了"对话"的哲理内涵。"对话"作为文化诗学理论的概念，始于苏联学者巴赫金（Ъахтинг，Михаил Миха Йлович，1895—1975），他将"对话"这一人类语言活动，发展为一种文学批评思维模式和研究模式。他的"对话"理论，已经包含了比较文学研究中的"对话"含义。甚至可以说，比较文学研究本身就是不同文化体系之间的文学对话。巴赫金认为，文化诗学意义上的"对话"比之日常生活中的"对话"更为广泛、更为多样、更为复杂。两个表述在时间和空间上可能相距很远，互不知晓，但只要从含义上加以对比，便会显露出对话关系，条件是它们之间只需存在某种含义上的相通之处（哪怕主题、视点等部分地相通）。①比较文学研究，就是在同源或同类基础上的跨文化文学研究，事实上，就是不同文化之间的文学对话。乐黛云说得非常明确："归根结底，无论是文学现象之间的事实联系，还是文学观念之间平行存在的逻辑联系，或者不同文学理论之间的互相阐释，其实都是文学对话的有机组成部分，或者，我们可以将之看作文学对话的不同方式也无不可。"②

"对话"意味着尊重，意味着参与，也意味着理解。这种尊重、参与和理解，正是人类文化转型时期召唤人文精神和人文关怀所要倡导的新的价值观。而且，"对话"是以差异性存在为前提的，并不是取消差异、追求一致，而是承认差异、理解差异，在差异中反观自我，在理解中沟通、交流。

比较文学研究中的"对话"，具体就是指用"非我的"和"他者的"眼光来看待研究对象，把不同文化体系的文学当作各自独立、各具特色、相互平等、能够进行沟通的双方或多方；抛弃一切形式的"中心主义"，实现不同文化体系之间文学的友好交流。"对话"作为比较文学研究中的视角和态度，指向平等、开放、无中心、非定型的特征。

---

① 巴赫金：《文本 对话与人文》，白春仁、晓河、周启超等译，河北教育出版社1998年版，第333页。

② 乐黛云、陈跃红、王宇根等：《比较文学原理新编》，北京大学出版社1998年版，第81页。

那么，为什么以"对话"作为比较文学研究的方法论基础呢？

第一，从比较文学研究的独特性看。比较文学区别于其他的文学研究的独特性，在于其跨文化性。而比较文学研究者在文化身份上必然隶属于某一特定的文化体系，那么，如何对待异质文化和异国文学表现出来的"他者"，在比较文学研究中就是一个非常重要的问题。研究者具有先在的文化身份，这种"自我"若不能以平等的对话态度看待他者，势必会以先入之见而形成片面的结论。

因而，在比较文学研究中，既要充分地维护民族文化的独特性和差异性，保持特定的视角和观点；又必须保持谦和、平等、友好的姿态，以避免不公平地抬高或贬低本民族或其他民族的文化和文学。"换言之，在比较文学研究中，存在着自我和他者这样一个二元关系。一方面，研究者必须坚定地保存自己的民族身份，从自己民族的独特视角出发去研究其他民族的文学；另一方面，又必须尊重其他民族文学的独特性，避免用自己的观点来曲解其他民族文学。这就是说，在这里，自我和他者的关系并非一种非此即彼的不相容关系，而是某种相互依存、相互尊重的伙伴关系。而要建立这样一种平等和友好的伙伴关系，就要求比较文学研究者具有宽广的胸襟与平和的心态，因为只有这样，真正意义上的比较才有可能发生。"①从这一意义上，可以说以"对话"作为比较文学研究的方法论基础，处理好自我与他者的关系，是比较文学得以确立和发展的关键。

第二，从比较文学学科发展史看。在比较文学发展史上，曾出现过危机和错误导向，其中最突出的一个问题就是"自我中心"。这种"自我中心"表现为"西方中心"和"本土中心"两个方面。

比较文学产生于西方，很长一段时期内"西方中心"意识在该领域占据主导地位。具体表现为两种形式：一是西方研究者对于自身文化的扩张；二是非西方研究者对西方的盲目崇拜。西方一些比较文学学者曾经总是以"自我"为核心来解释其他民族的文学和文化，他们凭借经济上的优势地位，想当然地认为自己的经验是整个世界的共同经验，认为西方文化是最优秀的文化，包含最合理的行为模式和思维方式，应该推及世界，放之四

---

① 杨乃乔主编：《比较文学概论》，北京大学出版社 2002 年版，第 388-389 页。

海而皆准。在比较文学研究中，他们试图以自己的文化来代替非西方民族的文化。而一些受到西方文化深刻影响的非西方研究者，也会抛弃自己的民族文化身份，将西方文化视为"中心"，从西方人认识世界的角度审视西方文化和本土文化，一味地谄媚西方文化并贬损、唾弃本土文化。

"西方中心"使得西方人妄自骄傲自大，目中无人，从而被"囚禁在自己文化囚笼中而不自觉"，失去认识和汲取他者文化精华的机会；在"西方中心"的视野里，其他民族不再拥有独立的自身形象，而是西方的"虚构"，爱德华·沃第尔·萨义德（Edward Waefie Said，1935—2003）认为"东方学"就是西方虚构的一个被歪曲的东方形象。

法国著名比较文学学者洛里哀（Frederic A.Loliere，1856—1915）在《比较文学史》（1903）中有一段论述："西方在知识上、道德上及实业上的势力业已遍及全世界，……从此民族间的差别将被铲除，文化将继续它的进程，而地方的特色将归消灭。各种特殊的模型，各样特殊的气质必将随文化的进步而终至绝迹。……总之，各民族将不复维持他们的传统，而从前一切种姓上的差别必将消灭在一个大混合体之内——这就是今后文学的趋势。"①洛里哀于 20 世纪初的认识，与一百余年后今天多元文化发展的趋势相比，明显是一种出于自我中心的错误认识。因而，在 20 世纪中期巴赫金感叹："文学是文化整体不可分割的一部分，不能脱离文化的完整语境去研究文学。……在广袤无垠的文学世界中，19 世纪的学术界（以及文化意识）只涉猎了一个小小的世界（我们则把它缩得更小）。东方在这个世界里几乎完全没有得到反映。文化和文学的世界，实际上如宇宙一样广大无涯。"②

"本土中心"是与"西方中心"相对的一种"自我中心"意识形态。一些非西方的研究者往往借此抵制西方中心，力图维护自身本土文化的"纯洁"与"本源"特色。本土主义强调民族与民族之间的不可通约性。但在世界文化交流越来越频繁的形势下，在多元文化格局中，本土文化主张的民族文化的"纯洁"与"本源"特色，根本不可能存在。"本土中心"不顾历史事实的存在，不顾当代纵横交错的各方面因素的相互作用，

---

① 洛里哀：《比较文学史》，傅东华译，上海书店 1989 年版，第 352 页。
② 巴赫金：《文本 对话与人文》，白春仁、晓河、周启超等译，河北教育出版社 1998 年版，第403 页。

执着于在一个封闭的环境中虚构民族文化的"原貌"。这样往往会导致文化的封闭性和排他性：只强调本文化的优越，而忽视本文化可能存在的缺失；只强调本文化的"纯洁"而反对和其他文化的交往、沟通，唯恐受其"污染"；只强调本文化的"统一"而畏惧新的发展，以致对外采取文化上的隔绝和孤立政策，对内压制本土文化内部的求新变革，结果导致民族文化的停滞、衰微。①

第三，从比较文学的最终目的看。在文学研究范围内，我们认为"比较文学"是以探寻人类文学共同规律和民族文学特色为宗旨的。其实，拓展到人类文化建设和发展的领域，还可以说，比较文学的最终目的，不仅仅是探寻人类文学的共同规律，也不仅仅是探寻民族文学特色，而是在文化系统之间、文学传统之间建立一种真正平等有效的对话关系，为人类不同国家民族之间的交流合作，为不同文化体系的文化互识、互补、互鉴作出努力与贡献。

比较文学学科的存在前提，正是建立在不同文学传统之间对话的基础上。比较文学的方法论基点，也正是通过比较研究，考察乃至建立不同文学传统之间的联系——无论是历史事实的联系还是美学价值的联系，从而达成对话、交流的目的。比较不是理由，更不是目的，对话也不是目的，只是一种方式，是在比较中达成直接或间接的对话，并通过对话来达到文化间的互识、互补和互鉴的目的。

可以说，比较文学研究，就是不同文化体系、不同文学传统、不同审美倾向、不同社会理想、不同人生理念之间的多重对话。

（三）比较：比较文学的根本性质

比较文学之所以称之为"比较文学"，自然与"比较"密切相关。可以说，"比较文学"能从"文学研究"中独立出来作为一门学科，根本的因素就是它的"比较性"特质。美国学者亨利·雷马克（Henry H. Remak，1916—2009）认为："比较文学研究不必在每一页上，甚至不必在每一章里都做比较，但总的目的、重点和处理都必须是比较性的。"②但一些论著和教材否定比较文学"比较性"的这一根本性质，提出"比较性不是

---

① 乐黛云：《比较文学与 21 世纪人文精神》，《中国比较文学》1998 年第 1 期。

② 亨利·雷马克：《比较文学的定义和功用》，《比较文学译文集》，张隆溪选编，北京大学出版社 1982 年版，第 10 页。

比较文学的根本属性"①。为什么？这涉及比较文学发展史上的一段公案。

19 世纪末 20 世纪初，比较文学作为一门独立学科刚刚确立，意大利著名文艺家、美学理论家克罗齐（Benedetto Croce，1866—1952）认为比较方法在文学研究中是普遍使用的方法，是文学研究不可缺少的工具，是种简单的历史考察性研究的方法，不能成为一门学科的基础。以克罗齐的声望和影响，这一观点确实给了比较文学一盆迎面冷水。法国的比较文学学者面对克罗齐的挑战，把比较文学的研究内容缩小到有事实联系的"文学关系"研究，基亚（Marius-François Guyard，1921—？）说："比较文学并非比较。比较文学实际只是一种被误称了的科学方法，正确的定义应该是：国际文学关系史。"②梵第根（Paul Van Tieghem，1871—1948）在《比较文学论》（1931）中说："那'比较'是只在于把那些从各国不同文学中取得的类似的书籍、典型人物、场面文章等并列起来，从而证明它们的不同之处、相似之处，而除了得到一种好奇的兴味，美学上的满足，以及有时得到一种爱好上的批判以至于高下等级的分别之外，是没有其他目标的。这样地实行'比较'，养成鉴赏力和思索力是很有兴味而又很有用的，但却一点也没有历史的含义，它并没有由它本身的力量使人向文学史推进一步，反之，真正的'比较文学'的特质，正如一切历史科学的特质一样，是把尽可能多的来源不同的事实采纳在一起，以便充分地把每一个事实加以解释是扩大认识的基础，以便找到尽可能多的种种结果的原因。总之，'比较'这两个字应该摆脱了全部美学的含义而取得一个科学的含义的。"③由此可见，法国学者放弃"比较"，声称比较文学研究的是"关系"，"比较文学就是国际文学的关系史"④。

由此，克罗齐、基亚、梵第根对"比较"的理解，都是从方法论（把"比较"仅仅作为一种研究方法）的层面把比较文学中的"比较"与一般文学研究中的"比较"混同起来了。实际上，比较文学中的"比较"，不

---

① 张铁夫主编：《新编比较文学教程》，湖南人民出版社 2001 年版，第 155 页。
② 马里奥斯·法朗索瓦·基亚：《比较文学》，颜保译，北京大学出版社 1982 年版，第 1 页。
③ 梵第根：《比较文学论》，戴望舒译，吉林出版集团有限责任公司 2010 年版，第 4-5 页。
④ 马里奥斯·法朗索瓦·基亚：《比较文学》，颜保译，北京大学出版社 1982 年版，第 4 页。

同于一般意义上的比较：首先，比较文学的"比较"必须有"跨文化"的前提。其次，在操作上，"'比较文学'的'比较'不是简单的对比，不是表面化的类比，不是单纯比较异与同，而是寻求世界各国文学之间各种复杂的内在关系"①。最后，更重要的是，比较文学中的"比较"不仅是方法论层面的比较，而且是对文学进行跨文化研究中的一种视野、一种立场、一种观念，是超越了方法论层面的本体论。

既然"比较"在比较文学中是一种如此重要的根本性成分，我们就要肯定比较文学的"比较性"，只是需要引导人们正确理解这种"比较性"的内涵。

（四）汇通：比较文学的学术要求

这里的"汇通"，指的是对比较研究的两方或多方都要做整体的贯通的理解和把握，不是就事论事做局部的、表面的比附或对照。这里强调的既是一种研究的观点，也是对比较文学学者的一种高素养要求。

钱锺书先生曾借用法国学者伽列（J.M.Carre，1887—1958）提出的"比较文学不是文学比较"这一命题，对作为学科的"比较文学"和一般意义上的"文学比较"作出辨析。他说："我们必须把作为一门人文学科的比较文学与纯属臆断、东拉西扯的牵强比附区别开来。由于没有明确比较文学的概念，有人抽取一些表面上有某种相似之处的中外文学作品加以比较，既无理论的阐发，又没有什么深入的结论，为比较而比较，这种'文学比较'是没有什么意义的。"②这种"臆断、东拉西扯的牵强比附"就是"文学比较"，它只是就一些具有相似性的文学现象加以排列、类比，就事论事，就人论人，只是在表面上比附同异。如对《安娜·卡列尼娜》中的安娜和《雷雨》中的繁漪两个形象进行表面上的硬性比较：她们都是女性，各自都有一个有地位、富足的家庭，都有一个给她们撑脸面又缺乏爱的丈夫，都有冲破这个家庭追寻爱情自由的愿望，并大胆地找到自己的情人，却又被情人抛弃。同时，也可以罗列她们的差异：安娜要冲破的是贵族家庭，繁漪要冲出的是封建专制家庭；安娜形象美丽，她总是以一种迷人心魄的眼光凝视着对方；繁漪的形象苦涩，她总是以

① 王向远：《比较文学学科新论》，江西教育出版社 2002 年版，第 7 页。
② 杨周翰、乐黛云主编：《中国比较文学年鉴（1986）》，北京大学出版社 1987 年版，第 52 页。

一种病态般的忧郁叩问对方的心灵。如果仅止于此，只把两个不同文化体系中文学形象的同异加以罗列，虽然"跨文化"了，也"比较"了，但没有达到比较文学的宗旨要求，只是一种表面类同的比附。

那么"比较文学"呢？钱锺书先生认为："事实上，比较不仅在求其同，也在存其异，即所谓'对比文学'。正是在明辨异同的过程中，我们可以认识中西文学传统各自的特点。不仅如此，通过比较研究，我们应能加深对作家和作品的认识，对某一文学现象及其规律的认识，这就要求作品的比较与产生作品的文化传统、社会背景、时代心理和作者个人心理等因素综合起来加以考虑。"①也就是说，"比较文学"是一种汇通性研究，是对比较对象的文学和文化做体系化的、整体的把握，即使研究课题是某两个或几个具体的现象，也必须把这些现象摆在各自所属文化体系中加以汇通的研究和比较，由具体的现象出发（切入点）而上升到理论高度，总结规律性的结论，深化对文学现象的认识。如前述的安娜与繁漪的比较，应将她们摆到中国文化文学中的妇女和俄罗斯文化文学中的妇女的形象、命运、地位上来，并结合各自创作时代的文化语境加以汇通研究，上升到已婚女性为追寻爱情自由冲破家庭而最终被弃的悲剧性主题，以及这一主题在中、俄文学中的不同表现层面上来。

再如邓晓芒的论文《品格与性格——关云长与阿喀琉斯比较》②，若只是把中西两位文学英雄的勇敢、仗义等性格特点的同异加以罗列类比，还不能称其为"比较文学"研究。邓晓芒把两个研究对象作为中西文化的两个符号进行汇通的整体比较，即上升到中西方对相关认知的不同来进行比较研究："如果作家把人心看作客观世界的镜子，那么他在描绘一个人物形象时，必然会把这个人的内心世界看作不动，不变或'以不变应万变'的，也必然对各种细节尽量加以简化、抽象化、白描化，以免模糊了镜子本身的单纯明彻；相反，如果外部世界是人心的镜子，那就可以放手对各种各样色彩丰富的外部细节加以有声有色、细致入微的描写，并坚信这些描绘最终都是对人心的描绘，且只有尽可能生动而毫不遗漏表现出这些细节，人心才会完整地呈现出其多方面、多层次立体形

---

① 张隆溪：《钱锺书谈比较文学与"文学比较"》，《读书》1981年第10期。
② 邓晓芒：《人之镜：中西文学形象的人格结构》，云南人民出版社1996年版，第14-26页。

象。"①通过这样的汇通研究，分析两个英雄形象的文本描写，就可揭示中国文学人物描写的概念化、白描化的深层文化原因。

第三节　比较文学的价值和意义

比较文学作为一门独立学科，有其独特的价值和意义，这是学科产生发展的基础。简单说，其价值和意义具体体现在以下四个方面。

1. 拓展文学研究的新领域

比较文学有其特定的研究对象。它突破国别界限，研究不同国别文学间的各种历史联系或逻辑联系，把研究领域拓展到两国甚至数国，填补了各国文学之间的空隙。

有人比喻：研究五角星的五个点，研究对象只有五个；研究连接五个点的连接线，就有十条线，每条线上有四个交叉点，其研究领域大大拓展了。

2. 加深对文学本质和规律的认识

比较文学打破了单一的思维方式，从两种或多种文化体系观察文学现象，总结文学规律，避免了局限于一个文化模式内的文学研究偏见。其克服了文学研究的孤立封闭状态，在研究的广度、深度上都有所推进，可更加全面、科学地把握文学的规律。

3. 全面、深刻地认识和理解民族文学与国别文学

有比较才有鉴别，通过比较能更加清晰、完整地把握对象。通过不同文化体系文学的比较，互为参照，可对各自民族文学的特点有更为自觉的认识，对各自文学发展的利弊优劣有更加准确的理解。从这个意义上说，我们学习比较文学，也在深化中国文学的学习。

4. 促进各国文化的平等对话和交流

在当今文化转型的危机中，比较文学承担着独特的使命：文学以其非功利性成为文化冲突中进行沟通的先导，其职能甚于功利性的政治和经济。比较文学以其在不同文化间的平等对话，对新的人文精神产生，

---

① 邓晓芒：《人之镜：中西文学形象的人格结构》，云南人民出版社1996年版，第6页。

在多元共存中寻求人类的和平、和谐具有积极意义。

第四节　比较文学的范围和研究类型

本节讨论比较文学的研究对象及其内部结构，也是对比较文学学科外延的探讨。

一、比较文学的研究对象与范围确定

任何一门学科都有自己特定的研究对象，比较文学作为一门独立的学科，必须明确其独特的研究对象。如果无法确定其研究对象，那它就是一门可有可无的学科。

（一）比较文学的研究对象：三种关系

梵第根在《比较文学论》中有一个很有名的判断："比较文学的对象是本质地研究各国文学作品的相互关系。"[①]如果把其中的"文学作品"改成"文学现象"就比较完善了。具体讲，比较文学研究对象包括三种关系：历史事实关系、美学价值关系和学科交叉关系。

1. 历史事实关系

这是法国比较文学学者所倡导的。梵第根认为："整个比较文学研究的目的，是在于计划'经过路线'，刻画出有什么文学的东西被移到语言学的疆界之外这件事实。"[②]也就是说，以两种或多种文学的事实联系，影响与被影响的关系作为研究对象。这种关系的研究内容是从文学影响的起点考证放送国的放送者，从文学接受的到达者考证接受国的接受者，然后从两者之间的事实材料考证经过路线，再从经过路线追踪传递者。总之，两种或多种文学的影响–接受的历史事实关系是比较文学研究的对象之一。

2. 美学价值关系

这是美国比较文学学者最早倡导的。其研究内容是把历史上没有事实

---

① 梵第根：《比较文学论》，戴望舒译，吉林出版集团有限责任公司 2010 年版，第 61 页。
② 梵第根：《比较文学论》，戴望舒译，吉林出版集团有限责任公司 2010 年版，第 74 页。

联系的两种或多种相同文化体系的文学看作人类文化的审美整体，在这个整体中存在着共同的价值结构，而研究就是要追求它们之间共同的美学价值关系。

韦勒克认为比较文学研究的价值既存在于有事实联系的影响研究中，也存在于毫无事实联系的文学现象或相关类型的平行研究中。他说："对中国的、朝鲜的、缅甸的和波斯的叙事方法及抒情形式的研究，与伏尔泰的《中国孤儿》这例同东方接触之后产生的作品的影响研究同样重要。"①

人类文化是多元的，但人类在思维情感、心理和审美等诸多方面表现出了人类的共通性，这就使不同民族、不同文化、不同文学表现出了超越时空的审美价值的相似性。因而，没有材料证明具有事实联系的两种或多种文学之间的共同美学价值关系就成为比较文学的研究对象之一。

3. 学科交叉关系

最早完整提出这一关系的是美国学者雷马克。他说："比较文学是超出一国范围以外的文学研究，并且研究文学与其他知识及信仰领域之间的关系，包括艺术（如绘画、雕刻、建筑、音乐）、哲学、历史、社会科学（如政治、经济、社会学）、自然科学、宗教等等。"②

人类在思维、情感、心理和审美等方面表现的人性共通性，不仅表现在不同文学之间，也表现在不同学科之间。而且，从人类知识的整体看，人类文化是一个大系统，学科的划分只是对这个大系统的内在结构的理性把握，各学科也就构成这个大系统下的众多子系统，并且互为对象。美国学者拉兹洛在《系统、结构和经验》一书中认为："其中每个系统的环路必须在某些方面对其对象来说是开放的。"③因而，各子系统之间，也就是各学科之间存在边缘性交叉。通过研究文学与其他学科的交叉关系，当然更能深入地认识、把握文学的特质和规律。

---

① 韦勒克：《比较文学的名称与实质》，《比较文学研究资料》，北京师范大学出版社1986年版，第29页。

② 雷马克：《比较文学的定义与功用》，《比较文学研究资料》，北京师范大学出版社1986年版，第1页。

③ 欧文·拉兹洛：《系统、结构和经验》，李创同译，上海译文出版社1987年版，第126页。

因而，文学与其他学科的交叉关系就成为比较文学的研究对象。

（二）几种特殊情况的认定

当前，学界已在理论上确定了以跨文化为前提的"三种关系"是比较文学研究的对象，其范围是明确的。但在实际操作中，总有一些特殊的情况处于不很明确的状态，难以确定是否属于比较文学范畴。举几例：

①卢梭——瑞士日内瓦人——法国作家

②安纳德——印度人——用英语创作

③晁衡——日本人——中国唐代诗人

④巴尔扎克作品中的金钱描写，是否是跨学科研究？

⑤文学关系 汉文学作家与少数民族作家的关系

以下分三种情况来分析。

第一，认定作家所属文学圈。

对于有着多重身份的作家、诗人的认定，先要看其创作运用的语言，语言对文学创作有重大意义，但在"语言大于国界"和"国界大于语言"的特殊情况下，要看作家、诗人主要活动范围及产生影响的范围（如卢梭、晁衡、安纳德）；而最重要的判定依据是作家、诗人的文化身份，即他的文化态度和归属感（如纪伯伦、高行建、米兰·昆德拉）。

第二，认定学科交叉关系。

最早完整提出学科交叉关系为比较文学研究对象的雷马克认为："只有是系统性的时候，有在把文学以外的领域作为确实独立连贯的学科来加以研究的时候，才能算是比较文学。"[①]

也就是说，作为学科交叉关系的研究，必须是把文学和其他某一学科作为两大独立连贯的体系做汇通性的比较研究，这样才算是比较文学。

这样来看，"巴尔扎克创作中的金钱"只是一般的文学研究课题。不是比较文学。只有把文学和经济作为研究的两极，对两者作出系统的比较分析，得出适合于文学和经济两门学科的结论，才算是比较文学，"文学与金钱"这样的课题才是比较文学课题。

第三，多民族国家民族文学间比较的认定。

---

① 雷马克：《比较文学的定义与功用》，《比较文学研究资料》，北京师范大学出版社1986年版，第6页。

原则：只要是文化体系不一致的民族间的文学比较，就属于比较文学。有些少数民族在其民族演变过程中，基本上被主体民族同化，其文化已与主体民族没有本质区别。这样的少数民族文学与主体民族文学之间的比较不能算是比较文学。

藏族、蒙古族、回族等中国的少数民族一直保持着自己民族文化的特色，与汉族文化有较大差异，他们之间的文学比较应属比较文学。中国比较文学学会下属的二级学会就有一个"民族文学比较研究会"。而南方、西南的许多少数民族很早就汉化了。比如，沈从文虽是苗族作家，但他与中国现代作家的比较研究也不能算是比较文学。

二、比较文学的研究类型

比较文学研究类型就是把比较文学的研究对象按一定的依据进行分类的结果，在此基础上，再进一步地细分层次，以体现出研究对象的内在结构关系。

"类型学"中的"类型"，不是一般意义上的题材、主题、形象、情节、体裁、结构类型，而是指时空不一的文学现象诗学品格上的类似、遥契、相近或相合，是以"历史文化类型相似"为基础的。综合有关教材及学术著作，归纳比较文学研究类型如下图所示。

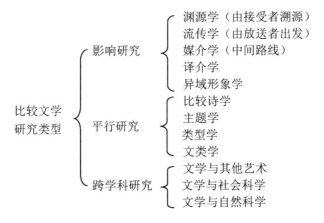

图 1.1　比较文学研究类型归纳图

这样的比较文学研究类型的确定和梳理，就使我们确立起了比较文学这门学科的基本框架，后面的章节就按研究类型设置，从实际运用的角度加以把握。

不过，关于比较文学的研究类型把握，还有几个问题必须引起注意：

第一，比较文学是一门开放性和发展中的学科，随着其研究对象的拓展，其研究类型也在实践中有所发展变化，一些新的研究类型在产生，一些传统的研究类型在萎缩，一些已有的研究类型被赋予了新的含义而受到学界更多关注，大有从某一层级中独立成类的趋势。如"比较诗学"有从平行研究中独立的势头；如随着中西文学比较研究的展开，"阐发研究"作为一种新兴类型，势头正旺；再如"译介学"，原本是"媒介学"的分支，现在有从影响研究中独立成类的趋势。

第二，比较文学研究类型确定的标准很难统一，往往是多样和多元的。有的按研究的具体内容划分，如"主题学""文类学"等；有的按研究范畴加以区分，如在"影响研究"下的"渊源学""流传学""媒介学"，面对的文学现象是同一个，只因进入研究的角度和范畴的不一样而分成不同类型；有的按使用的方法及其性质、特质来划分，如"影响研究""平行研究"等。这种划分依据或标准的多样多元，从研究本身而言，是学科开放性和学术活力的体现。但对学科规范而言，又是一个伤脑筋的事情。因为要建构起一个完整统一、具可操作性的类型体系并非易事。

第三，比较文学的研究类型和研究方法的关系密切相关，但又并非同一的关系。影响研究多运用考据、文献学方法；平行研究多运用审美批评方法。但实际上，往往是一种类型需要运用多种具体的研究方法展开研究；而一种具体的研究方法常会根据需要被运用到不同的研究类型当中。

第二章　比较文学研究的运用

理论的掌握，是为了实践。学习比较文学的基本原理，是为了更好地从事比较文学研究。比较文学研究怎样进行？需要做些什么准备？把握哪些关键环节？运用怎样的方法？在本章中，我们结合一些实例来加以讨论。

第一节　准备与研究步骤

一、比较文学研究准备

比较文学是一门开放性、比较性、汇通性、跨文化的学科，对研究者的学养、素质要求比较高。法国比较文学学者艾金伯勒曾说："我希望我们的比较学者可能博学多闻，我甚至希望他们具有百科全书编者那样的雄心……处于最理想状态的比较学者会是这样的人：具有极为广泛的爱好，通晓几种将在 2000 年前后用来写作的最重要的语言，并且有对文学的美的深切体会。"①

----

① 艾金伯勒：《比较文学的目的、方法、规划》，《比较文学研究译文集》，上海译文出版社 1985 年版，第 106-108 页。

（一）知识准备

首先，是文学学科的基础知识。包括中外文学的基本理论、中外文学史、中外文学批评史等。如中国文学中的"风骨""意境"，印度文学中的"味"，日本文学中的"物哀"（风骨：旺盛的气势与端直的文辞配合而构成的昂扬奋发、刚健有力的美学风格。味：审美体验和感受。物哀：由客观的外在环境所触发而产生的一种凄凉、悲愁、低沉、伤感、缠绵悱恻的感情）；西方文学中的"典型"等基本概念的内涵；各国文学的发展流变的了解；各国作家的经典作品；等等。

其次，是与文学密切相关的历史、哲学、艺术方面的知识。如文艺复兴时期文学与西欧资本主义经济的发展；法国大革命后欧洲现实的动荡与浪漫主义文学的产生、发展；20 世纪西方现代主义文学与非理性哲学思潮；18 世纪英国现实主义小说与清教思想等。

最后，是更为广泛的社会文化背景知识。如心理学、民族学、民俗学、天文学、物理学、宗教学的基本常识，只有具备比较广博的知识面和比较全面的知识结构，才能养成敏锐的学术眼光，才能达到比较文学研究"汇通"的要求。

（二）语言工具的掌握

要求研究者熟练运用母语和至少一门外语。有人认为：生长在母文化中，从小耳濡目染，母语的运用无须花功夫学习掌握。就一般的语言交流而言，这也没错。但作为学术研究，母语的精通不是一件容易的事情。身为中国人，就能说自己精通汉语？汉语本身是一门专门的学问，经过几千年的演变，不同时期的汉语差异不小。没有系统的学习和专门的训练很难说"精通"。作为比较文学研究，汉语的运用至少要达到阅读理解古代典籍无大碍，能准确而简练地表达观点、论述问题的水平。

比较文学是"跨文化"的文学研究，掌握外语当然是必要的。法国学者基亚认为："比较文学工作者应该懂多种语言，这样才能有条件直接查阅与其研究项目有关的外国资料，才能从中得到益处。"外国语言很多，人的经历有限，像精通十几种语言的钱锺书，实属难得。但在比较文学研究中，能直接阅读、研究外国的文献资料，很有必要。当然，不是说文学译本和翻译资料不可用，事实上，一些名家名译无论是在外语的理解上还是母语的表达上，都超出一般研究者的水平。这说明在研究过程中阅读名家名译也是有意义的。

（三）比较文学的专门知识和基本技能

一门学科，当然有其独特的知识体系和操作技能，这些就是本书讨论的内容。比如，比较文学产生发展的历史，比较文学研究的基本范式和方法，比较文学与相关学科的关系，支撑比较文学学科的基本概念，等等，这些都需要研究者牢固掌握并在实践中加以训练。

二、研究步骤

（1）案头准备。包括对研究对象资料的汇集；熟悉、消化前人的研究成果；收集、编订有关资料；等等。

（2）初步研究。研究原著和有关材料；确定研究途径；明确范围；探究可比性。

（3）深入研究。反复研读原著；提炼材料，形成观点；编写提纲；写作论文。

第二节　比较文学研究的关键——可比性

在比较文学研究中，不是任何文学现象相互之间都是可以拿来比较的。那么，什么是可比研究？衡量可比研究是否有什么标准？如果有，又怎样确定这些标准？这是本节要探讨的问题。

一、可比性是保证比较文学研究科学性的重要依据

先看下面的几个实例。

例一：西方、日本的一些学者以西方文学史的分期比较中国文学史的分期，得出了相应结论。

西方：古典→中世纪→文艺复兴→近现代文学的繁荣

中国：先秦→秦汉魏晋南北朝→唐代古文运动→元杂剧和明清小说繁荣

这样的比较没有找到两者的可比性，其结论没有反映文学发展的客观实际，缺乏科学的意义。问题出在将西方的文艺复兴运动与中国唐代

古文运动相提并论，这两场运动虽然都具有学习古代文学文化的特点，但它们的性质和范围都不具可比性。

例二：鲁迅、高尔基、普列姆昌德三名 20 世纪著名作家都在 1936 年逝世。若由此作为可比性，对三位作家进行比较，这样的比较非常表面，难以比出本质的东西，无助于对文学规律和民族文学特色的认识。

若换一个角度，三位作家都是社会责任感很强的作家，生活在相同的时代，可以此作为可比性。联系各自所处的民族文化语境、生活经历，比较他们创作中社会责任感的同和异，探寻背后的文化内涵和各自的人格个性，可以写成一篇很好的比较文学论文。

例三：《西游记》中的猪八戒和莎士比亚戏剧中的福斯塔夫都很胖，外形滑稽可笑，都是作品中的喜剧角色。这两个形象能否比较，关键看取什么角度，能否找到"可比性"。

方平先生曾将《红楼梦》里的王熙凤与福斯塔夫进行比较。他们比猪八戒与福斯塔夫差别更大：一个是俊俏漂亮的中国少奶奶，一个是肥得流油的英国破落贵族。但方平先生从人类审美创造的特殊形态，将现实丑转化为艺术美这一特定角度，把中、西文学中两个著名艺术形象联系在一起加以比较，探寻中西审美文化的共性；同时也从两个具体形象的艺术表现，分析共性中的特殊性，以显示中西审美文化的差异。[①]

由此可见，研究者对可比性的把握，是决定比较文学研究的科学性和价值的关键。

从上面的三个例子，可以产生一个疑问：为什么一些具有相似性的文学现象不具可比性，而一些看上去风马牛不相及的现象在一个特定角度下却具备了可比性？

这与"比较"这种认识事物的思维方式或者说方法有关。比较是人们认识事物、研究对象的重要方法。要把握对象的属性、特点，必须把握对象与其他事物的共同点和差异点。

但是，将两种事物（两个对象）进行比较，是有一定局限的。因为这只是将所比对象的一个方面或几个方面来相比，而暂时有条件地撇开

---

① 方平：《王熙凤与福斯泰夫：谈"美"的个性和"道德化思考"》，《文学评论》1982 年第 3 期。

了其他的方面。所以，比较的结果只是事物整体的某一方面或几个方面的共同点和差异点的比较，或者只是某种属性的程度上的相互比较。如果将这种比较的结果绝对化，乃至以偏概全，就容易产生片面性。由于比较思维的这种局限，由此，研究者在运用时，要更多地注意事物的全面性、整体性和系统性，尽量对事物进行多层次、多角度的比较。从"比较文学"的角度讲，就是要注重比较研究的"汇通性"。

同时，正确的比较，还必须遵循比较的"逻辑规则"。其中，有三点很重要：第一，要在同一关系下进行比较，这里的"同一关系"，在逻辑学中指外延相同、内涵不相同的对象的关系。客观存在的两个对象若外延不相同，则只能限定在外延相同的范围内进行比较，确定其同一的关系；第二，要对对象的内在关系进行比较。只有对事物的内在关系进行比较，才能认识事物的本质，否则会失之表面、肤浅；第三，要有明确的比较标准，以这一明确标准"一视同仁"地对待比较的对象。

二、何谓可比性

比较文学的可比性，既是比较文学学科理论的关键问题，也是比较文学研究实践的一个关键环节。从学科理论的层面讲，"将来自不同文化体系的'两个或两个以上文本放在一起加以比较，其理由何在？'这个问题不从理论上阐释清楚，人们就会感到'比较研究的虚妄，至少是误入歧途'，从而怀疑比较文学作为一门学科存在的合理性，比较文学的危机也就由此产生了"①。从研究实践的层面讲，可比性的把握，涉及研究课题的价值、意义和研究深度等。

那么，什么是比较文学的可比性？根据前述关于"比较研究"（比较思维）的逻辑要求，综合前人的研究，我们这里将比较文学的"可比性"作出界定。比较文学的可比性是指：在跨文化的文学比较研究中寻求研究对象同一关系的学理依据，是比较文学研究赖以存在的逻辑上的可能性。具体来说，这种研究对象同一关系的学理论据有两个方面，即同源性和同类性。

---

① 查明建：《是什么使比较成为可能？——乔纳森·卡勒对"可比性"的探讨》，《中国比较文学》1997 年第 3 期。

三、影响研究的可比性

影响研究的可比性，表现为寻求两种或两种以上文学现象的同源性关系。

它建立在对文学影响联系的事实考证的基础上，无论流传学，还是媒界学，其间的影响联系都存在于起点与终点这一历史事实关系的两端。因而，研究者需要探求两种或两种以上的文学相互影响的起点、终点与经过路线等事实联系。由此，影响的种类、流传途径与接受方式，构成了影响运动状态的全部内容，这些都是影响研究可比性的内容。

四、平行研究的可比性

（一）平行研究的可比性是寻求同类性

平行研究是对无事实联系的跨文化文学现象内在关系的研究，是运用文学与其他学科的理论，对其相似或相异进行同中有异、异中有同的平行的对比、分析、综合、阐释等，这些就构成了可比性的内容。这种研究对象之间，从逻辑上讲，不是因果关系，而是功能作用或者说价值上的相通，尤其是美学价值的相通，属于同类；从时间上讲，虽然有时间上的先后，但这种先后对比较研究来说没有意义，只是一种共时的研究。

如小仲马的《茶花女》和冯梦龙的《杜十娘怒沉百宝箱》，创作时间虽然相隔 200 年，但时间的差异对于比较研究这两部作品没有意义。而无论从文学的各个方面比较，还是从社会历史、经济发展来认识分析，都是从功能作用、美学价值着眼来比较分析两个女性的同类性特点：同样的命运，同样的结局，同样为社会所残害。当然，比较中还要上升到各自的文化体系中做同中相异的比较分析。

总之，平行研究的可比性，就是确定两个或两个以上不同文化体系的文学现象的同类性，在同一个基点（层面、范畴、角度）上进行比较。换句话说，平行研究是对两个或多个事实上不相干的文学现象做共时性的价值关系的比较研究，先要找到它们之间价值关系的共同基础。找到了这个共同基础（即同类性），平行研究就有了科学保证。

（二）平行研究可比性的两种情况

1. 对等同类比较

即指对明显是同类的两个或多个文学现象的比较。有些是选题确定了比较对象是同类，如《中西悲剧比较》《中西小说结构比较》《中西自然诗歌比较》等；有些虽然选题本身难以看出是同类，但其内涵的同类性是明显的，如《沈从文与福克纳》，虽从标题看不出比较对象的同类性，但了解这两位作家的人马上会想到他们都曾以满怀眷念描写过故乡（湘西与美国南方），极具乡土性。再如《贾宝玉与唐璜》，一看就知道是从与异性关系的情爱角度来比较的两个艺术形象。

这类比较的同类性又分为文学学科的同类性和非文学学科的同类性两种，如下图所示。

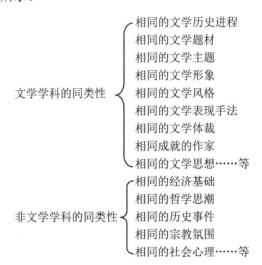

文学学科的同类性
相同的文学历史进程
相同的文学题材
相同的文学主题
相同的文学形象
相同的文学风格
相同的文学表现手法
相同的文学体裁
相同成就的作家
相同的文学思想……等

非文学学科的同类性
相同的经济基础
相同的哲学思潮
相同的历史事件
相同的宗教氛围
相同的社会心理……等

图 2.1　对等同类比较研究类型图

这种可比性的把握在平行研究中运用最广，其可比性的"共同基础"也易于为学界接受。

2. 同中有异、异中有同的辩证比较

这类样本从表面看，没有可比性，其外延不是同一关系。但若把问题限定在一定的范围，则可以使对象的外延部分重合，而且使对象之间表面上的不可比变成本质上的可比，在同中有异、异中有同的比较分析中，在更深更广的文学、文化层次上揭示其内在规律。

这种可比性不太好把握，需要比较广博的知识面和敏锐的思考能力。但其创造性更大，更能展示研究者的才识和能力。

如歌德的《浮士德》与吴承恩的《西游记》，表面上看，一部是诗剧，一部是小说；前后相距300多年；主人公一个是老学者浮士德，一个是神猴孙悟空；从素材看，一个是典型的西方民间传说，一个是印度教和佛经结合中国的民间故事而广为流传的传说。但有论者从人类的终极寻求这一文化母题来比较这两部中外名著，发现它们的内在叙事结构相似，都是寻求者遭遇各种阻力，经多方艰苦奋斗，终于达到目的。在这一相似结构模式的比较中，又可以看到中西文化一些不同的价值观念，如在共同寻求中浮士德与靡菲斯特、孙悟空与唐僧所形成的不同伙伴关系，前者是契约关系，后者是师徒关系（血缘关系的延伸）。

（三）平行研究可比性确定的角度

1. 从文学自身要素寻求可比性

人类文学都遵循共同的规律，在题材、主题、人物形象、故事情节、表现手法、结构布局以及创作心理、欣赏心理方面，都有一个相通的"文心"，因而就具有了可比因素。

（1）相同或相似的题材。文学是人的生存境遇与心灵感受的艺术表现，其题材自然有不少相同、相似的东西，比如，古今中外的战争题材、爱情题材、家庭生活题材、教育题材等，研究者就可以比较同一题材在不同文化体系文学的表现差异。

（2）相同或相似的主题。如古今中外文学中的孤独主题、异化主题、求索主题等。古今中外的文学经常表现人面对惨淡人生，感叹大千世界变幻莫测，常有寂寞、孤独的感受。陈子昂有"前不见古人，后不见来者。念天地之悠悠，独怆然而涕下"（《登幽州台歌》）的千古绝唱；李白有"众鸟高飞尽，孤云独去闲。相看两不厌，只有敬亭山"（《独坐敬亭山》）的名句。鲁迅的小说《伤逝》中的涓生，时时有人生不如意、与人难沟通的孤寂和伤感。《叶浦盖尼·奥涅金》的主人公有不见容于社会的多余人的苦恼。奥尼尔的《毛猿》中杨克得不到人们的理解，在孤独中跑到动物园向猩猩诉说的苦闷。荒诞派戏剧《等待戈多》中的两个流浪汉无所事事，无聊地等待戈多，表现的是现代人的苦闷和孤独。川端康成的《雪国》中三进雪国追寻艺妓的岛村，始终觉得生活、事业、爱情的追求都是徒劳无益，内心中总浸润着一种深深的孤寂与悲哀。

（3）相似的人物形象。如吝啬鬼形象：夏洛克、阿巴贡、葛朗台、泼留希金、严监生。再如西方 19 世纪浪漫主义文学的"世纪病形象"（维特、恰尔德·哈罗尔德、勒芮等）、俄国 19 世纪的"多余人"（奥涅金、毕巧林、罗亭、奥勃洛摩夫）、日本文学的"高等游民"及中国郁达夫笔下的"零余者"都是处于文化转型时期，与社会环境相冲突的悲苦者，这些形象有思想却没行动能力。

（4）艺术表现的类似。如心理描写、肖像描写、悬念运用、倒叙插叙手法等，在各国文学中都普遍运用。

如侧面描写女性美，这一手法在中外文学史上不乏其例：

《汉乐府·陌上桑》写罗敷的美：

> 行者见罗敷，下担捋髭须。
> 少年见罗敷，脱帽著帩头。
> 耕者忘其犁，锄者忘其锄。
> 来归相怨怒，但坐观罗敷。

《伊利亚特》写海伦的美貌，她在城墙观战，战争停止，人们议论开来，纷纷表示："为她而战，值得！"《安娜·卡列尼娜》写安娜的美貌也是从别人的感受去写，以列文被安娜的画像所震住的描写来表现。

2. 从文学与社会生活的关系探求可比性因素

文学是一种社会现象。一定的文学总是在特定的时空中演变发展。人类有着共同的社会形态和演变规律，因而，不同文化体系的文学内容、文学形式、文学理论、文学运动既会出现相似性，又有一定的差异。在世界文学范围内寻求这种相似也就是探求可比性。

以文学形式的演变发展为例，各民族文学的文学形态最早都是神话，然后是诗歌，而小说、戏剧的发展则往往与城市发展和市民阶层兴起相关。这种共同性就是与人类思维能力和社会演进相关的。

3. 从人类相通的道德、思想、感情方面去寻求可比性

人类面临相似的生存境遇、相似的困惑，都不能逃脱生老病死，都有喜怒哀乐的情感愿望，都有父母之爱、男女之情等，这些都表现在各

自的文学之中。因而，从思想情感、道德善恶的角度可以探寻到不同文化体系文学的可比性。

如对生命现象的思考，对生与死的探寻，在每个民族的文学中都有表现，都有赋予各自民族色彩的理解。《吉尔伽美什》中有寻求长生之草、得而复失的故事。古希腊大力士赫拉克勒斯的传说中有一个关于"死亡"的插曲。赫拉克勒斯漫游到费赖城遇到一件事：国王阿德墨托斯和年轻美丽的妻子阿尔克提斯生活在一起，他们曾有恩于太阳神，阿波罗得知国王的大限，强迫命运女神答应只要有人愿代国王死去他则可以免死。但国内没有一人愿意代死，连年迈的父母也不愿意。只有年轻美丽的妻子，纯洁真挚地爱着丈夫，愿意代其赴死。她说："因为我爱你，甚于我自己的生命，所以我愿意在命运规定的时间之前为你而死。虽然我可以选择第二个丈夫，并享受悠久也可能是幸福的生活，但没有你看着我的没有父亲的孩子，我活不下去。"说完死去。国王异常伤心，因为他深爱其妻。最后，赫拉克勒斯为报答主人的挚爱和招待之礼，战胜死神，夺回国王之妻。这里可以看到西方对"死亡"态度的神话式表现，也就是培根在《论死亡》中说的："人类的感情并非真的如此软弱，以至不能抵御对死的恐怖。人心中有许多感情，其强度足以战胜死亡——仇忾压倒死亡，爱情蔑视死亡，荣誉感使人献身死亡，巨大哀痛使人扑向死亡。唯有怯懦的人在未死亡之前已经死亡。"这里体现的是一种"情感战胜死亡"的死亡观。

《列子·力命》有一则故事：季梁病重垂危，儿子环绕着哭泣，并请求三位医生为其治病。第一个医生矫氏诊断说，你的病是寒温不节、虚实失度、饥饱不节和精虑烦散所造成的，虽然危重，但尚可医治。季梁说矫氏是庸医，把他逐出去了。第二个医生俞氏诊断说，你一生下来就胎气不足，但吃奶过多，病非一朝一夕所致，已经没有办法了。季梁称俞氏为"良医"，并请他吃喝一顿。第三个医生卢氏诊断说，你的疾病不由天，不由人，也不由鬼，一经有形体，有了生命，生老病死都是命定的，药石于你又有什么用处呢？季梁称卢氏为"神医"，并给他厚重的酬谢。这些体现的是"齐生死，顺自然"观念，表现的是一种听任命运安排的生死观。

4. 从与文学相关的其他学科去探求可比性

文学作为一种社会意识形态，它的产生和发展不仅受制于一定的经济基础，而且与哲学、政治、宗教、美学、心理、时代风尚等彼此渗透，互相影响。因而从这一角度，也可以探寻不同文化体系文学的可比性。

如各民族文学与宗教的关系最近。它们几乎都同时诞生在对茫茫苍穹的膜拜之中，在人类精神生活史上，文学曾经很长时期依附于宗教体系，宗教成为文学的载体。随着对事物认识的精细化、意识的类型化，文学逐渐从宗教中独立出来。但宗教对文学的影响从没间断：宗教思想、宗教传说、宗教习俗、宗教语言都渗透在文学之中。无数作家从宗教中获得创作灵感，利用或改造着宗教。宗教甚至影响到文学发展的某些规律性的东西。[①]但不同文化体系的文学与宗教关系的表现并不一样。

第三节　比较文学研究的方法

作为"方法"，有两层含义。一是作为哲学层面的方法，它指的是指导具体实践方法的原则；二是指具体操作的方法。如文学理论讲的"创作方法"，一般指现实主义和浪漫主义创作方法，指的是作家对创作内容与现实生活关系的理解的两种态度，而不是具体如何构思、如何提炼主题、如何结构和表达的具体方法。

下面按这两个含义来分析比较文学研究的方法。

一、对话：哲学层面的方法

（一）比较文学研究中的"对话"

比较文学研究中的"对话"，指用"非我的"和"他者的"眼光来看待研究对象，把不同文化体系的文学当作各自独立、各具特色、相互平等、能够进行沟通的双方或多方；主张抛弃一切形式的"中心主义"，实现不同文化体系之间文学的友好交流。其作为比较文学研究中的视角和态度，指向平等、开放、无中心、非定型的特征。

---

① 黎跃进：《文化批评与比较文学》，东方出版社 2000 年版，第 8-9 页。

"对话"是以差异性存在为前提的，而且不是取消差异、追求一致，而是承认差异、理解差异，在差异中关注自我，在理解中沟通和交流。

（二）怎样进行"对话"

1. 寻找对话平台

何为对话平台？对话平台是文学对话得以进行的某种空间或方式，在日常对话中，对话平台指人们交流的共同话题。而跨文化中的文学对话，是指共同关心的文学问题。在比较文学研究中，就是要寻找两种或多种文学共同关心的问题，由这"共同问题"入手去寻求同中之异，以达到不同文学的互识、互补、互鉴。

乐黛云认为，平等对话就是对话各方尊重对方文化传统的历史尊严，充分展现各自的历史分歧，进而从分歧或差异处找到共识。对话不是争取对话时的支配权力，而是通过不同层次和多角度的意见交流，来寻找各方对"同一问题"表层分歧下更深处的共识。

例如，关于"文学的本质"的问题，在各自的文学理论体系中运用的术语不同，侧重点也有差异。古希腊的亚里士多德有"模仿论"，英国华兹华斯有"主观情感论"，中国文论有"心物交融论"，印度有"情味论"，日本有"物哀论"，但这些都是对文学本质的理解。

2. 建构对话"话语"

这里的"对话"有两个方面：一是指语言；二是指双方为达到某种共识和理解而必须遵守的规则。不同的文化体系有不同的语言表达和言说方式，并形成了特定的概念和范畴。如果对话的各方都困守在自身的话语模式之中，不愿倾听不同"话语"所表达的不同意义，"对话"就无法进行。黑格尔说中国没有哲学，很多文论家认为中国没有悲剧，这只是用西方的"哲学"和"悲剧"范畴的标准来套中国的情形而得出的结论。

要使对话得以展开，就必须做好涉及对话各方的文学传统、术语译解和历史文化背景的前期准备工作，建构各方都理解的"话语"。这种建构的"话语"，可视为两种异质文学对话的"中介"。

3. 探寻共同语境

所谓"共同语境"，是指不同的文化体系在完全不同的社会历史条件下，面对的某种相同或相似的境遇情境。对这种相同或相似的境遇或情境，不同的文化会有各自不同的反应，提出不同的解决方案，并由此形成不同的言说方式和意义建构方式。虽然不同文化的言说方式和意义建构方式不一样，但同样的语境与境遇，也可以形成对话场域，拓展思维空间。如人类历史任何转型时期都存在"古今之争"，这是任何文化体系都会遭遇到的共同语境。但不同文化对古、今会有不同的态度，有的偏重创新，有的偏重继承。

中国文论和西方文论的发展就不一样。从中国文论模式来看，"周虽旧邦，其命维新"。这种"旧邦新"式的发展模式由孔子奠定，孔子"述而不作"的解读经典方式，形成了中国文人的文化解读方式；一种以尊经为尚、读经为本、解经为事、依经立义为主的复古主义意义建构模式。这一方式要求对古代经典进行认真研读修习，再以"笺""注""传"等方式提出新命题。中国古代文化和古代文论都是在经典注释中得以发展的。

西方文论面对古今之争，走的是弃旧迎新的发展路向。西方学术有爱智慧、求真理的传统，为了知识和真理，研究者可以向一切权威挑战，哪怕是自己尊敬的老师。"吾爱吾师，更爱真理。"亚里士多德对柏拉图的态度就是典型。西方文论不断有新体系出现，充满着创新精神。

中西文论如此，中西文学创作也同样。中国古代小说多续作；西方古典小说多"反讽之作"，如《堂吉诃德》对骑士小说的反讽，作为对歌德《少年维特之烦恼》的反讽，尼克莱写了一部《少年维特的喜悦》等。同样是格律诗，西方的十四行诗有许多变体，中国格律诗则越演变越严格。

二、操作层面的方法

比较文学研究的具体操作方法当然是多种多样的，可根据研究对象、论题范围的不同而采用不同的方法。下面介绍几种常用方法。[①]

（一）传播研究法

1. "传播研究法"的含义

传播研究法是对文学史上有关的历史事实加以收集、整理，通过文

---

① 下文中的"传播研究法""影响分析法""平行贯通法"等提法和一些观点，均出自王向远的《比较文学学科新论》，江西教育出版社 2002 年版。

献考证和史料分析，梳理文学现象的跨文化事实联系，探寻不同文化体系的文学相互交流中从传播到接受的途径与路线，并预测相关文学现象跨文化传播与交流的未来趋势的一种方法。

这一方法侧重于对跨文化交流的文学现象的材料梳理，主要是对材料的收集和整理。其研究重点不是放在被传播者身上，而是放在传播过程、传播媒介上，尤其是接受者的理解、评论上。包括对传播媒介，如翻译家及其翻译、报纸杂志、文学团体和社会团体等，进行的介绍分析；对接受者的研究，也不限于作家的接受，而是对所有身份、所有阶层人士的不同接受情况都进行分析、评述。如杨仁敬的《海明威在中国》，就用了不少篇幅谈到当时蒋介石等政要在"第二次世界大战"中对来到中国战区的海明威的欢迎和接待。

因而，传播研究法的主要任务，不是研究作家、作品之间的影响关系，而是研究被传播者的传播过程和流转际遇。

2. 传播研究法的运用

运用这一方法的学者往往站在自身文化的立场，研究本国文学与外国文学的传播关系。近年来，我国的比较文学学者多立足于中国文学，研究中国文学与某一国家或某一地区在某一特定或整个历史时期的文学传播关系。近 20 余年的主要成果有：①法国克劳婷·苏尔梦所编的《中国传统小说在亚洲》（国际文化出版公司 1989 年版），书中收录了日、德、泰、法、美等各国学者撰写的 17 篇论文，分别论述了中国传统小说在朝鲜、蒙古、越南、泰国、柬埔寨、印度尼西亚、马来西亚等亚洲国家的传播情况；②宋伯年主编的《中国古典文学在国外》（北京语言学院出版社 1994 年版），描述了中国古典文学世界范围传播的情况；③黄鸣奋《英语世界中国古典文学之传播》（学林出版社 1997 年版）；④韩国闵宽东著《中国古典小说在韩国之传播》（学林出版社 1998 年版）；⑤饶芃子主编《中国文学在东南亚》（暨南大学出版社 1999 年版），分为"中国文学在越南""中国文学在泰国""中国文学在新马""中国文学在菲律宾"四章，论述中国文学在这些国家的流传情况；⑥胡文彬的《〈红楼梦〉在国外》（中华书局 1993 年版）；⑦何香久的《〈金瓶梅〉传播史话：一部奇书在全世界的奇遇》（中国文联出版公司 1998 年版）；⑧杨仁敬的《海明威在中国》（厦门大学出版社 1990 年版）；⑨张铁夫主编《普希金与中国》（岳麓书社 2000 年版），主要梳理中国翻译家、学者对普希金作品的译介和研究情况；⑩周发祥、李岫主编《中外文学交流史》（湖南教育出版社 1999 年版）；⑪李岫、秦林芳主编《二十世纪中外文学交流史》（上、下）（河北教育出版社 2001 年版）；⑫孟昭毅著《东方文学交流史》（天津人民出版社 2001 年版）。

20 世纪 90 年代初，乐黛云、钱林森主编的"中国文学在国外"丛书，由花城出版社出版，包括：《中国文学在法国》（钱林森著）、《中国文学在俄苏》（李明滨著）、《中国文学在日本》（严绍璗、王晓平著）、《中国文学在朝鲜》（韦旭升著）、《中国·文学·美国：美国小说戏剧中的中国形象》（宋伟杰著）、《中国文学在英国》（张弘著）、《中国文学在德国》（曹卫东著）、《中国文学在越南》（卢蔚秋著）等共 10 种。2015 年 12 月，钱林森、周宁主编的《中外文学交流史》由山东教育出版社出版，计有 17 卷：①《中国-阿拉伯卷》（郅溥浩、丁淑红、宗笑飞著）、②《中国-北欧卷》（叶隽著）、③《中国-朝韩卷》（刘胜利著）、④《中国-德国卷》（卫茂平、陈虹嫣著）、⑤《中国-东南亚卷》（郭惠芬著）、⑥《中国-俄苏卷》（李明滨、查晓燕著）、⑦《中国-法国卷》（钱林森著）、⑧《中国-加拿大卷》（梁丽芳、马佳主编）、⑨《中国-美国卷》（周宁、朱徽、贺昌盛、周云龙著）、⑩《中国-葡萄牙卷》（姚风著）、⑪《中国-日本卷》（王晓平著）、⑫《中国-希腊、希伯来卷》（齐宏伟、杜心源、杨巧著）、⑬《中国-西班牙语国家卷》（赵振江、滕威著）、⑭《中国-意大利卷》（张西平、马西尼主编）、⑮《中国-印度卷》（郁龙余、刘朝华著）、⑯《中国-英国卷》（葛桂录著）、⑰《中国-中东欧卷》（丁超、宋炳辉著），这是一套运用传播研究法，以资料见长，规模空前的著作。

从上述已有成果可以看到，在实际研究中，这一方法的运用对象有两种情况，一是中国文学在国外的传播；二是外国文学在中国的传播。从事前者的研究，要求研究者具备较高的外语水平并收集大量的外文资料，做起来困难比较大。具体来说，包括以下几点。

第一，广泛收集材料。包括作品译本情况（译者、出版社、出版时间、出版数量、版次等），译者的论述（前言、后记），评介文章，研究论文，甚至相关外国作家的译介情况。第二，将材料从不同的角度进行分类。如按时间、按问题、按类别等。第三，分析材料，从材料中总结特点或规律，结合材料进行分析。第四，结合对象的整体面貌和社会历史文化背景，汇通地研究"为什么"，为什么会是这样传播？为什么会有这样的特点？第五，对传播中的不足和趋势进行分析，预测传播下一步的发展。

（二）影响分析法

1. 影响分析法的含义

影响分析法是通过对跨文化的文学现象之间的"影响"关系存在的假设和具体的文学批评与文本分析，来论证这些文学现象之间的精神联系的研究方法。其目的是研究跨文化的文学现象之间相互影响的规律，研究外来影响与接受主体的文化期待与冲突、影响与创造的辩证关系。

影响分析法与传播研究法既有联系、又有区别。联系在于：①它们都适用于历史事实关系的跨文化文学现象的比较研究；②传播研究可以成为影响研究的前提、基础和出发点。区别在于：影响分析法着重探讨作家创作心理和分析作品的成因，是文学的内部研究，立足于审美判断和心理分析。传播分析法则立足于外在事实和历史事实基础上的文学关系梳理，关注的是文学史上相互交流的基本事实，着重于文学跨文化传播的途径、方式、媒介、效果的研究方法。

可以说，传播研究法主要是一种文学的文化史学研究，影响分析法则主要是一种文学内在的文本研究。因而，影响分析法相关的范畴是"影响–接受""影响–超越""影响–独创"等，往往不是实证性研究，而是从研究者的直感出发的一种假设，不需要非常直接、明晰的事实联系，可以是一种旁证。而与传播研究法相关的范畴是"渊源""媒介""输入""反馈"等，研究梳理的是两种文学确凿、明彻的事实联系。

2. 影响分析法的操作步骤

第一步：判断与假设。这里的"判断与假设"就是在并不充分的事实条件下，依据直觉、分析、推理，提出影响关系存在的假设，假设某一文学现象（主要是作家作品）受到某一外来文学的影响。在研究中，这种假说的提出，并不是无根无据的想象，而是在有限的事实基础上的分析判断。

"有限的事实"有两种情况：一是传播研究中得到证实的事实。我们要以这些事实为出发点进行"影响分析"。二是提出假说，也有间接旁证的事实，这种"有间接旁证"的假说，在比较文学研究中也很有价值，虽然有时限于资料条件的限制，不能对"假说"进行深入的分析论证，但往往可以使研究者活跃思维，开阔思路，提出有价值的研究课题。

第二步：深入研究两种文学现象的相似性，即影响分析。"影响"是一种精神的、心理的现象，"影响与接受"如影如声，难以做精确的定量分析，但不能定量分析并不等于不能被确认。

分析"影响-接受"关系的存在，途径有很多。主要有：①文学观念的比较分析；②文学主题与题材的分析；③典型人物的剖析；④情节结构的解析；⑤意象的比照研究；等等。主要通过分析两种跨文化文学现象一些要素的相似性，来确定其"影响与接受"的关系。

这里的分析确定与传播研究法不一样，是一种文学的内部研究。但它又与一般的文学批评不一样。它不是施展批评家自身的独特艺术理解力，而是运用其敏锐的学识，在文学作品的细致分析中，分辨出文学现象（主要是作家作品）在内容与形式各方面的复杂构成因素，指出外来文学是否影响了某一文学现象，这种影响如何表现在作家的创作当中，外来影响对作家作品的独创起了何种作用，等等。

第三步：在确认"影响-接受"关系的基础上，进一步研究接受者如何"超越影响"。任何影响，都不会是原原本本的影响，都是接受者在"期待视野"下的主动选择。正是这种"主动选择"，使得接受什么样的影响、如何接受影响、在多大的程度上受到影响等，都取决于接受者自身的"接受屏幕"。因而，这一阶段研究的是接受者的期待视野，即其接受的是什么，放弃了什么，为什么会有这样的选择，等等。也就是深入作家作品的艺术世界，探幽发微，揭示艺术创造奥秘的过程。

（三）平行贯通法

作为研究方法，平行贯通法以平行研究为适用对象。平行研究这种研究类型，主要研究没有事实联系的跨文化文学现象之间的共时性的价值关系。其以"同"为出发点，探寻同中之异和异中之同，从而认识人类文学的共同规律和民族文学特色。但若仔细考察，平行研究还可以分为不同的模式。从研究对象的关系看，有三种模式：类同式研究、互衬式研究、反比式研究。从研究的结果看，有四种模式：A：B＝A＋B 模式、A：B→C 模式、Aa：Bb→C 模式、X1：X2：X3：X4……→Y 模式。

1. 类同式研究模式

这一模式重点在于研究跨文化文学现象的相同点，探寻文学现象的"连类比物""相类相从"，从而为总结民族文学、世界文学的基本规律而提供并整理大量相似、相同、相通的文学事实。例如钱锺书的《通感》[①]，就将中外文学中大量的"感觉挪移"现象加以汇集，探讨了文学作品中的"通感"手法及其规律和艺术价值。

一般来说，寻找和发现类同，是人们很寻常的心理需求。在文学阅读中，读到"何其相似"的文学现象时，人们常有一种发现的喜悦，并试图探讨其中的原因。这种类同式平行比较研究，已经提示了古今中外文学中许多普遍的现象，如天神降洪水惩罚人类，人兽结合，父子相残，恋母情结，为美女而战，聪明反被聪明误，等等。

以文学作品中的镜子为例。古代日本把镜子当作三神之一，认为镜子是"之精"，"以随顺感应为德，乃至直之本源"。日本的太阳神天照大神（天皇祖先）就是因天神伊邪那歧左手举起白铜镜，由光耀形成的光线所生；中国唐代传奇有《古镜记》（王度）；在《一千零一夜》中也反复出现魔镜，一照千万里，异国他乡之事尽在其中；歌德《浮士德》中靡菲斯特也有一面魔镜；在莫泊桑的《俊友》中，镜子成为情节发展的一个重要因素；拉丁美洲当代作家博尔赫斯的作品中，镜子也是非常重要的物象；马尔克斯《百年孤独》中还有镜子城。但是作为研究，重要的是不能满足于各种文化体系中文学作品中相同现象的罗列，不能停留在"何其相似乃尔"的浅层面上。还要深入下去，进一步研究：①物象到底在多大程度上、在何种意义上是相同的；②这种雷同是表面的还是实质性的；③是"不言而喻"的相同，还是尚未被充分认识的规律；④通过类同比较，能否得出有益的、富于新意的结论。

例如，叶舒宪的《英雄与太阳——中国上古诗原型重构》就从人类文化学的视角，将同属于古代的史诗加以类同式研究，概括出史诗中的英雄有两类：游牧民族史诗的"战马英雄"和农耕民族史诗的"太阳英雄"，由此，进一步探讨作为农耕文明的中国古代应该也有早期史诗中的太阳英雄，重构出了后羿为英雄的中国上古史诗原型。

---

① 张隆溪、温儒敏选编：《比较文学论文集》，北京大学出版社 1984 年版，第 21-30 页。

2. 互衬式研究模式

这一模式是把研究对象当作"绿叶红花"的关系来研究，从而使被比较的两种或多种文学现象的特性、价值得到映衬和凸显。俗话中说的"红花还要绿叶扶"是这一研究模式的最好概括。被比较研究的对象就像"红""绿"两种颜色，艺术地搭配，相互映衬，愈见其美。互衬式研究的对象不必是类同的东西，也不是相反的。对立的东西彼此有别，不互相依存。红花绿叶不是对立关系，而是共生关系。这一模式的研究，主要不是为了求同，也不是为了辨异，而是要在互为映衬、互为参照中使两者相映成趣，相得益彰。例如，朱光潜的《中西诗在情趣上的比较》一文，作者就从人伦、自然、宗教和哲学几个角度，不分主次、两相对比地分析了中西诗歌的不同"情趣"。如讲到中西自然诗歌："一个以委婉、微妙、简隽胜，一个以直率、深刻、铺陈胜。……西诗偏于刚，而中诗偏于柔。西方诗人所爱好的自然是大海，是狂风暴雨，是峭崖荒谷，是日景；中国诗人所爱好的自然是明溪疏柳，是微风细雨，是湖光山色，是月景。"[①]这样的比较，相互映衬，突出了各自的特点。

3. 反比式研究模式

这一研究模式的研究对象在本质上处于相生相克、相反相成的关系中。我们要在平行研究中把对象的这种关系加以揭示，仿佛在一个画面上将黑白两种颜色加以对比，突出它们的对立，使两极分化，黑者见其黑，白者更显其白。例如王向远的《日本的侵华文学与中日的抗日文学》，把两种实质相反的文学摆到一起，突出了日本侵华文学鼓吹侵略的无耻，也展现了中国抗日文学反侵略的决绝，对揭示那段特定时期中日两国文学的特征很有意义。

当然，这种比较模式的科学性，要求确定比较对象外延的相同，是在外延相同的基础上对本质进行比较。若将不同范畴的对立因素进行比较就不妥，如比较文学中的"老马和小孩"就不行。这类研究有许多课题有待拓展。如现代西方帝国主义文学和东方的反帝文学，享乐主义文学和禁欲主义文学，善神与恶魔形象，文学中的女权意识和男权意识，文学风格的高雅与通俗，等等。

---

① 朱光潜：《朱光潜全集》第3卷，安徽教育出版社1987年版，第77页。

4. A∶B＝A+B 模式

这是很多人反对的模式，方平先生曾说："假如有一篇文章，《红楼梦》与《呼啸山庄》，很好的题目。是中外两部古典文学名著的比较，两者之间也确定存在某种程度的可比性，例如，这一对东方怨偶是叛逆型，那一对西方情侣同样是叛逆型的，但如果只论证到此为止，而并没有进一步的发隐显微，那也会令人失望，因为你所做的，无非把两个国家在各自的文学史研究范围内可以作出的论断串联在一起罢了。A∶B＝A+B，这其实是拿罗列代替比较了。"[①]这样的比较没有意义。

5. A∶B→C 模式

方平先生反对"A∶B＝A+B"，提出了"A∶B→C"的模式。他说："……你进行的比较，总得有自己的发现，自己的创见。换句话说，'比较文学'的比较，希望能产生化学反应，就像化学方程式 $2Na+Cl_2＝2NaCl$（钠+氯气→盐）。也许比较文学（平行）研究也可以试着排成一个简单的方程式：A∶B→C。"[②]

C 代表了比较文学研究所取得的不同层次的深度。它是一种进行创造性的分析、演绎、归纳后取得的结果。它可为不同文化背景的民族文学描绘出一条运动着的规律，或者对某一种文艺现象进行新的探讨，提出新的论断；或者是对于被比较的作品，呈现作家的重新认识，甚至只是一个有启发性的问题的提出。C 才是"平行研究"的追求的目标，唯有 C 才证明了"平行研究"自身的价值。

6. $X_1∶X_2∶X_3∶X_4……→Y$ 模式

这里的 $X_1∶X_2∶X_3∶X_4……$表示跨文化的同类文学现象，它们可以是作家作品，也可以是文学概念、术语或命题；Y 则表示研究者的新见解。

这种模式是针对 A∶B→C 的模式而言，认为两项式比较难以得出科学结论，只有尽可能多的同类材料支撑，才能保证科学性。

7. Aa∶Bb→C 模式

这里的 a、b 代表跨文化的两个文学现象，而 A、B 是两种文化，两

[①] 方平：《可喜的新的眼光——比较文学所追求的目标》，《外国文学研究》1986 年第 2 期。

[②] 方平：《可喜的新的眼光——比较文学所追求的目标》，《外国文学研究》1986 年第 2 期。

项式不是不可比，而是要求 a、b 能在各自的文化中具有代表性，a、b 只是两种文化的切入点，由此，可上升到对两种文化做汇通研究，同样可以保证其科学性。

总之，将上述各种平行研究的模式加以综合，从多方面寻求被比较对象的同中异、异中同，在本质上揭示被比较对象的多重价值关系，这就是"平行贯通法"的内涵。

第四节　同根并蒂：影响研究的新范式

—以夏目漱石与老舍为例的探讨

影响研究是比较文学最早的研究类型，也是比较文学最主要的研究范式之一。为影响研究奠定基础的法国学者梵·第根认为，任何影响研究都必须沿着"放送者"→"传递者"→"接受者"这条路线追根溯源。具体说来，从"放送者"出发，研究一部作品、一位作家、一种文体或一种民族文学在外国的影响，这种研究被梵·第根称为"誉舆学"，学界也称为"流传学"；从"接受者"出发，探讨一位作家或一部作品接受了哪些异文化作家作品的影响，这被称为"渊源学"；从"传递者"出发，研究作家、作品通过什么媒介和手段产生影响，即"媒介学"。这里的流传学、渊源学、媒介学，就是影响研究的"两点一线"：起点的"放送者"，终点的"接受者"和中间的经过路线（即"媒介"）。梵·第根将"影响研究"视作比较文学的全部，他说得很清楚："整个比较文学研究的目的，是在于刻画出'经过路线'，刻画出有什么文学的东西被移到语言学的界限之外这件事实。"①

对于以考察"两点一线"的文学交流事实为目的的"影响研究"，学界早有反思和批评。批评最多的有三个方面：第一，历史实证主义和经验主义的取向。"影响研究"限定比较文学只能注意文学文本之外的东西，只研究来源和影响、原因和结果，使比较文学缩小成了研究文学的"外

---

① 梵·第根：《比较文学论》，戴望舒译，吉林出版集团有限责任公司 2010 年版，第 46 页。

贸"，成了仅仅研究外国来源和作者声誉的材料。①第二，放弃美学上的价值判断。梵·第根认为："真正的'比较文学'的特质，正如一切历史科学的特质一样，是把尽可能多的来源不同的事实采纳在一起，以便充分地把每一个事实加以解释；是扩大认识的基础，以便找到尽可能多的种种结果的原因。总之，'比较'这两个字应该摆脱全部美学的含义，而取得一个科学的含义。"②这样的研究除了说明某个作家阅读了异文化的某个作家的作品之外，对文学自身的研究不能提供任何有价值的东西，其将文学研究变成了文化历史的记账簿，与文学的审美本质相悖。第三，研究对象过于机械和狭窄。梵·第根认为，"地道的比较文学最通常研究着那些只在两个因子间的'二元的'关系"，只是对"一个放送者和一个接受者之间的二元关系之证实"③。就是说，比较文学研究的只是从发送者到接受者的"一对一"关系，超出"一对一"的关系研究则属于总体文学研究。对此，乐黛云教授提出质疑："研究一个作家对另一国的某一个作家的影响与研究一个作家对某两国的两个作家的影响，其间究竟有什么方法论的实质的区别呢？"④

　　"影响研究"的学理依据在于，各国文学的发展都不是孤立的，而是在相互影响中发展的。但影响不会是"两点一线"的简单模式，文学跨文化联系的事实要复杂得多。不同文化体系的文学之间纷纭复杂的文学交流现象之所以可以进行比较，是因为它们有着源和流的关系。换句话说，"同源性"是不同文化的文学历史具有可比性的逻辑前提。但"源"和"流"不仅仅是一对一的关系，"一源多流"和"一流多源"的情况都不少见。为弥补传统"影响研究"的局限，拓展研究领域，我们提出了影响研究的一种新范式，即"同根并蒂型"。文学史上许多跨文化的文学现象之间不是彼此直接接触的，而是有共同的渊源，在共同渊源的作用下，表现出某些审美共相，形象地说，它们是"同根并蒂"的关系。日本作家夏目漱石和中国作家老舍就是典型的例子。他们都在 20 世纪初旅

---

　　① 雷内·韦勒克：《比较文学的危机》，《比较文学译文集》，张隆溪选编，北京大学出版社 1982 年版，第 22-31 页

　　② 梵·第根：《比较文学论》，戴望舒译，吉林出版集团有限责任公司 2010 年版，第 4-5 页。

　　③ 梵·第根：《比较文学论》，戴望舒译，吉林出版集团有限责任公司 2010 年版，第 138 页。

　　④ 乐黛云：《比较文学原理》，湖南文艺出版社 1988 年版，第 22 页。

居伦敦数年，有过大体相似的生命体验，都大量研读过英国18、19世纪的现实主义文学作品，并将其内化为自己的创作要素。下面，我们就这一个案展开探讨，以此理解"同根并蒂"这一影响研究的新范式。

一、伦敦岁月：相似的生命体验

夏目漱石和老舍都在20世纪初旅居英国，这是他们人生经历的一次重要转折，伦敦经历对他们精神世界和价值体系的形成具有深刻的影响。

1900年，夏目漱石被选派留学英国，9月从横滨出发，11月抵达伦敦，开始了为期两年的英国留学生活。老舍于1924年夏天，由燕京大学英籍教授艾温士推荐，应聘到英国伦敦大学东方学院任华语讲师，直到1929年夏离开英国。尽管夏目漱石和老舍旅居伦敦的直接目的、时间、期限和具体的行为方式都不一样，但他们都来自东亚且都在未来成了作家，他们在伦敦的生命体验、精神追求和审美意趣还是有许多相通之处。

（一）遭受优越的英国人的歧视

20世纪初，西方人对东方世界缺乏了解。英国人特有的保守民族性格，使他们在来自东方的夏目漱石、老舍面前表现出高人一等的优越感。在伦敦的日子，夏目漱石和老舍都同样感受到了英国人的傲慢以及由此带来的屈辱与愤懑。夏目漱石在日记中写道："西洋人对日本的进步甚为惊讶。之所以会惊讶，是因为对日本心存轻蔑的人，至今依然言行傲慢自大。……像无聊至极的公寓房东家老爷子之类，不仅对日本毫无欣赏之心，还时常流露出轻蔑之色。"[①]这种凝融着民族情感的屈辱，使夏目漱石的伦敦岁月过得很不愉快。

英国人根深蒂固的民族偏见和古板清高的性格，也伤害了老舍的感情。在伦敦，作为一个普通的中国人，老舍经常受到白眼和凌辱。这种情感体验在他的旅英华人题材小说《二马》中有确切的表现："就是因为中国是个弱国，所以他们随便给那群勤苦耐劳，在异域找饭吃的华人加上一切的罪名。……于是中国人就变成世界上最阴险，最污浊，最讨厌，最卑鄙的一种两条腿儿的动物！"[②]从中不难看到老舍因伦敦经历的屈辱

---

① 平冈敏夫编：《漱石日记》，岩波书店1990年版，第31页。
② 老舍：《二马》，《老舍全集》第1卷，人民文学出版社2013年版，第391-392页。

而积郁胸中的愤怒。

（二）在比较中加深对自身文化的认识

夏目漱石留学伦敦时，已经 33 岁；老舍来到英国时，也已经 26 岁。他们走出国门前均已经成年，已结束学校学习、从事中学教育多年。他们都带着成熟的文化观念来到伦敦，原有文化与异质文化的冲突自然比较剧烈，对母文化与西方文化的比较意识更为自觉，对文化差异的理解更为理性，在比较中往往渗透出对民族文化的自省和民族命运的关注。

夏目漱石在 1901 年 1 月 3 日的日记里写道："彼英国人让座于人，若我同胞，则我行我素，无话可说矣。彼英国人主张申一己之权，若我同胞，则不愿为此费神劳力矣。彼以英国为自豪，犹如我同胞以日本为自豪。谁有自豪的价值？要好好思量。"[1]在夏目漱石的《漱石日记》中，这类将日本与英国、甚至西洋文化进行比较的文字还有不少。

老舍曾谈到在伦敦创作小说《二马》的目的："写这本东西的动机不是由于某人某事的值得一写，而是在比较中国人与英国人的不同处，所以一切人差不多都代表着什么；我不能完全忽略了他们的个性，可是我更注意他们所代表的民族性。"[2]《二马》通过形象体系，将中英的价值系统做了鲜明对比：英国人的人生哲学是独立，中国人则依附于封建人伦关系；英国人讲科学，中国人讲迷信；英国人重视工商业和经济发展，中国人轻商斥利；英国人也要面子，但人情和原则区分清楚，中国人却死要面子，为了面子可以不顾一切；英国人认为国民要对国家政治有"普遍参与意识"，中国普通民众"只知有家，不知有国"。

（三）对英国及西方文化的双重矛盾态度

20 世纪初的西方经历了两次工业革命和理性启蒙，其生产力获得极大解放，资本主义经济迅速发展，工业现代化文明程度大大提高，自由、平等、独立的价值取向深入人心。同时，这些也为其对东方的殖民扩张、文化渗透奠定了实力。来自东亚的夏目漱石、老舍面对西方的现代文化，在理智上不能不受到冲击、震撼，表现出敬佩，但内心又有源于民族情感的抵制和抗争。

---

① 平冈敏夫编：《漱石日记》，岩波书店 1990 年版，第 25-26 页。
② 老舍：《我怎样写〈二马〉》，《老舍文集》第 15 卷，人民文学出版社 1990 年版，第 595 页。

在异国他乡，夏目漱石感受到了西方个性自由和自我本位主义文化的魅力。但身在其中，他也看到了以自我本位为特征的西方文化的弊端，即拜金主义和利己主义的泛滥，于是，他对西方文明提出批判，认为今日欧洲文明的失败，根本原因在于贫富过于悬殊。夏目漱石以西方为参照，对日本的社会和文化进行思考，主张吸收西方的近代思想，但又不能凡事都学西方，而应该在消化吸收的基础上保存日本传统文化中的精华。

老舍对英国人有双重看法，赞赏他们奋发有为、工作勤勉；憎恶他们的种族歧视、等级森严。在伦敦，老舍看到了英国社会的不平等、金钱万能的怪现象、商业社会人与人之间关系的冷漠无情、英国人自私而淡漠的绅士风度、喜欢摆绅士的架子、自恋式的故步自封，其中，英国人固执的民族偏见，对华人根深蒂固的歧视使他难以忍受；他也看到了英国人的特立独行、公民意识比较强、讲理守法又勤奋自强的性格，以及务实的精神。老舍在《二马》中写道："英国的强盛，大半因为英国人不呐喊，而是低着头死干。……英国人最爱自由的。"[1]他把这些印象、感受，以及对祖国命运的深深忧虑都写进了作品中。

夏目漱石和老舍的伦敦岁月，是在与异国文化冲突、磨合、相对封闭的状况中度过的。他们都有自己独立的人生观和鲜明的文化人格，有着执着的文化理想，但理想与现实的巨大反差，使他们的伦敦生活变得更加孤独，也使他们更加深刻地体验了文化磨合中产生的紧张、压抑和不安。在孤独和紧张中，夏目漱石深入研读英国和西方的文学，思考文学的深层问题，努力建构东亚传统和西方现代文化结合的文学理论体系，也为日后的文学创作积累了大量素材。老舍是在英国和西方文学的大量阅读、借鉴中走上文学道路的，留学期间，他创作了《老张的哲学》《赵子曰》《二马》三部小说，一吐心中块垒，释放了孤独和压抑。

二、英国文学：共同的文学资源

留学伦敦的岁月，不仅使夏目漱石和老舍有着相似的人生经历，还使他们在英国文学的研读中，享有了一份共同的精神遗产，为他们的文

---

① 老舍：《二马》，《老舍全集》第1卷，人民文学出版社2013年版，第529页。

学创作提供了共同的基础。

夏目漱石为了搞清楚"什么是文学"，在伦敦大量阅读英国文学作品。他谈到留学伦敦读书的情景："因为没能产生预想的兴趣和效果，大学的课程只听了三个来月就作罢了，但到私塾听课请教问题却延续了一年有余。这期间，我悉数通读了手头与英国文学有关的所有书籍……实际上我虽然是因为英国文学学士的缘故而获选留洋，却从来不敢自诩精通。毕业后又有几年奔波往返于东京和关西之间，忙碌于个人家事而少有读书机会，和文学的距离越拉越远。那些脍炙人口的经典名著往往只是大略听到过名字，十有六七未曾读过。对此，在我心中时常引为憾事。利用这个机会读尽所有的书是我的愿望，此外别无其他设想。如此一年之后，再去查看读过哪些书籍，发现没有读过的书籍数量已经很少。"①可见，夏目漱石为了解开多年的困惑，曾带着问题，闭门公寓，系统阅读过英国文学作品。后来，在此基础上，他曾大量阅读相关的理论著作，为写作《文学论》做准备，积累了大量的读书笔记，他说："在英国期间，我用蝇头小楷手书的笔记本已有五、六寸之厚。回国时这些笔记本是我的唯一财产。"②

老舍在伦敦东方学院教汉语期间，一方面为加强英语学习，另一方面为排遣远离故土的寂寞，开始阅读英国文学作品。老舍后来回忆："二十七岁出国。为学英文，所以念小说，可是还没想起来写作。到异乡的新鲜劲儿渐渐消失，半年后开始感觉寂寞，也就常常想家。……那些事既都是过去的，想起来便像一些图画，大概那色彩不甚浓厚的根本就想不起来了。这些图画常在心中来往，每每在读小说的时候使我忘了读的是什么，而呆呆的忆及自己的过去。小说中是些图画，记忆中也是些图画，为什么不可以把自己的图画用文字画下来呢？我想拿笔了。"③就这样，老舍直接模仿 19 世纪英国现实主义作家狄更斯的《尼古拉斯·尼柯

---

① 夏目漱石：《〈文学论〉序》，《日本古典文论选译》（近代卷），王向远译，中央编译出版社 2012 年版，第 655 页。

② 夏目漱石：《〈文学论〉序》，《日本古典文论选译》（近代卷），王向远译，中央编译出版社 2012 年版，第 657 页。

③ 老舍：《我怎样写〈老张的哲学〉》，《老舍全集》第 16 卷，人民文学出版社 2008 年版，第 162 页。

尔贝》《匹克威克外传》等小说，创作了处女作《老张的哲学》。可以说，老舍是在以狄更斯为代表的英国文学直接影响下走上了文学创作道路。

在伦敦的 5 年里，老舍一边创作，一边以极大的热情和精力，研读以英国文学为主的西方文学作品，他完成了从古希腊到莎士比亚到近代英法小说的庞大阅读计划，对英国文学史上的重要作品进行了系统的阅读，而且，从不同层面，对这些作品的某些创作技法在自己的创作中加以借鉴、吸收，丰富了创作的思想内涵和艺术表现手段。

夏目漱石和老舍系统研读英国文学的起点不同。夏目漱石是学者式的研究，其通过研读来建构自己的文学理论体系；老舍是读者层面的阅读，通过品读进而激发起创作欲望。但作为作家，他们都深受英国文学的影响，英国文学成为他们创作的重要资源。而且，他们对英国文学的接受，表现出共同的兴趣点和相似的倾向：他们都把目光聚焦在英国 18、19 世纪的现实主义文学上，尤其是现实主义文学作品中的幽默讽刺风格，给他们影响最大的英国作家是斯威夫特和狄更斯。

夏目漱石的文论著作《文学评论》中有第四编"斯威夫特与厌世文学"，这是他用心最深的章节。书中结合斯威夫特的生平思想和创作文本，对其讽刺文学进行了细致的探究。他概括斯威夫特讽刺的特点："就像火山口里喷出的冰块，非常猛烈，但寒冷刺骨，而他自己岿然不动，像一块巨石屹立在英国。"①他还进一步分析斯威夫特的讽刺文学源于其厌世倾向。夏目漱石和斯威夫特在气质和精神上，有太多的一致性：他们都有一种超乎常人的敏锐和透视本质的慧眼，有置身于自我之外调侃一切的真诚，还有郁积于心的痛苦愤懑与无可奈何的幽默。因而，夏目漱石从斯威夫特的讽刺文学中得到很多启发。当然，狄更斯式的幽默也是夏目漱石借鉴的资源，在《文学论》和小说创作中，他曾多次谈到狄更斯式的幽默。

老舍也经常谈到斯威夫特的讽刺。在《谈幽默》一文中，他将幽默与讽刺加以比较，从这一层面理解斯威夫特的讽刺文学，"讽刺必须幽默，但它比幽默厉害。它必须用极锐利的口吻说出来，给人一种极强烈的冷嘲；……让咱们来看看讽刺家是什么样子吧。好，看看 Swift（斯威夫特）

---

① 夏目漱石：《文学评论》，《漱石全集》第 10 卷，岩波书店 1965 年版，第 238-239 页。

这个家伙；当他赞美自己的作品时，他这么说：'好上帝，我写那本书的时候，我是何等的一个天才呀！'在他 26 岁的时候，他希望他的诗能够：'每一行会刺，会炸，象短刃与火'"①。当然，以老舍的个性气质，他更偏爱狄更斯的幽默。老舍在《谈读书》中说得很清楚："在我年轻的时候，我极喜读英国大小说家狄更斯的作品，爱不释手。我初习写作，也有些效仿他。他的伟大究竟在哪里？我不知道。我只学来些耍字眼儿，故意逗笑等等'窍门'，扬扬得意。"②

正是在斯威夫特和狄更斯这样的幽默讽刺作家的影响下，夏目漱石和老舍的早期创作都表现出一种幽默讽刺的风格。夏目漱石的早期文学作品就有着斯威夫特的厌世和讽刺文学的风格特征。夏目漱石曾说"在写实性的作品中，斯威夫特的《格列佛游记》我最喜欢"③。他的小说处女作《我是猫》，深受 18 世纪英国小说的影响，充满了英国式的睿智的幽默。日本著名批评家加藤周一认为："它（《我是猫》）同德川时代的滑稽小说全然不同，它的讽刺往往是非常强烈的，它的知性的滑稽是及于批判社会的。这方面可以远溯到夏目漱石所学习的英国 18 世纪文学，尤其是斯威夫特的文学吧。"④老舍是在对狄更斯幽默的仿效中开始文学创作的，这是人所共知的事实。老舍自己曾说："我是读了些英国的文艺之后，才决定也来试试自己的笔，狄更斯是我在那时候最爱读的，……这就难怪我一拿笔，便向幽默这边滑下来了。"⑤老舍在英国创作的三部小说中，都可以看到狄更斯小说中的幽默讽刺人物、情节和表现手法的痕迹。

更奇妙的是，两位作家不约而同地以猫的眼睛来观察世界，以幽默讽刺来批判现实。他们分别创作了《我是猫》和《猫城记》。《我是猫》以猫的视角反映明治时代日本的社会现实，审视"明治精神"；《猫城记》通过猫国故事的叙述，揭示社会黑暗，反思民族文化的某些负面因素。

① 老舍：《谈幽默》，《老舍全集》第 16 卷，人民文学出版社 2008 年版，第 203 页。

② 老舍：《谈读书》，《老舍全集》第 17 卷，人民文学出版社 2008 年版，第 646 页。

③ 夏目漱石：《对我写作有益的书籍》，《日本古典文论选译》（近代卷），王向远译，中央编译出版社 2012 年版，第 667 页。

④ 加藤周一：《日本文学史序说》（下），叶渭渠、唐月梅译，开明出版社 1995 年版，第 306 页。

⑤ 老舍：《鲁迅先生逝世两周年纪念》，《老舍全集》第 17 卷，人民文学出版社 2008 年版，第 163 页。

两部作品虽然有"猫看人"和"人看猫"的视角反向差异，但都运用了隐喻、反语、夸张、象征等手法，将幽默调侃、嘲笑揶揄、影射讽刺融为一体，是世界幽默讽刺文学的杰作。出现这样的巧合，固然有夏目漱石和老舍相似的生活经历和生命体验的因素，也有英国现实主义文学同源影响的作用，尤其是两人作品中都有斯威夫特《格列佛游记》的明显印记。

三、同根并蒂：不同创作走向及其成因

日本学者高木文雄曾将夏目漱石和老舍进行比较，认为两位作家有许多相似之处，"（1）都出生于首都，学习英语并旅居伦敦；（2）在伦敦都有过作为东方人在西方的不愉快的感受；（3）在创作道路上，早期都是身为教师却写作小说；（4）都曾从事与创作密切相关的文学理论研究；（5）在作品中都表现出对祖国现代化过程中的问题的思考"[①]。其实，夏目漱石和老舍的相似之处还不止这些，还可以举出更多，例如：他们都出生于破落的贵族家庭；都对国民性有所审视；都对知识分子阶层比较关注；早期创作都具有幽默讽刺的风格；矜持沉郁的个性气质；怀抱理想却坚忍低调的行事风格等。

尽管生命历程和个性气质都有某种程度的相似，又都以英国18、19世纪文学作为创作的重要的源头，但由于夏目漱石和老舍孕育于不同的文化母胎，其创作、生存的现实环境不一样，内在精神世界的构成存在差异，即使同源而出，也显示出了各自创作的不同个性和走向。

夏目漱石由早期的《我是猫》《哥儿》《二百一十天》《疾风》等具有现实主义和幽默讽刺风格的作品，经《虞美人草》和"爱情三部曲"（《三四郎》《后来的事》《门》），开始从爱情层面探讨知识分子内心的自我与孤独问题，后期创作的《春分之后》《行人》《心》《路边草》《玻璃窗内》和未竟之作《明暗》，风格变化为文笔凝重，描写苍劲有力，执力于深入探索知识分子的苦闷、压抑与自私矛盾的心理，突出知识分子的孤独和悲观，透出一种东方式的虚无情怀，形成了鲜明的心理剖析和哲理探索

---

① 高木文雄：《漱石作品的内与外》，《近代文学研究丛刊》（4），和泉书院 1994 年版，第 392 页。

的艺术倾向。夏目漱石文学的走向是：由余裕趋于冷峻，转向对人性内在而深刻的审视。

老舍因早期在英国创作的充满滑稽、闹剧式幽默的三部作品开始走上文坛，经《猫城记》《牛天赐传》《离婚》《小坡的生日》《骆驼祥子》等一系列悲喜交集、蕴含"含泪的笑"式的幽默作品，发展到抗战时期的《火葬》《四世同堂》《鼓书艺人》《我这一辈子》和新中国成立后以《茶馆》《龙须沟》为代表的戏剧创作，经历了战火的磨难和新时代的冲击，原来嬉笑唾骂的世态人情描写和入木三分的市民传统文化批判，转变成回归传统、固守本土和对市民现实文化的认同。老舍文学的走向是：由饱含温情的幽默，趋向市民喜剧情怀，走的是反映社会现实层面的路子。

仔细考察，夏目漱石和老舍各自独特创作个性和走向的成因可以从以下几个方面进行分析：

第一，从出生的家境看。他们虽然同是败落的贵族，但夏目家还有根底，一家生活不是问题，夏目漱石能顺利就读东京大学，按自己的意愿选择自己的学习专业（英语）；老舍则父亲早逝，一家生计都很艰难，大哥靠典卖祖坟坟地才娶了媳妇，老舍中学没毕业就因经济原因只得投考免费的师范学校。

第二，从接受教育状况看。夏目漱石从小学、中学到大学，一直都就读于当时日本最好的学校，接受的是当时日本最好的教育。中学时代，他一度到二松学舍学习汉学，打下了坚实的汉学基础。大学预科时，他立志与文学为业，与俳句改革家正冈子规的交往更激发了他对文学的兴趣。老舍作为清末的旗兵子弟，9岁才由刘大叔（宗月大师）资助上小学，他的中小学时期教育更多的是课堂外的：母亲、大姐讲述的民间故事，八旗子弟消遣性的民间文艺（大鼓单弦、书场曲艺）和市民文学。但这种"生命教育"给了老舍深入骨髓的影响。

第三，从学习英语的目的看。夏目漱石是在日本日益西化的社会形势下，放弃了喜欢的汉学，转向西学，满怀着精通英语和英国文学、用英语写出伟大作品、征服西洋人的抱负，进入东京帝国大学英文科学习。老舍则是在师范学校进行了英语启蒙，后随教会牧师学习，在燕京大学旁听，再到伦敦教汉语，同时进一步深造英文，应该说整个过程更多地体现为一种谋取生计的手段。他是在英国才真正掌握英语、阅读原著，并产生模仿创作的冲动的。

第四，从接受西方文学影响的情况看。夏目漱石在创作《我是猫》之前，写过汉诗、俳句和文学研究论文，在大学讲授过"文学理论""英国文学"的课程，对文学理论问题有深入、独到的思考和理解。他是在广泛博采的基础上经过自我消化而接受的西方文学的影响。老舍在伦敦创作小说之前，虽然在南开中学校刊上发表过《小铃儿》，但只是日常练习之作，尚无"文学"的自觉性。他的创作是从对狄更斯的模仿开始的，从他的早期创作中能明显地看到西方作家斯威夫特、狄更斯、康拉德、威尔斯、赫胥黎等的影响，并能分析出具体的影响要素。

第五，从成为作家后在文坛的地位和影响看。夏目漱石短期内创作了《我是猫》《哥儿》《薤露行》《漾虚集》《疾风》《二百一十天》《草枕》后，名声大振，成为当时文坛的领袖人物。一批文学青年每周星期四在夏目漱石家聚会，其中，芥川龙之介、野上弥生子、久米正雄、森田草平、寺田寅彦等都是日本现代文学史上的重要作家。老舍早期几部作品发表后，文坛看到一颗新星升起。他结束英国之旅、经新加坡回国后，先后在齐鲁大学、山东大学任教，同时在《小说月报》《论语》《现代》《宇宙风》《文学季刊》等刊物发表作品，显示出坚实的实绩，到 1936 年发表《骆驼祥子》，成了独具风格的作家，随后，中华全国文艺界抗敌协会成立，老舍作为总务部主任，成为真正的文坛核心人物。

第六，从审美追求看。夏目漱石的创作虽然也有批判、干预社会的一面，但他的审美追求主线是余裕论—非人情—则天去私，是与社会、道德保持一定距离的，执力于实现内在世界的纯粹与自由。老舍的创作以"幽默"贯彻一生的追求，崇尚"俏皮、活泼、警辟"，就是被赞誉的"寸楷含幽默，片言振聩聋"（郭沫若语）。虽然，其幽默有不同的发展阶段，但总体上与社会、道德密切相关。在老舍的精神世界里，幽默是生命的润滑剂，也是一种审美效果，即在幽默中娱乐大众，在幽默中化解社会矛盾，在幽默中实现生命价值。

第七，从各自所处的文化环境看。夏目漱石创作时期，日本明治维新已经历 40 来年，经过殖兴产业和西化大潮，取得了中日甲午战争和日俄战争的胜利，正作为强国在东方崛起，但随之而来的问题不少：新旧矛盾交织、人心功利浮躁，缺乏真正的自我觉醒，这些使夏目漱石强烈地感受到人的内心自我确立的紧迫性和意义。老舍创作时期的中国经历了"五四"新文化运动的洗礼，但各种新旧矛盾、内外冲突纠集，沉重的历史文化包袱成为知识分子承受的巨大压力，军阀派系、党派政治、抵抗外敌入侵的民族救亡等，是现实的文化语境，这些促使老舍更为关注社会群体，特别是底层民众的命运遭际。

四、相关结论

从夏目漱石和老舍这一个案的探讨，我们可以看到：影响研究应该突破"两点一线"的局限，在"一源多流"的复杂影响中拓宽研究领域，只要把握住"同源性"这一影响研究的逻辑起点，多数跨文化的复杂文学影响都可以成为影响研究的研究对象。我们不仅可以对不同作家进行比较研究，而且可以对属于"同根并蒂"类型的不同作品、题材、思潮进行比较研究。如：以中国的佛典文学为源头，日本、朝鲜、越南文学史中的相关文学类型都有不同的处理和各自独有的特点；以明代瞿佑《剪灯新话》为共同源头，日本浅井了意的《御伽婢子》、朝鲜金时习的《金鳌新话》、越南阮屿的《传奇漫录》可以做"同根并蒂"型研究；以《圣经·旧约》为源头，西方不少作家选取其中的同一题材进行创作，这也是"同根并蒂"型研究很好的课题。而且，同根并蒂型研究是在"同源"基础上的研究，研究者不需把精力放在影响事实的考证上，重点是对同一异质文学的不同接受的研究，可直接进入接受者的心智结构和审美倾向的比较，通过深入分析文学文本，拨正传统影响研究忽视美学价值判断的偏颇。总之，"同根并蒂"这一影响研究的新范式，将为比较文学研究开辟新的领域和空间。

第三章　中西神话比较

神话是各民族最早的文学样式与成果。其产生、发展是在各民族相对封闭的社会文化条件下进行的，因而最能体现民族精神，其又作为各民族文学的源头，形成文学"原形"，积淀于民族文学和文化的深层。因而，对各民族神话进行比较研究具有特别的意义。

第一节　有关神话的几个基本问题

一、神话的定义、特点与形态

学界对"神话"一词一直众说纷纭，其定义多达一百多种。不同的学者从不同角度着眼加以定义，不同的学派也有不同的着重点。

神学家认为神话是对宗教真理的神秘阐述；历史学者认为神话是虚构的或诗化的历史；人类学家从进化论立场出发，认为神话是原始人所特有的近乎儿童心智的产物；仪式学派则强调神话与祭祀仪式之间的联系，认为神话是一种与祭祀活动有关的陈述；语言学派认为，神话是原始语言在其发展过程中产生的歧义与解释；心理学派认为神话是原始民族的婴儿精神被压抑了的生活片段，是人类灵魂最早性质的记录；社会学派说神话是民族集体精神的再现；结构主义强调神话是一种原始思维逻辑模式；功能主义强调神话是社会生活的实用规范；符号学派则认为神话是一种象征性的符号体系、一种自满自足的世界；马克思主义从经济基础着眼，认为神话是原始人"用想象和借助想象以征服自然、支配自然力、把自然力加以形象化"①的产物。

从宏观看，神话的概念有广义和狭义的理解。狭义的神话专指原始社会时期的"神话"。如《中国大百科全书·外国文学卷》的解释：神话指"生活在原始公社时期的人们，通过他们的原始思维不自觉地把自然界和社会生活加以形象化、人格化而形成的幻想神奇语言艺术创作"。

广义的神话概念认为神话不仅产生于原始时代，任何时代包括今天也有新的神话产生。我国学者袁珂坚持广义神话观，把神话与当代的社会生活联系起来。但广义神话观有扩大化趋势，容易把凡是带有神奇色彩的作品，例如童话、科幻作品都当作神话；西方学界甚至把不属于文艺的事物如政党、国家、民主政治、法西斯主义等都称之为神话，几乎成了幻想、蛊惑、谎言、迷信、信仰、不可思议的代名词。

不管广义、狭义，真正的神话应具备下列特质：（1）集体性。其是一个人类共同体集体精神的投射；是这个群体集体创作、世代相承的精神财富，也是这个群体成员相互认同的文化标识之一。个人创作，无论如何神奇，只能说具有神话色彩，但不是神话。《西游记》《百年孤独》是小说，非神话。（2）原始性。其建立在原始思维的基础之上，其中的幻想是一种不自觉的幻想，人们对其中的神灵与事迹信以为真。有意识的艺术虚构不是神话。（3）神圣性。其与民族宗教密切相关，神话主角要么是超自然神灵，要么是神化的文化英雄，都是该民族民众信仰和精神崇拜的对象；神话之初不是纯娱乐，而是对与自己生存息息相关的一些重大问题的解释；神话故事可为该民族民众提供基本的价值观念与行为准则。

神话作为整体，经历了不断的演变过程，因而其有不同的形态，大体上有以下四种类型。

---

① 马克思：《〈政治经济学批判〉导言》，《马克思恩格斯选集》第 2 卷，人民出版社 1972 年版，第 113 页。

（1）原生态神话。这是指原始公社时期及以前的初民所创作和讲述的神话。从理论上讲，它包括现代已很发达的民族远古的原生态神话，还有现在仍处于原始公社的民族，经专家调查记录的祖先流传下来的神话；（2）再生态神话。指产生于原始氏族公社及以前时期，但流传于这一时期之后，经过了后人的整理而流传的神话。这类神话数量较大，具体流传方式有民间口头流传和记录于文献典籍两种。相对于原生态神话，其创作形式有所改变，但基本形象母题还是其核心部分。（3）新生态神话。指产生于原始社会以后各个时代的神话，而且伴随特定的信仰行为。如民间有关关公、诸葛亮的神话。（4）衍生态神话。是上述三种神话在其他领域运用和改编的衍生物。它不是严格意义上的神话，但与神话联系紧密，如神魔小说、魔幻现实主义小说等。

二、新石器时代是神话产生发展的重要时期

新石器时代的文化特点：产生了新的社会组织和生产方式，也逐渐形成了一套新的思维方式和语言表达方式。新石器时代集体意识增强，部族通过原始宗教仪式和原始神话的讲述将集体观念灌输给每个成员。而且，新石器时代原始人在"万物有灵"观念的支配下，努力说明天地间万事万物的起源、变化的内容，逐渐演变为神话。

流传下来的神话只是上古神话中极少的一部分，而这一部分也经过后人加工，打上了后来时代的印记。以文字形式记载的神话，产生于文明时代初期。

三、原始神话产生于前逻辑的、非理性的原始心理状态

人类原始思维的特征是具体、形象的联想力异常丰富，抽象的思维推理能力低下。原始思维无力形成"类概念"，不能根据事物本身的性质作出类别概括，只能借助"万物有灵"的思维方式，"以己度物"地理解世界。

神话有"独立神话"和"体系神话"之分。"独立神话"产生于原始公社的氏族时代，多为片段式地讲述各自祭拜的图腾和一些分散的神祇的故事，矛盾混乱。"体系神话"形成于文明社会的早期阶段，是民族解体向部落联盟发展的产物，大致形成了相对完整的框架，出现了具有独

尊地位的主神。"独立神话"大体上还停留在原始氏族社会的意识水平，具有自然力崇拜迹象，是图腾时代的心理写照和精神遗产；"体系神话"则包含或多或少的阶级意识，体现了对支配自然力渴望，曲折反映了氏族社会末期和阶级社会初期的社会及人们的希望、理想和恐惧。

第二节　中西神话的保存与"历史化"

这里的"西方"神话，仅指古希腊罗马神话，不包括后来欧洲的各民族神话。

古希腊罗马神话得以保存、流传，主要是四种人的功劳：（1）预言者，他们是有学识的人，往往随军出征或随船队出海，以预卜前程为职业，他们讲述古代神话，相传第一个预言者梅莱普斯的预言本领为蛇所授：传说他门前有一棵老橡树，树中有蛇窝，蛇为人所杀，他救活小蛇。一天，梅氏倚树瞌睡，小蛇探首耳边，传授梅氏鸟兽之语，由此，其常从鸟兽语言中获悉人世前程。（2）行吟诗人，他们以用管弦乐器演奏、吟唱古代神话为业。（3）诗人与悲剧作家，如荷马、赫希俄德，他们的作品《伊利亚特》《奥德修纪》和《神谱》保存了大量神话，古罗马的维吉尔、奥维德等也是这样的诗人。悲剧作家往往以神话作为戏剧创作题材。（4）历史学家。如希罗多德的《历史》把神话当信史记载。

古希腊罗马神话属于体系神话，尤其是奥林匹斯神系、前奥林匹斯神系具有独立神话色彩。

中国古代神话缺乏体系，散见于古籍之中，因三种人而得以保存：（1）古代哲学家，他们把神话中解释自然现象的部分当作宇宙论的引证。（2）古代文学家，把一些神话引入其作品中，以增加其瑰丽神奇色彩。（3）古代历史学家，他们把部分神话当作历史材料保存。主要散见于《庄子》《淮南子》《楚辞》《述异记》等，而《山海经》是中国古代神话的集大成之作。

中西神话都曾经过长期口头流传过程，之后用文学记录下来。从上述中西神话保存的载体来看，古希腊罗马神话的主体多以诗歌、剧作形式出现，记录者主要是诗人；中国神话以古代典籍的插话、附庸形式出现，主要出自一批掌握文字和写作能力、主持占卜的"史官"之手。

实际上，中西神话都有一个"历史化"的过程。神话的"历史化"是一个专门概念，意指对原本产生于原始思维的神话作出理智的、历史化的解释。但中国和希腊神话历史化的路向不同。

古希腊人把神话当作历史解释；而中国古人却认定神话就是历史。

在希腊，当文明社会富于理性的人们用自己的头脑和批判眼光审视过着原始生活、吃着野蛮之果的先人的神话时，自然产生疑问，觉得这些离奇故事经不起推敲，企图给予合理的、历史的解释。公元前 4 世纪的哲学家爱凡麦认为：神话产生于太古时代的英雄，其迫使群众崇拜自己，创作了神话表现自己的种种神迹。希腊神话的历史化体现了希腊人的求知倾向和追求真相的意愿。

中国古代认为神话不仅是一种历史化解释，还是一种深刻地渗入神话本身的结构之中的历史意识；远古神话就是古史传说。因此，古人把各种零散的民族部落性质的动物神话综合起来，纳入历史传说系统，将很多超自然的神奇灵物，"人化"为历史传说中的英雄，把各种神系按崇拜他的各族势力排定序位，形成了井然的"帝系"，完成了中国的体系神话——帝系神话（三皇五帝）。中国神话历史化的过程，体现了中国民族文化的政治化、伦理化色彩。

第三节　中西神话原型举例

中西神话的内容丰富，且有很大差异，但人类早期面临的基本问题是一样的，只是对同样的问题有不同的理解和处理。

一、中西创世神话

（一）创世神话的五种类型

根据钟敬文先生《马王堆汉墓帛画的神话史意义》中的说法，创世神话有五种类型：

（1）宇宙制造型。即有一造物主（上帝皇天或大神）随着自己的意愿发展将宇宙万物在一定的时期内创造出来。如希伯来神话。

（2）宇宙发展型。认为宇宙有一个发展的起点，由此逐渐扩大而成宇宙。如日本神话认为神的琼矛之滴水积成了海岛。

（3）宇宙胎生型。认为宇宙由某生物胎生而来。如非洲南部一些部落认为宇宙为牛、野兔，甚至大蚱蜢所生。

（4）宇宙变成型。认为宇宙由某一位神祇妖魔躯体变成，而宇宙运行、日月出没皆是这一神或魔的某些生理现象。如中国的盘古、巴比伦的马尔都克创世等。

（5）宇宙孵化型。认为宇宙最初是一个蛋，蛋破而天地万物生。如埃及的创世神话。

（二）希腊的创世神话及其特点

据赫希俄德《神谱》记载：宇宙最初为一混沌（哈俄斯），混沌生下"胸脯宽大"的地母盖亚和黑夜与黑暗。黑暗与黑夜结合生下了光明和白昼。光明和白昼结合生下了小爱神厄洛斯。地母盖亚生下乌拉诺斯（天空）、大海和高山。地母与天空结合生下十二巨神（提坦神），乌拉诺斯成为第一代天神……

小爱神厄洛斯以箭射大地，使地上生命得以长生，赋予大地以柔绿的草、飞鸣的鸟、青翠的树、戏水的鱼等。

希腊创世神话有几个突出特点：第一，以人世间的社会斗争方式去理解自然现象的变化。自然变化也像社会一样，新的一代推翻旧的一代，于是自然界进步了。第二，体现了敢于冒险、勇于斗争的开拓精神。第三，认为宇宙由物质的简单变化演化为复杂的变化，从无生气的世界演变为生气盎然的世界。而世界变化的关键是"爱"，爱带来生命。这种重视情感的思维方式，是希腊特有的气质，是欧洲人文主义思想的胚芽。

（三）中国创世神话及其特点

中国创世神话不太统一，有多种说法，《淮南子·精神训》描写混沌初开：

> 古未有天地之时，惟象无形，窈窈冥冥，芒芠漠闵，澒濛鸿洞，莫知其门。

《太平御览》有述：

天地浑沌如鸡子，盘古生其中，万八千岁。天地开辟，阳清为天，阴浊为地，盘古在其中，一日九变，神于天，圣于地。天日高一丈，地日厚一丈，盘古日长一丈。如此万八千岁，天数极高，地数极深，盘古极长，后乃有三皇。数起于一，立于三，成于五，盛于七，处于九，故天去地九万里。

从这两个神话材料可以看出中国创世神话的一个突出特点：注重数理与伦理结合的理性思维。第一个材料中包含了《周易》的"无极生太极，太极生两仪，两仪生四象，四象生八卦"和道家的"道生一，一生二，二生三，三生万物"等主张。这正可用现代数理解释，有人认为：阴阳八卦可作二进制数解、代数解、矩阵解，还可作组合学解和群论解。中国的创世神话中，蕴含着朴素的辩证思维和一统思想。

盘古的神话晚出，已是三国时代，当时佛教早已传入中国，可能受到印度创世神话影响，鲁迅也认为盘古开天辟地的神话，"初民之本色不可见"。

在中国古代神话中情节显得零乱的是女娲创世的神话。先秦典籍中有两处提到女娲。屈原的《天问》："女娲之体，孰制道之？"《山海经》："有神十人，名曰女娲之肠，化为神，处栗广之野，横道而处。"这些说法都过于简单，有创世痕迹，但不知创世详情。

汉代有进一步发展，王逸《楚辞集注》云，"女娲人头蛇身，一日七十化"，许慎在《说文解字》中说女娲是古之圣女，化万物者。这些"化身"的提法没有故事性，看不到来龙去脉。

有论者研究后认为，具有创世萌芽因素的"化万物者"女娲，与炼石补天的女娲不尽相同。前一个女娲，尽管身份和职掌不太清楚，多少有些接近希腊的地母盖亚，可能是妇权制社会重要的崇拜对象；后一个女娲则带有人类救助者的性质，类似普罗米修斯。至于女娲抟土造人和普罗米修斯造人也很相似。

二、中西女神形象

（一）原始社会初期的女神：盖亚和女娲

人类神话大都是从女神开始的。这时的女神处于神系的支配地位。

如希腊的盖亚、瑞亚，中国的女娲、西王母。但她们具有不同的个性气质，实际上就是民族个性、气质的原型。

盖亚是希腊神话中从混沌中产生的第一位神祇——大地之母。她生下第一代天神乌拉诺斯。又与其婚配生下十二巨神提坦神。她支持巨神推翻乌拉诺斯的统治。在宙斯时代，提坦神又被打入深渊，之后，她再次鼓动提坦神反抗宙斯。这一次巨神与天神的战争异常激烈，宙斯发出霹雳，地母报以猛烈的地震，大地陷入混乱，巨神将山岳一座座连根拔起，以山叠山当作梯子爬上天神住处，以巨石和火把袭击圣山奥林匹斯。更糟糕的是，如果没有人参战，天神杀不死巨神，因为他们一倒在地上，地母就使其复活。后来因大力士赫拉克勒斯参战，天神才获胜。

这里的盖亚是刚脱离动物时期人类的首领——富于经验的老祖母形象。她与巨神向宙斯发起的战争，是女权制对新兴父权制的抗争。她既是人类的女始祖，又是坚强的开拓者，也是维护旁落女权的斗士。

女娲的形象与盖亚有些相似，又有不同处。女娲曾参与天地万物育化，但她给人印象更深的是为人类创造美好环境贡献智慧和力量。她炼石补天，断鳌足撑天柱，杀黑龙除洪水之根源。女娲以其品行感动了禽兽虫蛇，不再兴害，人类得以安宁和睦。女娲对自己经天纬地之功从不夸耀，隐藏起通天本领，让天地顺其自身规律而发展。

盖亚身上体现了希腊民族活泼尚武、富于进取和情感热烈的性格特征。女娲身上则体现了中华民族勤奋谦逊、温雅敦厚、追求和谐的性格特征。

（二）地位跌落的女神：赫拉和嫘祖

进入父权制社会后，女神地位跌落，从女王的地位变为后、妃的地位。这里突出的例子是希腊的赫拉和中国的嫘祖。

赫拉在人们心目中以吃醋著称，且会对情敌施以残酷的报复手段。其三番五次地加害赫拉克勒斯母子，追赶伊娥，设计让狄俄尼索斯的母亲死于宙斯的雷火等。但联系宙斯的作为和父权制的文化背景来看，赫拉是父权制建立后第一个受束缚、被压抑的女神，而且，她也是以自己的方式第一个反抗男性压迫和要求平等的女性。按希腊神话的说法，赫拉和宙斯秘密同居300年后才正式成为天后，她已是宙斯的第七任妻子，风流的宙斯还总是不断地追逐其他女神或人间女子。赫拉还经常遭到宙斯欺凌，一次因谋害赫拉克勒斯受到宙斯惩罚，其双足被绑上铁砧，用锁链吊在天边。一次他们的儿子赫菲斯托斯在父母争吵时站在母亲一边，暴怒的宙斯将他甩向大地的楞诺斯岛，跌成残废。在这种情势下，赫拉自知无法与宙斯对抗，把自己的忧郁和愤怒迁移到宙斯的情妇和私生子身上，一方面是为了报复，另一方面也是争取平等的一种无可奈何的方式。

嫘祖是黄帝的正妃。古籍中有几处记述，《史记》："黄帝居轩辕之丘，而娶于西陵之女，是为嫘祖。嫘祖为黄帝正妃，生二子，其后皆有天下。"《云笈七签》："帝周游行时，元妃嫘祖死于道，帝祭之次祖神。"《路史·后纪五》："黄帝元妃西陵氏曰嫘祖，以其始蚕，故又祀先蚕。"

从这些简单的描述中可以看到嫘祖的形象：已经没有了代表母系社会的女娲、西王母等显赫的社会地位，仅仅是帝王丈夫的内助，在丈夫巡视时，默默地操持日常生活事务，鞠躬尽瘁死于途中。平时，其在皇宫也不问社会事务，以养蚕丝织为业，已可以从中看到中国古代男耕女织的社会模式。

比较赫拉和嫘祖，可以看到：尽管地位跌落，但希腊的女神依然泼辣敢为，赫拉还表现出部分女性威权，宙斯与情人幽会还威风凛凛地干涉；中国的女神却以贤淑、温良为准则，服从丈夫是其美德。

（三）中西神话中的爱与美女神：阿佛洛狄忒与高唐神女

说到女神，古希腊的爱与美女神是令人难以忘怀的。古希腊爱与美女神阿佛洛狄忒在罗马成了女神维纳斯。

在人类文化史上，没有哪个民族在敬慕、崇拜人体美方面像希腊那样虔诚、入迷。但古希腊文学艺术中的崇高和美的精神在一定程度上是性爱能量的过滤性升华的产物。美神是以性爱之神为前提。阿佛洛狄忒在古希腊文明中的象征意义有三个方面：性爱、情爱和美。

阿佛洛狄忒（Aphrodite）在希腊语中的本义为"性快感"，由此派生出的形容词是"激发性欲的"（aphrodisiac），阿佛洛狄忒与性是连在一起的。主神宙斯为爱神安排了一个跛足丈夫，她对丈夫不忠，与战神私通时被丈夫用特制的金属网抓获。除了丈夫和阿瑞斯之外，阿佛洛狄忒还有不少非正式的配偶或情人，著名的有神使赫尔墨斯、海神波塞顿、酒神狄奥尼索斯、美男子安基塞斯等。她同神使生下私生子赫尔玛佛洛狄托斯，其以双性同体而闻名；她与海神欢会的结果是生下了以残忍著称的拳手厄律克斯，她与酒神私通生下了繁殖神普里阿波斯；她同安基塞斯生下了罗马建国英雄埃涅阿斯。可以说，希腊诸神中除了宙斯外，没有哪个神像阿佛洛狄忒有那么多的风流韵事和私生子。所以，她又被称为"爱欲之母""美丽而快活的情妇"，甚至有人干脆称她为"淫妇"。

毫无疑问，阿佛洛狄忒在希腊早期神话中是性欲和快感的拟人化投影。但随着文明的发展，希腊人从阿佛洛狄忒的崇拜中引发出新的观念：爱情。这是一种肉体与精神融合的两性相互吸引的感情。而在古希腊，爱与美总是结合在一起。对以性爱为动力的异性之美的追求直接派生出对美本身的追求。"美"成为超乎一切之上的价值选择。"金苹果的故事"最能说明，阿佛洛狄忒是集爱与美于一身的女神。

中国有没有类似于阿佛洛狄忒-维纳斯的女神呢？

叶舒宪的《高唐神女与维纳斯》（中国社会科学出版社 1997 年版）从人类文明进程的类似性加以论证，认为古代文明都经历过性爱女神崇拜的阶段（古希腊有阿佛洛狄忒，古罗马有维纳斯，巴比伦有易丝塔，苏美尔有印南娜，古印度有吉祥天女，北欧有佛利夏，阿卡德有巴拉斯，埃及有哈托尔，波斯有阿娜希塔，印度有乌尔伐希）。中国文明也不例外，上古中国与地母信仰相关的高禖、社稷崇拜仪式，与圣婚模式相合的祭祀和仲春欢会的礼俗都是爱与美女神产生的条件。

由于中国文化的独特性：（1）爱与美女神滋生的直接温床——情爱礼仪活动在华夏文明中受到了较早形成的礼教文化的压制和改造；（2）饮食文化铸就的味觉审美能力的异常发达和早熟，使美的观念首先与"食"，而不是性有着不解之缘。因而，中国神话中的爱与美女神没有异域女神幸运，没能按照其原有的面貌流传后世，而是以隐形和幻化的形式潜存于民族集体无意识中。叶舒宪认为高唐神女就是中国的阿佛洛狄忒。

高唐神女在宋玉的《高唐赋》和《神女赋》中得到集中展现。在中国文学史上，这两篇赋以开创了突出而详尽的描绘，夸大女性的外貌、形体和情态之美的传统而著称。从此，女性美成为中国艺术表现的重要主题。

高唐神女虽然不是完全意义上的女神，只是半人半仙的神女，但她有阿佛洛狄忒-维纳斯一样在性爱追求上的主动性和自主精神。《高唐赋》

序：楚怀王到巫山游览，因疲倦而入梦，见一女子对他说，"妾，巫山之女也，为高唐之客，闻君游高唐，愿荐枕席"。怀王便同她做了露水夫妻。临别时，女子对怀王说："妾在巫山之阳，商丘之阻，旦为朝云，暮为行雨，朝朝暮暮，阳台之下。"怀王在清晨时观望巫山，果然如她所说的那般光景。为了永久纪念这次性爱奇缘，怀王为高唐神女建立庙宇，号称"朝云"。后来，怀王的儿子襄王亦来此游玩，并想重温先父旧梦，与神女欢会，但这次神女似乎只用自己的美炫耀一番便飘然而去，弄得襄王神魂颠倒，惆怅不已。这次未果的欢会便是继《高唐赋》后的《神女赋》的题材。

由上面对中西爱与美女神的叙述中可以看到，追求生活的享乐、以美为最高价值选择的西方文化与中国无性文化、注重礼教的文化之间的显著差异。

三、中西神话中的英雄

（一）英雄神话的一般特征

英雄神话，又称为英雄传说，在各民族神话中比较晚出。英雄神话共同特点如下：（1）由神话向历史记载过渡，体现了古人对祖先功绩的缅怀。是对部落有过贡献祖先的事迹的神话式传播，有一定的历史影子，但多赋予英雄以神话色彩。（2）由神向人的过渡。主人公往往是半神半人的身份，有神力、负神命，但有人的情感和选择。（3）对自然力的征服，改造大地上险恶的自然环境，为人类建立安全的生活条件。这些英雄多以超常的武艺或智慧与各种怪兽异禽搏斗并战胜之。（4）表现人的主体意识的觉醒。原始神话是初民对周围世界的理解。没有自觉的"创作"意识，与其说是创作，不如说是"体验"神话，但英雄神话中已有"创作"意识，意识到人和神的某些对立，人的意识增强。

（二）中西神话中著名英雄：羿和赫拉克勒斯

关于羿，中国古籍中集中的记述有：

《淮南传》："王德之世，浑浑苍苍，纯朴未散，是故羿之知而无所用之。"在古人的想象中，羿是一个聪明而有谋略的人。

《山海经》："昆仑之虚，……帝之下都。……百神之所在。在八隅之岩，赤水之际，非仁羿莫能上冈之岩。"可见羿又是一个极勇敢的英雄。

《山海经》："帝俊赐羿彤弓素矰，以扶下国。羿是始去恤下地之百艰。"（《海内经》）羿奉帝俊之命自天而降，"以扶下国"。

《淮南子·本经训》中的一段最为著名：

> 尧之时，十日并出，焦禾稼，杀草木，而民无所食；猰貐、凿齿、九婴、大风、封豨、修蛇，皆为民害。尧乃使羿诛凿齿于畴华之野，杀九婴于凶水之上，缴大风于青丘之泽，上射十日而下杀猰貐，断修蛇于洞庭，禽封豨于桑林。万民皆喜，置尧以为天子。

赫拉克勒斯是宙斯和火神的孙女阿尔克墨涅的儿子。他出世后受到赫拉的种种暗算，但他的养父教他驾驶战车的技术，欧律托斯教他射箭，哈帕吕科斯教他角力和拳击，卡斯托尔教他阵地作战，利诺斯教他唱歌和演奏竖琴。他帮助天神打败了巨人。忒拜国王的女儿墨加拉成为他的第一任妻子，生了三个孩子。赫拉还不愿放过他，使他疯狂，误杀了自己的三个孩子。为了赎罪，他接受了兄长、国王欧律斯透斯要他完成十二件事的建议，也就是十二件大功劳：①猎取涅墨亚狮子毛皮；②杀死九头蛇；③生擒金角铜蹄赤牡鹿；④活捉厄律曼托斯山的野猪；⑤清洗奥革阿斯的牛棚；⑥赶走斯廷法罗斯湖的怪鸟；⑦驯服海神的疯牛；⑧制服狄俄墨得斯的食肉马；⑨杀取女人国女皇；⑩捕捉巨人革律翁的牛群；⑪摘取圣园的金苹果；⑫带走冥王哈得斯的三头狗。之后，他向美丽的伊俄勒求婚，遭到她父亲拒绝，他愤怒地杀死了伊俄勒的兄弟（伊菲托斯）。为再次赎罪而为一个东方女王服役三年，过了三年纵欲、享乐和荒唐的生活。之后，他振作起来复仇，征伐当年拒婚和拒绝为他赎罪的国家，与美女得伊阿尼拉成婚，在游历途中杀死马人涅索斯，但最终他又死于涅索斯之手。涅索斯临死前，悄悄对得伊阿尼拉说：收集我的血，涂在他的紧身衣上，此后他只爱你一人。但一穿上涂有涅索斯血的紧身衣，英雄便中毒而身亡了。后升入奥林匹斯山，成为永生不死的神，赫拉也谅解了他并把女儿赫柏嫁给他。

从凭借智慧和武艺，为民除害、建功立业、受到民众喜爱这些方面看，中、西神话中的两位英雄非常相似，他们战胜一些怪物的情节也有些相似。甚至他们娶妻的情景都相似：都与河神竞技，娶得美丽少女。赫拉克勒斯战胜河神阿克罗斯（希腊最大的河）而赢得美丽的得伊阿尼拉；羿"射夫河伯（黄河之神），而妻彼雒嫔"。

但中、西的这两位英雄孕育于两个民族，从他们的整个伟业功勋、生平、与周围关系等多方面考察，可以透视两个民族文化原型的差异。从表面到实质我们至少可以看到两个神话在四个方面的差异：

第一，从两个神话的完整系统看，赫拉克勒斯从出生到结局，中间的成长、教育、婚恋、功绩到死后列入神系，非常完整。而羿的谱系及最终结局都很不清楚，后世学者虽经种种努力加以补缀，还是难以完整。这正是西方神话体系化、中国神话零散化的缩影。

第二，赫拉克勒斯的行为总体上说是自由的，他对自己的行为负责，为自己的利益而征伐。羿的行为是对帝俊和尧负责，他的活动主要是为大众。这里可以看到西方个体文化和中国群体文化的源头（赫拉克勒斯的一生中甚至有很多罪孽。阿波罗借预言家之口告诉他：如能服从欧律斯透斯的命令，建立十二件大功劳，将能获得永生）。

第三，建立功勋的动机，赫拉克勒斯为赎罪，羿为完成帝命。赫拉克勒斯的赎罪，不是后来中世纪基督教的赎罪观念，而是一种心灵的自我谴责，谋求造福人类的事业来平衡、净化心灵。赫拉克勒斯的功绩可以找到内心依据；而后羿只是为服从外在指令。

第四，从对于死亡的思考来看，《淮南子·览冥训》："羿请不死之药于西王母，姮娥窃以奔月，怅然有丧，无以续之，何则？不知不死之药所由生也。"羿虽是神，但来到人间成了人，仍然要面对死亡，其不愿死，并作出超越死亡的努力，"求不死之药"，而努力的结果却为嫦娥享受，嫦娥后来"托生为月，化为蟾蜍"。

赫拉克勒斯神话中也有一个关于"死亡"的插曲，赫拉克勒斯漫游到费赖城遇到一件事情。国王阿德墨托斯和年轻美丽的妻子阿尔刻提斯幸福地生活在一起，他们曾有恩于太阳神，太阳神得知国王的大限，强迫命运女神答应只要有人愿意代替他就可以免却死亡。但国内没有人愿意代替，包括他年迈的父母。只有他年轻美貌的妻子，纯洁深挚地爱着丈夫，愿意代替他去死。她对丈夫说："因为我爱你的生命甚于我自己的生命，所以我愿在命运规定的时间以前为你而死，虽然我本来可以选择二个丈夫，并享受悠久也可能是幸福的生活，但没有你看着我的没有父亲的孩子，我活不下去。"①说完倒地死去。国王非常伤心，因为他也挚爱他的妻子。最后，赫拉克勒斯为报答主人的招待，战胜死神，夺回主人的妻子。

这里可以看到西方对死亡的态度的神话表现，也说是培根在《论死亡》中说的："人类的感情并非真的如此软弱，以致不能抵御对死的恐怖。人心中有许多感情，其强度足以战胜死亡——仇忾压倒死亡，爱情蔑视死亡，荣誉感使人献身死亡，巨大的哀痛扑向死亡。唯有怯懦软弱的人在未死之前已经死亡。"②因而，我们可以看到后来罗密欧与朱丽叶的死亡，斐迪南和露易丝的死亡。

这两篇神话中对死亡"超越的努力"和"情感战胜死亡"的态度，形成了中西文学中死亡母题的基调。

第四节　中西神话的特点与民族文化

从前面一些同类型中西神话的介绍中，我们从表象上可以感受到中西神话的同中之异，下面再进一步从整体上把握中西神话的不同特点，探讨其背后的深层原因。

一、系统化与实用化

希腊神话是世界各民族神话中最富体系性的神话，古希腊人在神话的演进发展过程中，通过"生殖路线"，以主神"乱伦""滥恋"的方式，将受西亚文化影响的克里特文化、迈锡尼文化等几代文明的古老神话，还有一些从两河流域乃至印度河流域的神话成分加以融合，以"前奥林匹斯系"和"奥林匹斯神系"形成了希腊神际关系的巨型网络。

希腊神系中也有矛盾和混乱的地方，但这正是系统化的痕迹。如赫淮斯托斯劈开宙斯的脑袋诞生了雅典娜，按理当然火神在女神之前，但他却是弟弟。从中可以看到希腊神系的形成，包含了人为的努力。

---

① 斯威布：《希腊的神话和传说》（上），楚图南译，人民文学出版社 1978 年版，第 174 页。
② 培根：《培根论说文集》，水同天译，商务印书馆 1958 年版，第 7 页。

中国神话缺乏体系、显得零乱是众所皆知的事实。但中国神话也同样有系统化的过程，其与中国早熟的历史意识相结合，形成了具有古史传说性质的"帝系"，从黄帝的父亲"少典氏"到尧、舜、禹及夏、商、周的帝系，人们把不符合"帝系"的神话视为"怪、力、乱、神"加以排斥，使其只能散落民间。而"帝系"神话，则服务于现实统治的实用目的。

导致中西神话形成这一特点的原因很多。从希腊方面看，古希腊属地中海地区的后进民族，具有第二代甚至第三代文明的特征，受到了埃及、米诺斯（克里特）和巴比伦文明的交叉影响，又因为海上文明的特性，其文化呈现了最大的继承性和开放性，善于对比各种古老的文化，锤炼批判能力；吸收诸多民族的文化要素，博采众长。在此双向作用下，形成了古代世界最富追溯精神的知识体系。统一的、包罗万象的神话体系，是这种海上文明特性的最初表现和最早记录。

从中国方面看，上古中国具有自发的第一代文明（如殷文化）和孤立的第二代文明（如周文化）的特点，它孤悬远东，从古代先进民族文化那里所获甚少。神话的历史化、伦理化过程过早、过深地开始，导致现存的"纯粹"神话材料支离破碎、残缺不全。历史化的"帝系"神话充满伦理精神，因而缺乏宗教、神话方面的经典，故中国上古未经历史化的古代民族神话相对缺乏系统性。古代中国文化具有世界最早的非宗教倾向，其伦理化、实用化特征显著。这又与中国孤立的第二代文明（周以后的文化）所处的历史背景、地理背景有关：首先，周人入主中原，需要多方压制文化程度较高的东方民族的反抗，因而，其大力改造当时的宗教与神话，以期适合自己的利益；其次，用统治集团及其继承者（如春秋时的北方诸侯和战国诸王及秦汉诸帝等），面临着一个共同的问题，即必须应付北方边疆来自欧亚大陆腹地的威胁。这是其他古代各国，包括毁于蛮族入侵的罗马帝国也未曾经历过的挑战。正是在这种特有的背景下，古代中国才酿成了其特有的实用文化。中国神话，尤其古史"帝系"神话，正是这一文化特点的早期反映。

二、崇德与尚力

神话在形成文字前一直在不断地演变。其经历了原始社会和文明社会的早期阶段。随着社会的进化，各阶层出现了分化和斗争，需要一些维系社会的准则。神话也就不断地带上了伦理色彩。中西神话都是这样。希腊的奥林匹斯神系和中国的"少典氏帝系"都经过了由原始神话的非伦理向伦理倾向发展的过程。但中西神话伦理化的程度不一样。

中国神话的伦理倾向表现为最终抛弃了宗教的神话外衣，直接诉诸维系社会平衡的准则。神话用于促进统治集团利益或为统治集团的既得利益做文化心理上的掩护，以协调大家族之间、大家族与小家族之间、贵族与庶人之间的多重矛盾。因而，古人按伦理准则——德，对原始神话进行汰洗和改造。具体表现在以下几个方面。

第一，把古代神祇分为善恶两类，分别代表历史事件中的正反两面。善神如黄帝、尧、舜、禹等，恶神有蚩尤、九黎、共工等。

第二，在善恶分明、黑白二色的伦理意识下，古人对神话形象关注的重点是其"道德性质"，而不是形象的"完美""真实"，对"善"的关注远远超过了对"美"和"真"的追求。

第三，对"德"的尊崇，对伦理行为的过度关注，导致人的思想意识偏于实用倾向和经验化，因而，古人对超出当时人类事务范围的神话，如宇宙现象、自然现象等神话缺乏积极性，对神的起源等缺乏追根溯源的热情。

希腊神话不是不受当时的伦理、道德和社会政治的限制，但古希腊人一般不倾向有意识地用伦理、道德或政治意识方面的规范去制约、加工神话。

奥林匹斯诸神各具复杂的性格，很难用"善""恶"二字作简单的评价。在诸神身上，强烈地透露出非伦理倾向。他们令人倾倒之处，是其强大、神奇的力量，而不是中国"三皇五帝"式的"圣德"。希腊神话所崇尚、赞美的，不是救苦救难、律己甚严的有"德"者，而是叱咤风云、扭转乾坤的有"力"者或技术大师。力量和技术（智慧），在希腊人心目中混同着善恶两种因素，是神秘的、难以名状的神力，是不可窥测的难以规范的欲望的汪洋。

古希腊神话对"力"的崇尚和追求，导致古希腊人对解释力的秘密的"知识"充满好奇，对知识及其体系进行不倦的探究。这使得希腊神话带上了系统化和非伦理化的特征。

在西方，培根说"知识就是力量"；在中国，应该说"道德就是力量"。

对于这一特点的文化成因，可以从海洋文化和农业文化的区别来解释："希腊半岛多山地区，但大部分土地荒瘠不毛，只有山谷里土地肥沃，这就迫使希腊人到海上去谋生：或经商、或作海盗、或到海外其他地方去开拓殖民地。这种生活，造就了自由奔放、躁动不安的性格，孤独的情怀和奇丽的梦想，思绪有如天空的云彩，随风飘荡，变幻无常；造成了他们与农耕民族不同的心态：不是希图靠勤劳取得收获，而是靠冒险、武力和狡黠去攫获财富，不是靠劳动去'创造'，而是去'征服'，他们顶礼膜拜的不是'丰产之神'，而是力量和智慧。"[1]大河流域的农耕文化与之相反，由于过早出现产品过剩，需要伦理、准则平衡利益，维系社会的和谐，一切得力于自然，追求天人合一。

三、命运与天命

古希腊神话中的"命运"与中国神话中的"天命"是两个频繁出现的概念。"命运"和"天命"都是一种超出人力之外的力量，似乎是一样的。但两者是有区别的，而且由此给古希腊神话和中国神话赋予了完全不同的内涵。

"命运"和"天命"的区别有二：第一，"命运"人人都有，每人有各自不同的命运；"天命"则唯有"一人"能享受。因而，不可解释的普遍的命运观念反映的是多样化的社会现实；可以人为地作出伦理化解释的"天命"观念只能产生于比较单一、集权的社会。第二，"命运"生而注定，非人力能改变；"天命"则按照人的道德品行而有变迁。"命运"观念面对神秘莫测、飘忽不定的个人命运，人们竭力对其加以探究而获得哲理性思考；"天命"则侧重于对相对稳定的群体关系进行伦理化的解释。

下面，我们看看古希腊神话的"命运"观念对古希腊神话产生了什么影响。

（1）为把形形色色的古老神话传说融汇成一个庞大而系统的神系铺平道路，古希腊人在对各部族的神话，甚至异域神话进行通盘的疏通、

---

① 徐保耕：《西方文学：心灵的历史》，清华大学出版社 1990 年版，第 7-8 页。

调整过程中，当然有各种固有的矛盾。而解决这些矛盾的最便捷的办法，就是"命运"观念的运用。许多说不清、道不明的矛盾及困惑，在"命运"中都得到了解决。

（2）以"盲目"的方式表现古希腊人的理性思维和人的主体意识。前述的"神话系统化"过程，本身就是一种理性思维；"命运"往往是盲目的、不可解释的，但神话中表现的是人对命运的思考，人在盲目的命运中的抗争，显示了人的力量和意志。这一点在神话中直观的表现是赫拉克勒斯帮助天神打败巨人的故事。因为神话中说这场战争只有人的参与才能取胜，这是神的"命运"。这里的"命运"，直观地表现了命运面前人与神的平等地位，体现了人类智慧的曙光。

（3）"命运"观念不仅体现了作为"类"的人的主体意识，还开始表现人的个性意识。因为"命运"是个性化的，其渗透于一切人、一切事物之中，每个人、每件事都有自己的命运，神也有神的命运。因而，希腊神话中的神、人都是个性化的。

中国古代神话的"天命"观点则带来了相反的结果。"天命"作为伦理要求，既是汰洗原始神话的依据，也是对"帝系"神加以改造的根据，由此，古人将神改造得都是一副相似的面孔。很难说出黄帝、尧、舜性格有什么明显区别。"天命"观念表面上看似乎比"命运"观念有着更大的自由度，但这种自由只能是一种顺从，而且"天命"只属于一个人。

总之，中西神话作为两种文化体系中最早的文学成果，蕴含着两大文化体系的文化原型，并随着岁月的流逝，逐渐渗透、积淀于两种文化之中。至于为什么会有不同的特质和景观，马克思对古希腊的"正常儿童"的论述也是很有道理的解说，但最终恐怕还要追溯到不同的生存环境和对世界理解的不同态度与方式上。

第四章　中西诗歌比较

诗歌是每个民族有了文字之后最早的文学体裁，也是每个民族文学中最具"文学性"的文学样式。既然是同一文学种类，不同文化体系的诗歌自然会有其本质上相同的一面。但不同的文化路向、不同的审美体验，会使异质文化的诗歌承载不同的价值取向，呈现不同的风貌。

第一节　诗的本质：语言学与文化学的考察

一、语言的"诗化功能"

应该说，诗歌在所有文学形式中，是和语言功能关系最紧密的一种。它是真正的"语言的艺术"，因而，诗往往被当作文学的代表，文学理论也称之为"诗学"。

语言有音、形、义和语言的结构（词法、句法等）等要素。一般文学形式注重的是语言的义和结构。诗歌却还特别注意"音"这一要素。甚至可以说，声音要素的重要性对诗歌来说，比之其他要素更为重要、更本质。

西方语言学家罗曼·雅各布森（Roman Jakobson，1896—1982）著有《语言学和诗学》《文学和语言学研究的课题》等著作，他的研究成果对我们的思考很有启发。雅各布森有几个观点：

第一，语音和意义作为语言活动的手段和目的，两者之间有必然的联系。音素本身没有意义，但有区分意义的功能。语音与意义的关系在单个的词中似乎无迹可查，但在词与词的关系中就能显示出来。音、义的关系在单语言符号中的任意性、在整体结构中的连贯性中得到体现。如汉语的 Mei（美、浼、每）这一个单独音节与意义没有联系，但说"她很美""每一次""浼（污染）物"就有了意义。同样是"美（Mei）"的意思，英语的发音是 Beautiful，日语是りっぱ（音：立派）。

第二，诗歌语言与散文语言的根本差异，在于语言运用的功能不同。散文注重的是"指事功能"，诗歌重视"诗化功能"。什么是"诗化功能"？就是通过语音的结构，形成一种大大超出字面意义之外的意义。

如，马致远的《天净沙·秋思》：

> 枯藤老树昏鸦，
> 小桥流水人家，
> 古道西风瘦马。
> 夕阳西下，
> 断肠人在天涯。

这首散曲，没有一个动词，也没有任何背景和事件的交代。所有描写成分以并列方式连接，并且分别与旅途的"断肠人"形成隐喻关系。一个共时性的完整画面在历时性的语言线性历程中按顺序展开，两个音节一顿的节奏，形成回旋往复的声音意义，烘托、强化了"断肠人"的愁绪。实际上，意义相近或相关的词在同一首诗中大量出现，是一个很普通的现象：李清照的"寻寻觅觅，冷冷清清，凄凄惨惨戚戚"等，这样的语音结构在散文中不太好用，在诗中却是名句。

可以说，"指事功能"在诗中当然有作用，但这是散文也有的作用，而语言的这种"诗化功能"，才是诗的本质因素。

语言的诗化功能，我们还可以举《诗经·将仲子》：

> 将仲子兮，无逾我里，无折我树杞。
> 岂敢爱之？畏我父母。仲可怀也，父母之言亦可畏也。

将仲子兮，无逾我墙，无折我树桑。

岂敢爱之？畏我诸兄。仲可怀也，诸兄之言亦可畏也。

将仲子兮，无逾我园，无折我树檀。

岂敢爱之？畏人之多言。仲可怀也，人之多言亦可畏也。

诗作显示出指事结构与诗化结构的配合关系。全诗共三段，第一段有一个小小的叙事结构，设置情景，但各段之间在布局押韵、节奏及形象的运用上互相呼应，构成诗歌效应。如果只从第一段看，女主人公似乎因害怕家长的反对意见而拒绝了情人的爱。但是在类似结构诗节的反复中，两个情人的真实关系充分显示出来：仲子一而再、再而三跳墙而来，说明女主人公并没有因为父母、兄长、邻人的非议而放弃幽会，对他的冒失行为既规劝又宽容，而她的羞怯与稳重又似乎使仲子更加爱得如痴如狂。这样，诗的形式本身产生了意义，或者说拓展了字面意义。

因而，对于诗歌来说，词义和语法显示的是诗的"表面意义"，是指事功能，其有意义，但不重要；而诗的深层结构，只有通过相应的语音结构显示出来。诗歌的声律结构就具有了本质性的意义。所以，有人说：诗是什么？诗就是在诗歌翻译中失去的东西。

二、诗是解放

有学者从人的完善的文化视角，提出一种新诗歌定义："诗是解放，是非常性从常性中的解放。"[1]

（一）关于"解放"

理性而普通的人，在进行各种心智活动和外部行动时，遵循的方法与采用的路径往往是正常的、逻辑的、现实的，甚至是科学的。而有一部分人，因为思维方式与着眼角度的不同，在上述各种活动中，走着完全不同的道路。

有一株绝壁上迎风屹立的松树。理性而普通的人可能会认为：它是一株大松树，高大而结实，可以用作房梁或用来制作家具；它已经扎根

---

[1] 张少雄：《寻求跨文化超时代的诗的定义》，《多元文化语境中的文学——中国比较文学学会第四届年会暨国际学术讨论会论文集》，湖南文艺出版社 1995 年版，第 72 页。

在崖壁之中，吸取着岩石之间的土壤的养分……这样的认知方法与路径是对的，是理性的、逻辑的、现实的，乃至是科学的。他们看到了松树的生物属性与物理属性，两者统称物性，或树性。另一些人全然看不到树性。他们把松树看成朋友、与恶劣环境做斗争的英雄、生命抗争的勇气导师或更有价值的事物；他们从松树身上获得了心灵的慰藉、战胜失败的勇气乃至更多的精神动力。他们看到的主要是松树的非树性。在他们的内心世界里，松树的树性被推翻，非树性从树性的桎梏里获得了解放。

面对一只鹰，动物学家们看到的是它的动物属性，或鹰性；诗人丁尼生看到的是遗世独立、卓然超群的英雄本色。同样，在不同人的眼中，蝉具有不同的属性：一些人看到它的动物性，或蝉性；一些人看到非蝉性，如人性。而它的人性在不同的人的心目中又有不同的体现：虞世南的蝉是恃才傲物、得意忘形的狂徒；骆宾王的蝉是含冤莫白的悲愤之士；李商隐的蝉是孤寂落魄之客。动物学家们的鹰与蝉以其动物性而存在；诗人的鹰与蝉以其非动物性而震撼人心。

当松树、鹰和蝉的潜在性由诗人赋予的人性，从生物性或动物性的禁锢中解放出来时，便产生了诗。

（二）关于"非常性与常性"

常性是人的心智活动和外部行动的正常性、通常性、常规性或习惯性，即遵循由民族心理、历史传统与自然环境等因素决定的共同准则或规律。常性包括：正常性、理性、逻辑性、科学性、文化与历史的传统性、自然的有限性，等等。非常性包括：非正常性、非理性、非逻辑性、疯狂性、非科学性、不朽性、非传统性、自然的无限性，等等。这些范畴有时交叉或部分重合。

常性和非常性是由民族心理、历史传统与自然环境等因素决定的，是随这些因素的变化而变化的，是相对的。

松树的生物性和鹰与蝉的动物性是常性，人性是非常性。反之，人的人性通常是常性，而人的物性，如雪莱化为西风、济慈化为夜莺、华兹华斯化为游云，或庄生化为蝴蝶时所表现出来的种种性态，是非常性。人的各种性态之中，又有常性和非常性之分。

乞丐通常有的一切内部和外部属性，可以概括为丐性，丐性是乞丐的常性。但是，从一位通州乞丐（可能是古人虚构的）的尸体的口袋里人们发现了这样几行字：

> 本性生来爱野游，手携竹杖过通州。
> 破篮向晓提残月，歌板临风唱晚秋。
> 双脚踏平天涯路，一肩挑尽古今愁。
> 而今不用嗟来食，村犬何劳吠不休？

可以看出，这位"诗丐"抖落了全部丐性，失去了生命，却没有失却不屈的尊严与桀骜独立的人格，而这种尊严与人格甚至在很多达官贵人身上都无法找到。丐性被推翻，非常的性态获得解放，他身上闪耀着崇高的人格光辉。

佛教徒的常性应该是四大皆空、不染尘念。而有一位和尚，在严格遵守佛教戒律的同时，潜意识或有意识地珍藏着世俗的情感："孤灯引梦记朦胧，风雨邻庵夜半钟。我再来时人已去，涉江为谁采芙蓉？"他就是"才如江海命如丝"的苏曼殊。他写了许多多情的诗作，译了拜伦、雪莱、彭斯、歌德等人的诗篇，准确地再现了原作的种种情态，是被解放的非常性使苏氏成为这样的诗人和诗歌翻译家。

非常性从常性之中解放，便产生了诗。

第二节　中西诗歌一般特点的比较

一、发展传统的不同特点

西方以史诗开头，形成了强大的叙事诗传统；中国则以抒情短诗开场，形成了强大的抒情诗传统。

西方诗歌的第一个里程碑是荷马史诗。荷马史诗一方面以古希腊历史上曾经发生过的远征地中海东岸特洛伊城的战争为素材，另一方面又大量融进古希腊神话，表现战争中的人的英雄主义精神及人面对自然所焕发的巨大生命力。从荷马的《伊利亚特》《奥德修纪》、赫俄希德的《神谱》、古罗马诗人维吉尔的《埃涅阿斯纪》，到中世纪的英雄史诗，从神的英雄到人的英雄，以力量、勇敢、强悍、智慧为特征的英雄成为民族崇拜对象，从而表现出西方人的人生理想。此后，西方的叙事长诗创作，形成绵延的传统。从但丁的《神曲》、斯宾塞的《仙后》、莎士比亚的《维纳斯与阿都尼斯》、弥尔顿的《失乐园》《复乐园》到歌德的《浮士德》、拜伦的《唐璜》、雨果的《历代传说》、普希金的《叶浦盖尼·奥涅金》，叙事诗创作经历了由表现巨大的外部冲突的史诗到揭示人的内心冲突的史诗的演变历程。

与西方的叙事性诗歌传统相比，中国古代诗歌却从《诗经》开始，一直以抒情诗为主。除了《孔雀东南飞》《长恨歌》之类的少量叙事诗外，叙事长诗始终没有发展起来。

中国最早的口头诗歌大多具有实用的色彩。如描述狩猎过程的"断竹，续竹，飞土，逐肉"，作魔术与咒语用的"土反其宅，水归其壑，昆虫毋作，草木归其泽"。中华民族尽管出现过神话时代，但"不语怪力乱神"的民族集体意识，很快消融了神话思维，"人道"取代"天道"，由浪漫的"神"的世界走向了世俗的"人"的世界，慷慨激昂的英雄代之以贤德的圣人。神话与诗歌过早分离。对生命的礼赞变成了"兴观群怨"的诗教。西方的史诗传统，在中国却成了"诗史"传统。

所谓"诗史"，就是以短小的抒情诗的形式，反映一个时代的政治、经济、军事斗争中的大事，体现时代精神，表现民众的思想情感和生活风貌。杜甫、陆游的诗都有"诗史"之称。这种"诗史"注重写实，不事夸张、幻想的浪漫主义表现手法。如杜甫的《兵车行》《丽人行》《前出塞》等诗篇反映了唐朝天宝年间人民的处境，"三吏三别"、《北征》等表现了安史之乱给民众带来的痛苦。

正是西方与神话结合的叙事诗传统，中国与实用结合的抒情诗传统，为中西诗歌带来了诸多差异：（1）题材上，西方诗大多超凡越俗；中国诗则注重从实物生发；（2）内容上，西方诗努力表现客体的全部；中国诗表现偶然的个人经验（但与群体联系在一起）；（3）风格上，西方诗尚直率、铺陈、情感浓烈，追求深刻；中国诗尚虚、重神、主情，但显得委婉含蓄、淡雅空灵；（4）形式上，西方诗歌大多较中国诗歌篇幅长得多。

对此，朱光潜在《长篇诗在中国何以不发达》一文中分析：其一，中国哲学思想的平易和宗教感情的浅薄；其二，西方民族生性好动，理想的人物是英雄，中华民族生性好静，理想的人物是圣人，英雄宜做史诗的主角，圣人则不然；其三，文艺观上主观和客观的分别，中国诗偏重主观，西方诗偏重客观；其四，史诗和悲剧都是长篇作品，中国偏重抒情，抒情诗不能长；其五，史诗和悲剧都是原始时代宗教思想的结晶，与近代社会状况和文化程度不相容，而西方还有人创作史诗历史剧，是因为有希腊的蓝本可以模仿。归根到底，史诗及叙事长诗在中国不发达，跟中华民族很早就作为大一统国家，对王权秩序、现实伦常、诗歌教化的重视相关。

当然，正像中国有叙事诗一样，西方也有抒情诗。中、西诗歌传统的抒情叙事是相对而言的。

二、意象运用的不同特点

什么是"意象"？诗歌评论家李元洛说："意象是主观的心意和客观的物象在语言文字中的融汇与具现，是诗歌特有的审美范畴。"美国意象派诗人庞德认为：意象是"瞬间形成的感性与理性的复合物"。

以"人面和桃花"为例，象征的方法是以桃花作为人面的代号，比喻是说人面像桃花。意象则不是说人面像桃花，也不是以桃花代人面，而是说"人面就是桃花，桃花就是人面"，人面和桃花有机结合成一体，成为诗人思想感情的复合体。

中、西诗歌中的"意象"，可以从以下几个方面比较其特点。

（一）突出特点与铺陈细节

中国古代诗歌的意象运用往往是削去旁枝杂叶，直指最能表达诗人情感的事物的突出特征，意象显得简洁凝练；西方诗歌的意象则往往铺陈大量的细节，主要特征不甚明了，意象驳杂但有气势。

比较王维的《鹿柴》和华兹华斯的《水仙花》。

《鹿柴》

空山不见人，但闻人语响。
返景入深林，复照青苔上。

诗作描写鹿柴在春日傍晚时分的静穆清新，表现诗人脱离喧嚣闹市，追求恬静出世的情感。以极富特征的四个意象描写了空灵幽静的情境。

以声音衬寂静，以光亮衬出幽暗，四个意象点到为止。

《水仙花》

我孤独地漫游，像一朵云	I wandered lonely as a cloud
在山丘和谷地上飘荡，	That floats on high o'er vales and hills,
忽然间我看见一群	When all at once I saw a crowd,
金色的水仙花迎春开放，	A host, of golden daffodils,
在树荫下，在湖水边，	Beside the lake, beneath the trees,
迎着微风起舞翩翩。	Fluttering and dancing in the breeze.
连绵不绝，如繁星灿烂，	Continuous as the stars that shine
在银河里闪闪发光，	And twinkle on the milky way,
它们沿着湖湾的边缘	They stretched in never-ending line
延伸成无穷无尽的一行；	Along the margin of a bay:
我一眼看见了一万朵，	Ten thousand saw I at a glance
在欢舞之中起伏颠簸。	Tossing their heads in sprightly dance.
粼粼波光也在跳着舞，	The waves beside them danced, but they
水仙的欢欣却胜过水波；	Out did the sparkling waves in glee:
与这样快活的伴侣为伍，	A Poet could not but be gay
诗人怎能不满心欢乐！	In such a jocund company!
我久久凝望，却想象不到	I gazed—and gazed—but little thought
这奇景赋予我多少财宝：	What wealth the show to me had brought:
每当我躺在床上不眠，	For oft, when on my couch I lie
或心神空茫，或默默沉思，	In vacant or in pensive mood,
它们常在心灵中闪现，	They flash upon that inward eye
那是孤独之中的福祉；	Which is the bliss of solitude;
于是我的心便涨满幸福，	And then my heart with pleasure fills,
和水仙一同翩翩起舞。	And dances with the daffodils.

华兹华斯的诗中，水仙花的彩色淹没在大量的细节之中，铺陈大量细节，描述了许多相关的事情。正是由于运用意象的不同，王维的诗像是一幅色彩夺目的中国画；华兹华斯的《水仙花》却像一曲委婉周详的

低吟曼唱。

（二）密集与疏朗

在诗歌意象组合的形态上，中、西诗表现出不同的特点：中国诗意象密集；西方诗意象疏朗。

《枫桥夜泊》

月落乌啼霜满天，江枫渔火对愁眠。

姑苏城外寒山寺，夜半钟声到客船。

全诗除"愁"字外，所有词语都表示单个或整体的意象，静态或动态的意象；就是"愁"字也被意象化了。

再如马致远的《天净沙·秋思》："枯藤老树昏鸦，小桥流水人家，古道西风瘦马，夕阳西下，断肠人在天涯。"诗中出现的是一个个并置的意象。这样密集的意象，以众多意象来表达一个意义，而且这些意象在诗作中并置、叠加。在中国古诗中非常普遍。如陆游的《书愤》："楼船夜雪瓜洲渡，铁马秋风大散关。"这一联诗中"楼船""铁马"代表人事（军事意义），"夜雪""秋风"表示时间，"瓜洲渡""大散关"是地点，诗歌把这些意象并置在一起，不用任何语法联系，而产生丰富的意蕴，寥寥数语，却传达出边防重镇的整个氛围。

而西方诗歌的意象运用相对少些。如意大利卡普鲁的《我的太阳》：

啊，多么辉煌，灿烂阳光，

暴风雨过后，天空多么晴朗。

啊！多么辉煌，灿烂阳光，

还有个太阳，比这更美。

啊，我的太阳，那就是你，

啊，太阳，我的太阳，

那就是你，那就是你。

诗中只有"灿烂的阳光""晴朗的天空""太阳"三个意象，比之中国诗歌，意象运用疏朗得多。

造成中西诗歌意象运用这一特点的原因，大体上有三个方面：首先，是诗人的观察方式，中国诗人往往采用上下、远近同时并举的散点观察；

西方则往往采取"焦点透视"的观察方法，选取或着重刻画某一个或几个相关的意象。其次，中国诗歌讲究对仗，往往造成并置型的意象密集，西方诗不像中国诗追求对仗。最后，汉语少关联词，语法灵活；西方语言注重逻辑性，时态、语态、关联词多，在意象之间起间隔作用。

但西方现代意象派有意学习借鉴中国古典诗歌，主张去掉修饰语，直呈意象，也体现了密集性的特点。

（三）具体象征与整体象征

象征意义是诗歌具象成为意象的重要手段。但在象征意义的应用上，中西诗歌有不同特点。中国诗歌往往在一首诗歌中以众多的具体意象形成意象群来表达象征意义；而西方诗歌往往一首诗就是一个整体意象，整体表达象征意义。

在中国诗歌当中，一些常见的意象具有公认的象征意义，这些象征意义的理解，超越了个体和暂时性，凝聚着中国历代文人的心智与感情。如松、竹、梅、兰、菊、莲作为人格的象征意象在古诗中运用普遍。如白居易的《菊花》：

> 一夜新霜著瓦轻，芭蕉新折败荷倾。
> 耐寒唯有东篱菊，金粟初开晓更清。

诗中新折的"芭蕉""败荷"两个意象构成一个象征，象征经不起打击的弱者；耐寒花开的"东篱菊"又是一个象征，象征坚强的人格，两组意象相互对照，更衬托出菊花的品格。

西方诗歌往往是整体象征，意象的组合形成的象征主体性比较强，理解起来往往有些晦涩。如燕卜生的《记本地花木》：

> 有一棵树生长在土耳其斯坦，
> 或者更往东朝着长"天堂树"的地方，
> 它那坚实冰冷的球果，不受时间的监护，
> 只为了大好事业才离开它的母亲，
> 等着吧，象狄奥尼索斯那样诞生，
> 经过人们长长的一生，那个时间终了的意象。
> 我知道不死鸟本来也是一种植物，

希米莉渴望她的神明，

就像邱园里这棵树渴望红色的黎明。

诗作中出现了一些意象，但很难就其意象的象征意义作出解释。燕卜生一次到英国皇家植物园邱园参观，发现了一棵不是在正常的"时间监护下"的不死树，因它"坚实冰冷的球果"，只有在一场森林大火中才能成熟生长起来。由此，诗人意识中出现了黑暗的旧中国的情状，想到中国顽固的封建堡垒、专制的暴君统治、冰冷的儒家哲学、发展缓慢的社会经济、愚昧落后的习俗。这一切只有经历一场巨大的变革，像一场森林大火烧死老树，新树的种子才能破土而出。诗人的意识又流动到古希腊的神话传说——酒神的诞生。宙斯把希米莉烧死后才有酒神的诞生。随后，其意识又流到埃及古代"不死鸟"自焚复活的传说。诗人通过这棵不死树和相关的典故，整体表达象征意义：中国要有一个红色的黎明，必须有一把能烧毁那"坚实冰冷的"封建球果的大火，让一个崭新的中国像狄奥尼索斯一样在已死的旧中国母体中诞生，像不死鸟一样在灰烬中复活。燕卜生（William Empson，1906—1984）是英国著名文学批评家和意象派诗人，其于 1937 至 1940 年任北京大学和西南联合大学的英国文学教授，因而非常熟悉、了解中国的社会文化。

三、中西语言的不同导致诗歌形式差异

汉语和印欧语属于不同的语系，其语言文字有着根本区别。

汉语是一种意合语言，主要讲究语义上的搭配是否合乎义理，很少受语言的形态成分的约束。这使汉语诗歌尚写意，语序灵活，词语组合多变；印欧语言则有繁复的变位、变格、形态变化，重视句子成分之间的关系，在表达上相对来说比较严谨，不像汉语那样灵活。

汉字是表意文字，象形文字，汉字本身就独具形象感，对于强调意象的诗歌创作，汉字独具优势。美国诗人庞德就注意到了汉字的独特魅力，他认为一个"有"字就是一首形象化的诗——伸手揽月。印欧语言是表音文字，没有这种长处。

从表音来看，汉字一个字一个音节，音形统一。而且，汉语发音有阴、阳、上、去的四个声调，可以形成平仄配合的音律。印欧语言

音、形、义不统一，音节的书写有长有短，靠发音的长短轻重的配合形成音律。

由于语言的这些差异，我们可以看到中西诗歌在形式上的一些明显区别：

（一）汉语诗歌听觉与视觉长度一致，诗型整齐；西方诗歌相反，诗行长短错落不一

正是由于汉语音形统一，形成了中国古诗的四言、五言、七言诗。诗型方正齐整。如，王之涣的《登鹳雀楼》：

> 白日依山尽，黄河入海流。
> 欲穷千里目，更上一层楼。

西方诗由于音形不统一，没法使听觉与视觉形态一致。如赫里克的一首短诗：

Thus I	我这样
Pass by	走过去
And die	死去
As　one	像一个
Unknown	陌生人
And gone	走了

这是一首一行二音节单音步的英语诗，每行听觉长度相同，但由于单词的字母数不同，视觉上不能同样整齐。不仅英语诗如此，就是日语诗也因日语汉字的发音不同于汉语中汉字的读音，视觉与听觉长度也不一致。如松尾芭蕉的一首俳句《古池》：

古池や	ふるいけや	古池塘呀，
蛙飛び込む	かわずとびこむ	青蛙跃入，
水の音	みずのおと	水声溅响。

（二）汉诗有平仄诗律，起伏变化，抑扬顿挫；西方诗有轻重律或长短律

汉诗的平仄都有一定的格式。在一句诗中，每两个音节为一节拍，五言诗为两个节拍；七言诗为三个半节拍。每句内以节拍为单位，平仄交替，构成节拍之间的平仄对比。而在一联（两句）内上句与下句之间，平仄交替相反，上句平起，下句则仄起。这样，不仅一句内平仄构成对比，而且在一联两句中，平仄也形成对比。

西方诗按长短轻重音律形成"格"，短、轻的音节为"抑"，长而重的音节为"扬"，相互配合形成"抑扬格""扬抑格""扬扬抑格""抑抑扬格"等音律。再按每行诗的音节数称为"XX 音步"（二个音节为一音步）。西方诗的格律就称"XX 音步 XX 格"诗体。

（三）中国诗对偶普遍而且严整；西方诗少对偶而且往往不严整

中国诗歌的对偶不仅是意义上的对称，而且形式上也是严格的对偶。如杜甫的《旅夜书怀》的一联：

　　　　星垂平野阔，　——｜｜
　　　　月涌大江流。　｜｜｜——

"星"对"月"，"垂"对"涌"，"平野"对"大江"，"阔"对"流"，全联静对动，广阔对悠长，立体对平面，都极为工整贴切。

西方诗歌即使对偶，最多达到意义的对称和形式上的大体对偶，如拜伦的一联诗：

　　　　My boat is on the shore,　　（我的小船在岸上）
　　　　And my bark is on the sea.　（我的小艇在海上）

这里，意义上对称，但形式上没法完全对偶，按照英语语法结构的要求，第二句的"and"必不可少，多出了一个成分；"shore"和"sea"音节数一样，但书写的字母数不同，视觉上不能对偶。

（四）含混简省与明确清晰的诗歌语言

第一，汉语诗歌经常省略人称及主语，由此造成一种客观的非个人的抒情效果，使个人体验转化或上升为普遍的或象征的意蕴，从而使读者也能置身其中，产生更大范围的共鸣。而在西方诗歌中，由于人称必不可少，无法产生这种效果。如王维《鹿柴》中的"空山不见人，但闻人语响"，由于省略了人称，造成一种"人的动作与大自然完全融合"的效果。若加上人称，效果大不一样。

第二，中国诗歌语言没有时态变化，造成一种绝对时间的感觉，从而使个人体验具有一种超越暂时时空的非个人的普遍色彩。如陈子昂的《登幽州台歌》：

> 前不见古人，后不见来者。
> 念天地之悠悠，独怆然而涕下。

第三，中国诗歌语言中的词汇不依靠任何词形变化，仅凭其所处的位置与前后联系，便轻易转换各种词性，从而使一个词增加数倍表现力，同时，也会产生一种模糊含混的表现效果。其他语言中难有这种效果。如杜甫《春望》有一联：

> 国破山河在，城春草木深。

这里的"春"字作为动词使用，既是变化的过程，又是结果，从而获得了双倍表现力。

第四，中国诗歌语言还尽量省略语法虚词，使语法因素降低至最低水平，只用并置叠加的方法，以最少的字数表现最多的内容。如马致远《天净沙·秋思》。

总之，中国诗歌语言表现出简省含混的特点，这正好与诗歌的意象性、接受的多义性相应，适宜诗歌创作；西方语言讲究逻辑性和准确性，固然有精确明晰的优点，但却限制了诗歌内容和表达空间。

第三节　中西爱情诗比较

爱情被称之为文学的永恒主题。无论是什么时代的文学，无论哪个民族的文学，爱情的表达总是占有重要地位。因为爱情是人类最基本的也是最突出的情感体验。

中西爱情诗表达男女两性之间的恋慕以及由此引发的各种微妙的情感波折。这是中西爱情诗共同的。但爱情虽然是以两个男女的情感联系为表现对象，却渗透着民族的传统价值观念、思维方式，由此表现出了差异。下面，我们着眼于两者的差异进行讨论。

一、爱情观念

在爱情观念上，西方爱情诗表现为理想化、神圣化、精神化；中国爱情诗表现为现实性、人间性和灵肉不分。具体从以下三个方面来看。

（一）西方爱情诗很大一部分是对爱的力量、价值的表达，升华为一种哲理探讨；中国爱情诗大多是实实在在的独守空房的孤寂、双双厮守的愉悦

例1：《爱的哲学》（英·雪莱）

出山的泉水与江流汇合，
江河又与海洋相通，
天空里风与风互相渗透，
融洽于甜蜜的深情。
万物遵循同一条神圣法则，
在同一精神中汇合，
世界上一切都无独而有偶，
为什么我和你却否？

看高高的山峰亲吻蓝空，
波浪和波浪相拥相抱，
没有一朵姐妹花会被宽容，
如果竟轻视她的弟兄，
灿烂的阳光抚抱大地，明丽的月华亲吻海波，
一切甜美的天工有何价值，
如果，你不吻我？

例2：《至善》（英·勃朗宁）

岁月的全部馨香和芳菲都在一只蜜蜂的袋里，
矿藏的全部美妙和富裕都在一切宝石的心里，
在一颗珍珠的核里有着大海的全部阴阳。
馨花和芳菲、阴和阳、美妙、富裕，

以及——远远超过它们的——

比宝石更光辉的真诚，

比珍珠更纯洁的信任，

宇宙间最光辉的真诚纯洁的信任——

一切对我来说，

都在一个姑娘的吻里。

例3：《月夜》（唐·杜甫）

今夜鄜州月，闺中只独看。

遥怜小儿女，未解忆长安。

香雾云鬟湿，清辉玉臂寒。

何时倚虚幌，双照泪痕干。

这是杜甫怀念妻子的名作，756年安史叛军攻进潼关，杜甫带家小逃到鄜州。后离家企图为平叛效力，却被叛军俘获押解往沦陷的长安。望月思家，写下这首千古传诵的《月夜》。

例4：《子夜歌》（南朝乐府民歌）

怜欢好情怀，移居作乡里。

桐树生门前，出入见梧子。（"梧子"谐"吾子"）

中国古代诗歌中，相思的痛苦与相见的欢喜是爱情诗的两大基本题材。从《诗经》开始就是如此："未见君子，忧心忡忡。亦既见之，亦既觏之，我心则降""未见君子，忧心钦钦。如何如何，忘我实多""既见君子，云胡不喜"，此外，还有"一日不见，如三秋兮"的千古绝唱。

这种相思的痛苦与相见的欢喜形成了此后中国爱情诗的传统，尤其是前者，以"闺怨诗"形成久远的传统。如："美人卷珠帘，深坐颦蛾眉。但见泪痕湿，不知心恨谁。"（李白《怨情》）

中国古代爱情诗一般停留在现实的层面，写男女的离愁别绪，相思之苦，厮守欢娱。即使升华，也多是把爱情比喻成君臣关系，用爱情象征政治理想。从屈原开始，中国诗人就有以香草美人自喻的传统，夫妻与君臣形成一种同构关系，诗人常常借爱情寄托政治失意的伤感，"蛾眉曾有人妒，千金纵买相如赋，脉脉此情难诉"，美人失宠与文人失意形成对应。

（二）西方爱情诗的对象多为圣洁、飘逸的女性；中国爱情诗的对象多是普普通通的妻子或丈夫

例 1：《我的恋人如此娴雅》（意大利·但丁）

我的恋人如此娴雅端庄，
当她向人行礼问候的时候，
总使人因舌头发颤而沉默，
双眼也不敢正视她的目光。

她走过，在一片美声中，
但她全身透着谦逊与温和，
她似乎不是凡女，而来自天国，
只为显示神迹才降临世上。

她的可爱，使人眼睛一眨不眨，
一股甜蜜通过眼睛流进心里。
你若没有过体验则难以体会，
从她的樱唇间，似乎在微微散发，
一种饱含爱情的柔和的灵气，
它叩着你的心扉命令道："叹息吧！"

例 2：《你好像一朵花儿》（德·海涅）

你好像一朵花儿，
这样温柔、纯洁、美丽，
我凝视着你，一丝哀愁，
悄悄潜入我的心底。

我愿在你的头上，轻轻放上我的手，
祈祷上帝永远保佑你，
这样纯洁、美丽、温柔。

例 3：《秋夜曲》（唐·张仲素）

> 丁丁漏水夜何长，
> 漫漫轻云露月光。
> 秋逼暗虫通夕响，
> 征衣未寄莫飞霜。

想想孟姜女千里送寒衣的故事。这首诗描写的就是一位边卒之妻在漫长秋夜为夫赶制征衣，惦念丈夫的情景。叮叮咚，漏壶（计时器）的水声滴个不停，多么漫长的秋夜！从薄薄云雾笼罩的空中，倾泻出淡淡的月光，愈加令人感受到秋夜的凄清。夜深寒气逼人，秋虫也因寒气难耐而通宵鸣叫。在朦胧的夜色里，滴漏的水声、秋虫的鸣叫相伴着独度寒夜的思妇，更添其心头的寒意。她担心秋深霜降，暗中祈求：丈夫的寒衣尚未寄出，老天可不要下霜啊！一位善良、凄苦、勤劳、承受着生活压力和远别丈夫的情感痛苦的劳动妇女形象跃然而出。

例 4：《一日归行》（宋·王安石）

> 贱贫奔走食与衣，百日奔走一日归。
> 平生欢意苦不尽，正欲老大相因依。
> 空房萧瑟施缌帷，青灯半夜哭声稀。
> 音容想象今何处？地下相逢果是非？

这是一首悼亡诗。当时王安石 60 多岁，妻子李氏逝世。一、二句写半世生涯，诗人为温饱而常年在外奔波；三、四句承上，夫妇不能长年生活在一起，希望到老时能相互依靠；五、六句写：岂料老伴溘然长逝，半世夙愿化为泡影，今日归来，只见空荡荡的房中陈设着亡妻的灵帐，到了半夜，吊唁的亲友离去，哭声渐稀，唯有青灯相伴，何等凄怆；七、八句写：夜深人静，想象亡妻生前的音容笑貌，如今在何处？地下相聚真的可能么？诗中刻画的是一对贫贱却恩爱的夫妻，塑造的是一位因妻亡而痛苦、歉疚的丈夫形象。

（三）西方爱情诗的氛围更具宗教色彩，中国爱情诗则更多自然气息

例 1：《公园里》（法·普列维尔）

> 一千年一万年
> 也难以诉说尽
> 这瞬间的永恒
> 你吻了我
> 我吻了你
> 在冬日朦胧的清晨
> 清晨在蒙苏利公园
> 公园在巴黎
> 巴黎是地上的一座城
> 地球是天上的一颗星

这里把"吻"与浩渺的宇宙和无限的永恒连结在一起，赋予这一吻以宗教般的神圣。这吻体现的爱，在宇宙中具有永恒的意义。

例 2：《祈祷》（俄·莱蒙托夫）

> 圣母啊，现在我站在你的像前，
> 明亮的光轮前，向你虔诚祈祷，
> 不是带来感谢，不是祈求拯救，
> 不是忏悔，不是战斗前的祷告。
>
> 更不是为了我自己漠漠的心，
> 这人世上孤苦的流浪人的心，
> 而是想要把这纯真的女郎，
> 交给冷酷世界的热情维护人。
>
> 愿你用幸福拂美好的心灵，
> 愿你赐予她满怀眷恋的侣伴，
> 给善良的心一个期待的世界
> 明朗欢乐的青春，平静的晚年。

当最后离别的时刻来临时，
在沉静的午夜或喧嚷的清晨，
愿你派一个最圣洁的天使，
到病榻前接引她美丽的灵魂。

这首诗是莱蒙托夫为他的恋人瓦尔娃拉写的，瓦尔娃拉是诗人朋友的妹妹，那是一个热情、美丽、温柔的姑娘，莱蒙托夫心里爱着她，但一直没有表白。瓦尔娃拉后来嫁给一位可以做父亲的人。但诗人心中祷告圣母能给她幸福。

例3：《寄人》（唐·张泌）

> 别梦依依到谢家，小廊回合曲阑斜。
>
> 多情只有春庭月，犹为离人照落花。

清人李良年《词坛纪事》："张泌仕南唐为内史舍人，初与邻女浣衣相善，作《江神子》词……后经年不复相见，张夜梦之，写绝句云云。"[1]首句从梦境落笔，诗人别梦依依，飘忽渺茫，不知不觉来到情人家中。虽分手经年，却魂牵梦绕。前两句写梦中所见，这里原是定情之所，虽全是白描景物，但有人去楼空的悲伤。且当年就在这回廊里倾诉衷肠的情景，历历在目，更强化了这种悲伤。三、四句回到现实，梦醒后自己依然只身独卧，起身看到庭院里，唯见月色溶溶，笼罩在满地的落花之上，两句情景交融，意境深远：花儿凋零，事事将尽，伤感之情隐含其中，然而，花开花落自有时，可人呢，还能再次欢情吗？月光如水，当年照在两人身上，如今映照的却是离人落花。这里的"小廊""庭月""落花"等富于深意的自然景物出现在诗中，使诗作富于自然气息，又情景交融。

例4：《题都城南庄》（唐·崔护）

> 去年今日此门中，人面桃花相映红。
>
> 人面不知何处去，桃花依旧笑春风。

---

① 李良年：《词坛纪事》（中卷），上海商务印书馆1937年版，第28页。

古诗中相似意境的还有不少，如唐代赵嘏的《江楼感旧》：

> 独上江楼思渺然，月光如水水如天。
> 同来望月人何处？风景依稀似去年。

这些古典爱情诗都写到了自然背景。这里表现了中国诗人对爱情的人间性、现世性的认识。一方面，自然背景本身为爱情提供了一个人间性、现世性的舞台，就像宗教背景为西方爱情诗提供了一个神圣性、不朽性的活动舞台一样；另一方面，诗歌中的爱情通过与自然的对比，清晰地呈现出人间性、现世性的特征，相比之下，爱情显得如此脆弱，转瞬即逝。

总之，西方爱情诗在虚幻的宗教背景和氛围的参照、烘托下，其爱情给人以神圣性、不朽性的印象；中国爱情诗在一个真实的自然背景的参照、烘托下，其爱情给人以人间性、现世性的印象。

导致中西爱情观不同的根源在于中西文化宗教传统的有无。西方文化中的宗教传统，使人们相信，人生并不终止于死亡，即死后还有天国，那是比人世更美好的世界。既然人生在死后并没终结，爱情也如此，可以到天国继续相爱，人世难以实现的爱，到天国去实现；在人世被迫中断还可以到天国重续前缘。正是当爱情的延续得到天国的许诺时，它就超越了现世和人间，而获得了神圣化、永恒性；而且，爱的对象也容易被理想化，诗人把他们看成天使而不是凡人，同时，由于相爱的人在来生、天国总能结合，所以，今生的精神之恋也可以满足。当然，西方的爱情诗人也有些不是虔诚的基督教徒，不一定相信天国的存在。但这种宗教的表现已经成为一种文化传统和氛围，作为爱情的表达，天国已成为一种寄托。

中国缺乏这样的宗教传统。人们从未得到过死后进入天国的许诺。中国文化建立在儒道基础上，又以儒家学说为正统。强调的是入世、进取，即使尚虚无、自然的道家，也没有真正"超世"。无论是研究社会的儒家还是研究自然的道家，与西方相比，都没有如影随形的"彼岸天堂""万能上帝""绝对观念"等与现实两分对立的观念，多是相反的观照现实的现实观念。在爱情观念上，很少有来世前缘之说。潘岳有诗句："孤魂独茕茕，安知灵与无？"元稹写得更明白："同穴窅冥何所望，他生缘会更难期。"

二、爱的内容

在爱情的内容上，西方爱情诗主要表现婚前的爱情追求、欢欣和喜悦，中国爱情诗主要表现婚后的爱情哀怨、苦恼和忧伤。从以下三个方面来理解。

（一）西方爱情诗往往表现情人之爱；中国爱情诗大多表现夫妻之情

例 1：《灿烂的星》（英·济慈）

> 灿烂的星！我祷求像你一样坚定——
> 但我不愿意高悬夜空，独自辉映，
> 并且永恒地睁着眼睛，
> 像自然间耐心的、不眠的隐士，
> 不断望着海涛，那大地的神父，
> 用圣水冲洗人所卜居的岸沿。
> 或者注视飘飞的白雪，像面幕，
> 灿烂、轻盈、覆盖着洼地与高山——
> 啊，不，我只愿坚定不移地，
> 以头枕在情人酥软的胸脯上，
> 永远感受到它舒缓的降落、升起，
> 而醒来，心里充满甜蜜的激荡，
> 不断、不断听着她细腻的呼吸，
> 就这样活着——或者昏迷地死去。

这是济慈的最后一首诗。1820 年，诗人从英国赴意大利疗养，在途中的轮船上写下这首诗，献给他至死不渝的恋人范妮·勃朗。临行前，他曾写信给她："范妮——我的天使……我将尽力安心养病，就像我以整个身心爱你一样……我决不会与你诀别。"但不到半年，诗人病逝于罗马，年仅 25 岁，而他对范妮的爱却像星空长存。

例2：《思念》（德·马克思）

　　　　燕妮，即使大地盘旋飞翔，
　　　　你比太阳和天空更光亮。
　　　　任凭世人把我无限责难，
　　　　只需你对我爱，我一切甘当。

　　　　思念比永恒的宇宙要久长，
　　　　比太空的殿宇还高昂，
　　　　比幻想之国还更加美丽，
　　　　焦急的心灵——深过海洋。

　　　　思念无边，无穷无尽，
　　　　你给我留下来的形象——
　　　　似神灵塑造的一样，
　　　　使我永远把你记在心上。

　　　　你值得思念，但思念一词
　　　　无力表达我热烈的心肠，
　　　　可以说，思念似我在燃烧，
　　　　在我的心中永远激荡。

　　这是马克思和燕妮结婚前的一首诗作，充分表达了马克思对燕妮的热烈爱恋。

例3：《青青河畔草》（汉·古诗十九首）

　　　　青青河畔草，郁郁园中柳。
　　　　盈盈楼上女，皎皎当窗牖；
　　　　娥娥红粉妆，纤纤出素手。
　　　　昔为倡家女，今为荡子妇；
　　　　荡子行不归，空床难独守。

　　这首诗描写歌伎出身的少妇春日思怀，思念远离家门的丈夫的情景。第1、2句写景；3至6句写人，7、8句叙身世，皆无"思意"，最后一句的"难"字表达出热烈如火的"思"情。其效果来源于前面的烘托。前两句写景,以春景的勃勃生机正衬少妇的红装风姿,突现其青春活力;又反衬窗内独守的冷清。3至6句以特写镜头,对准临窗少妇:她仪态丰盈,面庞姣好,正在凝神远望;她浓妆艳抹更显娇美,纤细如玉的双手轻扶着窗栏。这里有形态、姿态,也有意态:其浓妆正是盼夫归来。7、8句的身世也暗含对比,"倡家女"有过繁华热闹的经历,与"独守"的孤寂相比,产生对比效果,为最后的"一叹"作铺垫。

例4:《答外》(宋·郭晖之妻)

> 碧纱窗下启缄封,尺纸从头彻尾空。
> 应是仙郎怀别恨,忆人全在不言中。

"答外"即答赠丈夫。这是郭晖的妻子(姓名不详)写给远在异地的丈夫的诗。《宋诗纪事》:"士人郭晖,因寄妻问,误封一白纸去,乃寄一绝云"。妻子对丈夫寄来的"白纸"既不懊丧,也不猜忌,而作妙解,正是宋人王琼奴的诗句,"风流不是无佳句,两字相思写不成",佳句难书相思情。此处无言胜有言,表达了妻子对丈夫的深挚爱情和坚定的信任。

(二)西方爱情诗大多写"慕",抒写的是对娇美、温柔的情人爱的倾诉;中国爱情诗大多写"怨",形成"闺怨诗""宫怨诗"或者"悼亡诗"的传统

例1:《给——》(英·济慈)

> 自从我被你的美所纠缠,
> 你裸露的手臂把我俘获,
> 时间的海洋已经有五年,
> 在低潮、沙漏反复过滤着时刻。
> 可是,每当我凝视着夜空,
> 我仍看到你的眼睛在闪亮;
> 每当我看到玫瑰的鲜红,
> 心灵就朝向你的面颊飞翔;
> 每当我看到初开放的花朵,
> 我的耳朵,仿佛贴近你的唇际,

想听一句爱语，就会吞下，
错误的芬芳：唉，甜蜜的回忆，
使每一种喜悦都黯淡无光，
你给我的欢乐带来了忧伤。

例2：《给玛丽》（英·雪莱）

哦，亲爱的玛丽，你能在这里多好，
你，和你那明亮开朗的棕色眼睛，
你那甜美的话语，似小鸟，
向常青藤荫里寂寞忧郁的伴侣，
倾吐爱情时的啭鸣，
那天地间最甜最美观的声音！
还有你的秀额……
更胜过这蔚蓝色意大利的天穹。

亲爱的玛丽，快来到我的身边，
我失去了健康，但你远在他乡；
你对于我，亲爱的，
就像黄昏时对于西方的星辰，
就像落日对于圆满的月亮。
哦，亲爱的玛丽，但愿你在这里，
古堡的回声也轻声低语"在这里！"

例3：《春闺》（元·元准）

杏花零落燕泥香，闲立东风看夕阳。
倒把凤翅搔鬓影，一双蝴蝶过东墙。

这首诗以闺中少妇将首饰倒插，妆饰不整，来表现丈夫不在的慵倦
之态，以"双蝶"更衬出独守闺中的凄清。《诗经·卫风·伯兮》："自伯
之东，首如飞蓬。岂无膏沐，谁适为容！"女为悦己者容。

例 4：《玉阶怨》（唐·李白）

　　玉阶生白露，夜久侵罗袜。
　　却下水晶帘，玲珑望秋月。

例 5：《望行人》（唐·张籍）

　　秋风窗下起，旅雁向南飞。
　　日日出门望，家家行客归。
　　无因见边使，空待寄寒衣。
　　独倚青楼暮，烟深鸟雀稀。

　　这首诗比前一首的"怨"写得明显一些。从"秋风""归雁"写起，再写出门望归，每每失望，欲寄寒衣，却不见边使。尾联以景融情：幽暗的暮霭、稀疏的飞鸟与思妇满腹愁云的哀伤心境、孤身只影的凄凉处境融为一体。思妇对丈夫的深挚之爱中又有一层幽怨在其中。

　　再看两首：

例 6：《闺情》（唐·李端）

　　月落星稀天欲明，孤灯未灭梦难成。
　　披衣更向门前望，不忿朝来鹊喜声。

例 7：《闺怨》（唐·王昌龄）

　　闺中少妇不知愁，春日凝妆上翠楼。
　　忽见陌头杨柳色，悔教夫婿觅封侯。

　　这两首诗"闺怨"的色彩更加明显。

　　对于中国的"闺怨"诗，还必须看到：其基本表现手法是由男性诗人（偶尔也有女性诗人）用第三人称以客观态度表现女性对男性的相思之苦。这里也与西方爱情诗大不一样。西方就有学者提出疑问：爱情既然是男女双方的事情，中国诗人为何只用第三人称表现女子对男子的爱情，而不直接用第一人称的主观态度表现男子对女子的爱情？其原因就是：在中国文化中，爱情所处的地位不及西方文化中的爱情重要，男人应以事业为重，大业是"治国平天下"，"儿女情长"是事业的阻碍，因而不以男人的口吻来表现，男性诗人写情诗也以女子口吻表现。

（三）中西爱情诗中的景物描写作用不同：西方爱情诗中的景物往往用来衬托情人的美，渲染爱的愉悦感受；中国爱情诗的景物大多用来对照爱情的脆弱，强化哀怨之情

例1：《五月之歌》（德·歌德）

自然多明媚，
向我照耀！
太阳多辉煌！
原野含笑！

千枝复万枝，
百花怒放，
在灌木林中，
万籁俱唱。

万人的胸中
快乐高兴，
哦，大地，太阳！
幸福，欢欣！

哦，爱啊，爱啊，
灿烂如金，
你仿佛朝云
飘浮山顶！

你欣然祝福
膏田沃野，
花香馥郁的
大千世界。

啊，姑娘，姑娘，

我多爱你！

你目光炯炯，

你多爱我！

像云雀喜爱

太空高唱，

像朝花喜爱

天香芬芳，

我这样爱你，

热血沸腾，

你给我勇气、

喜悦、青春，

使我唱新歌，

翩翩起舞，

愿你永爱我，

永远幸福！

1771年5月，歌德与他的恋人弗里德莉克·布里昂一起漫步于塞逊海姆的乡村。诗人沐浴在春光中，深切地感受到大自然的美好，有恋人相伴，内心充溢着难以言表的幸福，即兴赋成这首诗作，后由贝多芬谱成曲子，至今流传。

例2：《啊，亲爱的！你天仙般的笑靥》（英·华兹华斯）

啊，亲爱的！你天仙般的笑靥，

把我整个心灵都已照亮。

倘在我脸上返射出你笑的光彩，

你准会乐意看到这副模样，

就如一轮皎月得意而矜持地，

看到自己明亮的光芒，

反射在她照耀的流水里，

反射在静静的山坡上。

这首诗写诗人为情人的微笑所激发的心荡神摇之情。前四句着重写情人感情上的互相感应，少女的笑靥照亮了少年的心。后四句以皎皎明月照临流水、山坡的情景，表达因对方的微笑而容光焕发，反衬对心上人的爱慕与崇拜，受宠惊之情溢于言表。皎月、流水、山坡等自然景物本为无情之物，这里却似乎成了彼此深爱的恋人。前四句与后四句比喻映衬，情景交融。

例3：《春江花月夜》（唐·张若虚）

> 春江潮水连海平，海上明月共潮生。
> 滟滟随波千万里，何处春江无月明。
> 江流宛转绕芳甸，月照花林皆似霰。
> 空里流霜不觉飞，汀上白沙看不见。
> 江天一色无纤尘，皎皎空中孤月轮。
> 江畔何人初见月？江月何年初照人？
> 人生代代无穷已，江月年年望相似。
> 不知江月待何人，但见长江送流水。
> 白云一片去悠悠，青枫浦上不胜愁。
> 谁家今夜扁舟子？何处相思明月楼？
> 可怜楼上月徘徊，应照离人妆镜台。
> 玉户帘中卷不去，捣衣砧上拂还来。
> 此时相望不相闻，愿逐月华流照君。
> 鸿雁长飞光不度，鱼龙潜跃水成文。
> 昨夜闲潭梦落花，可怜春半不还家。
> 江水流春去欲尽，江潭落月复西斜。
> 斜月沉沉藏海雾，碣石潇湘无限路。
> 不知乘月几人归，落月摇情满江树。

这首《春江花月夜》在中国古典诗中是一篇长诗（共 36 句）。这首诗在春江月夜的美景中探寻人生的哲理，爱情是其中的一重要内容。在月光朗照下，江水、沙滩、天空、原野、白云、扁舟、高楼、镜台等融入诗境，以自然景物衬托不眠的思妇与漂泊游子的相思之苦。以自然的永恒，反衬人生爱情的伤感。

例4：《晚霁》（清·梁鼎芬）

> 雨止蝉亦止，夜凉心亦凉。
> 无人说明月，独自九回肠。

雨过蝉息，皓月当空，夜色宜人。但人呢？孑然一身、孤独哀叹，相伴的人却不在身边了。悼亡之伤感，喷然而出。梁鼎芬少年得志，光绪六年入翰林，同年娶妻龚氏，为人艳称。不料遭贬离京，托妻于友，竟被占为外室。后龚氏虽迎回梁家，但不久后却成永别。其哀伤之情，在景物衬托中更加突出。

三、表现风格

在表现风格上，西方爱情诗热烈奔放；中国爱情诗委婉含蓄。

西方诗人喜欢运用理想化、绝对化的言辞，直抒胸臆，表达爱情；中国诗人则善用空灵、凄婉、缠绵多致的言辞，在特定的意象中婉转地表达情意。

例1：《我爱人像红红的玫瑰》（英·彭斯）

> 啊，我爱人像红红的玫瑰，
> 它在六月里初开，
> 啊，我爱人像一支乐曲，
> 美妙地演奏起来。
>
> 你是那么美，漂亮的姑娘，
> 我爱你那么深切；
> 我要爱你下去，亲爱的，
> 一直到四海枯竭。
>
> 直到四海枯竭，亲爱的，
> 到太阳把岩石烧裂！

我要爱你下去，亲爱的，
只要是生命不绝。

再见吧——我唯一的爱人，
我和你小别片刻！
我要回来，亲爱的，
即使是万里相隔！

例2：《无题》（唐·李商隐）

相见时难别亦难，东风无力百花残。
春蚕到死丝方尽，蜡炬成灰泪始干。
晓镜但愁云鬓改，夜吟应觉月光寒。
蓬山此去无多路，青鸟殷勤为探看。

这两首诗同样表现爱的执着：彭斯的诗热烈奔放，直接表达要爱到"四海枯竭""岩石烧裂""生命不绝"；而李商隐却非常含蓄，以"春蚕"和"蜡炬"的意象来表达情感。

例3：《醒》（俄·普希金）

美梦啊，美梦，
哪里是你的甜蜜？
夜间的欢乐，
你在哪里？你在哪里？
欢乐的梦，
已失去影踪。
我孤零零，
在黑暗中，
苏醒。
床周围，是沉默的夜。
爱情的幻想，
忽而冷却，
忽而离去，

成群地飞跃。
我的心灵，
仍充满愿望，
它在捕捉，
对梦境的回想，
爱情啊，爱情，
请听我的恳请：
请再把我送入梦境，
再让我心醉，
到了清晨，
我宁可死去，
也不愿意梦醒。

例4：《春怨》（唐·金昌绪）

打起黄莺儿，莫教枝上啼。
啼时惊妾梦，不得到辽西。

这两篇诗都是写梦见思念中的人，梦醒后的情怀。但普希金以直露笔法，将梦醒后的失落、痛苦，向爱情的恳求都直接写来。这是普希金为初恋的对象巴库尼娜写的。巴库尼娜是普希金皇村学校同学的姐姐，天生丽质，风姿绰约。普希金一见钟情，为她写了20首"巴库尼娜情诗"，其中有一首《心愿》，其中有一名句："即使死去，也要爱到死。"情感非常热烈。金昌绪的《春怨》则以啼鸣惊梦、责鸟怨春的情境委婉表达闺妇思念远方丈夫的情感。

对于"中西诗歌比较"，还要注意以下几点。

第一，在认识中西方诗歌一般特点的基础上，要把握同中有异、异中有同的辩证关系。特点的概括，是就主体而言的。相反的例证，可以找到，因为人类文化有共同的一面，但文学更是个体的审美体验。

第二，将中国现代诗歌（新诗）与西方诗歌比较时，要意识到作为一个文类，中国现代诗歌是西方诗歌影响的结果。

第三，中西诗歌比较，也有影响研究的方面。对此应通过考证与辨析的方法，去探求某些诗歌现象（如西方意象诗、中国十四行诗）的影响种类、媒界途径、接受方式等"事实联系"，努力探求其因果关系，获得清晰的"同源"谱系。

第五章 文化研究与比较文学

比较文学自形成伊始，就与其他学科有着千丝万缕的联系，与众多学科交叉渗透。因而，随着 20 世纪社会文化的演变发展，学科形态的此消彼长，使比较文学一直伴随着"危机""消亡"的呼声，比较文学自身的"身份"总是在讨论中得到求证。当代学界"文化研究"成沛然之势，比较文学再次遭遇"危机"，有论者却认为这是比较文学新发展的极好机遇。理清比较文学和文化研究的关系，思考其中的学理路向，是比较文学学科理论的题中应有之义。

第一节 当代"文化研究"的兴起及其研究范式

"文化研究"有传统意义和当代意义之分。传统意义的"文化研究"指的是"文化的研究"（The Study of Culture），即探讨人类各种文化现象的起源、演变、传播、结构、功能、本质，文化的共性与个性，特殊规律与普遍规律的综合性学科。这一意义的"文化研究"也称之为"文化学"（The Science of Culture）或"文化人类学"（Cultural Anthropology）。这一意义的文化研究的理论最早出现在 18 世纪，由意大利的维科（Giambattista Vico，1668—1744）和德国的赫尔德（Johann Gottfried von

Herder，1744—1803）开启先河，伏尔泰创立了文化史研究，卢梭（Jean-Jacques Rousseau，1712—1778）、康德（Immanuel Kant，1724—1804）则从人与科学、道德关系的角度进行了文化批判。到 19 世纪初，黑格尔（Friedrich Hegel，1770—1831）提出了"文化科学"的概念。19 世纪中期，德国学者 C. E. 克莱姆出版了《普通文化史》和《普通文化学》，1871 年，英国人类学家泰勒（Edward Bernatt Tylor，1832—1917）出版了《原始文化》。之后，马克思（Karl Marx，1818—1883）、狄尔泰（Wilhelm Dilthey，1833—1911）、迪尔凯姆（Emile Durkheim，1858—1917）、弗洛伊德（Sigmund Freud，1856—1939）、博厄斯（Franz Boas，1858—1942）、胡塞尔（E. Edmund Husserl，1859—1938）、马克斯·韦伯（Max Weber，1864—1920）、舍勒（Max Scheler，1874—1928）、卡西尔（Ernst Cassirer，1874—1945）、克罗伯（Alfred Louis Kroeber，1876—1960）、斯宾格勒（Oswald Spengler，1880—1936）、雅斯贝斯（Karl Jaspers，1883—1969）、马林诺夫斯基（Bronislaw Kaspar Malinowski，1884—1942）、卢卡奇（Georg Lukacs，1885—1971）、维特根斯坦（Ludwig Wittgenstein，1889—1951）、汤因比（Arnold Joseph Toynbee，1889—1975）、海德格尔（Martin Heidegger，1889—1976）、马尔库塞（Herbert Marcuse，1898—1979）、哈耶克（Friedrich August Hayek，1899—1992）、怀特（Leslie A White，1900—1975）、列维·斯特劳斯（Claude Lévi-Strauss，1908—2009）、弗莱（Northrop Frye，1912—1991）、福柯（Michel Foucault，1926—1984）、哈贝马斯（Jürgen Habermas，1929— ）等西方哲学家、历史学家、社会学家、心理学家、经济学家、人类学家从各自的领域出发，对文化研究作出了各自的理论贡献，从而形成了文化研究的进化学派、传播学派、历史学派、社会学派、功能学派、人格学派、结构学派、解释学派等不同的理论流派。其中，怀特被称为"文化学之父"，他的著作《文化的科学》（1949）和《文化的进化》（1959）在综合前人研究成果的基础上，确立了文化学研究的基本概念、理论和方法，奠定了"文化学"研究的体系构架。"文化学"或"人类文化学"研究的"文化"，包括物质文化、制度文化和精神文化的各个层面，是一个与"自然"相对应的范畴，可谓宽泛无边。

当代意义的"文化研究"与已成传统的文化学意义的"文化研究"既有联系又有区别。其于 20 世纪 50 年代产生于英国，20 世纪六七十年代盛行于欧洲，80年代影响美国，90年代以来成为遍及世界的学术思潮，至今锐势不减，已成国际性的跨学科、多向度的学术研究领域。当代的"文化研究"继承了广义"文化研究"的学理思路，又在当代现实文化语境下吸收后现代的思想资源而有所发展。

当代文化研究发轫于英国的文学研究界。当时，英国一些批评家将文化学的理论引入文学研究，以拓展文学批评的范围，使之逐步发展为文学的文化批评。F.R.利维斯（F. R. Leavis，1895—1978）是其先驱，"F.R.利维斯主张文学要有社会使命感，强调文学必须具有真实的生活价值，能够解决20世纪的社会危机，因此，民族意识、道德主义和历史主义以及一种侧重文学自身美感的有机审美论，成为利维斯文学批评的鲜明特征"①。他从文学作用社会的文化意义的角度来把握作家、作品的价值，他的《伟大的传统》（1948）就是以此重构英国小说史，重新确定经典，试图以经典文学对读者大众进行启蒙，借助文学艺术经典的力量，拯救现代社会，恢复传统的社会价值观念。但真正奠定当代文化研究基础的是20世纪五六十年代之交出现的几部著作：理查德·霍加特（Richard Hoggart，1918—　）的《文化的用途》（1958），雷蒙·威廉斯（Raymond Williams，1921—1988）的《文化与社会》（1958）、《漫长的革命》（1961），E. P. 汤普逊（Edward Palmer Thompson，1924—1993）的《英国工人阶级的形成》（1963）。几位作者在批评方法和文化观念上受到利维斯的影响，但没有接受他的精英主义的文化观念，在对待大众文化的态度上与其截然相反。

1964年，理查德·霍加特、雷蒙·威廉斯、E. P. 汤普逊、斯图尔特·霍尔（Stuart Hall，1932—　）等人在伯明翰大学成立了"当代文化研究中心"，标志着"文化研究"在学术体制内的崛起。之后，伯明翰"当代文化研究中心"成为英国文化研究的大本营，推动了文化研究的发展。学界把在"中心"工作、学习过的成员和与"中心"具有密切学术渊源的学者称为"伯明翰学派"（Birmingham School）。除了前述四位奠基人物之外，主要成员还有理查德·约翰生（Richard Johnson）、菲尔·科恩（Phil Cohen）、迪克·赫伯迪格（Dick Hebdige）、安吉拉·麦克罗比（Angela

① 陆扬主编：《文化研究概论》，复旦大学出版社2008年版，第10页。

McRobbie）、劳伦斯·格罗斯伯格（Lawrence Grossberg）、约翰·克拉克（John Clark）、戴维·莫利（David Morley）、保罗·吉尔罗伊（Paul Gilroy）、格雷厄姆·默多克（Graham Murdock）、约翰·菲斯克（John Fiske）和托尼·本内特（Tony Bennett）等。他们对西方传统知识分子的精英主义表示不满，更加关注社会的中、下层阶级，以及与他们相关的通俗文化。他们试图使学术研究从传统知识分子的书斋走向中、下层民众的日常生活和经验之中，使之成为一种"活的"知识。

"伯明翰学派"早期（20 世纪 50 年代至 60 年代）的精神核心是雷蒙·威廉斯，可以说，威廉斯奠定了文化研究的理论基础。在《文化与社会》中，威廉斯追溯了从工业革命至当代"文化"一词的内涵所发生的变化；在《漫长的革命》中，威廉斯对文化问题进行了更深入的思考，他摒弃了"经济决定论"，认为文化变革并不是经济发展的自发后果，而是社会整体进程的一部分。而在这一进程中，人们对经验的描绘、学习、说服和交换非常重要。在此基础上，威廉斯概括了文化的三种含义：（1）理想的文化定义，把文化界定为人类完善的一种状态或过程，也就是称之为伟大传统的那些最优秀的思想和艺术经典；（2）文献的文化定义，认为文化是知性和想象作品的整体；（3）社会的文化定义，认为文化是一种整体的生活方式。正是这最后一种定义，奠定了文化研究的理论基础。"根据这种定义，文化研究的目的不仅仅是阐发某些伟大的思想和艺术作品，而是阐明某种特殊的生活方式的意义和价值，理解某一文化中'共同的重要因素'。"[1]在他看来，这样的文化包括"生产组织、家庭结构、表现或制约社会关系的制度的结构、社会成员借以交流的独特方式等等"[2]。而某一文化的成员对其生活方式必然有一种不可取代的、独特的经验，威廉斯将其称作"感觉结构"，"这种感觉结构就是一个时期的文化"[3]。

"伯明翰学派"后期（20 世纪 70 年代）的核心人物是斯图尔特·霍

---

① 罗钢、刘象愚：《前言：文化研究的历史、理论与方法》，《文化研究读本》，中国社会科学出版社 2000 年版，第 7 页。

② 雷蒙·威廉斯：《文化分析》，《文化研究读本》，中国社会科学出版社 2000 年版，第 125-126 页。

③ 雷蒙·威廉斯：《文化分析》，《文化研究读本》，中国社会科学出版社 2000 年版，第 132 页。

尔。霍尔是"当代文化研究中心"的第二任主任，在他引导该机构学术研究的 20 世纪 70 年代，英国的文化研究达于鼎盛。他从威廉斯的注重个人经验和人文关怀的文化研究，转向结构主义符号学的文化研究。霍尔从路易·阿尔都塞的结构主义意识形态理论和葛兰西的霸权理论中吸取思想资源，强调文化既是经验又是实践，认为社会文化是由性别、种族、宗教、地区和阶级的冲突所推动的。因而，这一时期英国文化研究的内容也由前期的阶级关系、亚文化的研究拓展到对性别、种族、阶级等文化领域中复杂的文化身份、文化认同等问题的研究，其关注大众文化和消费文化，以及媒体在个人、国家、民族、种族、阶级、性别意识中的文化生产和建构作用，运用社会学、文学理论、美学、影像理论和文化人类学的视野与方法来研究工业社会中的文化现象。文化研究的"文本"对象，也不只是书写下来的语言和文字，还包括电影、摄影作品、时尚、服装、发型等具有意义的文化表意系统。这一时期的研究与"后结构主义"的理论密切相关，福柯的"知识考古学"和"知识谱系学"、德里达的"解构主义"理论、波德里亚的"文化仿真"理论、以拉康等人为代表的"后弗洛伊德精神分析学"等，都对当代西方文化研究产生过重要影响。

经过几十年的努力，伯明翰学派的文化研究形成了自己独特的学术传统和研究方法。自 20 世纪 70 年代至 90 年代，伯明翰学派相继出版了《仪式抵抗》《文化、媒体、语言》《世俗文化》《亚文化：风格的意义》《切割与混和》《躲在亮处》等一系列的学术专著，为当代文化研究开拓了新的研究领域。

在英国以伯明翰学派为主力的当代文化研究展开的同时，欧洲其他国家的文化研究也在以各自的形态展开。法国的后结构主义理论不仅成为伯明翰学派后期文化研究重要的理论来源，其本身也是文化研究重要的组成部分。法国著名思想家皮埃尔·布迪厄（1930— ）的理论也为文化研究作出了巨大贡献，他跨越人类学、社会学、教育学、语言学、哲学、政治学、史学、美学、文学等众多学科，提出了一系列独到的思想范畴，并构建了新颖的学术框架。他的文化理论建立在"场域""习性""资本"这三块基石上，对当代社会复杂的文化现实作出了精辟而独到的阐释。在苏联，美学家 M. 卡冈（1921—？）和尤里·鲍列夫（1925— ）

也从美学的角度进行了文化研究。卡冈在《美学和系统方法》一书中强调文化系统中的艺术文化结构的形态学意义，认为当代文化美学研究不能局限于孤立地考察各种文化领域，必须同时对文化作完整的研究，以揭示艺术在世界文化发展过程中的状况、地位和功用。鲍列夫在《美学》（1975）中明确提出了"艺术文化学"的概念，将文学放置在一个广阔的文化境遇中去考察。

20世纪80年代以来，文化研究走出了欧洲，影响了美国，进而产生了世界性的影响。至此，文化研究进入全盛时期，成为一种新的显学。对以媒介文化为代表的大众文化的研究依然是其热点，除此之外，还有后殖民理论、第三世界理论和性别政治等，纷纷成为文化研究的中心论题。文化研究真正形成了冲击旧有学术规范的新的潮流。

在美国，最早介绍伯明翰学派的是曾在伯明翰"当代文化研究中心"学习的劳伦斯·格罗斯伯格，他在《文化研究的构成：一个美国人在伯明翰》中阐述了文化研究的理论取向。随后，文化研究受到一大批在文学理论和文学研究方面具有影响的学者的关注，包括弗雷德里克·杰姆逊（Fredric Jameson，1934—　）、爱德华·萨义德（Edward Waefie Said，1935—2003）、佳亚特里·斯皮瓦克（Gayatri C. Spivak，1942—　）、拉尔夫·科恩（Ralph Cohen）、希利斯·米勒（J.Hillis Miller，1928—　）等，美国"大量研究后殖民主义文学、传媒文化和其他非经营文化现象的论文频繁地出现在曾以文学理论和批评著称的著名学术刊物包括《新文学史》（*New Literary History*）、《批评探索》（*Critical Inquiry*）和《疆界二》（*Boundary2*）等，并且逐步涉及西方世界以外的文化现象的研究，实际上也介入了对全球化现象的思考与研究"[①]。以海登·怀特（Hayden White，1928—　）、斯蒂芬·格林布拉特（Stephen Greenblau，1943—　）为代表的新历史主义也是美国文化研究的重要组成部分，"美国的'新历史主义'更重视分析文化中的语言叙述或表述，已成为后结构主义之后的新的批评潮流，影响深远，渗透到各文学研究领域，与读者反映批评交错汇合，展示了比读者反映批评更宏大的历史视野和现实景观"[②]。1990

---

① 王宁：《比较文学与当代文化批评》，人民文学出版社2000年版，第72页。
② 金元浦：《文化研究：理论与实践》，河南大学出版社2004年版，第11页。

年，在美国伊利诺伊大学举行了"文化研究：现状与未来"的大型学术研讨会，会议聚集了世界各地 900 余名不同专业（哲学、文学、政治学、人类学、社会学、传播学等）的学者，会后出版了由劳伦斯·格洛斯伯格、卡里·奈尔逊和保拉·特莱契勒合编的论文集《文化研究》（1992），书中列出"文化研究"的 16 个论题：①文化研究的历史；②性别与性；③民族性与民族认同；④殖民主义与后殖民主义；⑤种族与族群；⑥大众文化与受众；⑦认同的政治；⑧教学法；⑨美学的政治；⑩文化与文化机构；⑪民族志与文化研究；⑫学科的政治；⑬话语与文本；⑭科学、文化与生态；⑮重读历史；⑯后现代时代的全球文化。杰姆逊在《社会文本》上发表了 4 万余字的长文《论"文化研究"》（1994），文章针对论文集中的主要论题，对文化研究进行了全面的评析。这些论题主要从文化和政治层面探讨了不同社会集团的认同问题、大众文化、后殖民和性别政治等。

对上述问题的讨论不仅在欧美国家形成了研究热点，在世界其他国家和地区也备受关注，尤其是在那些前殖民地国家、移民国家和第三世界国家，文化研究呈现出了蓬勃发展之势。加拿大的文化研究关注的是民族性、文化认同、文化政策和经济发展的论题，作出实绩的是林达·哈琴（Linda Hutcheon）的后现代主义诗学研究。澳大利亚文化研究的主要学者大都来自英国，如约翰·菲斯克、托尼·本内特、约翰·哈特里等，因而，学界认为澳大利亚的文化研究实得伯明翰"真谛"，偏重传媒和传媒政策研究，也关心澳大利亚社会的边缘群体（女性、亚洲移民、土著居民等）。约翰·哈特里的《文化研究简史》（2002）和西蒙·杜林（Simon During）主编的《文化研究读本》影响甚大。印度文化研究的核心是"加尔各答社会科学研究中心"，主要展开"庶民研究"（Subaltern Studies，又称为底层研究、次要研究），学界称之为"庶民研究学派"，该学派以拉纳吉特·古哈（Ranajit Guha）、帕沙·查特吉（Partha Chatterjee）、迪皮斯·查克拉巴提（Dipesh Chakrabarty）等人为代表，他们借用葛兰西提出的"庶民"概念，致力于研究"在阶级、种姓、性别、种族、语言、文化中处于从属地位"的边缘从属群体，批评精英主义历史书写对于庶民主体性的遮蔽，主张将底层的历史经验纳入知识生产。古哈认为，庶民在历史舞台上是"自为的，也就是独立于精英的"；他们的政治构成了一个"自足的领域，既不是源于精英政治学，也不从属于它"①。自 1982 年起，印度不同学科的学者加入该学派的讨论，出版了不定期丛刊《庶民研究》12 卷。中国在 20 世纪 80 年代末 90 年代初引进了西方的文化研究思潮，20 世纪 90 年代中期该思潮引起了批评界的广泛关注，这一思潮既是中国本土 80 年代"文化热"的延续，同时又有不同的视域和论题。大众文化的研究、后殖民主义、知识分子角色问题及性别理论等都成为中国当代文化研究探讨的焦点。

从历史演变看，当代的"文化研究"是传统文化研究的一个发展阶段，它也是对当代人面临的现实问题作出的学术回应，与传统的文化研究相比，其无论在研究对象还是研究方法上都有了很大的不同。有论者总结当代文化研究实现了三个转向："一是从经典文化转向了大众文化的研究，或从中心转向了边缘的研究；二是从文字载体的文化研究转向了影视、图像的现代文化的研究，使广告、绘画、建筑、影视、大众传媒、消费文化成为热门话题；三是从纯文学研究转向种族、性别、阶级、民族性、差异性、社区文化、媒介文化、女性文化和后殖民文化等问题的审理。"②尽管一些文化研究学者不主张对"文化研究"进行学科边界和学科属性的概括，但经过几十年的发展，当代文化研究相对于传统的文化研究和相关学科，确实已经形成了一些特定的研究论题和研究范式。主要有以下几个方面。

第一，跨学科研究与开放意识。文化研究以一种多元杂糅的开放意识来研究跨学科、跨地域的文化。它在文本与社会、上层建筑与经济基础之间形成了一种有机的联系，通过这种联系，使中心文化和边缘文化、雅文化和俗文化整合成一种"统一的文化模式"，从而对现代人的生存和文化的身份加以定位。文化研究开放性和实验性的本质决定了它的跨学科特征。关于这一特征，文化研究学者有不少论述。英国学者斯图亚特·霍尔指出："文化研究有许多轨道，许多人过去有，并且现在还有通过它的不同轨道，它是由一些不同的方法论和理论立场所建构的，而这

---

① 拉那吉特·古哈：《庶民研究一：关于南亚历史与社会》，牛津大学出版社 1982 年版，第 7 页。

② 王岳川：《当代文化研究的语境与症候》，《解放军艺术学院学报》2005 年第 4 期。

些方法论和理论立场还处在人们的讨论之中。"①另一位学者托尼·本尼特评论说："文化研究所组成的与其说是一个具体的理论和政治传统或学科，倒不如说是一个许多知性传统已在其中找到了一个暂时的汇合点的引力场。"②澳大利亚墨尔本大学教授西蒙·杜林在《文化研究读本·导言》中论述："它（文化研究）并非一门学科，而且它本身没有一个界定明确的方法论，也没有一个界限清晰的研究领域。"③澳大利亚的格瑞麦·特纳在其专著《英国文化研究导论》中指出："把文化研究看作是一个新的学科或者是互不相关的诸学科的一种组合是一种错误。文化研究是一个跨学科的领域，在这个领域中某些研究的对象和方法结合到了一起。"④中国学者也认为：文化研究"是一个最富于变化，最难以定位的知识领域，迄今为止，还没有人能为它划出一个清晰的学科界限，更没有人能为它提供一种确切的、普遍接受的定义"⑤。

文化研究的跨学科特征决定了其研究主题范围的广泛性、研究取向的多元化和研究方法的多样化。当代文化研究主题包括以研究后殖民写作/话语为主的种族研究；以研究女性批评写作/话语为主的性别研究；考察影视传媒生产和消费的大众传媒研究；以对东方和第三世界所做的多学科、多领域考察为主的区域研究（如"亚太地区研究"等）；文化全球化理论研究。⑥文化研究采取了旨在削弱和批判帝国主义和宗主国文化霸权的后殖民及第三世界批评取向、后结构主义的消解逻各斯中心的解构取向、女权主义者对男性世界的批判取向、马克思主义的意识形态和文化批判取向、针对某一区域的多学科考察和研究取向等。⑦文化研究在实践中借鉴了语言学、哲学、心理学、历史学、社会学、人类学、政治学和文学批评等理论和方法，并将其运用于自己的研究中。这样，文化研究在打破传统学科疆域和催生新的交叉学科方面显示出了巨大的活力，"文化研究是多元主义时代理论与现实的前沿研究的实验地，它提供

①　大卫·莫利、陈光兴编：《文化研究中的批评对话》，劳特利奇出版社 1996 年版，第 361 页。
②　大卫·莫利、陈光兴编：《文化研究中的批评对话》，劳特利奇出版社 1996 年版，第 361 页。
③　西蒙·杜林编：《文化研究读本》，劳特利奇出版社 1999 年版，第 1 页。
④　格雷姆·特纳：《英国文化研究导论》，劳特利奇出版社 1992 年版，第 11 页。
⑤　罗钢、刘象愚：《文化研究读本》，中国社会科学出版社 2000 年版，第 1 页。
⑥　王宁：《比较文学与当代文化批评》，人民文学出版社 2000 年版，第 69 页。
⑦　王宁：《超越后现代主义》，人民文学出版社 2002 年版，第 163 页。

了学科越界、扩容、创新和变革的机遇与可能性。文化研究是新的学科间相互对话、相互沟通、相互溶浸、相互交叉叠合又相互对立对峙的新的对话交流的平台，在这里既有从文学出发的文化研究，也有从社会学、传播学、人类学、政治学出发的文化研究，它们在研究对象选择、研究内容设定、研究方法运用上仍然有着相当的区别。此中当然包含着学科间的融合、汇流、整合，也包含着学科的调整变革和新学科的建制以及边缘交叉学科如文学文化学、文学传播学、新文学社会学建设的积极的可能性"①。

第二，文化整体研究与关联意识。文化研究总是把具体的研究对象摆在整个社会文化系统中作多方面的考察与阐释，关注文化与其他社会活动领域之间的联系，而不是把研究对象视作一个孤立自足的整体。霍加特在文化研究的早期经典著作《识字能力的用途》中指出：一种生活方式不能摆脱由许多别的生活实践——工作、性别定向、家庭生活等——所建构的更大的网络系统。威廉斯在《文化与社会》中也反对把文化从社会中分离出来，他认为把文化只理解为一批知识与想象的作品是不够的，"从本质上说，文化也是整个生活方式"②。"文化研究承担着研究一个社会的艺术、信仰机构以及交流实践这样一个整体领域的使命。"③ 然而，这里的"整个生活方式""整体领域"并不是指各个要素前后的整合，探寻统贯一切的本质，而是指各个要素之间的种种关联以及对关联产生的意义的阐释与建构。"如果要对文化研究有所定位的话，其要点可以说是对'关系'的深度关注：它与其他学科的关系；学科与学科间的关系；不同地域不同文化间的关系；不同主体不同性别不同身份间的关系；不同范式不同话语间的关系；不同共同体间的关系；由'关系'寻求'连结''协同'或'共识'，又保持自身多元独立性以保持更大发展的可能。"④詹姆逊甚至提出用"协同关系网"取代"单一作者"的观念。⑤在当代文

---

① 金元浦：《文化研究：理论与实践》，河南大学出版社 2004 年版，第 3 页。
② 威廉斯·雷蒙：《文化与社会》，北京大学出版社 1991 年版，第 403 页。
③ 格罗斯伯格等编：《文化研究·导言》，劳特利奇出版社 1992 版，第 69 页。
④ 金元浦：《文化研究：理论与实践》，河南大学出版社 2004 年版，第 3 页。
⑤ 詹姆逊：《论"文化研究"》，王逢振等译《快感，文化与政治》，中国社会科学出版社1998年版，第 412 页。

化研究者看来，任何一种文化文本都是在一个关系网络中由各方协同运作的结果。表面上看，其是由作家、诗人个人创作的文学文本，实际上也是协同作用的结果，是作者与影响自己的前辈之间，作者与同时代的同仁之间，作者和出版商之间，出版商与检察官之间，作者与读者之间协同作用的结果。这样的"协同关系网"的研究是要探寻不同话语之间在具体历史语境中的约定性、相关性和相容性，找出联系和认同的客观性与可能性，它不只是一种文化事实的认定，还是一种文化意义的建构。

20 世纪 60 年代以后，文化研究进入了有意识的建构时期，其更加强调文化与其他社会领域，尤其是政治的不可分离性。文化研究的目的是要阐明：文化应当如何在与经济、政治的关联中得到阐释与说明。由于受福柯、葛兰西、阿尔都塞等人的思想影响，学界的文化研究更加自觉地关注文化与权力、文化与意识形态霸权等的关系，并致力于将其运用到各个经验研究领域。

第三，注重感觉结构与语境意识。"感觉结构"是外在社会条件与内在感知交互作用下产生的某种特定的文化心理结构，是一个社会形塑的概念，既是结构性的条件结果，也是难以形容的感觉经验。文化研究理论奠基人雷蒙·威廉斯就特别注重"感觉结构"，他认为，某一文化的成员对其生活方式必然有一种独特的经验，这种经验不可取代。由于历史或地域的原因，置身于这种文化之外、不具备这种经验的人，只能获得对这种文化的一种不完整或抽象的理解。这种为生活在同一种文化中的人们所共同拥有的经验，就是"感觉结构"。威廉斯把这种具体时空和语境下形成的"感觉结构"等同于文化。这样的文化观念，蕴含着强烈的语境意识。"语境"指的是研究对象所处的时空关系，即把研究对象置于一切与它可能有关的纵横关系中考察其所指的意义，对象的意义根本上是由它的语境决定的。美国学者格罗斯伯格曾颇为极端地说，"对于文化研究来说，语境就是一切，一切都是语境"，还说应该把文化研究视作"一种语境化的关于语境的理论"，文化研究之所以"能够对付自身历史语境的无限复杂性"，就在于它的切入现实的能力，在于它面对具体权力语境时的重新解释的能力。

新历史主义正是在这个广阔的历史、现实等诸事物的关系的含义上汲取了"语境"一词的方法论精神。伯明翰大学的迈克尔·格林（Michael

Green）认为：“文化研究的特定对象既不是由文化参照物所强化了的理论评价，也不是文化的特殊形式，而是一种文化过程或要素，是为了特定目的并在特定地点和时间里对它们所进行的分析。文化既不存在于各种文本中，也不是文化生产的结果，不只是存在于文化资源挪用和日常生活世界的创新之中，而是存在于创造意义的不同形式之中，在各种场景、由变化和冲突不断标明的社会之中。文化不是体制、风格和行为，而是所有这些因素复杂的相互作用。”（《文化与批评理论辞典》）英国文化研究著名学者霍尔认为文化研究的使命“是使人们理解正在发生什么，提供思维方法、生存策略与反抗资源”。也就是说，文化研究依赖的是它所提出的问题，而问题则依赖于它们的背景。问题取向和将问题与其背景联系起来作全面系统的考察是文化研究方法论的重要特征，因此，文化研究具有实践性和开放性，它反对对文本做任何封闭的阅读，而是根据自己在研究中的体验，在特定时期将特定的方法纳入其研究，而且这也不能事先确定，因为它不能事先保证在一定的背景中什么样的问题才是重要的，还得看文化生成和研究的具体语境。

第四，积极介入现实与批判意识。文化研究在 20 世纪的文化背景下出现，它既在精神的底蕴方面承袭了现代理论的批判气质，同时又吸收了后现代主义的解构中心、颠覆霸权的思想主张，从而立足于以边缘文化和弱势群体为主体的阵地，质疑主流与中心文化的权力机制，反对文化霸权，进而实现了其抵抗各种权力话语的宗旨。批判、解构精英主义的文化概念，致力于关注社会弱势群体的利益，重新审视文化转型期大众弱势群体在不平等社会现实中的地位变迁和他们的文化取向。文化研究的一个基本原则，即坚持审美现代性的批判意识和分析方式，不追逐所谓永恒、中立的形而上的价值关怀。相反，它更关注充满压抑、压迫和对立的生活实践，关注现实语境，对晚期资本主义文化形态进行了严肃的、不妥协的批判。在英国伯明翰文化研究的初期，这种立场表现为对于工人阶级文化的历史与形式的关注，而后来的大众文化研究、女性主义研究、后殖民主义研究等也都坚持了这一立足于边缘颠覆中心的立场与策略。可以说，这是对于文化与权力关系的关注以及对于支配性权势集团及其文化意识形态的批判、否定和超越。文化研究从来不标榜价值中立，相反，它的“斗争精神”常常给人留下深刻的印象。有学者认为："文化研究不仅以描述、解释当代文化与社会实践为目的，而且也以改变、转化现存权力结构为目的。"

文化研究注重讨论各种文化实践与权力之间的关系，即文化现象和文化实践中的权力运作对文化实践的影响与干涉作用。文化研究并非只是纯粹的、具体文化类别的理论探讨，它与社会关系、政治制度有着密切的联系，其使命就是分析文化在具体的社会关系和环境中是如何表现自身和受制于社会与政治制度的。文化研究致力于对当代社会文化的"道德评价"或批判，直至诉诸激进政治行动的努力。文化研究远非一门缺乏价值评判或学究气十足的理论，恰恰相反，它旨在促使社会和文化的重建和批判性的政治介入。从这个意义上讲，它力求探寻和改变权力构成和实施，在工业化资本主义社会，其表现更加突出。文化研究在试图重新认识和纠正"文化资本"不均分布的同时，也重视对本土文化和世界文化的价值认同，质疑"共同拥有的文化身份"。"可以说，对于文化与权力之间关系的关注以及对于支配性权势集团及其文化（意识形态）的批判，是文化研究的灵魂与精髓。"①文化研究不是把现存的社会分化以及由此产生的各个群体之间的等级秩序看成是必然的或天经地义的。在它看来，正是文化使得社会分化与等级秩序变得合理化与自然化。因而，也可以说，文化研究中的"文化"通常是指阶级、性别、种族以及其他的不平等被合法化与自然化了的现象，文化研究者正是通过"研究"，使弱势群体意识到自身的处境，并对支配地位主流文化加以抵制。总之，文化研究具有理论与实践的双重性，其"文化"既是理论研究的对象，也是进行批评和改造的领域。

第二节　影响、挑战与契合

当代文化研究的蓬勃发展对文学研究和比较文学研究产生了强烈的冲击和巨大的影响，文化研究的某些思想倾向、方法和视角已深深地渗透到了比较文学研究中。国内有论者称之为比较文学"面对文化研究的

---

① 陶东风：《文化研究：西方话语与中国语境》，《文艺研究》1998 年第 3 期。

挑战"①或者"文化转向"②。英国学者戴维·钱尼也曾以"文化转向"来描述当代学术研究变化的普遍趋势，其认为在 20 世纪后半叶，文化已成为人文科学学术研究的焦点，并且处于核心位置，文化研究作为最有效的学术资源，促使人们重新理解当代社会生活。③文化研究以其实践性品格、政治化倾向和非精英化追求与比较文学研究有所区别，但两者更有深层的契合。

一、影响与渗透

当代文化研究对比较文学的影响和渗透是全方位的，比较文学从组织机构、研究对象、研究方法到具体的研究选题都刻上了文化研究的深刻印痕。

第一，最近 20 多年来，国际和国内比较文学研讨会大多以文化研究方面的问题为主题。国际比较文学学会的第 12 届年会的主题是"文学的时间和空间"（1987 年，慕尼黑），第 13 届的主题是"文学的幻象"（1990 年，东京），第 14 届的主题是"在多元文化与多语种社会中的文学"（1994 年，温哥华），第 15 届的主题是"作为文化记忆的文学"（1997 年，莱顿），第 16 届的主题是"多元文化主义时代的传递与超越"（2000 年，开普敦），第 17 届大会的主题是"'在边缘'：文学与文化中的边缘、前沿与创新"（2004 年，香港），第 18 届大会的主题虽然是"跨越二元对立：比较文学的断裂和置位"（2007 年，里约热内卢），好像与文化无关，但其名下的与文化相关的分会主题依然引人注目，如"正在形成的身份：多元文化主义、混血、杂交""民族主义与性：性别、阶级与权力关系"等。第 19 届大会的主题是"扩大比较文学的边界"（2010 年，首尔），但其六个议题内容涉及"比较文学的全球化：新理论与新实践""超文本时代的文学定位""不同传统中的自然、技术和人文学科""冲突与他者的书写""翻译差异与联结世界"和"比较范式变化中的亚洲"等，这些议题内容不仅涉及传统意义上的文学内涵，而且包含了与时代发展相契合的前沿文化课题。

每次先于国际年会一年召开的中国比较文学年会，执力于跟踪世界

① 王宁：《比较文学与当代文化批评》，人民文学出版社 2000 年版，第 30 页。

② 王宁：《比较文学与翻译研究的文化转向》，《中国翻译》2009 年第 5 期。

③ 戴维·钱尼：《文化转向：当代文化史概览》，江苏人民出版社 2004 年版，第 1-2 页。

比较文学的热点并调整自身发展的路向，对于学术研究有着积极的引导意义。20 世纪 90 年代以来的三次年会讨论主题基本都与国际学会年会中心议题相衔接。如第 4 届的"文学与文化"议题下的"中外文学中的形象学""中国文学与外来文化的关系""文学与其他文化表现形式""跨文化视野中的翻译研究""世界文化语境中的中国电影""少数民族文学与文化比较""中西诗学对话" 7 个专题，直接紧扣国际年会"在多元文化与多语种社会中的文学"主题。第 5 届的"文学与文化对话的'距离'"与第 6 届"'全球化'和比较文学学科的文化立场问题""文学现象与文化背景的关系问题""比较诗学与中国文论的'话语'重建问题"等中心议题，也都与上述国际比较文学界所关注的热点问题密切相联。20 世纪 90 年代中后期，中国比较文学学会在年会间歇期还举办了几个小型的国际比较文学研讨会，比较文学的文化研究走向更为突出。比如：1993 年的"独角兽与龙——在寻找中西文化普遍性中的误读"国际学术研讨会（北京大学比较文学研究所），1995 年的"文化对话与文化误读"国际学术研讨会（北京大学比较文学与比较文化研究所），1996 年的"文化的差异与共存"国际学术研讨会（南京大学比较文学与比较文化研究所），1997 年的"未来十年中国与欧洲最关切的问题"国际学术研讨会（北京大学比较文学与比较文化研究所）与"第三世界视角中的全球文学意识"国际学术研讨会（苏州大学比较文学研究中心），1998 年的"经济全球化与文化多元化"北京大学比较文学与比较文化研究所小型圆桌会议。上述一系列小型国际会议在中国的召开说明学界在学术上的积极努力是显而易见的。

第二，纯比较文学研究萎缩，相关机构纷纷更名，与"文化研究"挂钩。文化研究影响比较文学的一个直接结果就是，"在一些大学里，比较文学系科不是被其他系科兼并就是改名为文化研究系科，原先属于比较文学的领地大大缩小了，比较文学又面临新的学科危机"①。英美不少高校英文系削减传统的文学课程，增加文化研究课程，如女性研究、种族研究、传媒研究、身份研究等，而这些原来是长期被排斥在传统的文学研究之外的"边缘话语"；曾在学术界非常活跃的比较文学系或研究中

---

① 王宁：《比较文学与当代文化批评》，人民文学出版社 2000 年版，第 31 页。

心纷纷改名为比较文学和文化研究系或研究中心。在中国，北京大学比较文学研究所也于 1994 年更名为"北京大学比较文学与比较文化研究所"，2001 年北京语言文化大学的比较文学研究所也同样更名。

第三，比较文学研究的"泛文化"现象。美国学者乔纳森·卡勒（Jonathan D.Culler）认为比较文学界确实出现了漫无边际的"泛文化"倾向：除了对跨文化、跨文明语境的文学进行比较研究外，还涉及文学以外的哲学、精神分析学、政治学、医学等专业。作为一门学科，比较文学的领地变得越来越狭窄，许多原有的领地被文化研究所占领。不仅是比较文学，整个文学研究都在文化研究侵蚀下显得不景气。"文化研究的兴盛同文学的衰落构成一种数学上的反比关系。文学的地盘越来越窄了，作家和文学批评家的讲坛下没什么听众了，今天的文学连同它以前的一长串历史正在逐渐蒙上尘土，……以文学为代表的文字文化显然不受时代的宠爱，文字文化的缓慢节奏，乏味形态，深度考虑和意指效果，令生产者和消费者都感到它是一种费力的劳作，这个时代所嘲弄的正是种种费劲形式，它在鼓励另一些更直接、更清晰、更简化的视觉形式，文化研究正试图对后者作出解释。如果说，文学研究试图解决文学问题，尽管其手段各各不一，但它只是在对文学说话，而文化研究则妄图解决它的同时代问题，它对现时代的一切发言。现时代有着惊人的丰富性，它提供了层出不穷的景观，并以一种巨大的差异性并置在一起，这就为文化研究提供了无限的机会。就此而言，文化研究雄心勃勃，它是一个无限庞大而又永不枯竭的新型学术机器。"①但比较文学学者广博的多学科知识和对前沿理论的敏锐感觉，再加上他们训练有素的写作能力，使他们很容易越界进入一些跨学科的新领域并发出独特的声音。一大批比较文学学者今天并不在研究文学，而是从比较的视角研究其他学科的论题，比如传媒研究、性别研究、影视研究、少数族裔研究等。在当今的比较文学青年学者中，以影视和大众文化为题撰写博士论文者，不仅在西方学界不足为奇，在中国比较文学界也频频出现。

---

① 汪民安：《文化研究的使命》，《中外文化与文论》（4），四川大学出版社 1997 年版，第 36 页。

二、挑战与危机

文化研究对比较文学的影响与渗透，使得比较文学的发展和前途面临挑战和危机，引发了学界对比较文学与文化研究关系的一场大讨论。有学者惊叹：比较文学将被文化研究取代，比较文学正面临生存的危机。也有学者认为，文化研究对比较文学的挑战，是比较文学获取新发展的机遇。

1992 年，时任美国比较文学学会会长的查理斯·伯恩海默（Charles Bernheimer）曾主持一个学术委员会，专门讨论比较文学的现状，并提出一份题为《跨世纪的比较文学》的报告。报告中指出："今天，比较的空间存在于通常由不同学科去研究的艺术生产之间；存在于这些学科的各种文化建构之间；存在于西方文化传统和非西方文化传统之间，不管是高雅文化还是大众文化；存在于被殖民民族与殖民者接触之前和之后的文化产品之间；存在于被界定为'阴'与'阳'的性别建构或被视为'异性恋'和'同性恋'的性取向之间；存在于种族的和民族的意指方式之间；存在于意义的阐释性言说与意义生产和流通的唯物主义辨析之间；诸如此类，不一而足。这些将文学置于扩展的话语、文化、意识形态、种族和性别等领域中进行语境化处理的方式与以前根据作者、民族、时期和文类来研究文学的老模式判然有别，以至于'文学'一词再也无法充分地描述我们的文学研究。"①因此，报告提出了比较文学研究中心应向文化研究转移的建议，引起了美国学术界的一场争论。美国著名文学理论家、时任康奈尔大学比较文学系主任的乔纳森·卡勒针对伯恩海姆的建议发表了题为《归根到底，比较文学是比较"文学"》的专论，从学科需要稳定和比较文学的开放性特征出发，认为把比较文学扩大为全球文化研究，就会面临其自身的又一次危机，因为"照此发展下去，比较文学的学科范围就会大得无所不包，其研究对象可以包括世界上任何种类的话语和文化产品"。他主张比较文学应当以文学研究作为自己的中心，研究方法则可以多种多样。

中国国内的学者对比较文学与文化研究的关系也有不同的看法。国

---

① 查理斯·伯恩海默编：《多元文化时代的比较文学》，王柏华、查明建等译，北京大学出版社2015年版，第41-42页。

内大多数学者都持肯定态度，对比较文学在文化研究促进下的发展前景比较乐观。如王宁认为："如同全球化与本土化是无法相互取代的一样，文化研究与文学研究彼此也不存在谁取代谁的问题，倒是在一个全球化的语境下建构一种文学的文化研究也许可以使日益处于困境的文学研究获得新生。我们过去研究文学，只孤立地研究文本，脱离它的语境，这显然是不行的，我们应该从文化的视角来考察文学。比如说研究文学作品中的人物的身份问题、人物的种族问题、人物的性格问题，虽然这都是文学研究，但是又都是文化研究的问题，所以文学和文化完全混合在一起。"①倡导文学人类学的叶舒宪提出，"因为冷战结束，世界性市场的形成和日渐加速的全球化趋势已经对比较文学学者的自我定位产生了根本性影响。随着文化交往升级和文化对话的空前扩大，一种以多元取代一元、边缘挑战中心为特征的超学科的文化研究正方兴未艾，预示着新世纪人文社会科学新趋势和新格局的到来。我们在此时提出文学人类学的可能性，作为比较文学发展的中远期理论目标。或可借此消解'无根情结'和方向困惑，使比较文学继续发挥促进文艺学总体变革的先锋作用"②。

但是，另一些学者看到的却是比较文学的危机。刘象愚在《比较文学的危机和挑战》一文中，将"研究目的不是为了说明文学本身，而是要说明不同文化间的联系和冲撞"的比较文学研究倾向称为"比较文学的非文学化和泛文化化"，认为"这种倾向使比较文学丧失了作为文学研究的规定性，进入了比较文化的疆域，导致了比较文化湮没、取代比较文学的严重后果"。同时，他也对这种"泛文化"出现的原因做了深入的分析，认为其哲学背景是后现代的各种思潮。"其中以解构主义思潮对文学和文学研究的消解为最烈。"当强劲的解构主义浪潮将文学的自身本质特征消解殆尽，"文学变成一堆'漂移的能指'或'语言的游戏'"之后，文学自身的失落必会令比较文学变成纯语言学、符号学、修辞学的研究，从而呈现出非文学化的倾向。此外，打破了学科界限却缺乏理论上的有机统一性、将文学文本与非文学文本混为一谈的新历史主义，关注焦点始终停留在文化层面上的女性主义和新马克思主义，也都是令比较文学

---

① 王宁：《全球化、文化研究与比较文学》，《世界文学评论》2007年第2期。

② 叶舒宪：《文学与人类学——知识全球化时代的文学研究》，社会科学文献出版社2003年版，第174页。

向比较文化转型的始作俑者。刘象愚因此得出结论："比较文学必须固守文学研究的立场，比较文学的研究当然要跨越民族文学的界限、文化的界限，也可以跨越学科的界限，但不论跨到哪里去，都必须以文学为中心，以文学为本位。换言之，研究者的出发点和指归，必须是文学。在比较文学中，文化研究并非不重要，但它只能作为文学研究的补充和背景，只能居于次要的位置。只有在比较文化中，它才能成为核心。"[①]事实上，比较文学不可能涵盖所有的学科，"既然什么研究都是比较文学，那比较文学就什么都不是"[②]。曹顺庆在一篇文章中写道："正是在国际比较文学研究日益走向文化研究的学术背景下，有学者公开打出了泛文化的旗帜，主张比较文学走向比较文化。……比较文学的'泛文化'化，必然导致比较文学学科的危机，甚至导向比较文学学科的消亡。因此我认为：比较文学的'泛文化'化，是比较文学研究的歧路。"[③]这样的看法得到了许多学者的认同。张辉认为，比较文学的无边化，对比较文学不利，因为"这不是简单的定义之争。从操作层面上说，它关系到比较文学究竟将把哪些论题纳入自己的学科领域；从认识比较文学独特的存在价值来说，则无疑更需要一种清醒的'身份认同'。没有这样一个基本的'边界'，比较文学将随时可能迷失自己，而很可能真的变成一个无所不包而又无所可包的'空无'"[④]。谢天振在《面对西方比较文学界的大争论》一文中也曾表示，"比较文学向跨学科、跨文化的研究方向发展，这是比较文学学科的本身特点所早已决定了的"，但是，跨学科、跨文化的研究不应抹杀或混淆比较文学作为一门文学研究学科的性质。"比较文学的研究应该以文学文本为其出发点，并且最后仍然归宿到文学（即说明文学现象），而不是如有些学者那样，把文学仅作为其研究的材料，却并不想说明或解决文学问题。"总而言之，比较文学与比较文化之间的关系，应该定位为"以文化研究深化比较文学，而不是以比较文化取代比

---

① 刘象愚：《比较文学的危机和挑战》，《社会科学战线》1997 年第 1 期。

② 曹顺庆：《是"泛文化"，还是"跨文化"——世纪之交比较文学研究的战略性转变》，《社会科学战线》1997 年第 1 期。

③ 曹顺庆：《"泛文化"：危机与歧路 "跨文化"：转机与坦途》，《中外文化与文论》(2)，四川大学出版社 1996 年版，第 150—151 页。

④ 张辉：《"无边的比较文学"：挑战与超越》，《中国比较文学》2003 年第 2 期。

较文学"，否则，"必然导致比较文学学科的危机，甚至导向比较文学学科的消亡"。①

有论者运用库恩的"科学哲学"和布尔迪厄的"文化社会学"理论，提出"文化研究的闯入带来了这一学术场域中资源的流动和重新配置，它不可避免地造成象征资本的再分配"，认为当今消费社会和网络电子文化的出现，导致了传统的印刷媒介文化的深刻危机和转变，新的文学现象和其他相关文化实践大量涌现。传统的文学研究理路显然无法应对，文化研究面对新的情境和新的文学或文化事件，呈现出其特有的长处和优势。而恪守文学研究的学者仍旧关注语言、文学性、审美功能等传统范畴，他们强烈要求通过厘清文学研究的边界，维护文学研究的传统和规范。文化研究大势已成，文学研究便被"边缘化"了，文学研究的传统命题和知识生产相对来说便被"冷落"了。这样，象征资本便逐渐从传统文学研究转向了文化研究。②作为文学研究分支的比较文学，在坚持传统研究思路的学者看来，比较文学研究"文学性"的失去，当然就是面临着新的"危机"。

三、契合与互补

其实，文化研究和比较文学各有各的研究范畴，是两个有交叉但不完全重合的研究领域。文化研究不可能取代比较文学，两者是一种契合与互补的关系，文化研究的新理论和新方法，可以改进和充实比较文学研究。

（一）文化研究和比较文学都是跨越学科的开放性研究领域

文化研究不是一个传统意义上的独立学科，它既在现有学科之中，又并非受制于某一学科或理论，学科界限也不确定。它本身没有一个界定明确的方法论，也不局限于具体的或界限清晰的研究领域。文化研究借鉴了诸多人文与社会科学理论和方法，如语言学、社会学、人类学、心理学、政治学和文艺学等。"这种围绕着一个共同的研究对象的不同学科观点的汇集，为一个以新的分析方法为特征的独特的研究领域的发展

① 谢天振：《面对西方比较文学界的大争论》，《社会科学战线》1997年第1期。
② 周宪：《文化研究：为何并如何？》，《文艺研究》2007年第6期。

提供了可能。正是围绕着文化这一主题的不同学科的整合，才构成了文化研究的内容，也构成了它的方法。……文化研究并不是学科海域中的一个小岛，它是一股水流，冲刷着其他学科的海岸，以产生新的变化着的形构。"①美国学者詹姆逊讲得更直接："文化研究是一种愿望，探讨这种愿望也许最好从政治和社会角度入手，把它看作是一项促成'历史大联合'的事业，而不是理论化地将它视为某种新学科的规划图。"②

比较文学也是一门开放性的学科。人们常用"开放性""宏观性""跨界性""包容性""综合性""科际性"来描述比较文学的特征。比较文学发展的历史，就是不断拓展研究领域，在学科范围和研究对象不断争议和调整中发展的历史，甚至和文化研究一样：没有明确的学科界限，没有精确的学科定义。美国著名比较文学研究学者勃洛克认为："在给比较文学下定义的时候，与其强调它的研究内容或者学科之间的界限，不如强调比较文学家的精神倾向。比较文学主要是一种前景，一种观点，一种坚定的从国际角度从事文学研究的设想。"③他在肯定比较文学可以被看作人文科学中最具活力、最能引起人们兴趣的科目之一的同时，认为给比较文学下定义，其结果是"不妥当"和"得不偿失"的。他说："除了展示一个广阔的前景的必要性，我认为任何给比较文学下精确的细致的定义，把它上升为一种准科学体系或者把比较文学同其他学科分开的企图，都是不妥当的。如果我们想给比较文学下个严密的定义，或者把它归纳在一种科学或文学研究体系里面，我们必将得不偿失。"④

这样两门没有明确边界的学科，在其发展中势必有所交叉，但不是谁替换谁，倒是在各自的发展中可以互相促进。"文学研究和文化研究之间不必有什么冲突。文化研究产生于把文学分析的技巧应用于其他文化物质的实践。它把文化制品作为文本来阅读，而不是作为摆在那里的物体。反过来，当文学被作为一种特殊的文化实践来研究并将作品与其他

---

① 阿雷恩·鲍尔德温等：《文化研究导论》(修订版)，陶东风等译，高等教育出版社2004年版，第43页。

② 詹姆逊：《论"文化研究"》，《詹姆逊文集》第3卷，中国人民大学出版社2004年版，第1页。

③ 勃洛克：《比较文学的新动向》，《比较文学研究译文集》，上海译文出版社1985年版，第196页。

④ 勃洛克：《比较文学的新动向》，《比较文学研究译文集》，上海译文出版社1985年版，第185、197页。

话语方式联系起来考虑时，文学研究也会从中获得巨大的好处。一般来说，由于文化研究坚持把文学作为一种与其他表意实践相同的表意实践来研究，坚持考察文学所具有的文化作用，所以文化研究可以强化文学研究，使它成为一种综合的、互为文本的现象。"①

（二）在学科旨趣上，文化研究和比较文学都试图跳出文本，指向文化现实和未来发展

文化研究以其当代关怀和实践品格而著称。它发端于文学研究，深感传统文学研究的无力，在经历了一系列文本主义思潮之后，受到马克思主义批判理论的启示，将文学纳入整体文化的系统中，将其作为一种表征来阐释文化与社会，进而转向对当代文化实践的研究，"文化"的含义也有了新的理解。文化研究奠基者之一斯图亚特·霍尔指出："文化已经不再是生产与事物的'坚实世界'的一个装饰性的附属物，不再是物质世界的蛋糕上的酥皮。这个词现在已经与世界一样是'物质性的'。通过设计、技术以及风格化，'美学'已经渗透到现代生产的世界，通过市场营销、设计以及风格，'图像'提供了对于躯体的再现模式与虚构叙述模式，绝大多数的现代消费都建立在这个躯体上。现代文化在其实践与生产方式方面都具有坚实的物质性。商品与技术的物质世界具有深广的文化属性。"②文化诗学的代表人物格林布拉特也试图"对文本与文本之间的轴线进行调整，以一种整个文化系统的共时性的文本取代原先自足独立的文学史的那种历史性文本"，"过去以为文学与历史、文本与语境之间的区别是一成不变、毋庸置疑的，而新历史主义之新，则在于它摒弃了这样的看法，它再也不把作家或作品视为与社会或文学背景相对的自足独立的统一体了"③。中国学者也认为："文化研究则总是针对特殊社会、历史和物质条件来进行理论运作。它的理论总是努力结合现实的社会政治问题。理论只有回到更广泛的物质关怀，并以此来考验它自身话语的社会作用的时候，才能在文化研究中得到廓清和促进。"④

---

① 王逢振：《文化研究和文学研究的关系》，《天津社会科学》2000 年第 4 期。

② 转引自爱德华多·德·拉·富恩特《社会学与美学》，《欧洲社会理论杂志》2000 年第 5 期。

③ 盛宁：《人文困惑与反思——西方现代主义思潮批判》，生活·读书·新知三联书店 1997 年版，第 156 页。

④ 金元浦：《文化研究：理论与实践》，河南大学出版社 2004 年版，第 10 页。

从历史发展看，比较文学是基于对传统的文学研究的内倾化现象作出的超越性努力。比较文学产生时最初的目的十分明确，就是要将欧洲各国文学进行整体考察，"将它们用一种严密的逻辑武装起来"，"将各民族集团重新活动起来并相互沟通；它假设有一个欧洲整体，这一整体主要组成部分之间确实能够相互发生影响，尤其是靠一些比种族和环境的狭窄决定论更高的形式"①。法国学派最初还是欧洲中心主义的视野，随着比较文学在东方的崛起，跨越文化体系的文学沟通热情掀起了持续不断的高潮，一种真正的不同文明的对话得以形成。乐黛云从一个新的高度指出了比较文学的目的："比较文学是一种文学研究。它首先要求研究在不同文化和不同学科中人与人通过文学进行沟通的种种历史、现状和可能。它致力于不同文化之间的相互理解和沟通，并希望相互怀有真诚的尊重和宽容。文学涉及人类的感情和心灵，较少功利打算，而在不同的文化中有着较多的共同层面，最容易相互沟通和理解。从这个意义上说，比较文学的根本目的就在于促进文化沟通，避免灾难性的文化冲突以至武装冲突，改进人类文化生态和人文环境。"②

在当今文化多元和文化转型的时期，文化研究和比较文学都有着促进人类进步、建设人类新文化的自觉意识。在共同的目标下，"文化研究对文学研究并不像有人所描绘的那么可怕，近几年来的理论争鸣和实践均表明，它非但没有对比较文学和经典文学研究构成大的威胁，反而为前者开辟了一个更为广阔的跨文化和跨学科语境，使研究者的视野大大开阔了，并通过对传统的经典文学研究的挑战来扩大文学研究的范围，通过对日益变得僵化的经典的内容的质疑使得狭窄的经典文学研究领域注入了文化的因素"③。国内有学者提出"文化研究的比较文学"的概念，认为"文化研究的比较文学，既是一种全球化与多元意识并重的文化观念，又是具体的人类精神共同性问题交流的场所。确立这样一种基点，文化之间的互动、互补意识比一味追求共识、同一性更为重要。文学的

---

① 巴登斯贝格：《比较文学：名称与实质》，《比较文学研究译文集》，上海译文出版社1985年版，第40页。

② 乐黛云：《我的比较文学之路》，《中外文化与文论》（5），四川大学出版社1998年版，第15页。

③ 王宁：《"文化研究"与经典文学研究》，《天津社会科学》1996年第5期。

本质问题往往正是文化内层、母体的东西。生与死、爱与恨、战争与灾难、生存环境等等，人的精神体验，人的生命内容和形式，是文学表现、探寻的话题，更是文化的基因和内核"[①]。

（三）在研究对象"通俗化"的取向上，比较文学和文化研究并不形成对立

文化研究把注意力从经典文本转向所有的文化文本，研究与现实生活息息相关的一切指意实践。因为"它关注的不仅是文化的内在价值，更关注文化的外在的社会关系。由此必然将历史上被主流文化忽略的文化形式纳入中心视野，那就是工人阶级的文化形式，进而视之，大众文化形式。在方法上，它一方面涉及一系列有关概念的重新定义，如阶级、意识形态、霸权、语言、主体性等，另一方面在经验的层面上，也更多转向注重实地调查的民族志方法，以及文化实践的文本研究，进而揭示大众如何开拓现成的文化话语，来抵制霸权意识形态的意识控制"[②]。当代文化研究的对象不仅包括各种通俗文学、文化文本，如电影、电视、广告等视觉文化，还包括畅销书（杂志）、流行音乐、时尚服装、家居艺术、购物广场、城市空间使用等日常生活实践，甚至包括有关艾滋病、生物科技、环境保护和电子信息技术的科技话语。如哈拉维对电脑网络时代出现的电子人、后人类的分析，以及罗斯对新时代技术文化的解读。批判、解构精英主义的文化概念，致力于关注社会中弱势群体的利益，重新审视文化转型期大众弱势群体在不平等社会现实中的地位变迁是文化研究的基本文化取向。

从表面看，比较文学研究好像是以各民族文学的经典为研究对象，但比较文学是跨文化的文学研究，在研究实践中经典与非经典、高雅与通俗的把握也就往往不是那么简单。英国著名比较文学学者苏珊·巴斯奈特曾说："如果比较文学在今天想要有任何价值，那就必须把所有种类的文本包括在自己的范围内，必须超越那种认为只有有限的经典。'高雅'文化文本才能比较研究的观念。因为，当我们追寻文本跨越不同文化的行踪时，'高雅'文化与'低俗'文化对立的观点显然就站不住脚了。18

---

① 杨洪承：《透视世纪之交的中国比较文学文化研究》，《社会科学辑刊》2001 年第 6 期。

② 陆扬、王毅：《文化研究导论》，复旦大学出版社 2006 年版，第 13 页。

世纪为糊口而粗制滥造的一本通俗小说，在某一时刻的某一文化中可能获得很高的地位，一部伟大的史诗进入另一种文化则可能成为儿童故事，一位宗教作家在另一种语言中也可能成为世俗文人。文本在跨越文化时完全可能发生各种各样的形变和质变。"①在文学的跨文化交流史上，确实有大量的事实证明：在母文化中是通俗文学的文本，在异文化中却产生了远远大于"经典"文学的影响。歌德当年读到的是《老生儿》《好逑传》《花笺记》《玉娇梨》这些在中国文学史上不太提及的作品；对美国现代诗影响最大的中国古典诗人是通俗诗人寒山；在中国本土散佚的唐代传奇《游仙窟》却影响日本文学几百年；完全可以推断，再过几十年，金庸小说的异域影响或许会超过中国当代文学的许多经典。

总之，在学科形态、研究宗旨和研究对象诸多层面，文化研究和比较文学有一种深层内在的契合，两者不是非此即彼的尖锐对立，更多的是彼此互补互动。文化研究对比较文学具有强烈的冲击和影响，但是这种冲击并不意味着两者的对立甚至是比较文学的消亡。乔纳森·卡勒在评价文化研究对文学研究的影响时指出："从来没有过如此之多的关于莎士比亚的论文。人们从任何一个可以想象得出的角度研究莎士比亚。用女权主义的、马克思主义的、心理分析学的、历史的，以及解构主义的词汇去解读莎士比亚。"②文化研究与文学研究归根到底是一种对话和互动关系：文化研究扩大了文学研究的视野，为其提供了更为丰富的研究路径，把全新的、宽泛的研究对象和方法融进了文学研究；而文学研究为文化研究提供了成熟而规范的研究模式和学术态度，以保证文化研究不至于滑向大而无当、空泛漂浮的深渊。我国学者王宁甚至提出"一种与文化研究融为一体的'新的比较文学'学科"，他认为："我们已经谈论了多年的'比较文学的危机'问题终于在当今这个全球化的时代有了暂时的结论：日趋封闭和研究方法僵化的传统的比较文学学科注定要走向死亡，而在全球化语境下有着跨文化、跨文明和跨学科特征的新的比较文学学科即将诞生。"③

① 苏珊·巴斯奈特：《九十年代的比较文学》，《中外文化与文论》（3），四川大学出版社 1997 年版，第 19 页。

② 乔纳森·卡勒：《文学理论》，李平译，辽宁教育出版社 1998 年版，第 51 页。

③ 王宁：《比较文学学科的"死亡"与"再生"》，《思想战线》2005 年第 4 期。

第三节　文化系统中的文学

考察文化研究和比较文学的关系，应该在文化与文学关系的大背景中进行。从学理层面讲，文化和文学是"总-分"关系。把文化当作一个系统，文学则是其中的一个子系统。文学的系统功能、特征受到文化的影响和制约，与其他文化因素一起实现文化系统的总体功能。

一、文化系统观照

对于"文化"的界定，无数的学者从不同的角度进行过解说，其定义数以百计，有描述性的（如迪尔凯姆）、功能性的（如马林诺夫斯基）、价值论的（如李凯尔特）、符号论的（卡西尔）、规范性的（如索罗金）、结构性的（如列维·斯特劳斯）、进化论的（如泰纳）、地理性的（如斯密特）、历史性的（如博厄斯）、发生论的（如皮亚杰）、社会性的（如威廉斯）等，众说纷纭。但有一点是大家都认同的，即"文化"是与"自然"对应的概念，是人的创造性体现。也许，对于"文化"最精练的表达，莫过于"文化是人类创造的总和"。

"人类创造的总和"，是一个非常庞大复杂的整体，既包括动态的创造过程，也包括累积下来的形态化的成果；既有外在的物质化的制品实物，也有内在的观念形态的东西。从系统论的观点看，文化是一个庞大的系统，它由众多互相联系、互相制约的子系统，按一定的方式组合而成。美国人类学家克鲁克洪的文化定义，就体现了系统论的思想："文化是历史上所创造的生存样式的系统，既包含了显型样式又包含了隐型样式；它具有整个群体共享的倾向，或是在一定时期中为群体的特定部分所共享。"[①]

系统论的基本理论告诉我们：系统是由具有确定特性的众多元素组成的有序状态的整体，体现为一定的结构方式。这个结构不是一成不变的，而是按照一定的规律进行的整体与部分、部分与部分、整体与环境以及不同的层次之间的信息、能量、物质的联系与交换，从而带给系统

---

① 克鲁克洪：《文化的概念》，《教育与文化》，湖南教育出版社1990年版，第11页。

以灵活性和可塑性，以协调该系统与另一系统的关系。系统具有层级性，一个系统对于更高一级的系统来说，它只是一个子系统；而一个子系统对于低级要素来说，它又是一个母系统。运用系统论的这些基本原理，对文化系统进行分析研究，我们可以看到：文化是一个不断创造、变迁的过程，文化按照其自身的规律演变发展；文化内部的各个要素按照各自在文化演化中的功能处于一定的地位，各要素之间既有相辅相成、协调补充的一面，又有矛盾冲突、互相排斥的一面，就是在这种协调与矛盾的辩证统一中，保持着文化的动态平衡和发展。

将文化系统作静态的结构分解，一般将文化划分为物质文化、制度文化和精神文化三个子系统。这种分析当然把文学艺术列入精神文化的系统中了。有论者通过深入研究，发现了艺术文化的特殊性。苏联著名美学家莫·萨·卡冈认为，在艺术创作中，"其中的精神因素和物质因素不是简单地结合在一起（像物质生产和精神生产领域那样），而是有机地交融在一起，互相融为一体，产生出某种第三者的东西，某种物质上独特的现象——被称作'艺术'的精神——物质价值。……定形于艺术活动周围的艺术文化不能纳入精神文化的界限内，它在文化的'空间'中既区别于精神文化，又区别于物质文化，具有相对的独立性。而这就是说，艺术文化的内部结构具有特殊性，既区别于精神文化的结构，又区别于物质文化的结构，因为它由艺术活动本身的特性所决定"[1]。国内有论者在卡冈研究的基础上，进一步精细化，提出"整个大文化系统涵括物质文化、社会关系体系、精神文化、艺术文化等子系统，还包括作为上述四大子系统的连接中介的语言符号系统和风俗习惯系统"，并绘制了"大文化系统结构图"。[2]

这一"大文化系统结构图"，力图体现各个子系统在文化大系统中所处的地位和相互之间的关系，"从外界自然环境的发生及人与自然的关系，逐渐上升。从下到上，表明文化结构从外层到内核，由低级到高级，由物质世界到人世界到心世界，从物质人生到社会人生（人与人之间的关系）到精神人生。从两翼到中间，表明其他文化体系的影响可能导致系统结构的变化"[3]。如图 5.1 所示。

---

① 莫·萨·卡冈：《美学和系统方法》，凌继尧译，中国文联出版公司 1985 年版，第 88-89 页。
② 郭齐勇：《文化学概论》，湖北人民出版社 1990 年版，第 221 页。
③ 郭齐勇：《文化学概论》，湖北人民出版社 1990 年版，第 224 页。

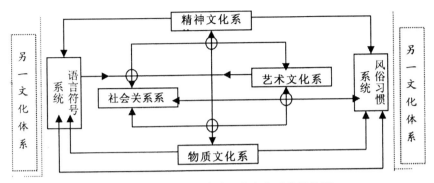

图5.1 物质自然生态地理大文化系统结构图

我们借用莫·萨·卡冈的研究成果，对艺术文化的结构再做进一步的分析。他从艺术文化结构的形态学角度，探讨了艺术文化介于物质文化和精神文化之间，各自有一个过渡地带，艺术文化本身的空间也表现出层次性，从而获得了艺术文化的地带——语言结构总图[①]：

精　神　文　化	
"实用"语言的过渡地带	
演说艺术	艺术争论作品
纯语言艺术创作地带	
音乐创作	
语言-造型和音乐-造型的表演创作	
哑剧和舞蹈创作地带	
纯艺术的对象-造型创作地带	
复功用建筑艺术的过渡地带	
在手工艺基础上	在工业基础上（工业品艺术设计）
物　质　文　化	

图5.2 艺术文化的地带——语言结构总图

上面中外学者的研究成果表明，作为语言艺术的文学，是文化系统中的重要因素。它虽然借助于语言组织和视觉符号等物质手段，但却最接近精神文化。

---

① 莫·萨·卡冈：《美学和系统方法》，凌继尧译，中国文联出版公司1985年版，第95页。

二、文学的文化制约

无论对文学作品作静态分析，还是对文学过程作动态观照，都可以看到文化对文学的制约与影响。文学不是一个自在自为的封闭系统，而是与其他文化因素互换信息与能量的过程。从根本上说，文学受制于文化发展的规律。

一般把文学作品分析为内容和形式两个互相联系的方面。作品的内容与文化的关系不必多说。人类原始文化时期，有文学的神话内容，以幻想的方式解释人与自然的关系。农耕文化有农耕文化的文学作品，工业文化有工业文化的文学内容。文学的"时代性""民族性"，实际上是文学的"文化性"的代码用语。

文学形式比内容具有更大的恒久性，与文化的关系似乎不那么直接，但也同样是文化的产物，而且是更为深层、内在的产物。一个民族盛行的某种文学样式，在另一个民族文学中却是"缺类"；某一时代风行某种文学结构，体现某种风格色彩；诗歌为什么几乎是每个民族文学的第一批产品？同是古代诗歌，为何古希腊和印度是鸿篇巨制，而希伯来和中国却是短章小曲？这些经过一番艰苦认真的分析、研究，都可以在文化中找到根源。18 世纪英国现实主义小说与清教革命的关系，中国新诗创作与"五四"运动的关系，法国哲理小说与启蒙思潮的关系，这些都是清楚明显的史实。再如 20 世纪文学结构由时间性（传统的美学理论认为文学是时间艺术）向空间化发展，由线性叙事发展到散点透视，这是以20 世纪心理学的成果、理性思维向非理性思维演变等文化精神作根柢的。

将文学作为一个动态过程看，文学创作是作家对客观世界的信息加以主观的选择和表现，创作成作品，经过发行流通，到读者阅读接受的过程。读者的阅读活动本身是一种再创造，赋予作品以新的意义。读者的阅读效应又作为客观世界的文学信息的一部分，影响作家的文学选择和表现，形成一个环形动态流程。而且其流程也表现为逆向运动，呈双向运动的复杂态势。从文学活动过程中的几个关键环节都可以看到文化的作用和渗透。

作为文学表现对象的"客观世界"，当然不排除人类所处的自然环境，蓝天白云、湖光山色经常成为文学中的意象，但文学世界里显得更为重要的是人类的实践活动，人的精神、情感，即使是自然环境和物象，只要进入文学，也已经赋予了人的意义，投射了主观色彩，不再是"自然天成"的环境和物象。

从某种意义上说，作家是文化模塑的结果。虽然文学强调作家的创造性才能，真正伟大的作家也力图进行文化超越。但这种"创造"和"超越"是有限的，难逃"如来佛的掌心"，尤其是文化深层的东西，积淀为民族意识，作家总是自觉或不自觉地带着这种意识进行文学选择和表现。马克思曾说："人们自己创造自己的历史，但是他们不是随心所欲地创造，而是在直接碰到的、既定的、从过去继承下来的条件下的创造。"[①]作家总是带着前人的遗产，生活在一定的时空之中。文学史上虽有时代的叛逆者，不顾时代的风风雨雨，躲在艺术的"象牙塔"中营建永恒的美的世界，但把眼光越过具体的行为，在整个文学历史的长河中逡巡，时代的现实文化仍然在作家的创作中留有明显的痕迹。就是我国魏晋时期的"竹林七贤"，英国 19 世纪的"湖畔派"诗人，他们的创作中又何尝没有时代之光的映照？"退隐避世"本身就是对现实文化的一种选择方式。时代的重大事件直接影响作家的产生和成长，法国学者罗贝尔·埃斯卡皮（Robert Escarpit）曾对 19 世纪英国和法国作家的出身和职业进行归纳分析，得出下列数据表格[②]：

表 5.1　19 世纪英国和法国作家出身、职业分析表

类别	英国		法国	
	双亲（%）	本人（%）	双亲（%）	本人（%）
悠闲的贵族	18	2	8	0
僧侣	14	4	0	4
军队、海军	4	2	24	4
自由职业、大学	14	12	16	8
工业、商业、银行	12	2	20	0
外交、高级公务人员	10	8	4	16
低级公务人员、职员	8	10	8	8

---

① 马克思：《路易·波拿巴的雾月十八日》，《马克思恩格斯选集》第 1 卷，人民出版社 1972 年版，第 603 页。

② 罗贝尔·埃斯卡皮：《文学社会学》，浙江人民出版社 1987 年版，第 30 页。

从上表中，我们可以看到几个重要事实：英国出身贵族的作家比法国高 10%，英国教士后代当作家的很普遍，法国却是军人的后代当作家比率最高。两个国家的工商业和自由职业阶层都产生了一大批作家。分析出现这些情况的原因，英法两国都进行了资产阶级革命，"第三等级"成为社会文化的主体，但英法两国革命的程度不同，英国革命后，贵族仍享有某些特权；而法国革命几乎把贵族打翻在地。

"作品的发表流通"是连接作者和读者的中间环节，其把作者的个体行为引向社会群体。在文学产生发展的初期，作者本人承担起发表流通的工作，他的当众朗诵就是一种发表。以后有了"行吟诗人"，他们既吟唱自己的作品，也演唱别人的诗作，从事文学的传播。随着印刷术的出现和完善，印刷出版成为文学流通的最主要手段。随着现代科学技术的发展，影视、网络成为文学流通的新兴媒介。这种文学流通方式的变化，取决于物质文化、技术手段的发展。而文学流通方式的发展，无疑对文学的发展、文学的社会影响面、文学在文化系统中的地位和功能都有着直接的影响。

出版无疑是当今文学流通最主要的方式。并不是任何作品都能进入流通，得以出版。出版部门面对呈交给他们的大量作品，先要经过一番选择工作。出版者以其想象中的读者群为选择依据，主要考虑两个问题：作品能否受到一定数量读者的欢迎？作品是否符合社会所要求的价值规范？前者是经济效益的驱动，后者是社会效益的考虑。这双重效益实质上就是一种文化的选择。在这种选择中，群体的美学——道德体系、维护现实稳定的政治体系是重要的影响因素。审查制度、文化市场管理制度对文学的发展产生着重要影响。

世界上虽然有仅为自己阅读而写作的东西，如日记；也有过作家宣称只写作供自己看的作品。但日记不是真正的文学，只要是传世的作品，就有作家自己以外的读者。我们可以设想：如果作家写作的作品，总是锁在抽屉中，死前将它焚毁，真正写给自己看，这样的文学虽然也是人的创造，但它与文化的社会性本质相悖。作为文化因素的文学，要经过流通发行，以供文学消费的读者阅读，在审美感受中获得群体的自我审视和自我超越。

然而，读者的审美阅读活动，并非消极地被"本文"所主宰，而是在"期待视野"中积极参与创作，赋予文本符号以新的意义。因而，不同的读者对同一作品有不同的审美感受，表现出审美差异。读者的这种"期待视野"，是文化综合作用在读者文学阅读时的表现，不同的文化模式。不同的文化结构、不同的文化心理等综合成不同的"期待视野"。在文学活动的"读者阅读与接受"这一环节中，文化以"期待视野"的形式作用于文学。

事实上，作家在创作过程中，已经有一个想象中的读者群。这一虚构的读者群作为对话者，在创作过程中与作家交流信息（虚构信息），影响、制约着作家的创作。作品完成后，真正的读者也许与作家想象中的读者不一致，但读者的"期待视野"作为信息反馈，一方面从表现对象-客观世界影响作家的再创作；另一方面从作品的流通发行方面，同样影响着作家的创作。

匈牙利学者阿诺德·豪泽尔（Arnold Hauser，1892—？）认为："艺术不是'人类的母语'。艺术语言的产生是缓慢的，而且是很困难的。它并不是从天上落到人的怀抱之中的，也不是自然而然地产生的。它的产生不是自然的、必然的或有机的；一切都是人为的，都是试验、变化、匡正的结果，都是文化产物。"①

文化作为文学的高一级系统，其整体功能制约着子系统的功能。与文学（大而言之是文艺）平级的其他文化子系统与文学也有着相互影响的关系。深入一步去分析，可以看到，其他文化要素对文学的影响有亲疏的不同层次之分。

从共时性角度看文学与其他文化要素的关系，我们认为对文学影响最大的是道德文化和宗教文化。文学、道德、宗教作为人类认识世界（外在的和内在的世界）的不同方式，其着重点不同，也各自有其传统和演变规律，但三者在本质上有相通之处，它们是三个相交的圆，有两圆相交的部分，也有三圆相交的部分。

以"向善"为理想和导向的道德系统是人们在实践活动中的行为规范、社会价值和人生目标的综合系统。其以善、道德理想、道德原则、价值方针、道德动机、道德评价、良心等为主要意识范畴，成为文化大

---

① 阿·豪泽尔：《艺术社会学》，居延安编译，学林出版社1987年版，第29页。

系统的核心部分，即精神文化的重要内容。"它在人类文明发展的历史长河中，既在情感节操、行为意志方面，鼓舞人们坚持进步，不断超越，又在理智良知、思想认识方面，教导人们如何生活，如何做人。它以应该、正义、合理、人道、美好、善良、高尚、幸福、光荣等伟大的人的文化旗帜，改造着社会、冶炼着人生，使人类自我创造，自我发展的道路，沿着文明的方向不断延伸。"[①]和文学一样，道德也是以人和人的实践活动为反映对象的。道德所追求的"善"是人的主观愿望与客观现实的高度吻合，是与社会发展规律一致并推动社会发展的普遍利益体现。文学艺术所追求的"美"，"是包含或体现社会生活本质、规律，能够引起人的特定情感反应的具体形象"[②]。善和美都以符合客观规律的"真"为基础，而美又以善为前提。从根本上说，作为创造美的文学，可满足人类精神生活的需要，实现人类精神追求的利益。这种"满足"和"实现"的根本依据是善——符合人类社会的发展规律，推动人的进化和完善。

宗教和文学是人类精神的一对孪生兄弟，它们几乎同时诞生在对茫茫苍穹的膜拜之中。在人类精神生活史上，文学艺术曾经在一段很长的时间里依附于宗教体系，宗教成为文艺的载体。随着对事物认识的精细化，文学从宗教中独立出来。但宗教对文学的影响从没间断，宗教思想、宗教传说、宗教习俗、宗教语言无不渗透在文学之中。无数作家从宗教中获得创作灵感，运用或改造着宗教题材。宗教甚至影响到文学发展的某些规律性的东西。

道德、宗教、文学分别追求的善、灵魂拯救和美，都表现出一定的理想色彩，因而都与现实文化保持着一定的距离。这距离以宗教最大，道德最小，文学居其间。三者作为精神活动，知、情、意互相关联，互相作用，其中"情"扮演异常重要的角色。情感是道德、宗教、文学活动中最活跃的精神因素，其往往以渗透、诱导、感染的作用，使人们作出情感性选择而产生其社会效用。

从历时性的角度，我们可以把演变发展的文化分解为传统文化和现实文化两大部分。它们对文学的影响，随着文化环境的不同而呈现出不

---

① 胡潇：《文化现象学》，湖南人民出版社 1991 年版，第 350 页。

② 王朝闻主编：《美学概论》，人民出版社 1981 年版，第 29 页。

同的面貌。在一个比较封闭、相对稳定的文化环境里，传统文化对文学的影响比较大。传统文化，是民族文化在长期发展中保留、沉积下来，比较适合民族生态环境、民族心理的部分，往往具有较强的生命力。在缺乏内部、外部的新因素刺激的情况下，传统文化会凌驾于现实文化之上。但如果社会内部发生剧烈动荡，现实文化的影响则大于传统文化。现实文化以政治文化为代表，政治运动、政权更迭、战火狼烟，都可对包括文学艺术在内的意识形态产生巨大冲击。从文化角度看，社会动荡就是原有的文化系统结构发生裂变，由打破原有平衡达到新的平衡的重组过程。在重组过程中，现实文化成为异常有力、活跃的因素，它支配、制约着其他文化要素。如果社会剧变的"荡源"不是出自内部，而是来自外部，两种不同体系的文化发生冲撞，这时候文化影响文学的情况就会比较复杂，传统文化和现实文化都会尽其所能地作出各自的"表演"。社会的剧变，先是一场现实的变革；与外来文化冲突，民族传统作为文化"反弹"也会得到强化。一般而言，接受主体是一种主动的"对外开放"，以积极的姿态迎接、拥抱外来文化，这时现实文化起的作用很大；若接受主体对外来文化不持欢迎态度，而是迫于某种因素不得不接受这份异域"厚礼"，这时，文学作为一种超越现实的手段，民族传统文化之魂神游其间，传统文化的太阳则会高悬于文学殿宇之上。

三、文学在文化系统中的独特功能

文学作为文化系统中的子系统，既受到文化的制约和影响，同时，又有区别于其他文化子系统的独立性和自身的功能，显示出独特的价值和意义。

有论者将人类作为活动主体，分析其得到社会允许所必需的基本活动，结论有四种活动：改造活动、认识活动、评价活动和交往活动。而以人作为客体对象的艺术活动，却将上述四种活动融为一体，"它同时兼有对世界的认识，对它的价值理解，对它的理想改造（在某种程度上也是物质改造），最后包括主体之间交往的形式"[①]。

正因文学艺术活动融合了人类基本活动的性质，决定了文学艺术在

---

① 莫·萨·卡冈：《美学和系统方法》，中国文联出版公司 1985 年版，第 269 页。

文化系统中的独特地位：它虽然归属于文化，但又不像文化的其他部分，它不是部分地、片面地，而是完整地代表文化，是文化的全面投影。"由于文学内容的丰富性和语言的感染力，又使得它在文化中占有特殊的地位。它不是文化结构的简单元素，而是反映着人的行为方式、行为规范以及人的需要和人的心灵，即它是文化的全面投影，是一种'小文化'。"[①]

对于文学与生活的关系，人们常用"镜子"的映照作比喻。这里的生活，当然是人的生活，换言之也就是文化。卡冈就直接用镜子设喻文学艺术对文化的作用："艺术能够争取到文化自我意识的作用，艺术仿佛是一面镜子，文化从中照见自己，并且只有认识自己的同时，才能认识它所反映的世界。"[②]然而，比喻总是蹩脚的，用"镜子"说譬喻文学与文化的关系，只能是一种形象、通俗的说明，而决非科学的表述。文学对文化的"映照"，不是囊括万物的准确倒影，而是以美为终极追求，对文化的本质特征的反映，是经过作家审美过滤，抛却许多文化表象、深入到文化的内在深层，反映出这一文化区别于另一文化的独特结构、独特内涵、独特规律，从而获得对这一文化的审美的、完整的影像。

文学作为"小文化"，其审美性和完整性带来了两个方面的文化功能：成为文化的载体和对文化的超越。

（一）文学的文化载体功能

文学以人、社会和自然作为表现对象，反映文化的内在本质，当然要求对文化做真实的记录，成为一种形象的文化载体，让文化主体得以观照自我、认识自我；把动态发展的文化凝固为静态的物化形态。正是在这一意义上，卡冈才称文学为"文化的自我意识"，认为文学是文化的缩影。因此，从各民族的远古神话中，我们可以看到各民族早期的思维方式和心理活动。通过荷马史诗，我们能够了解古希腊由原始社会向奴隶社会过渡时期的政治、经济、军事、家庭、风物等文化现象和深层的文化观念。也因此才有但丁（Dante Alighieri，1265—1321）的《神曲》"是欧洲中世纪的百科全书"之说，才有歌德笔下的《浮士德》"表现了新兴资产者三百多年的精神发展史"的评论，恩格斯从巴尔扎克的《人间喜

---

① 李铁爰：《思维·文化·现代艺术》，吉林大学出版社 1989 年版，第 59 页。

② 莫·萨·卡冈：《美学和系统方法》，中国文联出版公司 1985 年版，第 276 页。

剧》中"学到的比当时所有职业的历史学家、经济学家、统计学家的著作中所能学到的还要多"①。当然，文学的文化载体功能不仅表现在个别作家、个别作品当中；宏观地、整体地看，一种文化模式，一种文化的历史类型，一种文化的变迁与发展，不同体系的文化冲突和交流等，也都可以清晰、生动、完整地在文学中得以体现。

文化模式是一个文化体系内诸文化要素协调一致的整合状态，是具有一定稳定性的文化深层结构。比较中西的文化模式可以看到：在诸文化要素的构成方式上，中国传统文化以道德和政治文化居中心地位；西方文化则以宗教和科学居主导地位。西方文化的发展是以上古的希腊文明、中古的基督精神和近代以来的科学知识为潜流。西方文化源头的古希腊文明，公认为有日神精神和酒神精神两个方面。日神精神指理智的科学精神，以德谟克利特的自然哲学为代表；酒神精神指狂热、玄想的理念追求，以苏格拉底的宗教数理哲学为代表。希腊的宗教哲学思想经圣保罗（Sao Paulo，3—67）、奥古斯丁（Aurelius Augustinus，354—430）等的发展，与从希伯来引进的基督教合流，遂使基督教成为西方人精神生活的中心。古希腊科学哲学由斯多葛派继承和发展，成为近代科学的基础。西方的近代文化，是在科学与宗教两者的冲突与激荡中发展的。对于中国文化，有人论道："通过对传统价值取向、理想人格、社会心理和思维方式等方面的考察，我们可以抽绎出最一般的、贯穿于中国古代文化史的、对民族发展影响最深远的本质特征：一心趋善、热衷求治。因此，可以将中国文化类型概括为伦理型、政治型。"②这里是从"文化类型"角度，对中国文化特征的概括，如果从"文化模式"的角度看中国文化的深层结构，中国文化则是以伦理道德和实用政治为主导的文化模式。中国文化成熟于以自然经济为基础的宗法社会，血缘家族成为社会基础，宗法制和宗法观念孕育了一整套道德行为规范，"三纲五常"成为人们共同遵守的准则，并泛化为普遍的社会心理。处于中国传统文化主体地位的儒家学说，以"修身齐家治国平天下"为人生导向，以道德自我完善为第一价值取向。虽有人称它为"儒教"，它也有祭奉祖先的一

① 恩格斯：《致哈克纳斯的信（1888年4月）》，《马克思恩格斯全集》第37卷，人民出版社1992年版，第42页。

② 李宗桂：《中国文化概论》，中山大学出版社1988年版，第324页。

套仪式，但其宗教意识服从于道德意识，更是一种经世致用的伦理政治学说。中国文化思考的不是人与超自然的神灵的关系，也不是人与自然真实关系的把握，集中思考的是人与人之间的关系，即如何求得大一统社会的长治久安。

中西不同的文化模式，完整生动地映现在中西文学中。

首先，从文学母题看。在西方文学里，无论古希腊的神话，还是20世纪现代主义的创作，其中一个突出的母题都是人在宇宙中的地位。作为生命个体，人显得多么渺小，人面对各种各样不知由来的敌对力量，作出苦苦的挣扎和种种抗争。这种敌对力量虽然表现为外在的命运或内在的人性中的恶魔，但实质上都是宗教中那个万能的神。因而，西方文学关注的不仅是现实中的人与人的关系，还有人与神的关系，往往表现出对人生价值的终极性关怀。这样的文学母题不仅以宗教意识为根柢，也是人的真实处境的客观把握，蕴含着科学意识。中国文学中最重要的母题是劝恶从善，文学直接承担起"教化社会"的任务，是解决现实问题的一种手段。"善有善报，恶有恶报"是中国叙事文学的基本情节模式。人生的幸与不幸，决定着自身的行为；而行为的当与不当，就看它是否符合忠、孝、节、义等道德规范。因而，中国文学关注的是现实中的人的行为，而这又不仅是个人的幸与不幸，更关系到整个社会的太平。不少论者认定，中国文学在本质上是现实的、人间的文学。对此，我们还可以举中、西爱情诗来佐证。西方爱情诗很大一部分是对爱的力量、价值、意义做理性的探讨；中国爱情诗则写实实在在的独守空房的孤寂、双双厮守的愉悦。西方诗中爱的对象多为圣洁、飘逸的女性；中国诗中爱的对象大多是些普普通通的妻子或丈夫。西方爱情诗中的氛围具有宗教色彩，对有情人死后的结合非常确定；中国爱情诗更具生活气息，对死后的世界表示怀疑。西方往往表现情人之爱；中国大多表现夫妻之情；西方诗人多抒写对娇美、温柔的恋人的爱的倾诉；中国诗人写的多为"闺怨诗""悼亡诗"。

其次，从文学形象看。西方文学抗争型人物较多，从古希腊的普罗米修斯、俄狄浦斯，到浮士德、鲁滨孙、于连，再到海明威笔下的硬汉，存在主义作家笔下的自由选择的人们，他们与神力、与命运、与自然、与社会、与人生的窘境做着种种抗争，在抗争中显示着自己的价值和意义。中国文学多顺从型人物，顺从与天道合一的道德律条贯穿始终。中国文人最大的叛逆就是弃儒从道——隐逸山林，自叹生不逢时。中国文学中显示的人生价值和意义是最大限度克制自我、服从伦理规范，在社会为其安排的等级位置上承担其责任和义务。中国的四大古典名著，《三国演义》是典型的道德演绎，刘、关、张桃园结义并由此衍生的故事，实质上是一曲忠和义的颂歌。刘、关、张三兄弟，刘备有野心，张飞有个性，只有事事顺从、温文尔雅又武艺高强的关羽是最理想的人格模式，因而，他成了一尊受人膜拜的神——关帝。孔明虽然足智多谋、料事如神，但他并没有获得"神"的殊荣，因为孔明显示的是"才"，关羽显示的是"德"。德远比才重要，无才社会可以平安（但难以发展），无德就危及"天下太平"的最高社会理想。《水浒传》《西游记》《红楼梦》中似乎不乏抗争的人物，梁山好汉劫富济贫，惩治朝廷命官；齐天大圣闹龙宫闹天庭，横冲直撞，唯我大圣；贾宝玉虽为七尺须眉，却偏视功名为累赘，在脂粉堆中讨愉悦。但水浒英雄最终招安纳降，不失为一面忠义的旗帜；孙猴子在紧箍咒的束缚下历经九九八十一难后终皈佛门；宝玉的叛逆，缺乏明确的目的性意识，一切行为似在梦境之中。

最后，从文学风格看。西方文学有着浓烈的悲剧色彩，中国文学更具喜剧氛围。宗教与科学、道德与政治，都是主观把握世界的文化形态。但分别居于中、西文化核心地位的这两组文化形态，其相互关系不同。宗教是对虚幻世界的盲目崇拜，科学是对客观世界的真实把握，它们的运动方向相反，处于一种矛盾冲突的紧张关系之中。道德与政治都以人的现实行为为关注对象，两者相互渗透依存，处于融合统摄的关系之中。西方文化的这种内在紧张关系，在文学中表现为浓烈的悲剧色彩：既认为人是上帝创造的软弱动物，又企图主宰这个世界，征服这个世界，以反抗、叛逆的态度来处理面临的一切，即使明知结果是悲剧，也要为自己的选择作出痛苦的追求，表现出崇高、悲壮的基调。西方文学常把人物推到两难选择的境地，又非作出选择不可，在这个艰难的选择过程中，让人性中的神性和魔性来回拉锯，辗转、撕裂人的心灵，显示出惊心动魄的悲剧力量。中国文化内在的和谐关系，加上认定祖先留传下来的道德律条与客观规律是一致的，使中国人认为：一切无需去作自己的追求与选择，只要用道德律条去约束自己的现实行为，按自己的身份、角色做自己该做的事，说自己该说的话，整个社会就都在和谐的运转中。人生，不是去奋斗、去追求，而是安于现实，享受现实的和谐。中国传统文学的喜剧氛围就是这种文化氛围的映现，喜剧氛围在中国文学中最突出的表现是大团圆的结局。因此，传统文学呈现出"歌颂"文学的主体地位，敏于对现实的观察而缺少对人生整体的思考，以中和温雅见长而少西方文学的壮烈磅礴。

综上所述，从中西传统文学的母题、形象和风格可以看到中西文化的不同模式。换句话说，中西文化传统模式在中西文学中得到真实的记录。不仅从文学中可以通过宏观的、静态的分析，透析出蕴含其中的文化模式，同样，从文学中也可以看到文化的发展变化。卡冈曾以西方文艺为例说明这一点："看一下艺术从中世纪到当代的发展，那么，可以在其中——在艺术内容和形式的进化中，在方法和风格系统的变化中，在多种样式、种类和体裁的艺术的不平衡发展中，在艺术文化基本体制和艺术交际类型的改革中——清晰地看到在作为整体看待的文化中所流转的过程的反映。"[1]他认为，中世纪基督教文化主张信仰远远高于知识，而与之相对的资产阶级文化则是知识高于信仰，文艺复兴时期的文化显示了中间性、过渡性的文化图景。从西方艺术的发展看，中世纪艺术的原则并非认识-现实主义的原则，而是以价值-意识形态原则、宗教-道德原则为指导原则，其感兴趣的不是客观物质世界，而是对象的价值含义。文艺复兴时期的艺术以现实生活中的人及其周围的世界作为反映对象，然而还不是后来意义的现实主义，因为文艺复兴艺术的着眼点是美，而不是真，而且并没有摒弃看待世界的宗教-神话观点，相反是借助这种观点，提高人们对日常的审美力。随着近代科学的日益发展，现实主义摒弃了价值-意识形态的局限，成为艺术宗旨，随后进一步发展为自然主义-印象主义的艺术系统。

（二）文学的文化超越功能

文学以美为出发点和归宿，"若说'所有的美都是真'，所有的真却不一定是美。为了达到最高的美，就不仅要复写自然，而且还必须偏离

---

① 莫·萨·卡冈：《美学和系统方法》，凌继尧译，中国文联出版公司 1985 年版，第 278 页。

自然"①。所以，文学是高于现实文化的一种文化超越。

文学的自我意识包含两个方面的意义：自我认识和自我评价。文学可以完整地映现文化，从中可以窥见自我的形象。况且，文学对文化的映现，是审美性的映现，寄寓着创造主体的价值评价。文学因此作为反馈信息，保障着文化自我调节的可能性，促进文化向前发展。

文学的文化超越功能，不仅根源于文学本身的审美性和价值评价性，还与文化的功能和性质有关。文化是对社会全体的创造，它把人从动物的人提升到社会的人。文化确立了种种规范，将人的行为活动限定在一定的范围内。然而，"人的塑造，人的全面再生产是文化的第一功能"②，其最终目标是让人摆脱束缚，走向自由。文化的这种现实手段和终极目标的矛盾，是文化内在结构的限制性和自由性的矛盾两重性的体现。一些文化因子在人的社会化过程中产生约束力，如伦理、道德、政治、习俗等；另一些文化因子则在人的想象力和自由意志的基础上不断突破和创新，文学就是其中异常活跃的一分子。文学创作主体根据自己的理解，依据一定的客观必然性超越现实文化，为文化输入了新的信息。在文学世界里，一切美好的东西都可以实现：塑造洁白无瑕的心灵，铸造伟大崇高的人格，描绘绚烂绮丽的理想图景，新的道德、法律、政治制度都可以在想象中实施。这在表现积极理想的浪漫主义文学中体现得最明显。

文学的文化超前性，给文化注入信息，与其他文化因子交换能量，在具备一定的现实条件的情况下，会导致现实文化的变革。我们知道在各国文学史上都有一批文学作品被禁止发行，这是文学超越现实文化的一种反证，是现实文化对文学的文化超前所作出的抗拒性反应。作为文学促进现实文化变革的成功例子，我们可以举美国作家斯陀夫人（Harriet Beecher Stowe，1811—1896）的《汤姆叔叔的小屋》（1852）为例，小说对南方黑奴悲惨遭遇的描绘，成为导致美国南北战争的原因之一，女作家也被称为"一本书引起一场战争的妇人"。

文学的文化超越和文化载体两种功能显然存在一定的矛盾：超越意味着突破和发展，呈现为一种动态趋势；载体则是反映、容纳和确定，

---

① 卡西尔：《人论》，甘阳译，上海译文出版社 1985 年版，第 177 页。
② 郭齐勇：《文化学概论》，湖北人民出版社 1990 年版，第 242 页。

表现为静态的积淀。这种矛盾实质上是文化系统复杂性的表现。文化既是历史的发展过程，又是文明成果的累积。文学就以对文化的突破和认同、发展和确定、动态和静态的两极反映，真正成为文化的全面投影。

第四节　文学的文化批评

文学与文化的关系，说明了两个方面的问题：既可以看到文学在文化系统中的独特地位和价值，也说明了从文化角度研究文学具有极大的潜能。从文化角度研究文学，比单纯的"文本"研究有着更为宏阔的视野。比较文学作为文学研究的学科，文化视角显得尤其重要。

一种文学批评模式的确立，有两点非常重要，即理论基础和独特的批评视角。文化批评以文化学为理论基础。文化学萌芽于 18 世纪，意大利的维柯、德国的赫尔德、法国的伏尔泰、卢梭等人的工作开创了文化学的先河。19 世纪中期，文化学正式诞生，法国文化学家格雷姆在 1854 年出版了《普遍文化学》，为文化学的建立和研究打下了基础。1871 年英国学者泰勒在《原始文化》中给"文化"下了一个经典性定义。此后，经过进化学派、传播学派、功能学派、历史学派、社会学派、心理学派、唯物论学派、结构主义学派的文化理论探讨，文化学研究进一步丰富了材料和理论思考路径。到了 20 世纪后期，经罗伯特·怀特等文化学家的努力，现代文化学的理论体系已基本确立。至今"如果要求用电子计算机对当今处于显著地位的词语或概念进行统计，同时定出其中最优胜者，那么'文化'一词将占着头等的位置"，连教皇也在 1982 年设立了"教皇文化委员会"，因为"教会与当代各种文化对话是极其重要的东西，此事的成败关系到 20 世纪末年世界的命运"[1]。"文化"已经成为无处不谈的概念，"文化学"已经是一门具有完整的理论体系的综合性、边缘性、交叉性学科，有其独特的研究对象和一套概念工具，完全可以当作文学的文化批评的理论基础。

有论者依据亚伯拉姆斯（M. H. Abrams）在《镜与灯》（1953）中提

---

① 路易·多洛：《个体文化与大众文化》，董建华译，上海人民出版社 1987 年版，第 2 页。

出的文学的四种关系（即"世界""作品""作者""读者"四者之间的关系），提出批评者应侧重于某一关系的研究，从这一特定视角展开批评，就会形成某种批评模式：着重于作品与世界的关系，形成社会品评模式；着重于作品与作者的关系，形成心理批评模式；着重于作品与读者的关系，形成接受-反应批评模式；着重于作品自身的研究，形成形式主义批评模式（新批评、结构主义）。[①]但在这四个独立的批评视角之外，还有一个宏观视角，即同时把世界、作者、读者和作品都纳入批评视野的文化视角（如图 5.3 所示）。

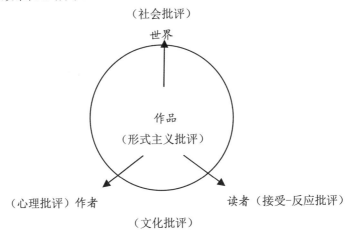

图 5.3　文化批评宏观视角示意图

　　首先，作为文学批评模式，文化批评是把文学当作一种文化现象来研究的。这不同于一般所说的"把文学摆到文化背景中来研究"，是把文学作为文化大系统中的一个子系统来理解，不是把文化仅仅当作背景做泛泛的处理，而是在系统论原则的启示下，在文化的整体系统中把握文学的本质和功能（包括元功能、原功能和构功能），研究文学在文化系统中的受制性、独立性和超越性，研究文学在文化系统结构中的层级位置，研究文学与政治、宗教、道德、法律、风习、艺术等文化子系统之间的联系与区别、渗透与分离、交融与转化等。

　　① 傅修延、夏汉宁编著：《文学批评方法论基础》，江西人民出版社 1986 年版，第 34-35 页。

其次，文化批评以"文化"为核心概念，运用文化学的基本理论对文学现象进行研究。

我们前面说过，对"文化"最精练的表述，莫过于"文化是人类创造的总和"。最精练也意味着最粗泛。人类的创造总和，是个非常庞杂的集合体，有向前的正值运动，也有向后的"倒行逆施"。但文化的本质是前者，换句话说，文化的本质是人化，是人类通过自由自觉的活动，使对象打上人的目的、人的意识的烙印，成为人的自由的表现。文化是人类活动的积极成果。人类在实践中不断克服人与自然、人与社会、人与人、人与自身的各种冲突和危机，在从必然王国到自由王国的长途跋涉中，不断实现人的本质。文化的真正成果，就是人的不断进化和完善。这种进化和完善的过程永无止境，但在这一过程中，人的价值、人的完整性和全面性得到充分的展示。至于那些前进途中的暂时倒退或无意中的错误选择，虽然是人的创造，也可以称之为"文化"，但从实质上说，是文化的变异，是"反文化"。因此，文化学研究的核心"是人的本质、是对象的人化和人的本质力量的对象化，是人的社会存在的全部丰富性、完整性，是人与文化的关系即人化的过程，文化与自然、社会、人类生活的关系和文化价值论"①。

文化批评也是以"人"作为研究的起点和终点，人的创造和选择、人的发展和完善、人的困惑与超越等，总之着眼于文化意义上的人。这里包括双重时间的人：既指文学作品世界的人，也指创作文学、流通文学和消费文学的现实世界的人，还包括批评者本身。有论者认为"任何艺术理论、批评模式都是对艺术活动和艺术作品的还原"，对于文化批评来说，"文化还原的起点是人的观念。它不仅把人看成是'全部社会关系的总和'，而且提出更广泛的'基因与文化的组合'拓展前一公式的界限；它对人、生活现象、历史事件的分析不仅仅落实到经济关系，政治-阶级关系这一维，而且要统观人（社会集团和个人）的非经济行为、血缘亲属行为、宗教信仰行为等多种性质的活动网络，落实到人的多维关系；它不是偏重对人物、情节、主题作意识形态的政治伦理上的绝对价值指判断，而是更倾向解释上述事例的文化整合性，从超意识形态性的立场

---

① 郭齐勇：《文化学概论》，湖北人民出版社 1990 年版，第 30 页。

出发作相对的价值判断"①。

以文化为批评视角的文化批评，当然有其特定的研究课题。从文学研究的整体看，文化批评要通过对人类文学遗产的分析研究，历时性地探索人类在漫长的进化发展过程中所经历的挑战、选择和适应等文化景观，展示人类前进途中所具有的智慧、力量和价值。其中，原始文学形态的研究和人类自身意象原型的探寻是非常诱人的题目。若对各民族文学展开共时性的"跨文化"研究，文化批评要求在民族文学的对话中，离析出各民族的文化模式，以及两种文化之间的冲突与调适、沟通与融合，比较文学研究实质上承担了这一任务。即使是对某部文学作品作微观的研究，也应把作品摆到人类文化的长河中，在纵横交错的坐标点上确定其位置，深入挖掘作品蕴含的文化意义。

再次，文化批评的"人的观念"，包括人的多种存在形态。第一，人作为个体经验的存在。这时候的人是文化的传承者，但各人传承的方式、所传承的文化质量不一样，又以各自的心理素质、行为模式、经验知识和价值系统体现着文化的实际存在状态。第二，人作为社会的存在。任何个人都处在一定的社会关系中，社会全体成员的文化特性构成该社会的文化模式，作为社会存在，人受到文化模式的规范和铸塑。第三，人作为类的存在。人作为一类，当然有区别于其他类的一些共同的东西。文化作为人类对自然的积极实践行为，正是人类区别于他类的一个标志。但人类的共性，强调的不是文化，而是人的自然属性的一面。而文化批评对于个体经验的人具有重要的意义。因为文学活动中的人，始终以个体经验的面目出现，个性——创作个性、个性表现、欣赏个性、批评个性，是文学的永久魅力所在，也是文学实现其文化超越功能的关键所在。

最后，文化批评不仅对文学的意蕴作出文化阐释和价值评判，也对文学的文本作审美性的研究和批评。对美的追求是文学区别于其他文化因子的根本特性，审美本身也是文化形态的一种。因此，文化批评必须深深根植于文学的审美土壤中。文化批评的目的，就是通过文学的文化还原（文化心态还原、文化象征还原、人格角色还原等），展示人类的进化过程和人的本质力量的对象化。这是一种美的发掘。美有不同的范畴，

---

① 靳大成：《论艺术人类的"文化"范畴》，《当代文艺思潮》1987 年第 3 期。

社会现实的美、历史过程的美，都是文化批评的重要方面。文学形式的美，也同样寄寓着人的创造和人的本质力量。文学形式因素的文化还原，也是文化批评的重要方面，甚至是具有特殊意义的方面。因为一个民族独特的文学形式和表现手段，往往凝聚着该民族的审美文化。因此，文学作品的体裁样式、结构布局、叙述角度、表现方式、语言技巧等形式因素，尽在文化批评的视野之中。

综上所述，文学的文化批评有两点非常突出。其一，在价值意义上，文化批评始终以人为中心，以人性的发展和完善为尺度来衡量文学世界中展现的一切，从而给现实世界的人以一种更加自觉的审美观照，回观现实，认识自我，进而按美的规律来塑造包括自身在内的整个世界。人是文化批评的起点，也是最终的归宿。从这一意义上说，文化批评是主体性和价值性很强的批评模式。其二，在思维方式上，文化批评始终以多维联系的原则看待文学现象。它所关注的人，不是局部的、单一的人，而是力图揭示不同层面的人的完整性和丰富性。它将文学作为文化子系统，考察文学与文化整体，文学与其他文化子系统之间的广泛联系，在宏阔的视野中理解文学的本质。在批评实践中，文化批评成为一个开放体系，它能接纳其他批评模式：社会批评、心理批评、原型批评、形式批评等，使之成为文化批评的某一侧面而被纳入整体模式之中。

文化批评是一种在广度和深度上都有新的突破的批评模式，这些突破赋予了文学批评以研究理论上的科学意义和实践中的现实意义。它以系统论原则作为思维依据，突破、超越文学学科本身，在文化整体中研究文学，站在一个更高的制高点上俯瞰细察，既见林又见木，因而，更能把握文学的真实面目。系统论的一个重要思想，就是要认识一个事物，只有把它置于一个更高层级的系统中，才能认识其全貌。现代认识论越来越强调事物之间的普遍联系，世间没有孤立存在的事物，将对象作静止的、割裂的认识，只能获得肤浅的表层理解。只有在动态的、复杂的关系网络中认识对象，才能接近对象的真实存在状态。

在批评实践中，由于文化批评的宏阔视野，研究者不是就评价对象本身就事论事、循环论证，而是从多侧面、多角度作出分析研究，因而能避免一些不必要的争执，解开一些令人疑惑的难题。对于司汤达（Stendhal，1783—1842）《红与黑》（1830）中的于连，我国学界曾有过几次讨论，有人说他是野心家，有人说他是英雄，各有各的论据，各找各的理由。争论者都是从法国 19 世纪封建王朝复辟的形势下小资产阶级的反映这个社会-政治的角度来看待于连，各自强调他行为中的一端。如果从文化的角度，把于连当作一个承传着社会文化模式的个体经验的存在，来看他与环境的冲突和冲突过程的选择，以及最终的悲剧，恐怕就不会用"野心家""英雄"这类伦理-政治色彩很浓的概念来界定他，也不会为此而争论不休了。如此，我们从作品中感受到的是人的理想与外部力量的矛盾，两种文化价值观念的冲撞对普通人生的影响，由此对于连作审美性判断，应该说更多的是悲壮的色彩。

毫无疑问，文化批评对于简单的社会批评是一种冲击。很长一段时期内，受到苏联文学批评界庸俗社会学的影响，我国文坛盛行肤浅的社会批评，把文学当作社会的机械反映，认为社会关系集中体现为政治-经济关系，一切都是政治-经济的派生。文学批评成为一个简单的因果还原的过程，活生生的人成了抽象的政治符号。文化批评涵盖着社会批评，是对社会批评的深化和拓展。社会批评理解的人是作为群体的存在，即人们的组织状态、组织关系以及不同群体在其中的地位，关注的是实证的具体的社会现象，最终把人物的社会关系归结为经济关系。文化批评关注的是具体、表层的社会现象背后的社会价值目标，人的存在方式，"文化的还原不仅是经济范畴的人格化，而且更是文化意义上的各种人格角色的扮演者，这些复杂的人格角色同样能决定人的经济范畴的人格化的方式和内容。文化还原的人的观念，在类的层次上超出了社会历史结构理论的管界，因而，能补充、扩展它的社会前提，在社会的层次上又深入、丰富了它的内容，形成了与它的互补关系"①。

第五节　比较文学与比较文化

"比较文化学是对于不同类型文化进行比较研究的学科，所谓不同类型的文化指的是不同的民族、不同的地域、不同的国家所具有的不同文

---

① 靳大成：《论艺术人类学的"文化"范畴》，《当代文艺思潮》1987 年第 3 期。

化传统、文化特性、文化发展史与文化形态等。比较文化学的特性是通过不同文化的同一性和各自的差异性的辩证认识，达到发现和掌握文化发展规律的目的。"①比较文学是文学研究的学科，它以不同文化体系之间的文学关系以及文学和其他学科之间的关系为研究对象，其目的是通过比较，在更大的范围、更高的层次上认识文学的本质和规律。两者都要跨越不同的文化体系，都以规律的把握为目标，只是研究的对象一个是文化，一个是文学。但文化和文学的关系如前几节所述，处于一个系统结构的复杂关系中，在研究实践中它们彼此交织渗透，互动互补。

中国学者钱林森从中西文学交流中看到一个事实，"如同文学是文化的独特部分一样，比较文学也是比较文化独立而又不可分割的组成部分。就我有限的阅读面而言，从 18 世纪法国的孔夫子伏尔泰惊呼'呵，文王！'，预言'世界文学来临'的伟大的歌德，到 20 世纪以'世界公民'为己任的近代大作家罗曼·罗兰和提出'比较不是理由'的当代西方比较文学大师艾田蒲（René Etiemble）及许许多多的比较文学学者、东方学（中国学）家，当他们以开放的东方视野和全球意识，将东方（中国）和西方（欧洲）文学进行比较的时候，通常很少做纯文学的观察，总是把文学作为瞭望中国文明、中国精神的窗口；不管他们是属于经院学派还是由论证而闻名的学者，其中西比较文学研究，从某种意义上总是一种比较文化的研究，一种跨文化的研究，致力以求的，就是跨越东西方文化壁垒，追寻中国精神、中国灵魂。这似乎是一个不容忽视的历史事实"②。对于比较文学与比较文化这种深层的内在关系，著名学者叶舒宪说得非常清楚："如果比较文学不愿停留在它的起点——对超越国界的文学现象中表层的异同事实的认识，那么它也责无旁贷地面对着文化人类学和文化哲学所面对的深层解释的课题。所以说从比较文学到比较文化是自然而然、顺理成章的，它符合学术发展自身的认识逻辑。如果不是出于职业饭碗的考虑，我们大可不必为文学研究的拓展性变革而担忧，与其那样，不如以宽容而坦然的心境去静观其变，进而调整自己的思维习惯和观念定

---

① 方汉文：《比较文化学》，广西师范大学出版社 2003 年版，第 29 页。

② 钱林森：《比较文学中国学派与跨文化研究》，《中外文化与文论》（2），四川大学出版社 1996 年版，第 138-139 页。

势，以求有效地适应我们这个日新月异的时代的发展和变革。"[1]

如何看待比较文学和比较文化的这种关系？我们从学理层面作进一步的分析。

在比较文学诞生以来的一百余年里，一直有人对比较文学是否具有一门独立学科的价值、比较文学的发展方向等根本性的问题提出质疑，"危机"之声不绝于耳。综合各种"危机"论来看，其主要论据是：（1）"比较"是文学研究普遍使用的方法，只是一种研究"工具"，不能独立作为一门学科的基础；（2）比较文学研究一国文学对另一国文学的影响，研究"已完成作品"的外在历史，既不能触及艺术创作的核心，也不能探究"文学作品的美的由来"，作为一种事实考证，意图整理出文学的"外贸关系"，对文学学科的理论毫无建树；（3）如果不把研究对象限定在两种文学的"事实联系"，而是随便把两种毫不相干的文学现象硬扯到一起"比较"，怎么保证其科学性？"无限可比性"和"X＋Y 的浅薄比附"能得出科学的结论么？（4）事物的比较，要有其同一性才有可比的基础，文学与其他的学科各有独自的传统和规律，怎能进行比较？一只猫和一棵树怎么比？（5）文化研究的汹涌波涛，淹没了"文学"，比较文学研究的更像是文化课题。

前四个问题的提出，说明了比较文学本身的理论建设还有一个需要完善的过程。在比较文学研究的实践中，也的确存在牵强比附、滥用胡比的情况，但这只能说明比较文学还是一门尚在发展当中的学科。而第五个问题，是在前述的文化研究冲击下提出的"文化淹没文学"的危机。这是对文学与文化关系缺乏深入把握而产生的疑虑。"比较文学研究者的'危机'意识完全是学科本位主义的产物。'淹没'表象背后的实质是文学研究的深化。文化绝不只是文学的背景或'语境'，也是文学构成的整合性要素。如果说'比较'本身并不构成比较文学存在的理由和目的，那么，文化整合作用机制的发现和认识理应成为比较文学的核心任务之一。"[2]如果这样理解文学与文化、比较文学与比较文化的关系，也就能回答上述的前四个问题：在比较文学研究中，只有突破文学本身的研究，

---

[1] 叶舒宪：《从比较文学到比较文化——文学研究新趋势展望》，《新东方》1995 年第 3 期。

[2] 叶舒宪：《从比较文学到比较文化——文学研究新趋势展望》，《新东方》1995 年第 3 期。

153

上升到文化的研究，即把文学当作文化实践，在两种或多种文学现象的比较中，探寻背后的文化意义，再以这一文化意义反观文学现象，才能对文学本身获得一种更深刻的认识。换句话说，只要将比较文学上升到比较文化研究的层面，比较文学研究就进入了文学研究的新层面。

比较文学研究有着比较开阔的研究视角。它是文学研究的双重横向展开：地域上超越国界；学科领域突破文学本身的界限。实质上，这"双重横向展开"是从文学本身的研究向文学的文化研究的展开。前者是文学的跨文化研究，后者是文学作为文化子系统与其他文化子系统之间的比较研究。可以说，比较文学是以比较文化和文化研究为基础的文学研究。

人们一般将比较文学分成"影响研究""平行研究"和"跨学科研究"三类，我们依此分类来验证上面的观点。

第一，影响研究。影响研究是研究一国文学对另一国文学产生影响的情况，整个过程有"放送者""接受者"和连结他们的"中间媒介"，按照研究的着重点不同，又有"流传学""渊源学"和"媒介学"之分。但它们都是以两种文学的影响事实为研究对象的。

如果影响研究仅仅是一种历史事实的再现或还原，的确意义不大，它只是说明了一个历史事实。但如果不是停留在事实层面的考证与描述，而是更进一步探讨影响和接受背后的东西：为什么会产生这样的影响？接受者从放送者那里接受了一些什么，又拒绝了一些什么，中间有些什么变异？为什么产生这样的选择和变异？这就涉及接受者的文化心理等深层的东西了。国内有论者将接受美学理论引进比较文学的"影响研究"，赋予影响研究以新的意义。一种文学现象被接受而产生影响，这是一个非常复杂的过程。接受者的接受，不会是原原本本的照搬，已有的传统所形成的"接受屏幕"和"期待视野"在产生作用。不同文化体系的接受者有不同的"接受屏幕"和"期待视野"，从这种不同中反映出不同的文化模式和文化心理。接受者对放送者的变异，正可以看到传统所起的作用，从中可以看到不同的文化传统。这样，与接受美学结合起来，进入文化层次的影响研究，我们就可以看到放送者和接受者所处的文化体系的文化特点，从而上升到对两种文化类型、两种文化心态的认识。就文学本身的研究而言，就像乐黛云教授认为的那样，这样的研究"提供了编写完全不同于过去体制的新型文学史的可能"。"新文学史"由"创造""传统继承"和"引进"三个要素组成,"着重考察各种思潮、文类、风格、主题以至修辞方式,诗歌的格律等等文学的构成要素在不同民族文学史中的继承、发展、影响和接受"。

第二,平行研究。平行研究是对并无直接接触联系或无法证明有因果联系的不同因素的文学进行比较研究。这一研究类型是由美国学者针对法国学者"影响研究"的狭窄范围提出来的,其扩大了比较文学的研究范围,同时也为比较文学研究的科学性带来了令人不安的因素。平行研究不是对有过事实联系的文学现象作历时性的因果关系考察,而是对两个事实上毫不相干的文学现象作共时性的价值关系的比较研究。那么,我们先要找到确定两者之间的价值关系的共同基础。找到这个共同基础,平行研究就有了科学保证。这一共同基础到哪里去寻找?只能突破文学本身,进入文化层面寻找。因为人类虽有不同的文化模式、不同的社会形态,但人类的生命形式、体验形式和文学经验都有共通的一面。有些文学作品表面看似风马牛不相及,但从文化深层看,却有其内在的相似性。

例如歌德的《浮士德》和我国的《西游记》两部作品。表面上看,一部诗剧,一部小说,前后相距三百多年。主人公一个是老学者浮士德,一个是神猴孙悟空。从素材看,一个是典型的西方民间传说,一个是印度教和佛经中的一些故事与中国的民间故事相结合。但有论者从人类的终极寻求这一文化母题上来比较这两部中外名著,发现它们内在的叙事结构相似,都是寻求者遭遇各种阻力,经多方艰苦奋斗,终于达到目的。在这一相似的结构模式的比较当中,我们又可以看到中西文化的一些不同的价值观念,如在共同寻求时,浮士德与靡菲斯特、孙悟空与唐僧所形成的不同伙伴关系,前者是契约关系,后者是师徒关系。[①]再如《红楼梦》里的王熙凤和莎士比亚笔下的福斯塔夫两个人物,一个是俊俏漂亮的中国少奶奶,一个是肥胖得流油的英国破落贵族,两人当然毫不相干。但方平先生从人类审美创造的特殊形态:将现实丑转化为艺术美这一特定角度,将中西文学中两个著名的艺术形象联系起来比较,探寻了中西审美文化的共相;同时也从两个具体形象的艺术表现,分析共相之中的

---

① 张德明:《东西方两种灵魂的终极寻求——〈西游记〉和〈浮士德〉的母题、叙事模式与文化价值观的比较》,《外国文学评论》,1991 年第 4 期。

特殊性，显示了中西审美文化的差异。①

平行研究从具体的文学现象出发，通过跨文化的比较研究，探讨人类文化发展的共同规律，同时通过同中之异的研究，加深对不同系统的文化特质的认识。应该说，平行研究较之局限于"事实联系"的影响研究，有着更大的发展潜力和开阔前景。

实际上，比较方法的运用，不论平行研究还是影响研究，其直接目标总是指向"异"和"同"。文学上的"异"和"同"的认识固然重要，但毕竟还只是停留在"知其然"的层面上，至于为什么"异"，或为什么"同"的进一步探究，则往往不是文学自身能够解决的，这势必将比较文学学者引向更深一层的"所以然"的层面，以求得理性的阐释。列维•斯特劳斯认为这种深层的东西就是"文化"，"它是构成我们社会生活的无意识基础"。作为"文化缩影"的文学研究，怎能离得开"文化"？

第三，跨学科研究。跨学科研究是把文学与其他学科领域进行比较。有人把"跨学科研究"说成是"猫和树"的比较，并责问"猫和树怎么比较"？其实，猫和树分属动物和植物两个领域，好像联系不到一块儿，但如果上升到更高层级的系统，在生物学领域中就可以看到两者作为生命体的共同性了，只是生命形式不一样而已。同样，将文学和其他学科共置于一个更高层级的系统——文化系统中，置于人类对世界的认识这一哲学认识论的高度，当然就可以"相提并论"了。

人与世界的关系，具体说有人与自己的关系、人与社会的关系和人与人的关系，人们一般按所处理关系的不同的侧重点而把人类知识整体分为自然科学、社会科学和人文科学。但它们都是人这一主体对世界的认识，因而，有共同的规律可循。事实上，作为人类文化的整体，各个部分是互相交叉、渗透的，都不是独立的、分割的部分。

因此，跨学科研究至少有两个研究层次。一个方面是从历史角度研究历史上文学与其他学科之间的相互融合、渗透的关系。比如诗歌与音乐，在早期，诗歌都合乐演奏、吟唱，之后虽然分野，但诗歌韵律对音乐特性加以保留，直到现代，一些诗人还借用音乐结构来构思诗歌作品（如艾略特的《四个四重奏》）。这一层次的研究，虽然要在两个领域中去

① 方平：《王熙凤与福斯塔夫——谈"美"的个性和道德化思考》，《文学评论》1982 年第 3 期。

发掘资料，做大量的归类、整理工作，但还是一种表层的研究。另一种深层次的研究，是通过两个领域的比较，探寻人类认识世界的共同规律，同时，对文学认识世界、表现人的本质的独特规律有更高层次的自觉把握。这一层次的研究，才是跨学科研究的根本目的。

从这一意义上看学术界对于"比较文学消亡论"的议论，我们持不同看法。"消亡论"者认为，随着文化意义上空间距离的缩小，文学交流的频繁，一种跨国度、跨民族的"世界文学"将出现，文学研究的跨文化研究也将没有必要。比较文学的最终任务是"消灭"自己。对于这种世界一元的"世界文学"的出现，我们持怀疑态度，这与审美的个性化、丰富性相悖。而"跨学科研究"的消亡，只有人类全部知识处于混沌一团的时候才有可能，除非人类又回到初民时代的原始思维状态。不同学科知识的彼此渗透，是当代知识发展的趋势；但在认识和把握方面，随着知识的精细化，人们还是会分门别类地来处理知识体系。系统论思维强调整体性，同样也强调整体内部的结构，强调各子系统的独特性。因而，只要存在知识分野，就有比较研究人类不同认识角度的必要；只要人类有审美需要，就有从不同认识角度比较研究审美意识的必要，就有比较文学的一席之地。

比较文学不会消亡，比较文学与文化研究的结缘是学科的幸事。"'文化'视角的引入是解放学科本位主义囚徒的有效途径，使研究者站得更高，看得更远，因而是利而非弊，它带来的将是新的'契机'而非新的'危机'。从某种意义上甚至可以这样说：比较文化研究未必是比较文学，但有深度有'洞见'的比较文学研究自然也是比较文化。换言之，比较文学研究若能得出具有文化意义的结论，那将是其学术深度的最好证明，应视为比较文学之大幸，而不是不幸。"①中国著名比较文学学者曹顺庆有过精到的论述："我们不应当反对文化研究介入文学之中，而应当将比较文学与文化研究相结合。这种结合，是以文学研究为根本目的，以文化研究为重要手段，以比较文化来深化比较文学研究。如果我们能正确认识到并正确处理文学与文化的这种目的和手段的关系，那么，文化研究不但不会淹没比较文学，相反，它将大大深化比较文学与研究，并将

---

① 叶舒宪：《从比较文学到比较文化——文学研究新趋势展望》，《新东方》1995 年第 3 期。

比较文学推向一个更高的阶段。"①

　　当然，比较文学和比较文化是两个不同学科，比较文学不等于比较文化。比较文学以文学为出发点，但只有进入文化研究的层面，而不是就事论事地比附异同，才能给比较文学注入生命，获取它的存在价值。

---

① 曹顺庆：《"泛文化"：危机与歧路 "跨文化"：转机与坦途——再论比较文学中国学派》，《中外文化与文论》（第 2 辑），四川大学出版社 1996 年版，第 152 页。

第六章　比较文学研究实践案例

学习最有效的途径是实践。在实践中运用相关的理论和知识，可以深化对基本原理的理解；在操作过程中有效训练技能、技巧，可将知识和理论内化为能力。比较文学研究的学习也一样，需要在阅读研究案例中去感悟：如何从大量的材料中去概括、提炼问题，如何通过相关材料对问题展开论证，实证性的影响研究从哪些方面去收集材料，理论推衍的平行研究如何展开逻辑结构，等等，本章针对比较文学研究中的几个个案，从不同角度提供参考。

第一节　影响研究案例一：谢冰莹与外国文学

谢冰莹（1906—2000）受到"五四"新思潮的影响而走出偏僻的新化山镇，追求自己的自由人生。也是受"五四"新文学的影响，她走上了文学创作道路。其中作为"五四"新文学重要组成部分的外国文学名著译本，给了她潜移默化的影响。20世纪30年代，她两度留学日本，与当时的日本文学界有广泛的接触，结交了一批作家、学者朋友，在与这些日本文人的交往、访谈过程中，日本文学的某些因子也渗入了她的创作之中。

谢冰莹的文学创作以散文为主，也有小说、电影剧本和儿童文学作品。她的创作总体上具有浓重的自传色彩，与她生活的时代、生活体验密切相关，充满着主观感受和澎湃的激情，表达质朴、真诚，可以说，她的创作是她坎坷、丰富的人生经历的直观反映。但外国文学作为其早期的智慧积淀和创作中的借鉴，在其创作中依然有迹可循。

一、激情时代与世界名著的双重浸润

谢冰莹的青少年时代，是中国社会经历近代洗礼，在睡眼蒙眬中觉醒，扫除传统封建价值观念的革命时代。辛亥革命推翻了在中国延续了数千年的封建专制王朝，实行了民主共和。之后，中国社会在新旧势力反复较量、冲突中迎来了更为彻底的革命运动——"五四"新文化运动。这场运动从文化的深层促进了中国的转型变革，从思想观念、行为方式、风俗习俗等各方面涤荡着传统的封建文化。

正是这样的一个变革时代，使得偏居湖南新化山镇，出身书香门第的谢冰莹能够以绝食的方式争取到上学读书的权利，为逃避包办婚姻而投身革命，参加北伐军，从而在求学、从军的生涯中拓展自己的眼界，感受到时代的澎湃激情。

正是这种时代的激情，激荡着这个走出山镇的少女的心灵，使她在战场救护的间隙，把自己的充盈感受和难抑的激情诉诸笔端，写出了虽然文字有些稚嫩、却满篇激情的《从军日记》。后来，她谈到写作《从军日记》的动机："我便想多多利用我这支笔，写一些当时轰轰烈烈、悲壮伟大的革命故事出来，以反映当时青年们是怎样地爱国，民众们是如何地拥护我们的革命军和革命政府；妇女们是如何地从小脚时代，进步到天足时代，她们从被封建锁链捆得紧紧的家庭里逃出来，不知经过了多少侮辱和痛苦，经过了多少挣扎和奋斗，才投入革命的洪炉，和男子站在一条战线上，共同献身革命。"[①]从中不难看到谢冰莹因投身革命洪炉的自豪感所焕发的激情。

当然，促使谢冰莹走上文学创作道路还有一个重要因素：世界文学名著给她的熏陶。伴随着反帝反封的"五四"新文化运动的展开，以白

---

① 谢冰莹：《谢冰莹文集》（上），安徽文艺出版社 1999 年版，第 289 页。

话文为载体，表达民主科学思想和张扬个性意识的新文学得以兴起。"五四"运动前后，各种新文学期刊不断涌现。其中对世界文学名著的译介也成为新文学产生、发展的重要环节。当时，在"五四"新文学洗礼下成长起来的文学青年大多与外国文学有着深刻的联系。

谢冰莹早在县立高等女子小学校时就接触了外国文学作品，而且对其表现出了浓烈的兴趣。那是她二哥从外地邮寄来的一本由胡适翻译的短篇小说集。她在《女兵自传》中追忆当时的情景："书收到的当天晚上，我就开始看短篇小说，这是胡适翻译的，文字很流利，我一口气看完了半本；最使我感动的是《最后一课》《二渔夫》；老实说，《一件美术品》和《梅吕里》那时还看不懂是什么意思。我开始对新文学产生无限的好感和崇拜，这本薄薄的短篇小说集，我一连看了三遍还觉得不满足，好像越看越有兴趣，越看越不忍释手似的。"①

在引导谢冰莹阅读世界文学名著的过程中，有两位可以称为"导师"的人物，第一位就是她的二哥。这位名叫赞尧的二哥，聪明博学，思想进步，因不满包办婚姻而长年漂泊在外。就是这位二哥，给冰莹学业上和精神上以无微不至的关怀，成为她在众兄妹中最亲近的亲人。他支持她上学，赞成她从军，指导她学习，鼓励她创作。直到1966年她在回忆启蒙老师的文章中还写道："第一个引导我走上阅读世界名著之路的是我的二哥。"②在《自传》中，谢冰莹满怀深情地写道："我们虽然有五兄妹，但和我最要好的就是二哥。我在小学读书时，他就介绍新小说给我看，写了很多有趣味的白话信给我；考进女师之后，他极力诱导我走上文学之路。那时他在山西进山中学教课，薪水并不多；可是每年他至少寄二十元或三十元来给我买书；后来回到长沙，更介绍许多中外文学名著给我看，如果我有不理解的地方，他详细地替我讲述。"③

第二位导师是著名翻译家李青崖（1886—1969）。谢冰莹在长沙女子师范就读时，李青崖正好担任她们班的国文教师，给她们介绍了法国文学。只是当时李青崖同时兼任几个学校的课程，没有给谢冰莹及同学们更多细致、深入的指导，甚至因没有时间批阅谢冰莹一篇长达万余字的

---

① 谢冰莹：《谢冰莹散文》（下），中国广播电视出版社 1993 年版，第 48 页。
② 谢冰莹：《谢冰莹文集》（中），安徽文艺出版社 1999 年版，第 53 页。
③ 谢冰莹：《谢冰莹文集》（上），安徽文艺出版社 1999 年版，第 110 页。

作文而给她的作文记了零分。尽管当时谢冰莹有些失望，甚至懊恼，但她后来回忆起来，还是深感李先生的教学让她受益不少，是一位必须感谢的"好老师"[①]。此后谢冰莹还写过一篇文章，对她年轻时的不理解表示歉意，对李老师的宽宏大度和献身文学事业的精神加以肯定和赞美。[②]

谢冰莹集中阅读世界文学名著是在中学时期。在兄长和老师的引导下，她满怀着求知欲望，如饥似渴地阅读文学名著，沉迷在文学世界当中，课堂上读、课余读、寝室熄灯后躲在厕所偷着读。她后来回忆"在中学五年，我读了五百多本文学名著"[③]。其中，狄更斯的《块肉余生录》、雨果的《悲惨世界》是她最为喜欢的作品。这些世界文学名著不仅满足了她的求知欲，更拓展了她的眼界，启悟了她的人生，陶冶了她的性情，还为她成为作家奠定了基础。直到 1974 年，她还在一篇文章中写道："那时候，我是湖南省立第一女子师范学校的学生，一个初从新化谢铎山乡下出来的井底之蛙，脑子里空空洞洞，什么都不知道；唯一的特点是爱看书，不管古代的、现代的、中国的、外国的，小说、散文、诗歌、戏剧，什么都抓来看，这就是后来为我铺成走上写作之路的基石，使我废寝忘食，热烈地爱上文艺的原因。"[④]

二、留学日本的"伤心"及与文学人士的交往

20 世纪 30 年代，谢冰莹两次留学日本。当时的中日关系已不同于20 世纪初期，20 世纪初期的中国留日学生虽然也受到日本人的歧视（鲁迅、郁达夫的作品中都有表现），但中国古代文化对日本文化的影响还深深保留在很多日本人的记忆中。20 世纪 30 年代，日本在进一步发展，中国却内乱不断，无力抵御外侮；日本占领东北，正在准备全面进攻中国的战争。自然，谢冰莹在日本的感受比 20 世纪初期留日学生的感受更糟。她两次在日本待的时间都不长，更谈不上完成学业。

1931 年，谢冰莹在上海完成了两部小说的创作，即《青年王国材》和《青年书信》，得到 650 元稿费。她以此为旅资，满怀希望来到日本求

---

① 谢冰莹：《谢冰莹文集》（中），安徽文艺出版社 1999 年版，第 9 页。
② 谢冰莹：《谢冰莹文集》（中），安徽文艺出版社 1999 年版，第 147-150 页。
③ 谢冰莹：《谢冰莹文集》（中），安徽文艺出版社 1999 年版，第 9 页。
④ 谢冰莹：《谢冰莹散文》（下），中国广播电视出版社 1993 年版，第 449 页。

学，却正遇上"九·一八"事变，日本侵占东北，日本小孩也骂中国留学生"支那人、亡国奴"，一些日本教师在课堂上宣称"日本人占领东北，是中国人的幸福"。这自然激起了中国留学生的爱国激情，大批留日学生选择回国以示抗议。谢冰莹也结束了短短几个月的留学生活回到上海。1934年冬，她再度留学日本，这次在日本待了一年多，学业上也较前次有所精进。但因她与日本左翼文学作家有所接触而受到日本警察的注意，在伪满洲国皇帝溥仪访问日本的1936年4月被捕，受到刑讯逼供，被关押三个星期，经柳亚子（1887—1958）和中国驻日大使馆援救才得以释放，谢冰莹在一些中日朋友的帮助下离开日本回国。

　　谢冰莹在北平女子师范大学学习期间有过日语的启蒙，两次留学日本当然首先开始日语的学习，同时，她与日本文学界也有着广泛的交往。第二次留学期间，谢冰莹就读于早稻田大学文学研究院，师从著名教授本间久雄（Honma Hisao，1886—1981），教授给谢冰莹留下深刻印象，她后来回忆："他译的《欧洲文艺思潮》，好几年前我就看过，他的文笔流利有力，是我最钦佩的作家之一。他是个很有修养的学者，态度非常诚恳，没有丝毫教授架子，对我们中国留学生的态度，尤其客气……"①留学期间，谢冰莹与日本文学界交往最多的是《妇女文艺》和"中国文学研究会"的一批编辑、作家和批评家。

　　赴日之前，谢冰莹已发表了不少作品，尤其是处女作《从军日记》经林语堂译成英文刊出后，产生了世界性影响，并很快被译成日文在日本出版，该书还在一些日本大学被作为汉语教材使用，因而，谢冰莹作为作家在当时的日本文学界有一定的影响。她来到日本便受到日本文学界的一些朋友的欢迎。她的一些作品在日本的刊物刊出，经常参加文学座谈会，拜会一些日本作家。《妇女文艺》是一个具有左翼倾向的日本刊物，谢冰莹的小说《前路》及她的生平经历都曾在该刊发表。谢冰莹与该刊主编神近市子（Kamichika Ichiko，1888—1981）及杂志编辑成为朋友。后来谢冰莹被捕，《妇女文艺》的朋友们四处奔走援救，冰莹离开日本时，她们还到车站送行。

　　"中国文学研究会"是东京大学中国哲学、文学专业的一批年轻学者

---

① 谢冰莹：《谢冰莹文集》（上），安徽文艺出版社1999年版，第259页。

组织的研究团体，1933 年由竹内好（Takeuchi Yoshimi，1910—1977）、武田泰淳（Takeda Taijun，1912—1976）、冈崎俊夫（Okazaki Toshio，1909—1959）发起，包括增田涉（Masuda Wataru，1903—1977）、松枝茂夫（Matsueda Shigeo，1905—1995）、实藤惠秀（Saneto̅ Keishu̅，1896—1985）等 30 多位作家和学者。谢冰莹第二次留学日本，正值"中国文学研究会"的创建发展时期。在谢冰莹到达东京后不久，竹内好、武田泰淳和冈崎俊夫主动找到她，邀请她参加"中国文学研究会"的座谈会。1934 年 12 月 9 日，谢冰莹参加了研究会的欢迎会和座谈会，会上作了题为《我的文学经历》的演讲。从此，谢冰莹与竹内、武田、冈崎成为熟识的朋友，经常聚在一起讨论文学问题。为了与武田交换讲授中、日文，谢冰莹特意从原来的"樱之家"公寓搬到了距武田家很近的大鸟公寓。

竹内好是"中国文学研究会"的核心成员，他热情善良，热爱中国文化，可以说把毕生精力献给了中国文化和文学的研究。他主编《中国文学月报》，多次到中国考察，成为日本学界研究鲁迅的权威。他曾在1935 年 4 月的《中国文学月报》上撰文介绍几位中国现代作家，其中之一就是谢冰莹，文中对谢冰莹的创作特点作出概括，文章不长，全文译出如下：

> 关于冰莹，在去年的座谈会上已经作了介绍，之后有关她的作品、经历也有一些译介（如《妇女文艺》及《传记》二月号），这里也还有必要再作略述。一言概之，她的特质体现在纯朴的热情之中。《从军日记》的成功，大多得力于很好地将生活经验原原本本喷涌于笔端，有一种歌咏而出的自然之感。她写的都是些"芜杂"的书简、日记的辑录，但这种原生态的形式，若换成小说式的结构，反而会失却"被技巧、结构束缚的文人难以企及的新鲜、活泼、勇敢的风格"（章依萍语）。所以，在她后来的一些将经验加以润色的作品中，可以看到有些概念没有消化，最近写的东西明显表现出自传的定势。

> 她有"今后多读少写"（座谈会上的讲话）的宣言，在这一意义上，我们对这个作家的将来寄予着新的期待。①

---

① 竹内好：《作为方法的亚洲》，创树社 1978 年版，第 74 页。

武田泰淳和冈崎俊夫是"中国文学研究会"的中坚力量。武田内向深沉，思想深刻，早年参加左翼运动，几次被捕入狱。谢冰莹被捕的同时，武田也被捕入狱。每次狱中相遇，他总是以坚毅的微笑勉励谢冰莹，给她以精神的慰藉。冈崎俊夫活泼开朗，感受敏锐，组织活动能力强，"中国文学研究会"的对外活动大多由他出面。他是郁达夫、丁玲、巴金、李广田、赵树理等人作品的最早日语翻译介绍者。在谢冰莹与他们交往的过程中，冈崎的活泼和热情给她留下了深刻的印象。

1977 年竹内好逝世，侨居美国的谢冰莹满怀悲伤和哀思，写了一篇题为《无限的悲伤——缅怀几位日本朋友》的长文，刊发在香港的《当代文艺》1977 年 7 月号。文章被译成日文，用作纪念竹内好逝世一周年而编定的文集《作为方法的亚洲》的《跋》。文章追述了她与竹中繁子、竹内好、武田泰淳、冈崎俊夫等日本文人的交往后，不无深情地写道：

> 他们都是天生具有人类最高情操的人。他们不是受狭隘的爱国思想的支配，而是重视人道、追求真理、主张正义。他们热爱中国，对中国人友好，无非是因为他们理解：中国人诚实、热爱人类、重视友情。他们倾注毕生精力研究中国文学。[①]

三、"红色三十年代"的印痕：日本无产阶级文学的中介作用

作为作家，谢冰莹在 20 世纪 20 年代末 30 年代初的中国文坛颇有几分尴尬。她作为一个受到"五四"浪潮洗礼的新女性，勇敢反抗封建礼教，追求自由，向往新的社会制度，以极大的热情从军北伐。虽然她历经艰难，有过情感上的痛苦体验，也有生计无着的困窘，但她仍不愿回到老家，在乡镇做一个衣食不愁的大家小姐；而是在生活的磨炼中本能地同情弱小者，充满正义与善良。然而，她也并没有和她的湖南老乡丁玲走上同一条道路。当丁玲加入"左联"、创作普罗文学的时候，冰莹却自费留学日本，回国后辗转于闽南地区，离开当时的文化中心上海；丁玲创作"革命加恋爱"的《韦护》时，冰莹在创作取材自身经历的《女兵自传》。因而，左翼作家认为她"右"，右翼作家认为她"左"。

---

① 竹内好：《作为方法的亚洲》，创树社 1978 年版，第 441-442 页。

但谢冰莹确实受到日本无产阶级文学的深刻影响，只不过她不是一种理论上的自觉接受，而是从生活体验出发的一种情感上的认同。在她第一次留学日本时，日本的无产阶级文艺运动经过整个 20 世纪 20 年代的发展正处于顶峰时期，无产阶级文学也成为日本文坛的主导性文学思潮。谢冰莹虽然在日本的时间不长，但情绪受到感染，也参与了一些活动。一次参观普罗诗展后，她写了一篇表达革命激情的诗作《感想》，由日本普罗作家藤枝丈夫译成日文刊发于《普罗诗刊》。她事后还回忆："在东京，我的革命的情绪特别高涨。"[1]她这种"高涨的革命情绪"，从她当时在东京写给朋友的信中可以感受到：

> 剑，为了我们是异于常人的人，为了我们是创造新社会的战士，在时代前面掌管车轮——时代之车——的主人，是有钢铁般意志，烈火般热血的人，所以无论在什么时候，在什么地方我总觉得快乐，觉得高兴，同时也觉得骄傲！这种骄傲，绝对不是虚荣的所谓以一个革命者自居的骄傲，而是在有钱人的面前，在他们鄙视我们痛恨我们的眼光里，我们要向他们示威，表示我们的骄傲，告诉他时代快转过来的，属于整个的被他们鄙视，被他们鞭打，被他们怒骂，被他们枪杀的新人类了！[2]

没有材料能说明谢冰莹第一次留日期间阅读了日本无产阶级文学全部代表作家的作品，恐怕她当时的日语也还没有达到阅读原文的程度，但阅读了其中部分作家的部分作品是可以肯定的。叶山嘉树（Hayama Yoshiki，1894—1945）、平林泰子（Hirabayashi Taiko，1905—1972）、德永直（Takunaga Nao，1899—1958）、小林多喜二（Kobayashi Takijl，1903—1933）的部分作品在谢冰莹留学日本前已有汉语译本在上海出版。更为重要的是，保持着北伐革命热情又本能地向往新生活的谢冰莹，自然受到日本无产阶级文学的影响。我们可以将谢冰莹第一次留学日本前和回国后的创作作一个比较，就可以看到她"在东京，革命情绪特别高涨"的氛围中对日本无产阶级文学的深刻认同与接受。

---

① 谢冰莹：《谢冰莹作品选》，湖南人民出版社 1985 年版，第 17 页。
② 谢冰莹：《谢冰莹散文》（上），中国广播电视出版社 1993 年版，第 128 页。

谢冰莹出国前的创作大都是以处理感情纠葛为基本主题，只有《从军日记》中表现了一种"少不更事，气宇轩昂，抱着一手改造宇宙决心"①的朦胧激情，其他作品则大多写青年男女的恋情，表现抵制封建旧式婚姻、追求自由恋爱的青年女子，面对茫茫社会真正行使这种"自由"的艰难：真爱难得、幸福何倚？她们既不能把青春作赌注，又不愿贪一时之乐而敷衍感情。收入《麓山集》中的《不自由，毋宁死》抒写了主人公甘愿以死来抗争母亲安排的婚姻和纪念与情人的纯洁爱情，以图"谋救已堕入苦海和牢狱中的青年男女"。《给S妹的信》《月》《巧云之死》《老五与妻》《刑场》这几篇创作于1929年的作品都是以男女恋情为题材，从不同角度表现了作者对真正的男女之爱的寻求与思索，甚至把这种男人对女性的真爱寄托在智力障碍者身上（《老五与妻》），认为那些有文化、有思想、机巧灵活的男人，要么爱得死去活来，要么虚情假意，要么冷酷深沉得令人无法把握，让女人爱得胆战心惊，爱得异常痛苦。倒是那位智商不高的老五，爱得坦然，爱得忠实，爱得让人踏实、让人放心。中篇小说《青年王国材》表现了打破恋爱梦的幻想。这种情感纠葛最集中地表现在谢冰莹赴日前写下的《清算》中。这是一封长达3万余字的书信，作品以向误会了自己感情的爱人倾诉的方式，对几年里与她交往的诸多男性的感情纠葛作了一次总的"清算"，这是谢冰莹真实的生活经历和情感体验，写得情真意切，痛苦和欢乐都跃然纸上。

回国后，谢冰莹创作的作品则有了明显的变化：不再只是描写两性的情感纠葛和自我的恋爱体验，而是由自我的痛苦延伸到深受压迫的弱小者的痛苦，并且表现出一种知识分子的内疚和反省。散文《女苦力》《挑煤炭的小姑娘》、小说《梅姑娘》《新婚之夜》《林娜》《抛弃》都是谢冰莹回国后创作的。《挑煤炭的小姑娘》中一个十一二岁的小姑娘为赚两毛小洋，挑着沉重的煤担子行走在山路上，那担子"我"只能一试就惭愧地放下，文章接下来写道："她（指小姑娘）比我们每个人都强，中国今日的男女学生，这些没有用的闲阶级的知识分子，文不能做录事，武不能做挑夫的人，都应该尊敬她们，钦佩她们。"②《梅姑娘》讲述了温柔

① 谢冰莹：《谢冰莹散文》（上），中国广播电视出版社1993年版，第32页。
② 谢冰莹：《谢冰莹散文》（上），中国广播电视出版社1993年版，第145页。

美丽但家境贫寒的梅姑娘被迫嫁给一个无骨软体的富家子弟，最终投水自杀的悲惨故事。

"红色的三十年代"在谢冰莹身上也烙下印痕，而这是以日本无产阶级文学为触媒的。

谢冰莹第二次留学日本时，日本无产阶级文艺运动已因日本当局的镇压而处于衰退中。1932年大批无产阶级作家被捕，1933年出现"转向文学"，1934年日本无产阶级文艺运动全面瓦解。虽然如此，无产阶级文学所传播的思想意识不可能消失，只不过成了"暗流"而已。谢冰莹密切交往的《妇女文艺》就是一个有着左翼倾向的杂志。日本著名的无产阶级女作家宫本百合子在狱中坚持创作，坚持斗争，成为谢冰莹心目中的楷模。1936年，谢冰莹被关在日本的监狱中，就想到了百合子，"中条（宫本百合子原名是中条百合子，后与宫本显治结婚）女士是一个最勇敢最令我佩服的女性，她曾两次入狱，第一次在狱中死了母亲，第二次死了父亲，一个弟弟早就自杀了的，如今只剩下孤零零的她在和万恶的环境斗争……中条百合子的确是一个勇敢的女性"[1]。宫本百合子早期的短篇小说和20世纪20年代的代表作《伸子》（1924—1926）、描写狱中生活的《一九三二年春》（1933）等作品，毫无疑问给谢冰莹的创作以精神的启示和灵感。

四、林芙美子：心仪的日本作家

谢冰莹第二次留学日本时，与女作家林芙美子（Hayashi Fumiko，1903—1951）有过比较深入的交往，至少通过三次信，有过两次面谈。她后来回忆最后一次见面的情景：

> 在林芙美子那里足足地坐了三个钟头，谈到她的生活，和她创作的经过，以及《放浪记》拍成了电影等等，回来后觉得很疲倦，进门就往席子上一倒，想睡觉。[2]

由此可见，谢冰莹留日期间，除了与前述的《妇女文艺》和"中国

---

① 谢冰莹：《谢冰莹文集》（上），安徽文艺出版社1999年版，第354页。
② 谢冰莹：《谢冰莹散文》（下），中国广播电视出版社1993年版，第375页。

文学研究会"的一些朋友深入交往，作为作家的交往，谢冰莹选择的是林芙美子，而且是主动的交往，见面一谈就是一个上午，谈生活，谈创作，从中不难看出谢冰莹对林芙美子的敬佩和两位女作家的相知和投缘。

为什么谢冰莹在日期间选择交往的作家是当时日本文坛刚刚崭露头角的林芙美子？两人为何会如此相知投缘？我们先介绍一下她们交往之前，林芙美子的生活经历和文学创作的简要情况，从中不难找到答案。

林芙美子真正来自社会下层，父母是居无定所的行商走贩。她从小辗转奔波于九州各地，小学教育在非正常状态下完成，先后换了 7 个学校，因要帮助父母贩货而经常辍学。1918 年，她进入尾道市立高等女子学校学习，还在帆布工厂上夜班，假期做女佣人，挣钱维持生计；同时沉醉于文学世界，从学校图书馆读到大量国内外文学名著，并尝试诗歌创作，在地方报纸发表早期作品。1922 年女校毕业后，林芙美子跟随情人冈野军一起来到东京，两人都是文学爱好者，议定准备结婚。但翌年冈野军回归故里，毁弃了婚姻。经历了失恋的情感创伤，林芙美子发生了很大变化，"从这时开始，她的人生观和性格一起变化了，男女关系抱着听天由命的无所谓态度"[①]。以后为维持生计，她做过女佣人、女工、售货员、代笔、办事员、女招待，虽生活艰难，在社会底层挣扎，但她却追求精神的自由，坚持文学创作，先后得到大作家宇野浩二和德田秋声的指点。1926 年，她与诗人野村吉哉同居，患结核病而变得狂暴的野村经常殴打林芙美子，一年多后两人分手。随后，她与贫穷画家手绿敏结婚，经历了一段物质生活极度贫困但精神生活不乏幸福的日子。1928 年经作家三上於冤推荐，林芙美子取材自身流浪经历而创作的《流浪记》在《妇女艺术》连载，受到读者欢迎，次年连载续编，依然好评如潮。随后，其与《流浪记》相辅相成的诗集《看那灰色的马》也得到朋友资助而出版。1930 年《流浪记》作为"新锐文学丛书"的一种由改造社出版，发行超过 50 万册，林芙美子由此名声大振。接下来，她发表了《清贫之书》（1931）、《浅春谱》（1931）、《风琴和渔镇》（1931）、《莺》（1933）、《好哭的学徒》（1935）、《牡蛎》（1935）、《稻妻》（1936）等一系列作品。丰厚的稿酬使林芙美子脱离了贫困的生活，她于 1930 年至 1931 年赴中

---

① 日本近代文学馆：《日本近代文学大事典》，讲谈社 1984 年版，第 1203 页。

国、欧洲进行了旅行考察。

由林芙美子的早期生活和创作，联系谢冰莹的经历与创作我们可以看到中日两位女作家的生活遭遇、个性气质和创作生涯有着某些惊人的相似之处。第一，两人都经历了许多的坎坷，在青年的奋斗时期四处奔波，经受过刻骨铭心的恋情波折，遭遇过食不果腹的凄惨日子。第二，两人都意志坚强，都执着于文学事业，都是在中学时期沉迷于文学世界，得到名师指点与帮助，并在各种挫折、艰难面前不放弃对文学的挚爱和热情。第三，两人都有着自由的个性，不能忍受来自任何方面的束缚，不管是家庭的还是社会的或精神的束缚。第四，她们的创作与生活的选择完全一致，早期都是以自己的生活经历作为创作素材，成名作都是用日记体记述自己的日常生活。第五，在与无产阶级文学的关系上，她们都是从生活经历和体验出发，同情弱小者，与无产阶级文学有着天然的联系；但由于自由的个性，难以接受模式化理论的规范，往往又不为左翼作家所认同。谢冰莹在 20 世纪 50 年代回忆早期创作的短篇小说集《前路》中说："有几篇小说，是在上海动荡不安的环境里写的，为了这本书，也曾经给我带来不少麻烦：左翼作家批评它是小资产阶级的玩意儿；右翼作家说它有左倾嫌疑。"[1]林芙美子也有过类似的体验。一方面，她和平林泰子（日本 20 世纪 30 年代左翼文学重要作家，代表作是《在免费病室》）关系密切，参加过无产阶级妇女同盟；另一方面，她又感到"这个妇女团体对于我这种人是很不适应的"[2]。一方面，她因捐款资助日本共产党的机关刊物《战旗》而被捕入狱；另一方面，她的《流浪记》被"冠冕堂皇的左翼人士把它当作衣衫褴褛的流浪儿付之一笑"，她感觉到："无产阶级文学日益兴起，我处于孤立无援的状态。"[3]

正是这些共同点，使得谢冰莹对林芙美子的创作有一种内在的共鸣。加上林芙美子的《流浪记》在 1932 年就经崔万秋翻译，由上海新时代书局出版。谢冰莹即使第一次留日期间没有读过《流浪记》的原文，回国后到第二次留日前读到汉译本是完全可能的。这样也就可以想象：谢冰莹读过林芙美子的作品，以一种精神相通、同声相求的心情在日本与林芙美子交

---

① 谢冰莹：《谢冰莹作品选》，湖南人民出版社 1985 年版，第 739 页。

② 林芙美子：《文学自传》，《日本文学》1986 年第 1 期。

③ 林芙美子：《文学自传》，《日本文学》1986 年第 1 期。

往。而林芙美子当时在日本文坛正以新进作家的面目显示出旺盛的创作力，自然更强化了谢冰莹对她的敬佩和心仪。当然，曾到中国旅行考察的林芙美子，对找上门来的同类型中国女作家，自然也有亲切感。

这里有一个问题：既然林芙美子是谢冰莹心仪的作家，两人又在日本有直接的交往，为什么冰莹在《怀念几位日本友人》的文章中对她只字未提？其中的主要原因是后来日本侵华战争中，林芙美子作为"笔部队"成员来到中国，写作战地报道，成为中国人民的敌人。当时的著名作家郑伯奇（1895—1979）在文章中写道："大多数的文艺工作者是在日本军部的威逼利诱之下才被动员起来的。但是在日本军部刺刀之下跳舞的一些作家，不是文坛的二三流的脚色，便是虚荣心极大的投机分子。如林房雄、上田广、林芙美子、火野苇平都不过是这样的家伙而已。"[①]正是这样的时代政治原因，谢冰莹的那篇写于战后的文章自然不可能把林芙美子当"友人"看待。在《在日本狱中》一文提到拜访林芙美子时，谢冰莹还特意加括号说明："现在她已成了我们的敌人。"[②]正是这个特意的说明，似乎又隐含着一个信息：在那样的时代政治背景下写作充满对日本军阀仇恨的《在日本狱中》，仍然不回避她被捕的当天上午是去拜访了林芙美子，这不正好说明了林芙美子在谢冰莹心目中的重要位置？

比较林芙美子早期创作和谢冰莹留学日本后的创作，可以看到谢冰莹对林芙美子自觉或不自觉的借鉴。这只要对照地读读《流浪记》和《女兵自传》，《清贫之书》和《抛弃》，就可以获得具体而明晰的感受。

第二节　影响研究案例二：
泰戈尔诗学在中国的传播与接受

泰戈尔是印度近现代的伟大诗人，也是一位以诗性的眼光看待世界的思想家。他的自然观、宗教观、社会观、人生观、文学观、艺术观都经过审美化过滤，带上了浓郁的诗学品格。因而，泰戈尔诗学是泰戈尔对自然

---

① 郑伯奇：《略谈三年来的抗战文艺》，《中苏文艺》1940年第7期。
② 谢冰莹：《谢冰莹散文》（下），中国广播电视出版社1993年版，第375页。

世界、人类社会、人的意识、文学艺术活动及其规律的审美性阐释。20世纪20年代以来，泰戈尔诗学在中国广泛传播，产生了深刻的影响。

一、泰戈尔诗学的特征

泰戈尔一生写过大量的诗学论述。如《生命的证悟》《孟加拉风光》《文学》《文学的道路》《生活的回忆》《人的宗教》《艺术家的宗教》《五行》《人格》《在中国的谈话》以及文学创作中的相关诗学思想的表达。从形态看，这些诗学著述，有论文论著、讲演汇集、书信日记、自传回忆、作品序言、旅行散记等。

泰戈尔诗学所涉内容非常广泛。审美和美感、自然美和艺术美、普遍的美与特殊的美、人格和心灵、现实与永恒、文艺的起源与动力、文艺的本质与演变规律、文艺的各种形态、文艺创作过程、名家名作评论等都在他的探讨之中。"广义上的泰戈尔文学思想应该包括泰戈尔的哲学、宗教、政治和美学思想，也就是宗教信仰者的泰戈尔、艺术家的泰戈尔、文学家的泰戈尔的统一体。艺术的基本目的是表现人格，是存在自身的人格表现的冲动。"[①]其实，上述表述还应该加上教育家的泰戈尔和社会活动家的泰戈尔的思想观念。

从诗学本质意义上把握泰戈尔的诗学，有以下几点需要强调。

（一）心灵表现的诗学

泰戈尔追求的美学境界就是"有限和无限结合的欢娱"。"无限"就是永恒、唯一、无处不在的梵，"有限"就是生命个体。两者如何结合？关键在于个体的心灵。在泰戈尔看来，客观存在的外部世界一旦进入人们的内心，就构成了另一个世界。在这世界里，不仅有外部世界的色彩、形态和声音等，而且有个人的情趣爱好、喜怒哀乐等。外部世界与心灵上的感情结合，就具有了许多表现形式。当人们用自己的心灵情感去摄取外部世界时，那个世界才成为一个特有的世界。泰戈尔比喻说："正如人们的肠胃里没有足够的消化津液，就不能很好地变食物为人体物质那样，在心灵感情里没有足够的摄取力量，他们也不能使外界世界成为自己的内部世界，也就是人的世界。……诗人富有幻想的心灵越是包罗万

---

① 李金云：《论泰戈尔思想和文学创作中的宗教元素》，复旦大学2009年博士论文。

象，我们从他的作品所包含的深刻性中取得的欢愉就越多，人的世界的疆域就会伸展得越宽广，我们所取得的感受也就越无穷尽。"①他还说："把内心感受幻化成外部图景，把情绪感触孵化为语言符号，把短暂事物转化成永恒记忆，以及把自己的心灵真实变成人类的真实感受，这就是文学事业。文学家天才与心灵的联系就是心灵与世界联系，把那种天才称作'世界人类心灵'是较为贴切的。心灵从世界中汲取自己的果汁，世界人类心灵又从那个心灵里汲取需要的果汁，塑造自己。"②

真正的文学艺术，都是一种创造。但这种创造是外部世界引发心灵、内在精神活动的结果。泰戈尔对心灵于创造的意义有充分的强调："当我们看高山、太阳和月亮时，我们会想到：我们在看的那些东西，都是外部的东西。我们的思想，只不过是一面镜子。但是我们的思想不是一面镜子，它是创造的首要工具。就在我们看的那个瞬间，它同看结合而创造。有多少思想，就有多少'创造'。由于情况的改变而思想的本性如果改变的话，创造便也成为别的样子了。……创造不是机器造的，而是心灵造的。把心灵撇在一边而谈创造，就好像把罗摩撇在一边而念《罗摩衍那》一样。"③

（二）和谐统一的诗学

泰戈尔和谐统一的诗学，源于印度古代《奥义书》"梵我同一"的哲学思想。《奥义书》中的哲学认为：宇宙的最高本体"梵"是一种精神实体，世界上的万事万物都是梵的显现或表现形式。梵潜居于万事万物之中，作为其精神本质；人也是梵的显现，梵也潜居于人体之中，作为人的精神本质。根据"梵我同一"的理论，人与宇宙、人与自然万物在精神本质上是同一的，因而，人与宇宙万物，在先天本质上就是和谐统一的。

泰戈尔也认为人与宇宙是和谐统一的关系。他说："人的灵魂意识和宇宙是根本统一的"，"对于他们来说，人与自然的和谐是伟大的事实。"④他以欣赏画作为例，认为"凡肯动脑子的人，决不会一看到画中的五光十色，就被迷住。他们懂得主次、前后、中心与周围的和谐。颜色吸引

---

① 泰戈尔：《文学的本质》，《泰戈尔论文学》，倪培耕编译，上海译文出版社1988年版，第3-5页。
② 泰戈尔：《文学思想家》，《泰戈尔论文学》，倪培耕编译，上海译文出版社1988年版，第18页。
③ 泰戈尔：《真理的召唤》，《泰戈尔全集》第24卷，河北教育出版社2000年版，第119-120页。
④ 泰戈尔：《人生的亲证》，宫静译，商务印书馆1992年版，第4-6页。

眼睛，但要懂得和谐的美就需要用心，需要认真地观察，随之而来的享乐也必定是深刻的"①。泰戈尔还从和谐统一的层面看到善和美的关系，"所有善的东西与整个世界有着十分深刻的和谐的关系，与整个人类的心灵深深结合在一起。如果我们能够看到善与真的完美和谐，那么美对我们来说不是不可捉摸的。同情是美的，宽恕是美的，爱是美的。……美的形象是善的完美形式，善的形象是美的完美本质"②。

怎样实现这种和谐统一呢？那就是爱。"我们对于生命的爱实际上是我们希望延续我们和伟大宇宙的关系，这种关系就是爱的结合。"③泰戈尔认为，正是在爱和自我奉献中，亲证梵性，才能实现人与人、人与社会、人与自然、人与世界的整体和谐统一，真正达到与梵合一的喜乐。

（三）讲究韵律的诗学

泰戈尔在早期的论文《美和文学》中说："玫瑰花引起我们美感的原因，也就是大千世界里普遍存在的或基本的原因。世界越富足，就越难自制。它的离心力在无止境的五光十色里把自己分割成千百份；而它的向心力在唯一完整的和谐之中，获得了五光十色的无穷欢乐。一方面是发展，另一方面是抗衡——美就产生在发展与抗衡的韵律之中。"④泰戈尔在静止的玫瑰花中发现了运动，发现了对抗，并从中感受到了韵律之美。泰戈尔从这里生发开去，认识到世界万物中的韵律之美，从中我们可以概括出"美在韵律"的诗学思想。他认为："诗的统一性是通过其韵律的语言和独具的特色表现出来的。韵律不单单表现为词汇的搭配，且表现为思想的有意义的统一，表现为由排列次序的难以定论的原则所产生的思维的音乐。这个原则不是基于逻辑，而是基于内在的直感。"⑤

季羡林先生对泰戈尔的"韵律之美"给予了充分的肯定，他认为：在泰戈尔的思想中，"韵律"占有极其崇高的地位，"韵律"是打开宇宙万有奥秘的一把金钥匙。泰戈尔的"韵律"思想内涵丰富，"泰戈尔诗学

---

① 泰戈尔：《美感》，《泰戈尔论文学》，倪培耕编译，上海译文出版社 1988 年版，第 30 页。

② 泰戈尔：《美感》，《泰戈尔论文学》，倪培耕编译，上海译文出版社 1988 年版，第 32 页。

③ 泰戈尔：《人生的亲证》，宫静译，商务印书馆 1992 年版，第 64 页。

④ 泰戈尔：《美和文学》，《泰戈尔全集》第 22 卷，河北教育出版社 2000 年版，第 101 页。

⑤ 泰戈尔：《艺术家的职责》，《泰戈尔论文学》，倪培耕编译，上海译文出版社 1988 年版，第 394 页。

中的韵律是一个具有独创性的诗学范畴，是自然运动、人心律动与诗的节奏美的融合，是主体、自然、文本之间内在的感应和契合"[1]。

二、泰戈尔诗学在中国的传播

泰戈尔诗学在中国的传播以翻译介绍、学者研究为主要途径，与 20 世纪以来中国社会文化发展密切相关，泰戈尔诗学的传播有过三次高潮：20 世纪 20 年代前后、20 世纪 80 年代至 90 年代和 21 世纪以后。

（一）20 世纪 20 年代前后

泰戈尔 1913 年获诺贝尔文学奖，成为东方第一位获此殊荣的文学家。这样的国际声望，自然引起中国学界的关注。随后，泰戈尔奔波于东西方世界，传播、弘扬东方精神文明和他的人生与诗学思想，受到各国知识青年、学界精英和贤达政要的欢迎，其反响声浪也从不同方面传到中国。1924 年，泰戈尔应邀来到中国。在泰戈尔访华前后，中国学界对他作品的翻译和生平思想的介绍，以及由此展开的讨论，催发了泰戈尔诗学在中国的传播和影响。

1. 泰戈尔诗学著作的翻译出版。主要译作有：（1）景梅九、张墨池译：《人格》，上海大同图书馆 1921 年版；（2）王靖、钱家骧译：《人生之实现》，上海泰东图书局 1921 年版；（3）冯飞译：《生命之实现》，上海商务印书馆 1921 年版；（4）赵萌堂译：《什么是艺术》，《学灯》1923 年版；（5）胡愈之译：《诗人的宗教》，《小说月报》1923 年版；（6）何道生译：《自由的精神》，《学灯》1923 年版；（7）何道生译：《创造的理想》，《学灯》1923 年版；（8）顾均正译：《我的回忆》，《学灯》1924 年版；（9）楼桐荪译：《国家主义》，上海商务印书馆 1927 年版；（10）朱枕梅译：《论人格》，《学灯》1934 年版。这些译作大都是 1912 年和 1916 年泰戈尔在美国和日本的演讲稿，比较集中地体现了他 20 世纪 20 年代前的诗学精神。

2. 泰戈尔诗学的介绍和研究。国内最早介绍泰戈尔诗学的学者是钱智修。1913 年他在《东方杂志》发表了题为《台莪尔氏之人生观》的文

---

① 侯传文：《话语转型与诗学对话：泰戈尔诗学比较研究》，中国社会科学出版社 2010 年版，第 101 页。

章。钱智修 1911 年从复旦公学西欧文哲学科毕业，当时在商务印书馆编译所从事翻译研究工作。他从英国出版的《希伯特杂志》（*The Hibbert Journal*）上读到泰戈尔的一篇论著，这是泰戈尔 1912 年在美国哈佛大学的一次演讲的演讲稿《不完美正是完美的体现》（后来收录在《萨达那：生命的证悟》[①]一书中）。钱智修将其加以编译、解析和评述。泰戈尔这篇演讲的中心意思是：人生会经历各种的不完美：痛苦、恶、谬误等，甚至死亡，但这些都不是本质。就像一条河流有河岸的约束，但河岸不是阻挡河流，而是引导它奔流向前。不能静止地、局部地、机械地理解缺陷，若从生命动态过程的整体看，不完美就不是不完美本身，而是走向完美的一个环节。因而，生命个体必须从有限走向无限，怀抱坚定信念和远大理想，确立高远的品格。泰戈尔从人生出发，延伸到审美性的人格理想，以及快乐、完美等审美体验。钱智修在文中有一段评述："人之献身理想，献身于国家，献身于人类之福利者，其生活盖有广博之意思，而所遇之苦痛，则相形之下，不过剑头之一尖。台氏所谓善之生活，即人类群体之生活者，此物此志也，快乐者，为个人之自身计也，而善则为人类群体亘古不磨之快乐。所谓快乐与痛苦，自善之方面观之，其意思全异。"[②]这样评介泰戈尔的人生美学，确切而清晰。

这一阶段有关泰戈尔诗学探讨的文章主要有：（1）郑振铎：《太戈尔的艺术观》，《小说月报》1922 年第 2 期；（2）瞿世英：《太戈尔的人生观与世界观》，《小说月报》1922 年第 2 期；（3）张闻天：《太戈尔之"诗与哲学"观》，《小说月报》1922 年第 2 期；（4）王希和：《太戈尔学说概观》，《东方杂志》1923 年第 14 期；（5）王统照：《太戈尔的思想及其诗歌的表象》，《小说月报》1923 年第 14 期；（6）泰羲：《塔果尔哲学的简择》，《佛化新青年》1923 年第 8 期；（7）王统照：《泰戈儿的人格观》，《民铎》1923 年 5 月 1 日、6 月 1 日；（8）直民：《泰戈尔之生涯与思想》，《学生》1923 年第 3 期；（9）瞿菊农：《太戈儿的思想及其诗》，《东方杂志》1923 年第 18 期；（10）瞿世英：《太戈尔的著作及思想要点》，《学灯》1924 年 4 月 11 日；（11）简又文：《太谷尔思想之背景》，《晨报副镌》1924 年 4 月 20

① 泰戈尔：《萨达那：生命的证悟》，钟书峰译，光明日报出版社 2012 年版，第 35—50 页。

② 钱智修：《台莪尔氏之人生观》，《东方杂志》1913 年第 10 卷第 4 号。

日、23 日；（12）冯飞：《塔果尔及其森林哲学》，商务印书馆 1924 年版；
（13）彭基相：《泰谷尔底思想及其批评》，《新国民》1924 年第 6 期；（14）
顾惠人：《从泰戈尔的诗观察美、真》，《兴华》1924 年第 19 期；（15）张
宗载：《泰谷尔之大爱主义》，《佛化新青年》1924 年第 2 期；（16）微知：
《太戈尔的"有闲哲学"》，《东方杂志》1929 年第 15 期。这些文章中，有
对泰戈尔诗学编译性的评述，有以其生平思想为背景的诗学探讨，也有
学术化的严谨讨论。

3. 泰戈尔诗学最直接的传播：访华期间的演讲。泰戈尔于 1924 年 4
月至 5 月近 50 天在中国访问，游历了上海、杭州、南京、济南、北京、
太原、武汉等地，在各地作了大大小小 50 余次讲演。他讲演的内容非常
丰富，中印文化交流、复兴东方文化、思想创作、教育、宗教等都是演
讲主题，其中也常常涉及他的诗学思想。如在北京地坛的讲演中，他谈
到真理与真实的关系、真善美的关系："真理和真实不能混为一谈。邪恶
的本性不过是有待否定的真实。但真实无法拒绝真理，因为真理是永不
熄灭的光华，照耀着所有的真实。最后的声音不是疑惑和否定的声音，
而是信念的声音，爱的声音。真理已征服人心，否则世界早已沉入无边
黑暗。要做的事是为仁慈、爱和美的最高真理效力。"[①]在清华园的演讲
中，他谈到"功利与美"：

> 粗野的功利扼杀美。在我们这个世界上，大规模的商品生产、
> 大规模的组织和帝国臃肿的行政机构，阻塞了生命的道路。文明等
> 待着一个大结集，以表露美的灵魂。[②]

泰戈尔也结合自己的创作经验，谈到了诗人的创造性问题。他说："诗
人不但要有自己的种子，更应备足土壤。每位诗人有其特殊的语言媒介，
并非因为他创造了语言，而是因为他个性化地使用语言，他以生命的魔

---

① 泰戈尔：《在北京地坛对学者的演讲》，《泰戈尔与中国》，白开元译，漓江出版社 2016 年版，
第 36 页。

② 泰戈尔：《在清华园对学生的讲话》，《泰戈尔与中国》，白开元译，漓江出版社 2016 年版，
第 40 页。

杖的点触，把语言转变成为充满他创造力的独特载体。"①

在北京海军联欢社主持泰戈尔与学界代表聚会的林长民介绍泰戈尔时说：我们欢迎泰戈尔，并不是作为哲学家、教育家、宗教家来欢迎，而是作为伟大世界的诗人、革命的诗人来欢迎的。所以，我们的欢迎有了深刻的意义，他的此行也有了重大的价值。我国有诗歌传统，现在正处于转型时期，泰戈尔是世界诗歌革新的先觉者，相信他的思想和实践会给我们带来启发和影响。他的这一番介绍，引得泰戈尔作了一场《我的诗歌》的即兴演说，概述了他文学创作的历程，他的创作与印度文学传统、西方文学的关系。

泰戈尔访华期间的相关演讲，无论是对诗学的哲理性阐述，还是经验性概括，对正处于现代诗学体系建构时期的中国文坛都产生了深远影响。当时活跃文坛的许多诗人、作家（如徐志摩、王统照、郑振铎、林徽因等）都在现场聆听了他的讲演，目睹了他讲演的风采。而且，泰戈尔的讲演及时在当时的《晨报》《申报》《小说月报》等报刊刊载，传播面更广。

（二）20 世纪 80 年代至 90 年代

20 世纪 30 年代至 70 年代，我国学界虽然也有泰戈尔诗学的译介与研究专著问世，但由于战争、政治运动的冲击，只见零星篇什。20 世纪 80 年代以来，随着中国社会的改革开放和思想解放，泰戈尔及其诗学又受到中国学界的关注，并在 20 世纪 20 年代的基础上有了进一步的发展。

在泰戈尔诗学译介方面，这一阶段以《泰戈尔论文学》（倪培耕等译，上海译文出版社 1988 年版）、《20 世纪外国文化名人书库·泰戈尔集》（倪培耕编选，上海远东出版社 1997 年版）、《泰戈尔文集》（四卷，刘湛秋主编，安徽文艺出版社 1996 年版）、《人生的亲证》（宫静译，商务印书馆 1992 年版）、《一个艺术家的宗教观——泰戈尔讲演集》（康绍邦译，生活·读书·新知三联书店 1989 年版）等的出版为标志，泰戈尔诗学的译介初具规模。

这一阶段中国学者还撰写了一批有关泰戈尔哲学、美学、文学思想

---

① 泰戈尔：《在北京的剧院里对民众的演讲》，《泰戈尔与中国》，白开元译，漓江出版社 2016年版，第 40 页。

的论文，主要有：（1）黄心川：《略论泰戈尔的哲学和社会思想》，《哲学研究》1979 年第 1 期；（2）金克木：《泰戈尔的〈什么是艺术〉和〈吉檀迦利〉试解》，《南亚研究》1981 第 3 期；（3）刘国楠、崔岩砺：《泰戈尔的教育思想》，《南亚研究》1983 年第 1 期；（4）周而琨：《论泰戈尔中期思想》，《印度文学研究集刊》上海译文出版社 1984 年版；（5）宫静：《泰戈尔的哲学思想》，《南亚研究》1986 年第 3 期；（6）黄家裕：《印度圣哲泰戈尔》，《东方世界》1987 年第 5 期；（7）何乃英：《泰戈尔哲学观初探》，《外国文学研究》1990 年第 4 期；（8）邓牛顿：《对泰戈尔的崇仰与抛别》，《聊城师范学院学报（哲学社会科学版）》1990 年增刊；（9）宫静：《谈泰戈尔的教育思想》，《南亚研究》1991 年第 2 期；（10）何乃英：《泰戈尔文学观初探》，《宁夏大学学报（人文社会科学版）》1991 年第 1 期；（11）侯传文：《论泰戈尔的人格追求》，《南亚研究》1991 年第 2 期；（12）郭晨风：《泰戈尔政治思想评介：纪念泰戈尔诞辰 130 周年》，《南亚研究季刊》1992 年第 1 期；（13）邹节成：《泰戈尔与民族传统文化》，《吉安师专学报》1997 年第 3 期；（14）曾祖荫、嘉川：《美是人生真理的亲证：泰戈尔的美学思想》，《华中师范大学学报（人文社会科学版）》1998 年第 2 期；（15）宫静：《泰戈尔和谐的美学观》，《文艺研究》1998 年第 3 期；（16）牟宗艳：《泰戈尔的"人生亲证"：泰戈尔人学思想探析》，《理论学刊》1999 年第 6 期。这批论文主要集中对泰戈尔的哲学、政治、教育、文学、美学思想内涵作系统考察，为学界理解泰戈尔以审美为出发点的思想体系奠定了基础，推进了泰戈尔诗学在中国的传播。

此外，这一阶段泰戈尔诗学传播的一个重要途径是高校课堂。在高等院校中国语言文学、外国语言文学专业的"东方文学"课程，或者硕士、博士相关专题课程教学中，"泰戈尔及其创作"是不可或缺的讲授内容。对泰戈尔生平思想的介绍往往会涉及其诗学思想。我们举两种影响比较大、覆盖面比较广的教材来看。季羡林先生在主编的《东方文学史》中写道："泰戈尔不是专门从事哲学研究的哲学家，而是一位诗人、艺术家，因此，他总是以一位艺术家的眼光去观察世界、看待人生。……一旦接触到文学创造和客观现实生活，泰戈尔往往用辩证的观点去观察事物。"①王向远教授在《东方文学史通论》中认为："泰戈尔十分强调和谐和统一。和谐和统一正是他的哲学思想的基础。由此他提出了民族、国家之间的大同论、互助论和平等论，东西方文化互补论，提出了政治上以反对等级制度为核心的阶级调和论，美学与艺术理论上的'韵律论'和'统一性原则'，心理学上的'超越论'，即要求个人超越自我的低级欲望和私心杂念，真正体认到梵我合一，从而达到人生的最高的快乐的境界。"②大学教育的对象是青年学子，课堂教学中有关泰戈尔诗学的内容，可进一步拓展其传播范围，有助于青年学子了解和接受。

（三）21 世纪以来

进入 21 世纪，泰戈尔诗学在中国的传播和接受走向深入。主要表现在以下几个方面。

1. 两套全集的翻译出版。泰戈尔作品在中国成系列、有规模的翻译出版，始于 1961 年，当时为了纪念泰戈尔诞辰 100 周年，人民文学出版社出版了 10 卷本《泰戈尔作品集》，包括诗歌、小说和戏剧三大文类的代表性作品，但没有散文部分，表现其思想的论著阙如，当然谈不上诗学译介。21 世纪两套全集的出版，情况得到根本性的改变。

刘安武、倪培耕、白开元主编的《泰戈尔全集》于 2000 年由河北教育出版社出版，《泰戈尔全集》作为该社"世界文豪书系"的一种推出，煌煌 24 卷，几乎是泰戈尔作品、著作的汉语全译，录有诗歌 60 部（第1—8 卷）、短篇小说 80 篇（第 9—10 卷）、中长篇小说 13 部（第 11—15卷）、戏剧 29 部（第 16—18 卷）、散文（第 19—24 卷）。这套《泰戈尔全集》汇集了之前国内零散出版的泰戈尔作品，但大部分是新译本。

董友忱主编的《泰戈尔作品全集》于 2015 年底由人民出版社出版，汇集了泰戈尔的 66 部诗集、96 篇短篇小说、15 部中长篇小说、80 多个剧本和大量散文，共 18 卷 33 册，每册分诗歌、散文、小说、戏剧四部分，约 1600 多万字。2009 年人民出版社将《泰戈尔作品全集》确定为"十二五"重点出版项目，编译历时 7 年，是中国首次完整收录泰戈尔全部作品的真正意义上的全集。主编在《序》中写道："这套书有两大特点：

① 季羡林主编：《东方文学史》，吉林教育出版社 1995 年版，第 988-990 页。
② 王向远：《东方文学史通论》，上海文艺出版社 1994 年版，第 280 页。

一是全部译自孟加拉原文，没有收录从印地文或英文转译的译文。二是全，也就是说，我们翻译了泰戈尔的全部作品，包括他创作的全部诗歌、小说、戏剧、散文（含游记、日记等，但是没有翻译收录他编写的英语、孟加拉语、梵语的教材），还收录了诗人自己翻译的和他认可的八部英文诗集。"①

两套全集出版，从理论和实践两方面完整、系统地展示了泰戈尔诗学的全貌，尤其是散文部分，直接表现了诗人的精神世界，折射了泰戈尔对自然、社会、人生、宗教、文艺的审美观照。

此外，泰戈尔诗学的专题性新译作品也有出版，如白开元编译的《泰戈尔谈文学》（商务印书馆 2011 年版），钟书峰翻译的《萨达那：生命的证悟》（光明日报出版社 2012 年版）。上一阶段出版的泰戈尔诗学译著也有重版、重印。

2. 学界的研究。21 世纪以来，泰戈尔诗学成为学界研究热点之一，发表在各类期刊的相关论文有数十篇。主要有：（1）邹节成：《泰戈尔的文学观》，《吉安师专学报》2000 年第 1 期；（2）蒋岱：《东西方宗教美学的两枝奇葩——泰戈尔与但丁美学思想比较》，《东方》2000 年第 3 期；（3）秦林芳：《泰戈尔哲学思想与中国现代作家》，《山东师范大学学报（人文社会科学版）》2000 年第 2 期；（4）魏丽明：《泰戈尔文学起源思想探析》，《国外文学》2002 年第 1 期；（5）张思齐：《泰戈尔散文诗的创作和理论——以中国宋代诗学为参照系的印度诗学比较研究》（上、下），《阴山学刊（社会科学版）》2003 年第 1、2 期；（6）张思齐：《泰戈尔与西方泛神论思想之间的类同与歧异》，《东方丛刊》2004 年第 1 辑；（7）张思齐：《泰戈尔的思想倾向与诗学特征》，《大连大学学报》2010 年第 5 期；（8）何胜：《论泰戈尔的儿童美育思想》，《杭州师范学院学报（社会科学版）》2003 年第 3 期；（9）杨晓莲：《泰戈尔的艺术理论初探》，《四川外国语学院学报（哲学社会科学版）》2005 年第 4 期；（10）张娟：《泰戈尔爱的哲学思想与"五四"新诗》，《唐山师范学院学报》2006 年第 1 期；（11）张计森、郜润科：《泰戈尔美感学说探幽》，《吕梁教育学院学报》

---

① 董友忱：《〈泰戈尔作品全集〉中文版序言》，《泰戈尔作品全集》第 1 卷，人民出版社 2015 年版，第 2 页。

2006 年第 1 期；（12）李文斌：《印度苏非派哲学与泰戈尔的宗教神秘主义》，《湖北师范学院学报（哲学社会科学版）》2007 年第 2 期；（13）李文斌：《泰戈尔自然观中的生态哲学思想》，《江汉大学学报（人文科学版）》2008 年第 4 期；（14）李文斌：《泰戈尔的和谐美观与西方和谐美观之比较》，《武汉理工大学学报（社会科学版）》2014 年第 5 期；（15）郝玉芳：《论泰戈尔的自然观》，《东方论坛》2007 年第 6 期；（16）郝玉芳：《泰戈尔自然美学简论》，《燕山大学学报（哲学社会科学版）》2009 年第 1 期；（17）刘风云：《浅谈泰戈尔的和谐教育思想》，《现代教育科学》2007 年第 10 期；（18）张娟：《泰戈尔泛神论思想与中国诗歌的现代转型》，《华南农业大学学报（社会科学版）》2008 年第 4 期；（19）王晓声：《泰戈尔与老子之"和谐论"哲学美学观的阐释与比较》，《柳州师专学报》2010 年第 2 期；（20）李金云：《泰戈尔人格论的宗教内涵》，《理论界》2010 年第 8 期；（21）舒子芩：《诗化的哲学自然观——浅析泰戈尔与陶渊明诗歌中自然观之表现》，《北方文学》（下半月）2010 年第 2 期；（22）毛世昌：《泰戈尔的大爱思想——泰戈尔与中国》，《兰州大学学报（社会科学版）》2011 年第 1 期；（23）袁苑：《爱的诗人泰戈尔》，《湖北社会科学》2012 年第 5 期；（24）冉思玮：《浅议泰戈尔的梵、人、自然统一观》，《文学界（理论版）》2012 年第 6 期；（25）戴前伦：《生命律动的整体呈现与梵爱思想的主题观照——泰戈尔梵爱和谐思想对我国早期新诗主题生态的影响》，《当代文坛》2012 年第 4 期；（26）虞乐仲：《罗宾德拉纳特·泰戈尔的自由观探析》，《浙江学刊》2014 年第 2 期；（27）卢迪：《泰戈尔与苏轼诗歌宗教思想比较分析》，《长春大学学报》2015 年第 1 期；（28）邱唱：《泰戈尔诗歌思想性的五个维度探析》，《新西部（理论版）》2016 年第 17 期；（29）杭玫：《一个艺术家的宗教观——泰戈尔〈人生的亲证〉》，《戏剧之家》2016 年第 10 期。与前一阶段相比，这些研究论文有一个突出的共同特点：其比较研究的视角，多从影响研究或平行研究的层面展开，将泰戈尔诗学与中国相关的诗学现象进行比较，既是传播接受领域的拓展，又表现出了传播接受中的主题立场。

期刊论文之外还有一批研究泰戈尔诗学的硕士、博士学位论文。以中国知网期刊数据库收录的论文为依据，21 世纪的近 20 年里，有关泰戈尔的硕、博论文有 66 篇（截至 2017 年 6 月 10 日的统计），其中有 8 篇的内容涉及泰戈尔诗学研究：（1）侯传文：《话语转型与诗学对话》（四川大学博士论文，2004）；（2）李文斌：《泰戈尔美学思想研究》（华中师范大学博士论文，2007）；（3）李金云：《论泰戈尔思想和文学创作中的宗教元素》（复旦大学博士论文，2009）；（4）郝玉芳：《泰戈尔自然诗、自然观、自然美学研究》（青岛大学硕士论文，2007）；（5）王秋君：《泰戈尔诗歌中的生命美学建构》（陕西师范大学硕士论文，2008）；（6）程娟珍：《论泰戈尔"心灵表现说"的诗学观》（漳州师范学院硕士论文，2011）；（7）王晓声：《泰戈尔与叶芝诗学思想比较》（西南大学硕士论文，2012）；（8）云思文：《泰戈尔的儿童生命教育思想研究》（上海师范大学硕士论文，2016）。学位论文的作者都是青年学者，学位论文是他们学术研究的起点，泰戈尔诗学研究成为他们的学术选题，标志着中国的泰戈尔诗学传播和影响将会有更大的发展。

3. 研究专著问世。21世纪以来出版的泰戈尔诗学研究专著有三部：侯传文的《话语转型与诗学对话——泰戈尔诗学比较研究》、李文斌的《泰戈尔美学思想研究》、戴前伦的《泰戈尔梵爱和谐思想对我国早期新诗生态的影响》。

《话语转型与诗学对话——泰戈尔诗学比较研究》是侯传文在博士论文（2004年）基础上加以修改，于2010年由中国社会科学出版社出版的著作。该书对泰戈尔诗学思想的纵向发展，诗学体系内涵的人格论、情味论、欢喜论、韵律论、和谐论，以及各文类诗学作出系统的概括和分析，同时，在印度、西方和中国诗学整体中探讨泰戈尔诗学的影响传承、类似相契与独特个性，在纵横比较中阐述了泰戈尔诗学的独特价值与意义，尤其是突出了东方诗学话语转型背景下，东方现代诗学建构中泰戈尔诗学的典范性和启示性，是一部具有开阔视野和学术开拓性的著作，是泰戈尔诗学在中国传播与接受的标志性成果。

《泰戈尔美学思想研究》是李文斌基于博士论文（2007年）修改出版的专著（2010年由华中师范大学出版社出版）。该书在系统论析泰戈尔宗教思想、哲学思想的基础上，将泰戈尔的理论著述与文学艺术创作实践结合起来。分析了泰戈尔"美"的意识、自然美学观、文学艺术审美、东西方审美比较等范畴，"本书最大的特色就是，它是一本全面研究泰戈尔美学思想的专著，对泰戈尔美学思想的全貌做了一个全景式的展现和整体勾勒"①。该书从美学层面研究泰戈尔的诗学思想，是泰戈尔诗学在中国深入传播的体现。

《泰戈尔梵爱和谐思想对我国早期新诗生态的影响》（中国社会科学出版社 2015 年版）是戴前伦主持国家社科基金项目（2011 年）的成果。该书对泰戈尔梵爱和谐思想的内涵、形成过程、文化渊源，以及在中国现代早期的传播生态进行了详尽阐释和系统梳理，重点分析论证了泰戈尔梵爱和谐思想对我国现代早期新诗生态在意象选择、主题表达和思想内容等方面的深刻影响，深入论述了我国现代早期新诗接受泰戈尔梵爱和谐思想的路径、哲学基础和文化历史语境。该书从影响研究的视角研究了泰戈尔诗学的跨文化传播，对其参与中国现代诗歌发展的历程进行了系统阐述。

上述三部专著之外，还有一些相关著作的部分章节涉及泰戈尔诗学的探究。如张羽著《泰戈尔与中国现代文学》（云南人民出版社 2004 年版）的第二章"泰戈尔影响下的中国'五四'时期文学观的流变"；唐仁虎等著《泰戈尔文学作品研究》（昆仑出版社 2007 年版）的"文学理论编"；邱紫华著《印度古典美学》（华中师范大学出版社 2006 年版）的第九章"神是无限完美的典范——泰戈尔的美学思想"；何乃英著《泰戈尔——东西融合的艺术家》（中国社会科学出版社 2013 年版）的第四章"泰戈尔东西方融合的文艺观"；尹锡南的《印度文论史》（巴蜀书社 2015 年版）的第五章"印度近现代文论发展和转型"的第六节"罗宾德拉纳特·泰戈尔"等，都从不同角度阐释、分析了泰戈尔的诗学思想。

总之，近百年来泰戈尔诗学在中国的传播不断深入，翻译出版、学界研究是传播的主要方式，从早期的编译性介绍和零星的翻译，到 21 世纪两套全集出版、系统的学术专著问世，这既是泰戈尔诗学域外传播被不断阐释的内在规律，也是中国诗学自身发展的现代化、多元化的诉求。

---

① 邱紫华：《泰戈尔美学思想研究·序》，《泰戈尔美学思想研究》，华中师范大学出版社 2010 年版，第 2-3 页。

三、泰戈尔诗学的中国接受

泰戈尔是对中国现当代文学产生深刻影响的外国作家。在中国传统诗学现代转型过程中，泰戈尔诗学以其独特的魅力，通过互动和对话，参与了中国现代诗学的建构。泰戈尔诗学的某些元素，经一些代表作家、诗人、理论家的接受和消化，成为现代中国诗学的组成部分。周作人、冰心、郭沫若、郑振铎、王统照、许地山、张闻天、徐志摩和当代的刘再复等人在不同程度上接受了泰戈尔诗学的一些思想因子。

关于泰戈尔诗学对中国现代诗学的影响，已经有学者作了初步的研究。张羽的论著《泰戈尔与中国现代文学》中有"泰戈尔影响下的中国'五四'时期文学的流变"一章，下含"泰戈尔'爱的哲学'影响下的中国文学的情爱观""泰戈尔'梵的现实'影响下的中国文学的自然观""泰戈尔'我的尊严'影响下的中国文学的生命观"三节。侯传文在《话语转型与诗学对话——泰戈尔诗学比较研究》中，用"契合、激发、对话、误读"探讨了泰戈尔诗学与中国现代文坛的复杂关系。

我们以现代的张闻天和当代的刘再复对泰戈尔诗学的接受为例，略作展开论述。

张闻天（1900—1976）是"五四"新文化运动的积极实践者和推动者，经受"五四"新思潮洗礼的张闻天，在新文化浪潮中受到了各种外来文化的影响。1925 年加入中国共产党之前，青年张闻天满怀救国救民的宏愿，在南京参加"五四"运动，与沈泽民等创办以"开通民智，增进民德，发扬爱国精神"为宗旨的《南京学生联合会日刊》，在上海编校发行《少年中国》《少年世界》，留学日本（1920 年 7 月至 1921 年 1 月）和美国（1922 年 8 月至 1924 年 1 月），探讨中国现实的问题与解救之道，研究哲学、心理学，翻译和创作文学作品。在张闻天求知探索的过程中，他受到泰戈尔"泛爱哲学"的深刻影响。泰戈尔诗学中的爱、真理、自由、奉献、和谐、精神自我、人格实践等理论和学说，深深渗入青年张闻天的精神世界和人格结构中。而且这种人生观、世界观形成时期铸就的人格，成为他一生精神世界的基本底色和人格实践的基本因素。

张闻天虽然留学日本只有半年，但变化很大：其志趣由哲学逐渐转向文学；由对社会外部问题的思考转向对人的内心和精神世界的探索。

这与留日期间其与田汉、郑伯奇等人的密切交往有关，也不排除其在日期间已经接触了泰戈尔的创作与思想。[①]泰戈尔诗与哲学的结合以及注重精神、灵魂的探索恰能引起他的共鸣。1921年夏，张闻天在杭州西湖边宝石山的"智果禅寺"读书写作，研读泰戈尔和托尔斯泰的作品，执力于对泛爱哲学、非暴力学说和人格理论的思考。

1921年6月，张闻天在《国民日报·觉悟》发表评论《无抵抗主义底我见》，文中写道："爱是生命，生命就是爱。这爱不是物质的爱，是彻底的精神之爱；是绝对的爱；不是一时的本能之爱，是永久的，意者的爱；不是对一部份人的爱，是对一切人类竟至对于全宇宙一切有生之伦的泛爱。"还说："像俄之托尔斯泰，印度之太戈儿，都是爱的热烈的鼓吹者，所以他们也是主张无抵抗主义的。"[②]1921年7月，张闻天致函刘大白，进一步论述了"无抵抗主义"与人格和爱的关系，认为"唯有人格伟大的人，能实行无抵抗主义，而唯有伟大的人格的人们，才能真正感化他人"[③]，而"人格是真生命底诚实的表现。我们记牢'真生命'三字！只有从真生命上发出来的，才能叫作人格"[④]。随后，张闻天与沈雁冰、陈望道就爱、人格、无抵抗主义展开论争，在《人格底重要——答雁冰和晓风两先生》中说："既然人格的高尚是必须的，那末能够养成高尚的人格底爱，也是必须鼓吹的。……充分的发展爱就是充分的发展生命，要充分的发展爱非把心地保持的光明，保持的纯洁不为功，那末挑起对于敌对的怨情心，仇视心，妒忌心等底主义是不会达到爱的了。无抵抗主义就是使灵魂不染一点污点底最好办法，就是要实现这种爱的

---

① 泰戈尔曾于1916年访问日本，随后，在日本出现了"泰戈尔热"，泰戈尔的主要作品大都得以翻译出版，日本学界还出版了一批研究泰戈尔的著作。郭沫若当时正在日本留学，后来，他曾谈到在冈山图书馆阅读泰戈尔的情形："我真好像探得了我'生命的生命'，探得了我'生命的泉水'一样。每天学校一下课后，便跑到一间很幽暗的阅书室去，坐在室隅。面壁捧书而默诵，时而流着感谢的眼泪而暗记，一种恬静的悲调荡漾在我身之内外。"张闻天在日本留学的1920年，虽然"泰戈尔热"高潮已过，但余波还在。

② 张闻天：《无抵抗主义底我见》，《张闻天早期文集（1919.7—1925.6）》，中共党史出版社1999年版，第69页。

③ 张闻天：《谈无抵抗主义的两封信》，《张闻天早期文集（1919.7—1925.6）》，中共党史出版社1999年版，第73页。

④ 张闻天：《谈无抵抗主义的两封信》，《张闻天早期文集（1919.7—1925.6）》，中共党史出版社1999年版，第74页。

最大的道路。"①张闻天这里说的爱的含义、生命真谛、人格内涵，明显可以看到泰戈尔的影响。

张闻天在1922年《小说月报》2月号发表了3篇有关泰戈尔的评述文章：《太戈尔之"诗与哲学"观》《太戈尔的妇女观》《太戈尔对于印度和世界的使命》，这些文章从泰戈尔的演讲集《人格》、印度学者拉达克里希南的著作《泰戈尔之哲学》中选取材料，将翻译与概述、阐释、评议相结合，系统地介绍了泰戈尔的宗教观、教育观、艺术观、政治观、文明观、妇女观、哲学观和文学观，也表明了张闻天对泰戈尔思想和艺术的接受与认同。在几篇文章中，随处可见"精神""自由""生命""灵魂""和谐""美""爱"等用语，贯穿始终的思想主线是泰戈尔思想的精髓：追求人的精神的自由。张闻天对泰戈尔的哲学思想和诗歌创作作出充分的肯定："太戈尔完全是印度哲人的承继者。他的著作，觉醒了许多精神生活的可能性，他的歌已经变成了印度人的国歌，他的歌充满了有生气的字眼和燃烧的思想，他的字眼，快乐我们的耳，他的思想，渗灌到我们的心里。他的诗同时是充满心中的光明，是激动人的血的歌，是鼓动人心的圣歌。太戈尔，印度人的太戈尔，世界上人类全体的太戈尔，他发挥他的天才，发展他的生命，来供献给印度人，来供献给世界！"②从这富于激情的评价性言辞中，不难感受到他内心深处对泰戈尔的哲思和艺术的共鸣。从张闻天20世纪20年代初期创作的长篇小说《旅途》(1924)、三幕剧《青春的梦》(1924)中可以看到泰戈尔"爱的哲学""人格完善"和"精神自由"对他的深刻影响。

刘再复（1941— ）是当代著名的文学理论家和作家，曾任中国社会科学院中国文学研究所所长、《文学评论》主编，20世纪80年代末以后，往来于欧美和国内，著有《性格组合论》《鲁迅美学思想论稿》《文学的反思》《论中国文学》《放逐诸神》《传统与中国人》《现代文学诸子论》《共鉴"五四"》《红楼四书》《莫言了不起》《读沧海》《太阳·土地·人》《人间·慈母·爱》《洁白的灯心草》《寻找的悲歌》《独语天涯》《漂流手记》等80多部学术论著和散文集，作品已译为英、法、德、日、韩

---

① 张闻天：《人格底重要——答雁冰和晓风两先生》，《张闻天早期文集（1919.7—1925.6)》，中共党史出版社1999年版，第83页。

② 张闻天：《太戈尔之"诗与哲学"观》，《小说月报》1922年2月号。

等多种文字出版。

刘再复接受泰戈尔的影响不同于张闻天。五四时期，正是中国诗学从古典向现代转型、努力建构中国现代诗学体系的时期，因而，泰戈尔"爱的哲学""人格理想""自由精神"为苦苦求索中的张闻天等人提供了新的思想资源。而当代中国诗学在传承现代诗学的基础上，适应新的社会文化语境的发展，重要的不是诗学体系建构，而是从泰戈尔诗学和创作中借鉴某些元素，以丰富和发展中国当代诗学的范畴和命题。

考察刘再复对泰戈尔诗学的接受，主要表现在散文诗形式和童真思想两个方面。

刘再复喜欢散文诗，也写作散文诗。1979年他出版了散文诗集《雨丝集》（上海文艺出版社），之后，陆续出版了《告别》（福建人民出版社，1983）、《深海的追寻》（湖南人民出版社，1983）、《太阳·土地·人》（百花文艺出版社，1984）、《寻找的悲歌》（湖南文艺出版社，1988）《人间·慈母·爱》（人民文学出版社，1988），《读沧海》（安徽文艺出版社，1999）、《独语天涯》（上海文艺出版社，2001）、《又读沧海》（广东旅游出版社，2013）、《散文诗华》（生活·读书·新知三联书店，2013）等。他对散文诗的兴趣和热情，源自泰戈尔的影响，他明确地说："喜欢散文诗写作，还和我从中学时代就迷恋上泰戈尔有关。"[1]生活·读书·新知三联书店2010年出版10卷本《刘再复散文精编》，其中第九卷是《散文诗华》，在"后记"中，刘再复具体谈到他的散文诗情结和泰戈尔的关联：

> 散文诗是我少年时代的伴侣，十五岁上国光中学高中那一年（1956），我第一次见泰戈尔的《飞鸟集》和《园丁集》，当即，我就站在书架边上，一口气把《飞鸟集》326节读完，读完后的第一感觉是："飞鸟，飞鸟，你将永远伴随着我飞度人生"。果然，直到今天，泰戈尔的《飞鸟集》还在我身边，散文诗依然伴随着我。……仰望窗外的星空，泰戈尔的诗句很自然地跳到眼前："让我设想，在那群星中间，有一颗星正引导我的生命穿越那黑暗的未知。"是的，人生之旅正是不断走出"黑暗的未知"的行程，散文诗正是帮助我走出黑暗的行吟。

---

[1] 刘再复：《返回散文诗》，《又读沧海》，广东旅游出版社2013年版，第282页。

半是人文学者、半是行吟的散文诗人，这大约正是笔者的本质。①

　　刘再复就是在泰戈尔的散文诗集《飞鸟集》《新月集》的"迷恋"中认识了散文诗这一文学形式，从中汲取了创作灵感和心灵智慧，借鉴言说形式和表现手段，泰戈尔的散文诗甚至成为他人生的指引，伴随了他大半辈子的人生。他对散文诗的理论认知，是从泰戈尔的散文诗开始启蒙的，并在实践中不断得以积累、完善。他曾谈到散文诗："散文诗介于散文与诗之间……诗可以'曲说'，即可隐喻、暗示、通感等，而散文则只能'直说'，即直接表述散文作者的思想和情感……散文诗的好处，正是它既可以直说，也可以曲说，它无须诗的音乐节奏，但有内在情韵；它无须散文那样叙事，但比诗更实更具体一些；它可自我塑造，但塑造的是内在的心灵性形象，而非外在的实体性形象。"②

　　泰戈尔在1939年写过一篇题为《散文诗和自由体诗》的文章，针对有人对"散文诗"持质疑态度，从诗和散文比较的角度论说散文诗："诗的语言颇需斟酌，受制于严格的规则——韵律。而散文则不受任何约束，可以任意选择写法。散文的语言，首先是政治的语言和日常生活的语言。……我写了许多散文诗，在这些散文诗中我想说的东西是其他形式不能表达的。它们使人感受到简朴的、日常的生活气息。它们可能没有富丽堂皇的外表，但它们并非因此而不美。我想，正是因为如此，这些散文诗应列于真正的诗作之中。"③

　　没有材料表明，刘再复读了泰戈尔的《散文诗和自由体诗》。但他对散文诗的诗学理解与泰戈尔基本一致，都强调散文诗中诗的韵律和精神，表达形式的朴实和自由。刘再复以一个诗人和学者的敏感，从泰戈尔的散文诗创作中，体悟到散文诗的诗学本质。

　　另外，刘再复对泰戈尔诗学中的"审美人格"有着深深的共鸣。泰戈尔的"审美人格"就是纯洁、本真和爱的精神主体，集中体现为童心世界。《新月集》中有一篇《孩子天使》，将孩子与成人对比，凸显了童

---

① 刘再复：《我的散文散记——〈刘再复散文精编〉作者后记》，《华文文学》2012年第5期。

② 刘再复：《返回散文诗》，《又读沧海》，广东旅游出版社2013年版，第281页。

③ 泰戈尔：《散文诗和自由体诗》，《泰戈尔全集》第22卷，河北教育出版社2000版，第315-316页。

心世界的纯洁、善良和爱心：

> 他们喧哗争斗，他们怀疑失望，他们辩论而没有结果。
>
> 我的孩子，让你的生命到他们当中去，如一线镇定而纯洁之光，使他们愉悦而沉默。
>
> 他们的贪心和妒忌是残忍的；他们的话，好像暗藏的刀刃，渴欲饮血。
>
> 我的孩子，去，去站在他们愤懑的心中，把你的和善的眼光落在他们上面，好像那傍晚的宽宏大量的和平，覆盖着日间的骚扰一样。
>
> 我的孩子，让他们望着你的脸，因此能够知道一切事物的意义；让他们爱你，因此他们也能够相爱。
>
> 来，坐在无垠的胸膛上，我的孩子。在朝阳出来时，开放而且抬起你的心，像一朵盛开的花；在夕阳落下时，低下你的头，默默地做完这一天的礼拜。

刘再复就是在这样的童心世界里感受着泰戈尔，与"印度老诗人"心波共振、隔空对话："飘拂着满头银须的印度老诗人，我铭记着：'上帝期待着人从智慧里重获他的童年。'所有伟大的生命都是个小孩，他们死的时候，不是留下尸体，而是留下伟大的童年，因此，这个世界不会苍老。你如此酷爱世界，所以世界虽然以痛苦亲吻你的灵魂，你却报予世界以美丽的诗章。你永远是个真纯的孩子，所以，你才能发出这样的祝福：让死了的拥有不朽的名，让活着的拥有不朽的爱。"[1]刘再复在漂泊海外的日子里，写下了《童心说》，从中我们能感受到：是泰戈尔铸造的审美人格——童心世界，给了他对这个世界的希望，对祖国前景的信心。他写道："印度的甘地从未被中国所接受，但泰戈尔却征服了中国，这种征服，不是耻辱，而是童心的凯旋。它向中国展示着希望：古老的大地仍然有童心生长的土壤，拥抱童心的知识者仍然在默默地活着。"[2]

---

[1] 刘再复：《独语天涯：一千零一夜不连贯的思索》，上海文艺出版社 2001 年版，第 161 页。
[2] 刘再复：《独语天涯：一千零一夜不连贯的思索》，上海文艺出版社 2001 年版，第 148 页。

第三节　影响研究案例三：
梅娘对夏目漱石的借鉴与变异

夏目漱石是梅娘最喜欢的作家之一。梅娘 1937 年春留学日本，接触了很多日本作家的作品，但梅娘首先选中的作家是夏目漱石。她在《我与日本文学》一文中回忆："说起来，也许是种缘分吧！我首先选中的作家是夏目漱石，不是因为我对他有了解，只是由于他的名字，因为中国形容知识分子不恋物质、热爱自然时有一句成语是枕石漱流，也颠倒用作枕流漱石。这个漱石的命名使我与作者有了相通的感觉。"①

夏目漱石的笔名，出自"漱石枕流"（《世说新语》）一语，透着清直、顽强的意思。夏目漱石从小热爱自然，喜爱正直，讨厌虚伪，讨厌奉承，习惯按照自己的心意去做事，不肯随声附和，不肯轻易妥协。夏目漱石这个名字充分地表达了他反抗世俗的精神。梅娘对他名字的欣赏，表现出梅娘对夏目人格的敬佩和两位作家的投缘，奠定了夏目对梅娘影响的基础。

夏目漱石和梅娘的生活遭遇、个性气质、创作理念有着惊人的相似。第一，两人童年生活都经历坎坷，只得到单亲的关怀，性格敏感。第二，两人都有过留学经历，接受过先进思想的浸润和熏陶。第三，两人都热爱文学，执着于文学事业，在艰苦的环境中不放弃对文学的挚爱和追求。第四，两人都具有自由的个性，不愿忍受来自任何方面的束缚，不管是家庭的还是社会的或是精神的束缚。第五，两人的创作和生活紧密联系，以自己的生活经历为素材，以创作反映社会现实。

正是这些共同点，使得梅娘对夏目漱石的创作有了一种内在的共鸣和深层的契合。她读了很多夏目漱石的作品，她在《我与日本文学》中谈到夏目漱石对她的影响时有不少相关的论述。夏目漱石无论在创作理念还是写作手法、写作题材上对梅娘的影响都很深刻。

---

① 梅娘：《梅娘近作及书简》，同心出版社 2005 年版，第 167 页。

一、"夏目昭示给我的'暴露真实'成了我的价值取向"

　　人们对于作家的爱好和选择，常常受制于自己的气质、文化修养、欣赏趣味和思维方式，这些决定了哪些作家在一个人的心目中可能被接受而发生共鸣，哪些可以激发其想象而加以再创造，哪些被排斥在外以至视而不见。因此，在对影响者的选择和接受中，可以折射出接受者的不同个性。在中国现代文学史上对日本作家有所借鉴的作家还有很多，比如白薇。白薇最喜爱的日本作家是唯美派的谷崎润一郎，白薇欣赏的是唯美派的浪漫洒脱，而梅娘爱好的却是现实主义的犀利、真实。作为一个富于浪漫气质的剧作家，白薇喜欢谷崎润一郎精彩绝伦的描写，而作为一个具有清醒的理性精神和深刻的社会责任感的作家，梅娘欣赏的是现实主义的争天抗俗，反传统、反礼教的精神人格，欣赏的是敢怒敢言、铮铮铁骨、嬉笑怒骂的夏目文风。梅娘从夏目身上汲取了反传统、反封建的精神，把这同她自身的观念融为一体，从而形成了自己独特的精神结构和艺术气质。

　　夏目漱石在文学上的最大贡献是以他十几部长篇小说和大量短篇小说在日本文坛树起了现实主义文学的丰碑，给后来的作家以深刻的启迪。夏目漱石所处的时代是日本的明治、大正时期，这一时期日本社会处在传统与近现代的文化交锋面上。夏目漱石出生时，日本刚刚经过明治维新，其第一部小说《我是猫》问世时，明治维新已经过去了30多年。在这期间，日本确立了以天皇为中心的地主资产阶级联合政权。这个政权对内压迫剥削人民，镇压了"自由民权运动"；对外发动侵略战争，掠夺了大量赔款，搜刮了大批资源。这些罪恶的活动，使天皇专制政权得到进一步的巩固和加强，而劳动人民的日子却过得越来越穷，人民的生活也非常痛苦；同时，明治维新以后，大量西方思潮引进日本，世人蜂拥而至，盲目学习西方文化，也带来了一系列社会弊端。夏目漱石对这一切非常不满，用他那支生花妙笔为我们有声有色地描绘了日本明治维新以后动荡不安的社会风貌，辛辣地嘲笑其中的污秽，惟妙惟肖地表现了一代知识分子的精神世界，于真实中反映了当时的社会实质。

　　梅娘所处的中国20世纪三四十年代，是中国封建传统走向衰落、各种文化撞击交汇的时代，剧烈的文化、社会变化为思想视野的开拓与精神空间的扩展提供了条件。在相似的社会状况和思想、文化状态下，夏目漱石所提倡的批判现实主义和梅娘所需要表达的方式是很契合的，而且，提倡批判现实主义创作的夏目漱石是当时日本的第一人，也是成就最伟大的作家之一，自然引起了梅娘的注意，使她感到亲切。

　　梅娘对夏目漱石现实主义作品中"暴露真实"的喜爱绝非偶然，而是由她的文化观、所接受的文化教育、生活经历以及性格气质等多种因素共同作用的结果。它们使梅娘走向现实主义，承续夏目风度，使梅娘为人、作文都具有一种为人生的现实主义风采。

　　"暴露真实"是夏目漱石现实主义文学观的重要内容。夏目漱石在《文学论》中论述了他对"真实"的理解。《文学论》在论述描写方法时称，"对待同一物体采取纯客观描写和主观的描写方法，在反映情绪的深刻性方面孰优孰劣应该是明显的事实"，即"前者是直接唤起读者情绪……后者则是需要读者与诗人一起冥思苦想，才能感觉到趣味"[1]。夏目漱石更倾向于客观描写。然而，科学家也讲客观性，但与之相比，文学家的客观描写的独特性体现在哪里呢？《文学论》指出，科学家写真的目的在于概括、综合的科学性，已发现法则、规律，所以不需要色彩、音响和感情；科学家以与感觉、情绪无缘的独特记号叙述事物，而文学家的目的则是真实地写出感觉和情绪。所以，"文学家所重视的是文艺上的真，而不是科学上的真"[2]。也就是说，文学上的写实不同于科学的临摹，它必须对生活进行重新加工、锤炼，它的语言是"经过熔炉反复加工锤炼才铿锵有声地落于纸上，和街头巷尾寒暄言辞断然不同"[3]。夏目漱石将文艺上的真实和科学上的真实加以区别，反对西欧自然主义镜像似的科学式似的描摹，同时也反对日本自然主义着重表现自我内在世界的主观真实，而是在现实生活的基础上经过创作者的观察和判断，选取能表现社会意义的具有代表性的场景和事件，经过艺术加工，表现出现实的真实

----

　　[1] 夏目漱石：《文学论》，转引自何少贤《日本现代文学巨匠夏目漱石》，中国文学出版社1998年版，第51页。

　　[2] 夏目漱石：《文学论》，转引自何少贤《日本现代文学巨匠夏目漱石》，中国文学出版社1998年版，第75页。

　　[3] 夏目漱石：《文学论》，转引自何少贤《日本现代文学巨匠夏目漱石》，中国文学出版社1998年版，第117页。

本质。这里的"真实",既是生活本质的揭示,又是融凝着创作主体的社会正义感和情感色彩的真实;这是暴露的真实,是引领人们透过表象去认识本质的真实。

夏目漱石以这种"暴露真实"的原则,向社会的黑暗现实和邪恶势力发起挑战,这种伟大的精神和人格力量,使他成为伟大的批判现实主义作家而载入日本文学史册。他陆续创作了《我是猫》《哥儿》《旅宿》等作品,揭露了明治社会的庸俗、丑恶的现实,表现了深刻的思想性。他的成名作《我是猫》(1905)以一只饲养在教师苦沙弥家的"猫"的视角,通过它的见闻和感受,揭露和批判了明治"文明开化"的资本主义社会的黑暗和罪恶,表现了作者对资本家和金钱势力的深恶痛绝,有力地批判了资本主义私有制和明治政府的反动统治;中篇小说《哥儿》(1906)叙述了一个憨厚、单纯,富于正义感的青年哥儿在一所乡村中学四处碰壁、饱受委屈的遭遇,批判了教育界的腐败和黑暗;短篇小说《一百二十天》和《疾风》对明治以来的"文明开化"进行了猛烈的抨击;前后"爱情三部曲"真实地再现了当时社会青年男女在爱情、婚姻中遇到的一系列问题,以及抉择之后的困境,留给人深深的思索。

梅娘接受了这种"暴露真实"的观点,她说:"夏目昭示给我的'暴露真实'成了我的价值取向。我陆续写了《蚌》《鱼》和《蟹》。真正的是一种淋漓的感情宣泄,使我体认到了创作的喜悦。"[1]面对黑暗的社会现实,梅娘表现出了暴露和揭示的巨大勇气,以窥破现实真相的决心,创造了一系列具有现实色彩和时代意义的作品。从梅娘的《第二代》开始,其作品就明显地表现出了"描写真实""暴露真实"的创作倾向,她把感受人生、把握人生、真实地描写大众生活作为作家的责任之一,并得到了当时包括沦陷区在内的主流文化意识形态的认可和赞同。有论者认为:"《小姐集》是中学时代的作文习作,如果说这本四、五万字的作品真实地表现了一个少女内心的爱与憎的话,那么由于作者年龄的增长和社会生活面的扩展,收十余篇作品的第二个短篇小说集《第二代》,则开始步出闺房,走向社会人生。"[2]梅娘通过一段段生活场景的描绘、一

① 梅娘:《梅娘近作及书简》,同心出版社 2005 年版,第 167 页。
② 张泉:《梅娘:她的史境和她的作品》,《梅娘散文小说集》,北京出版社 1997 年版,第 615 页。

个个人物命运的书写，撰写了一批表现社会大众真实生活状况的小说，如《第二代》《六月的夜风》《花柳病患者》《蓓蓓》《最后的求诊者》《在鱼的冲激中》《傍晚的喜剧》……表现了生活在水深火热之中人民的困苦和艰难；"水族三部曲"则通过女性在爱情、工作、婚姻中所遇到的困难表现了女性在社会中的悲惨遭遇。

在留日学习后，梅娘创作倾向的突然改变，一定程度上我们可以理解为是受夏目漱石"暴露真实"的写作理念的影响，是在一种表现社会现实、暴露社会黑暗的话语原则下的文学性的再书写。不过，这种再书写是在沦陷区的文化语境中进行的，创作者具有强烈的主体意识，因而，这种再书写实质上是一种跨文化意义上的改写和再创作。

夏目漱石的"暴露真实"是针对当时日本文坛过于沉溺于自我的自然主义而提出的，他的《文学论》是日本文坛继坪内逍遥的《小说神髓》后又一次系统提出的关于写实的小说理论，他是作为日本批判现实主义第一人出现在日本文坛的。在他的作品中，我们看到了比较全面、清晰的日本社会，但是，在我们看到日本社会的种种弊端时，我们感受到的更多是理性的分析或尖锐的嘲讽，少了一些人世间的人文关怀。《我是猫》中知识分子谈古论今，却极少坦诚相待，真诚关怀；《哥儿》的主人公初为人师，同事钩心斗角，学生恶意捣乱，哥儿气愤不已，也只能愤而离开；《旅宿》虽然是抱着善美合一的心态寻求一个美的世界，但谈论之间却是否认世间一切，追求"出世性"的诗味；爱情系列小说中，主人公或是依顺世俗，选择成全别人，放弃自己的感情，而承受自己内心的煎熬和不舍，或是选择依照本性，全力奔赴自己的爱情，而面临的又是社会的抛弃和孤立。

与之相比，梅娘的小说中有一种强烈的"悲天悯人"的情怀。张中行曾非常惊诧梅娘当时作为一个"大姑娘"，其作品"竟有如此深厚而鲜明的悲天悯人之怀"[①]。曾有评论家说："梅娘作品的显著特色是博施济众的泛爱胸襟，积极入世的主观视角，非常规化的女性语言。她关注和爱护的是女人，却流泻出对人的关注与爱护。"[②]侏儒、戏子、车夫等弱

---

① 张中行：《梅娘小说散文集·序》，《梅娘散文小说集》，北京出版社 1997 年版，第 4 页。

② 张泉：《梅娘：她的史境和她的作品》，《梅娘散文小说集》，北京出版社 1997 年版，第 628 页。

势群体都成为作者抒发人类之爱的对象，作者将他们视为人类社会的一员，给予同情与爱，体现了对弱势群体的同情与尊重。短篇小说《侏儒》可以说是梅娘体现人间关爱非常充分的代表之作。"侏儒"是油漆店老板的私生子，长期遭到房东太太的虐待毒打，以致表情痴呆，身体畸形，没人理解、没人关心。然而"我"却对他充满了同情，尽力接近他，帮助他。"我"终于发现一个被非人的环境造就的痴呆愚笨的畸形人，在得到正常的关心和爱抚之后，也能焕发出常人所拥有的爱恋与嫉妒之心。在丑中发现美，在非人中发现"人"，梅娘的小说字里行间、无时无刻不传达出作者对弱者的同情与怜悯，给了许许多多像"侏儒"一样被无情践踏的人们最温暖的关怀。短篇小说《行路难》里，梅娘也表现了她超乎寻常的对人类的关爱。"我"一个人独自在寒冷的夜晚里赶路，遇到了狗的追赶和酒鬼的调戏，情急之中，我不惜花高价叫了辆三轮车想摆脱这恐惧，然而车夫又不愿意拉，"他用最敏捷的手法攫去了我的钱袋"。当我最后得知他由于无力养家正准备自杀时，"我仿佛觉得我的惊恐也就有代价了"。因为我的钱袋或许还能帮他解一下燃眉之急。我没有因丢失钱袋而痛心，也没有因为他给"我"带来惊恐而迁怒于他，反而"再次不舍地望着暗夜中的他的去路"。"愿他早一点回到家中去"，传达出梅娘关心、同情贫苦人民的宽容之爱。

与其说夏目漱石的小说是缺失关爱，毋宁说是漱石对世间关爱的一种失望。而梅娘将这种失望转化为希望，并且身体力行，在残酷的社会现实中，梅娘看到了人民生活的苦，并将之转化为对普通民众的爱。她"暴露真实"，看到了社会之恶，更呼唤关爱，感恩于社会中仍有温情的存在。梅娘从现实语境出发，表现了浓烈的人道主义情怀，赋予了"暴露现实"的现实主义更丰富、更深刻的现代人文内涵，也为当时中国社会挣脱黑暗带来更多的积极因素。

二、"我借用他的观点来观察社会时，也觉得目光犀利起来"

夏目漱石重视文艺的社会意义，尤其注重讽刺手法、讽刺语言的运用。夏目漱石的讽刺手法承接日本传统而来，是日本文学中传统讽刺手法的现代运用。日本传统文艺形式川柳、狂言、俳句都注重蕴藉其中的诙谐趣味，幽默中带有讽刺，讽刺中融入了游戏精神。而中国文学的讽刺，强化创作主体对于叙述对象的情绪反映，凸现主体情感，使之尽情宣泄。与之相比，日本文学中的讽刺则努力弱化主体情绪，使之避免剑拔弩张的可能性。铃木修次对中日文学讽刺手法的差别作了十分清楚的阐释："中国文学的讽刺，是以更多的直言作为宗旨的，因而，往往过于认真，缺乏笑的因素。"而"在很早就接受小说故事趣味性的日本，对'讽刺'的理解，也不像中国那样严格，常常蕴含着游戏精神。在日本，把'讽刺'理解为'嘲弄'，这一点从 Caricature 被译成'讽刺'也可清楚了解。在日本，一提到'讽刺'，如果没有嘲弄的精神、游戏的心情、滑稽的姿态就认为是没趣的"[①]。由此可见，是否有效和具有游戏的精神是中日文学讽刺手法的根本区别所在。

夏目漱石在创作中大量运用讽刺手法，既与日本谐谑性这一传统艺术精神的影响有关，也与他在日本传统文化影响下形成的"余裕观"密不可分。他认为："品茶浇花是余裕，开玩笑是余裕，以绘画雕刻是余裕，钓鱼、唱小曲、看戏、避暑、温泉疗养也是余裕。"[②]总之，余裕就是一种不因生活所迫而拼命劳作、不为现实所羁缚的悠然状态，一种消除了利害关系后出现的玩味状态，它意味着一种游戏状态，一种自在的可能性。正是在这层意义上，具有余裕性的讽刺才能真正达到讽刺的目的，才能感受、赏味、认识直至批判现实。

夏目漱石在轻松调侃中极尽讽刺之能事，于游戏之中体味人间百态。《我是猫》是夏目漱石的讽刺手法运用最为纯熟的作品。译者刘振瀛在序言中说："作品的最大特色在于含有种种复杂的笑的因素，作品每一篇都充满了笑声。有对自己人的调笑与嘲谑，也有对厌恶对象发出的冷笑和讥讽……以笑作为有力的讽刺武器。"[③]作品以"猫"的角度看世界，体现了浓厚幽默色彩的讽刺手法，最大限度地追求轻松、幽默、滑稽、谐谑的风格。

梅娘在讽刺手法的运用上明显受到夏目漱石的影响。她说："我读了他的《我是猫》，他那幽默辛辣的笔触批判了现实社会的庸俗与丑恶，我

---

① 铃木修次：《中国文学与日本文学》，海峡文艺出版社 1989 年版，第 29-30 页。

② 夏目漱石：《高宾虚子著〈鸡冠花〉序》，《漱石全集》第 11 卷，岩波书店 1996 年版，第 550 页。

③ 刘振瀛：《〈我是猫〉译本序》，《我是猫》，上海译文出版社 2007 年版，第 1 页。

借用他的观点来观察社会时，也觉得目光犀利起来。"①梅娘的这种认识决定了她在创作中舍弃了过于认真的中国式讽刺而取了夏目漱石余裕式的讽刺，我们可以从她自 1942 年起创作的《黄昏之献》《阳春小曲》《春到人间》等小说文风的转变看出她对夏目漱石的接受。梅娘之前的小说或抒写女性的爱情婚姻，或描写大众百姓的悲苦生活，但都是从正面的角度直接描写，语言或悲凉忧郁或激昂奋进。而从 1942 年创作《黄昏之献》开始，她一反以前的写作方式，从男性的角度描写故事发展，让几个本想从女性那里获得好处的男子不但没有得逞，反而被戏弄一番。

《黄昏之献》中已婚诗人李黎明看到一则富有而又年轻貌美的新孀女士诚征男友的广告，便编织起美梦，展开了无边的幻想。他想象小姐就像刚摘下来的小白梨一样清新悦目，而又适口；想象着他怎样去叫门，怎么送名片，怎么去到客厅里，怎样使那位女士为他到来所倾倒，甚至想象着她来不及换睡衣，看到他来到正好结束寂寞的生活，嘴角掩着惊喜的笑容，梨花一枝春带雨，似乎看到了当年杨贵妃的仪态。太太正好外出，虽即将回来，但他仍然趁着这个间隙，找出发表过的唯一一首情诗去赴他心中美妙的约会。在豪宅大院里，等待他的却是一个肮脏的妇人和一群乞儿似的幼儿，原来这是一个圈套，所征男友早已内定，令人忍俊不禁、捧腹大笑。受到捉弄的"伪君子"没有享受到想象中的艳遇，还因为错过了去车站接夫人的时间，回家可能难以解释。作品仿佛一出轻喜剧，悠悠道来，以平静的语气对好色成癖、利欲熏心的男人进行了辛辣的讽刺。

《春到人间》里，三个纨绔男子以登广告招聘女演员为幌子，满足自己消遣"大家闺秀、小家碧玉、风流寡妇"的邪念，可谁料偷鸡不成反蚀一把米，他们被风尘女子申若兰给戏弄了，做了风尘女子陷阱中的"傻鸟"。这些男子一个个都是猎艳能手、好色之徒。与之对应，梅娘为她们安排的女子，却一个个头脑清醒、精明能干。她们非但没有中计，反而将计就计把他们好好地耍弄一番，讽刺而又不失机智、诙谐。

梅娘对男性的批判，没有直接描写女性所受的苦，而是跳出习见模式，以旁观者视角平静叙述、从容地描绘所发生的故事，化严肃为轻松，

---

① 梅娘：《梅娘近作及书简》，同心出版社 2005 年版，第 167 页。

情感趋于平和，使整个语境由之前的严肃转换为诙谐，情感也被有效地调控在适度的范围之内，体现了梅娘对夏目漱石余裕式讽刺手法的接受。同时代的解放区丁玲、艾青等人也掀起了一股讽刺文学潮流，与梅娘齐名的张爱玲也以讽刺见长，但与梅娘相比，这些作家都显得过于紧张、严肃，缺少一定的幽默感与趣味性。

夏目漱石余裕式的讽刺内在动因是日本人所持的特有的人生如幻、世事无常的观念，人生无常使他们对现实有一种无可奈何之感，言谈之中也能体味到他们心中的悲凉之情。他们没有中国人为物所缚的精神状态，因而，面对现实能保持一种自由游戏的心态。所以，在骨子里面，这种余裕式的讽刺观有一种无奈消极的倾向。虽然羡慕的讽刺一定程度上是为了批判现实，改变现状，具有进取意识，但调侃之中的那种无奈，使我们体会到这些并未从根本上改变日本传统精神中"随缘"的本性，强调的是一种自我把玩的心态。而梅娘是从国民解放、心性开发的高度来运用这种余裕式的讽刺手法，在认同并强调"余裕"自由内涵的同时，她突出了主体面对现实时积极的进取性、独立性，将讽刺化为动力和希望，激励国人为光明的未来而奋斗。所以，梅娘的余裕式的讽刺手法虽源于夏目漱石，但却从人性解放、社会进步的需要出发，经过现实语境过滤后形成了一种具有现代启蒙意味的表现手法。

三、"他的《门》中的两性观点和我郁结在心的女性情结也有某些合拍"

婚恋题材是夏目漱石与梅娘创作的主要题材。夏目漱石创作的中、后期，主要以两性关系为基础构建故事，先后写了两个爱情三部曲，梅娘的"水族三部曲"以及后来的长篇小说《小妇人》《夜合花开》也都是以两性为基础，重点表现女性命运。这不是偶然的相似，其中蕴含着夏目漱石对梅娘的影响和启发。梅娘曾说："他的《门》中的两性观点和我郁结在心的女性情结也有某些合拍。"[①]

夏目漱石"《门》中的两性观点"和梅娘"郁结在心的女性情结"的具体内涵是什么，两者又是怎样"合拍"的呢？

---

① 梅娘：《梅娘近作及书简》，同心出版社 2005 年版，第 167 页。

《门》主要描写了主人公野中宗助与妻子阿米和睦而孤寂的生活，用"两性之爱"来抵抗世俗之"罚"。《门》里的主人公宗助，是一个东京资产者子弟，在陷入所谓"伤风败俗，知罪犯罪"的恋爱之前，他是一个朝气蓬勃、富有进取精神的乐天潇洒青年。夏目漱石这样描写他的青春形象："他是一个天性聪明的人，……朋友大多歆羡他的豁达气度。宗助自己也觉得挺得意。他的未来宛如彩虹，绚丽地闪耀在他的眼中。……他有许多朋友，……宗助是一个不明白什么叫敌人的乐天派，轻松自在地度过了青少年时代。"[①]但自从他和朋友之妻阿米不顾习俗、道德，真诚相爱，一起生活之后，两个人的生活异常艰难了起来。"生活里似乎有个幽灵时时徘徊，给两个人的精神带来压抑。他们知道，在自己的内心深处，潜伏着为人所看不见的恐怖，就像结核病灶一样。"[②]生活给予了他们无情的惩罚，首先是，他们俩被生活所抛弃，不为原来的家庭、亲朋和社会接纳，过着与世隔绝的日子。他们四处流浪，由京都流转广岛、福冈、东京，过着穷愁潦倒的生活，虽居都市却失去了都市文明人的生存空间。其次是，关于孩子。在那样的一个环境下，物质生活的贫困，加上精神的压抑，孩子无法正常成长。阿米头胎流产，二胎早产，一周后夭折，三胎因脐带缠绕闷死了，这使阿米承受身体的痛苦，更遭受心灵的折磨。阿米联想到这是生活给她的惩罚，认为自己罪有应得，她脑子里有一条看不见的长长的因果报应的细丝，仿佛看到记忆的深处，有一个严酷的、不可动摇的命运支配着一切，而她感觉只能在这种严酷的支配下苦度岁月。

　　就是在这种严酷的生活下，两个人用"爱"来承受着因为"爱"带来的惩罚。两人被排斥在社会的"门"外，便依赖清淡真挚的夫妇之爱，构筑起闭塞狭小的自由天地，于此感受相互的生命，以忘却阴暗的外界。无论外界如何严惩宗助夫妇，两人仍然奋力争来爱的价值，他们在阴郁的生活中仍执着于因爱而来"罪"的人生。宗助与阿米结合后，6年来宗助一直把阿米看作"可爱的妻子"，阿米爱宗助，因为他是"善良的丈夫"。两人享受着纯粹的夫妇之爱。夏目漱石这样描述这对夫妻：

[①] 夏目漱石：《门》，陈德文译，湖南人民出版社1983年版，第141页。

[②] 夏目漱石：《门》，陈德文译，湖南人民出版社1983年版，第148页。

宗助和阿米是一对情投意合的好夫妻。两人一道度过了六年多的岁月，至今没有闹过一次别扭，也从未脸红脖子粗地吵过嘴。……他们几乎不再意识到社会的存在。对于他们绝对不可缺少的是他们自己。他们彼此都能使自己感到心满意足。①

对此，片冈良一指出："二人被社会抛弃了。他俩付出这般代价却赢获了爱情。在这种爱情中令人感到彻底相爱的恬静与温润。……毋宁说，漱石创作《门》时，他尊重人情的自然和炽热的诚实之爱的心情，相当坚实。"②宗助夫妇能在常人难以忍耐的寂寞中生活下去，毫无疑问，全靠这真诚的爱。《门》中这份朴实而真诚的爱打动了许许多多的人，当然也包括曾经历过挫折而获得了爱情的梅娘。梅娘所说的《门》中的两性观点和她心中的女性情结合拍，这种合拍至少包括以下三个方面的内容。

首先，是社会虚伪道德与两性真诚爱情的尖锐冲突，以及对虚伪道德的批判。《门》中尽管主人公男女真心相爱，但社会舆论对他们的惩罚以及封建伦理思想在他们内心产生的负罪感并没有让他们得到完整的幸福、充分享受这份来之不易的爱情。表现封建思想、伦理道德对爱情的阻拦和惩罚也成为梅娘作品的主要思想。《蚌》中梅丽的父母以长辈的身份给梅丽施加压力，要她嫁给一个一无是处的公子哥，结果硬是拆散了她和琦的爱情；《侏儒》里没有出场的侏儒母亲因为其"小老婆"的身份让她抬不起头来，被打死了也没有发出一声反抗；《动手术之前》更是以一个受侮辱、受迫害的女子的血泪倾诉表现了封建思想给她带来的种种歧视和不公平待遇。

其次，对女性的优秀品德的赞美。现实生活中夏目漱石对女性一直怀有恐惧甚至厌恶之情，但是在作品中，他却塑造了一系列理想的女性形象，如《旅宿》中的那美、《三四郎》中的美弥子、《从此以后》中的三千代、《过了春分时节》中的千代子、《行人》中的阿直等。《门》中的阿米是其中的典型。在作者笔下，阿米是真善美的化身，她集中了几乎所有日本女性的优点。她勤劳善良，又有女性特有的温柔、善解人意，还有着超强的适应能力、超强的韧性。在严酷的生活中，她鼓励丈夫，

---

① 夏目漱石：《门》，陈德文译，湖南人民出版社 1983 年版，第 117 页。
② 片冈良一：《〈门〉解说》，《门》，春阳堂 1949 年版，第 3 页。

照料家庭，任劳任怨，用心呵护他们心中的爱情。夏目漱石在她身上寄寓了对女性的赞美和理想。梅娘小说中的男人往往缺乏振作的力量，孤独脆弱；女性往往善良坚韧，是他们的信念支撑和坚强后盾。无论是《侏儒》中好心的"我"、《夜合花开》中善良的黛黛，还是《蚌》中的梅丽、《蟹》中的玲玲、《小妇人》中的凤凰，都使人感到一种温情，一种怜悯，一种世间最美的、最无私的爱，让人看到了女性温柔而又善良、纯情而又坚韧、爱怜而又深邃的气质。在她们身上，不难看到《门》中阿米的身影。

最后，《门》给梅娘带来的最深层次的启示和契合莫过于对真爱之旅的追寻。夏目漱石擅长写爱情，但他所描写的爱情很少有欢乐和甘美，更多的是眼泪和辛酸、哀怨和凄婉，大多都以不幸分离结局。《门》中的爱情是夏目漱石理想两性关系的表现。宗助和阿米在如此艰苦的外界环境下，不离不弃，相偎相依，维系着这份来之不易的爱情。他们以真挚的夫妇之爱，在自己构筑的天地中，相互感受对方的生命存在，以忘却阴暗的外界。梅娘从"水族三部曲"开始，一直探寻着真爱之路，《鱼》《蚌》《小妇人》《夜合花开》，一步一步、从各个角度分析各种身份、各种处境的女子如何才能获得真正的爱情，怎样的爱情才算是真爱。《蚌》中的梅丽和她的爱人琦单纯地相爱却未能经受住流言的侵蚀，在彼此的不信任中爱情走到尽头；《鱼》中芬全力以赴的爱情因为男主人公的薄情而显得非常脆弱，或者说根本就是一场骗局，让芬身心俱疲；《小妇人》中的凤凰背负着巨大的压力与爱人袁良逃出家庭，殊不知袁良却移情别恋，悔悟后的袁良请求凤凰原谅，已经成熟的凤凰不再轻易盲从；《夜合花开》中的嫁入豪门的黛黛似乎得到了丈夫的宠爱，衣食无忧，而实际上丈夫的爱很大程度上是得到她漂亮容颜后虚荣心的满足感。梅娘很喜欢《门》，《门》中两性关系深深地打动了她，她在作品中一直追求着这种爱，她在努力，在探索，在思考如何才能得到这种珍贵的爱情。

精神上的契合、创作方法上的认同，使梅娘发现了夏目漱石对于自己的意义，她在一定程度上接受了夏目漱石的文学观，夏目漱石启发了她对社会、爱情和人生的认识，同时也加快了她对文学精神的深入感知，调整和发展了自己的文学观，使其文学作品既关注社会疾苦，也倾注了她对爱的理解和追求。总之，梅娘对夏目漱石的借鉴，是在中国20世纪

40年代特定现实背景下的借鉴，借鉴中又有所超越。

第四节　平行研究案例：
波斯中古哲理格言诗与《增广贤文》比较

波斯和中国——亚洲西部和东部的两个古老民族，他们都有各自光辉而灿烂的古代文明，对人类的本质的理解充满着智慧和洞察力。古代波斯留传下来的古经《阿维斯塔》作为琐罗亚斯德教的典籍，将宇宙善恶二元观推及人类，认为人类是善恶二元素斗争的目标，人类本为善神阿胡拉·玛兹达（Ahura Mazda）所造化，但他又给人以自由意志，人又有服从各种恶势力的可能，人的一生受到善、恶两种力量的吸引。但人有今生和来世两个生命，今生向善者，末日审判时能顺利通过横架火狱之上的长桥，达到彼岸的乐园；而今生向恶者，必堕入火狱，成为恶神的奴隶，经受种种痛苦和折磨。这是在宗教教义中论述的人生行为选择标准。以后的摩尼教发展为"二宗三际"说，体现了古代波斯人对宇宙和人生进一步的理解。伊斯兰教传入波斯后，又有强调禁欲苦行、注重内心修炼、主张人神合一及人与真理统一的苏菲派，为人生模式提供了新的范例。

中国的人生哲学没有与宗教合流，"做人"的学问是中国传统文化的主体内容。春秋战国时代出现了中国历史上第一次人的意识大觉醒，诸子百家展开剧烈论争，论争的焦点就是"做一个什么样的人"。诸子百家各自从自己的理论思辨和人生实践出发，提出了不同的人生理想，创设了不同的人生模式。对后世影响较大的主要有三家：归仁养德、谦谦君子的儒家模式；顺天从性、静虚淡泊的道家模式；赖力仗义、无私任侠的墨家模式。后经历代统治者的扶持推行、文人士大夫的补充调整，逐渐形成了以儒家模式为主、道家模式辅之的普遍模式。

我们无意于对波斯和中国的人生哲学理论作全面评析，只是在文化大背景中，选择波斯古典诗歌黄金时代（9—15世纪）诗人笔下的人生哲理格言和中国传统蒙书之一的《增广贤文》作一简略比较，从一个侧面透视中国和波斯传统文化的内蕴。

一、探讨人生哲理的不同形式：哲理诗格言与语录体格言

波斯文明源远流长。大约在公元前 4000 年至公元前 3000 年，波斯本土已出现原始文明，当地土著的狩猎、农耕部落与来自中亚细亚的游牧部落混合，得"雅利安人"之称。他们大概在公元前 9、8 世纪时进入比较成熟的奴隶制社会。到阿契美尼德王朝（前 558—前 330）时，已成为一个征服小亚细亚、巴比伦、中亚细亚和埃及与印度的部分领域的大帝国，代表东方文明与地中海的希腊相抗衡。之后，波斯不断地遭到异族侵略并发生内乱，波斯人民在战火中艰难地创造自己的文明，为人类留下了一笔宝贵的精神遗产。古代波斯的医学、天文学、数学、史学和地理学，还有建筑艺术、手工艺术和音乐都有突出的成就。但具有世界影响，为后世所称道的还是诗歌。西方诗坛巨擘歌德曾称波斯为"诗国""诗人之邦"。[①]

古代中国也有"诗国"之称。但中国诗歌不像波斯古典诗歌"身兼多职"。"诗言志"是中国诗歌创作的原则，也是中国古诗的基本任务。波斯古诗不限于"言志"，诗人用它来记录历史（菲尔多西《王书》）、叙述生动的故事（内扎米《七美人》《莱伊丽与马季农》）、讨论宗教教义（鲁米《宗教双行哲理诗》），更多的诗人是用诗歌形式探讨人生的哲理。被称为"波斯古典诗歌奠基人"的鲁达基（Abu Abdollah Ja'far Rudaki，850—941）在清新、朴素的诗风中表述人生哲理，科学家兼诗人的海亚姆（Omar Khayyám，又译莪默·伽亚谟，1048—1122）以朴素的唯物主义观念写下了他的人生哲理诗，"彼岸世界的喉舌"哈菲兹（Hafez，1320—1389）早期创作的世俗抒情诗，在对传统价值的怀疑和对自由的讴歌中探讨人生，苏菲诗人鲁米（Molana Jalaluddin Rumi，1207—1273）和贾米（al-Jami，1414—1492）的作品也在宗教的神秘氛围中不乏对现实人生的曲折表现。尤其是被誉为"人生导师"的萨迪（Moshlefoddin Mosaleh Sa'di，1208—1291），其代表作《蔷薇园》和《果园》"是指导人们思想

---

① 歌德：《歌德诗集》，钱春绮译，上海译文出版社 1982 年版，第 303 页。

修养与规范言行举止的道德手册"①。他们的人生哲理诗作，既扎根于波斯文化传统，又打上了诗人生活时代的印记，而且已成为波斯文化传统的组成部分。波斯（伊朗）人不仅把他们的诗作当作艺术欣赏，还用来指导现实的人生实践，甚至用诗行来预卜人生道路上的吉凶祸福。现在的伊朗人把他们的诗歌用作各级学校的教材，伊朗人从小就受到这些古典诗人人生价值观的熏陶。古典诗人的一些哲理诗句，"从日常生活中采取某一个别事例，但使它具有一种较普遍的意义"②，融凝成人生的格言警句，具有强大的生命力，至今仍为人们所运用。

波斯古典诗人的人生哲理诗，从宽泛的意义上说也是"言志"，但与中国古典诗歌比较起来，更多理智因素，"以理入诗"是中国诗歌创作的一大忌讳。讲述人生哲理、人伦规范，在中国有另外的散文论著，其中最富传统性的是语录体，即由门生或后人对先贤哲人的言论加以摘录整理，分类汇编，供人们在生活实践中运用。中国古代一些文人士大夫为了把这些传统的价值观念普及于民，对这些语录加以改写，结合日常生活事例使之通俗化，运用简练通俗的语言，使之格言化，流行于民间，在潜移默化中指导着人们的日常行为。

《增广贤文》就是这类格言的汇编。作为中国传统蒙书的一种，在很长的时期里，它对中国的价值观念、处世交往、为人准则等都有很大影响，对中、下层民众的影响尤深。从文化学角度讲，《增广贤文》属于民俗文化。它不是出自一人之手，不同版本各有增删，其思想也非一家之言，儒释道的观念都能从中找到，它着眼于处世的实际功用而众采各家，并不注重完整的理论体系。然而，《增广贤文》却能代表中国文化中人生探索的本质方面：（1）仔细研究后不难看出，它是以儒家观念为主，其他各家辅之，这是中国文化的实情；（2）注重人生实践，轻视理论思辨，这正是中国文化的特质之一，《增广贤文》选编改写先哲言论，大都与实际生活密切相连，其编选目的和效果都在指导人们的日常实践。周谷城先生在谈到这类传统蒙书时说："当时普通人所受的教育及他们通过教育而形成的自然观、神道观、伦理观、教育观、价值观、历史观，在这类

---

① 王家瑛：《哈菲兹的抒情诗》，《外国文学研究集刊》（8），中国社会科学出版社 1984 年版，第 208 页。

② 黑格尔：《美学》第二卷，朱光潜译，商务印书馆 1981 年版，第 114 页。

书中，确实要比在专属文人学士的书中，有着更加充分而鲜明的反映。"[①]

二、人生的形而上探讨：人与自然、命运、人生态度

对人生的探讨，有表层和深层的不同层次。表层指的是伦理规范，即为人们提供一整套动机和行为的准则，指导人们的生活实践。深层的探讨超越具体的生活实践，探索人在宇宙中的位置，人生的目的和价值，人性的由来和构成等真正具有普遍哲理意义的问题。

对宇宙奥秘的探讨，对人与自然关系的思索，古代的波斯人和中国人都作了很多努力。从波斯古典诗人笔下我们可以看到，他们用"世界""天地"的概念来指代人之外的自然，它在不停地运转，瞬息万变：

> 世界的命运就是这样循环旋动，
> 时光流动着，有如泉水，有如滚滚洪流。
>
> （鲁达基）
>
> 人世沧桑不足恃，
> 天地变化更无常。
>
> （哈菲兹）

这个变动不居的世界，很难把握。因而，波斯一些古典诗人往往以"怀疑论"的态度，述说宇宙奥秘的不可知：

> 关于这个色地朴素的天幕的底蕴，
> 世界上的任何学者都对它一无所知。
>
> （哈菲兹）
>
> 大地没有回答，滚着紫波的大海，
> 哀悼被弃的主公，也说不明白；
> 天地回旋，虽然把它的十二宫
> 日夜吞吐，这个谜却也没解开。
>
> （海亚姆）

人在这个"循环旋动"而不可知的世界中，显得异常渺小，而且自

---

① 周谷城：《〈传统蒙学丛书〉序》，《增广贤文》，岳麓书社 1989 年版，第 3 页。

然根本不顾人的愿望、追求。自然与人的关系不是和谐共存，而是矛盾相抗：

> 当你和我消失在帷幕的后边，
> 这世界还将长久地往前推行；
> 在它眼里，我们的到来和别离，
> 像颗小小的石子溅落在海面。
>
> （海亚姆）

> 你要使这个世界变成静止，
> 而这个世界偏偏想要环转不息。
>
> （鲁达基）

在《增广贤文》里，我们看到的是另外一种人与自然的关系：

> 顺天者昌，逆天者亡。
> 人有善愿，天必从之。
> 死生有命，富贵在天。
> 随分耕助收地利，他时饱暖谢苍天。

这里，天人的关系不是对抗性的，而是感应相通、和睦相处的。古代中国人认为人的生命形体、性情、禀赋，悉由天成。大儒董仲舒说："人之形体，化天数而成，……人之性情，有由天者矣。"[1]不仅如此，古人还将茫茫苍天道德化，成为善德的天道，并使天道之善成为人性善的本源。这样，天仪同德，不是对抗性的，而是相亲相爱的关系。大自然养育着人类、主宰着人类，人类顺应着大自然、膜拜着大自然。

波斯诗人的"不可知论"和《增广贤文》的"顺应论"当然有其区别。"不可知"则还有进一步探讨的余地和必要，怀疑还有走向真理的希望。而"顺应论"自认已把握真理，瓦解了往前探究的热情。然而，这两种不同的宇宙观，至少在两个方面是一样的：第一，两者都没有把自然界作为一种应该被征服的客体和力量来思考，都意识到宇宙的神秘和巨大力量，但波斯诗人感到的是人的渺小卑微，中国人采取的是一种旷

---

① 董仲舒：《春秋繁露》，《春秋繁露义证》，苏舆撰、钟哲点校，中华书局 1996 年版，第 318 页。

达的态度——以不违抗它来求得人生的平和。可见，在精神深处，波斯诗人和中国文人都对人的力量缺乏信心。第二，殊途同归，"不可知论"和"顺应论"往前顺延一步，就都是"宿命论"。

宿命论是人类对世界缺乏科学了解的必然结果。人们只看到现象，不知背后的原因和规律，无法作出理性的解释，只好归结为命运。这是人类理智发展中蒙昧的一面。

萨迪常常通过一些具体事件的描写，最后作出抽象的概括：

> 人应该预防灾难、避免危险，
> 但命运的运数你不要企图改变。
>
> 　　　　　　　　　　　　　　　《果园》故事 139
>
> 人如时来运转便事事如意，
> 赤膊对敌钢刀也伤不了身体。
>
> 　　　　　　　　　　　　　　　《果园》故事 90
>
> 当我们还躁动于母腹之中，
> 祸福机缘都已笔笔注定。
>
> 　　　　　　　　　　　　　　　《果园》故事 93

即使像海亚姆这样具有朴素唯物主义思想的诗人，也由"不可知论"和现实人生的悲苦走向了"宿命论"，发出了"乐天知命"的呼喊：

> 因为你的衣食生计皆由命运的上苍注定，
> 所以你不要妄想减少或企图增添，
> 对你眼下所有的应该感到满意，
> 对你所没有的也要乐天知命。①

《增广贤文》中的有关宿命的格言遍布全书，俯拾即是：

> 大家都是命，半点不由人。
> 命里有时终须有，命里无时莫强求。

---

① 笔者手中有海亚姆的四行诗中译本两种：郭沫若译《鲁拜集》和黄杲炘译《柔巴依集》，文中引海亚姆哲理诗大多出自黄译本，少数出自郭译本。该诗引自王家瑛《论海亚姆四行诗》，载《中亚学刊》第二辑，中华书局 1987 年版。

运去金成铁，时来铁似金。

万事分已定，浮生空自忙。

万事不由人计较，一生都是命安排。

宿命论最大的危害是消融、抑制了人的本质力量，把人应有的创造能力导向消极地安于现状，在知命、畏命、达命中把人变成了命运的奴隶。但仔细体味波斯诗人笔下和《增广贤文》中的"命运"，放在波斯和中国传统文化中分析，可以看到两种"命运观"的区别，其中两点可作依据：（1）波斯诗人的命运观念往往与伊斯兰教结合在一起（尤其在萨迪和苏菲诗人笔下），真主安拉成为命运的主宰。宗教有它完整的教义体系，伊斯兰教继承了西亚古代宗教（包括犹太教和琐罗亚斯德教）和基督教的一些东西，有末日审判和来世说，即人的今生行为决定来世的处境，所以，波斯诗人在抒写人生今世的消极命运的同时，也有来世的希望和对今生的积极鼓励。而中国文化中没有来世的宗教，只有天数的当世安排，人们只有消极顺从的份了，因而，《增广贤文》中的命运观是"大家都是命，半点不由人"的"看破人生的消极"。（2）在对待命运的态度上，波斯诗人显然认为命运是不公正的，"在应该有祸害的地方，他看见自己的鸿福；在生灵万物痛苦的地方，他却是兴高采烈"（鲁达基），因而，他们对不公正的命运常加谴责，或者在精神上对错误的命运不屑一顾，以现实生活的享乐来实现精神上对命运的抗争，如海亚姆的一首四行诗：

不要为时运的不公正而使你身心受苦，

不要让怀念故友的哀思渗入你的心灵深处，

犹如握住情人的卷发那样把握住自己的心灵，

人生不能无酒，切莫虚度年华。

从诗中，我们可以看到波斯诗人笔下的命运观和对命运的态度有着"知其不可为而为之"的悲壮色彩。而《增广贤文》中表现出来的宿命论，在"不由人""莫强求""空白忙"的反复告诫中，训练了人的奴性，以一种对物质利益的超脱，获取了精神上的自娱。

上述的宇宙观和命运观，必然导致波斯古典诗人笔下和《增广贤文》

中不同的人生态度：前者以消极的方式表现了对人生的执着，后者以积极的方式表现了对人生的鄙弃。这一点鲜明地表现在对"酒"和"死"的不同态度上。

波斯古典诗歌和《增广贤文》都有不少涉及"酒"的文句。波斯诗人的"酒"往往与爱情、欢乐、享受连在一起：

> 如今欢乐地生活吧，
> 举起醇醪美酒畅饮，
> 情人相会时刻已到，
> 他们注定要喜相连。

（鲁达基）

> 那令我热恋的情侣，
> 赞赏醉酒的快意，
> 因而，我把生命的主宰，
> 交到酒神的手里。

（哈菲兹）

《增广贤文》中的"酒"总是伴随着"愁"：

> 今朝有酒今朝醉，明日愁来明日忧。
> 药能医假病，酒能解真愁。
> 三杯通大道，一杯解千愁。

表面来看，波斯诗人沉湎酒色，采取的是一种颓废的生活方式，但从本质上看，这是他们的一种内心发泄，以一种淡漠和忘却忧患的人生情态来曲折地体现对人生的悲剧体验，在放浪形骸的行为里传达出一种执着、热爱人生的严肃态度，只要把他们的命运观联系起来就能很好地理解这一点。《增广贤文》中以酒解愁，好像是一种主体的积极行为，但人生总是愁！愁！愁！这种"解愁"的人生又有何意义？——积极的行为里隐藏着对人生的本质否定。

对于时光流逝、人生短暂，谁也无法超越死亡的归宿，波斯古典诗人和《增广贤文》都有一种难言的惆怅。"闲坐小溪旁，静观得三昧，人生如流水，一去不复回"（哈菲兹）；"生命的存灭有如晨风去来，哀乐美

210

丑都难永远存在"（萨迪）；"唱彻阳光上小舟，你也难留我也难留"（《增广贤文》），就是这类无可奈何的感叹。人生的归宿是毁灭，那人生有什么意义？怎样度过这短暂的人生？对于这些由"死"而引出的"生"的问题，波斯诗人和中国文人有不同的答案。

对《增广贤文》作整体把握，联系中国传统文化，可以看到，中国文人的答案是：要珍惜这短暂的人生，要勤奋努力，通过内省、慎独的道德修炼，成为圣人贤士，这样死后还会被人提起，虽死犹生。基于此，一般论者认为中国传统文化是积极入世的文化。其实不尽然，我们认为它是"入世"的没错，但并非"积极"。只要深入一步看看传统文化要求"勤奋""努力"的内容和"圣人贤士"的标准，就可以清楚地看到：在对仁爱善德的片面强调和虚幻美名的过分追逐中，个体人生的意义被否定了。当然，个体人生与社会密切相关，协调群体与个体的关系是永恒的人生课题，中国传统文化为探索社会稳定途径作出了积极贡献。

波斯诗人的答案有二：部分诗人认为人生既然如此短暂，就得好好享受，现实的享受是唯一的真，其他都是假，看那些名人伟人、富豪大家，死后都一样成为尘土。另一部分诗人遵循伊斯兰教义，以死后的来生激励今生的行为，为了来世的幸福，今生必须去恶从善。这两个答案看似南辕北辙，但其根基都是"自我"：一个及时消费，一个先放利钱，获益的都是"自我"。波斯诗人从自我出发来肯定人生的意义。

三、人生的实践性层面：人生理想和行为准则

在具体的人生实践中，伦理规范有着重要的指导意义。伦理规范包括两个层面，即人"应该如何生活"和"怎样去生活"。前者是人生理想，后者是行为准则。

什么样的人生才是理想的人生？这是任何民族文化的人生哲学都在求索的问题。《增广贤文》作为民俗文化，对人生理想议论不多，更多关注的是日常行为规范。但从为数不多的有关格言以及全文整体透出的信息，可以明了其大体轮廓：在仁爱礼义的社会氛围中，学习领悟前人留下的知识（主要是做人的知识）；放弃对物质利益的追求和生理感官的享乐，获取内心世界的宁静安乐；在天命与现实秩序的顺从中，调整自己的行为，省却忧烦，知足常乐，行善积德，以达至善的最高境界。下列

格言是有代表性的：

> 钱财如粪土，仁义值千金。
> 积钱积谷不如积德，买田买地不如买书。
> 知事少时烦恼少，识人多处是非多。
> 黄金非为贵，安乐值钱多。
> 为善最乐，作恶难逃。
> 竹舍茅篱风光好，道院僧房总不如。

这种人生理想自孔子以来经历代儒家巨子不断充实完善，积淀于民族精神之中。

波斯中古诗人的人生理想，可从几位诗人的哲理诗中略见端倪。鲁达基对肉体与灵魂的追求：

> 引诱肉体的是金钱、领地、闲散的休憩，
> 吸引我灵魂的——是科学、知识和理智。

海亚姆描述了他的"天堂"：

> 在枝干粗壮的树下，一卷诗抄：
> 一大杯葡萄美酒，加一个面包——
> 你也在我身边，在荒野中歌唱——
> 啊，在荒野中，这天堂已够美好。

贾米的"生活企求"：

> 只要健康、平安、宁静和粗茶淡饭，
> 再加上推心置腹无话不谈的挚友——
> 我的生活再也没有其他任何企求。

从上述引例看，中古波斯诗人的人生理想与《增广贤文》中的人生理想有相同的一面，如对知识的向往（但不仅是做人的知识），纯朴、宁静的生活理想，等等。但区别也是很明显的："我"的音调比中国文化高昂得多。"我"是具有理智、情感、独立意志的个体，爱情、友谊、感官享乐都是"我"的追求目标。有论者谈到中国文化中"人"的观念时写

道，中国人"习惯于在关系中去体认一切，把人看成群体的分子，不是个体，而是角色，得出人是具有群体生存需要、有伦理道德自觉的互动个体的结论，并把仁爱、正义、宽容、和谐、义务、贡献之类纳入这种认识中，认为每个人都是他所属关系的派生物，他们的命运同群体休戚相关"①。这种群体本位观，通过伦理规范表现出来，即个体服从群体，个体成为群体的附属物，个体的独立意志被消解在群体观念之中。这与波斯诗人笔下具有独立意志的个体形成对照。在中古波斯，即使像苏菲派的诗歌，虽然强调禁欲、苦行、内心修炼，但也是一种主体意志的体现，是一种道德自律。中国古代的"内省"表面看来也是道德自律，但"内省"并非从个人意志、愿望出发，而是服从外在的群体秩序，从根本上说还是他律。中国传统文化中这种人的观念以及由此引申来的人生理想，适应中国几千年以小农经济为基础的一统大国和身、家、国统一的社会政治结构，对民族的稳定和人心的安定起了很大作用，也铸造了忍耐、勤劳、节俭、敦厚等民族美德。但同时也为这种宁静和睦的气氛付出了沉重的代价，这种代价不仅是个体意志的消融、创造性的窒息，还是整个群体的停滞。

与中国的人生哲学形成鲜明对照的是西方近、现代的人生哲学。他们以宇宙主宰的姿态出现，把征服改造大自然作为人类的目标，高扬科学、理性、自由的旗帜，倡导个性解放和自由，在搏斗与竞争中获得自我价值的实现。这种从个人出发立论的人生哲学，引起大自然报复（如环境污染等），也导致个性膨胀，在享受科学带来的物质财富的同时，也带来疲惫和烦恼。也许，在中西人生哲学的两端中，波斯古代诗人的思考能给我们某些启示：他们寻求宁静和纯朴，对不可知的宇宙有趋同的一面，但并不排斥自我的独立意志；他们也探寻群体秩序，以安拉的名义调整各种关系，但他们的安拉不像中国的礼义对世俗生活直接干预，也不像中世纪西方的耶和华那样专制，无须委派圣子去拯救人类，人的净化也无须牧师的救赎，人与神之间无须中介而完全合一，这给人的自我行为以很大自由。宁静淡泊就是自我实现和享乐的内容，人伦规范不是一种外在的束缚而是一种道德上的自律——这也许是一种比较理想的人生。

---

① 庞朴：《良莠集——中国文化与哲学论集》，上海人民出版社 1988 年版，第 126 页。

人生的理想决定行为规范。《增广贤文》中大量的格言集中在人生行为的忍、慎、和、勤、俭、温、诚等几个方面，如"忍得一时之气，免得百日之忧""念念有如临敌日，心心常似过桥时""只有和气去赢人，那见相打得太平""少壮不努力，老大徒伤悲""常将有时思无时，莫把无时作有日""灭却心头火，剔起佛前灯""万事劝人休瞒昧，举头三尺有神明"。意思相似的格言在波斯诗人，尤其是萨迪笔下也能读到，如"谁若做事鲁莽率然动手，日后难免自食苦果悔恨烦愁""谁在平日节衣缩食，在穷困时就容易渡过难关；谁在富足时豪华奢侈，在穷困时就会死于饥寒""不应骄傲要谦虚谨慎，不应以恶意去揣度别人""生活中明智的人不计前嫌，受了委屈能够以德报怨""谁若是播种季节不辛勤劳动，收割时就空着双手没有收成"。

由于人生面临许多同样的问题，波斯诗人和中国文人把同样的生活感受格言化，一些格言非常相近：

> 虚心听取劝告无害而且有益，
> 比如良药苦口却可以治病疗疾。
>
> （萨迪）
>
> 忠言逆耳利于行，良药苦口利于病。
>
> （《增广贤文》）
>
> 把贪婪从心中驱走，对世界根本不要期待，
> 那你就会立刻觉得世界是无限的慷慨。
>
> （鲁达基）
>
> 用心计较般般错，退步思量事事宽。
>
> （《增广贤文》）
>
> 如若见有谁总是背后论人，对这等人你可要存有戒心。
>
> （萨迪）
>
> 来说是非者，便是是非人。
>
> （《增广贤文》）

但人生理想的差异，决定了行为准则的差异。至少在下列四个方面《增广贤文》和波斯中古哲理诗中表现的人的行为准则差异明显。

第一，对待统治人物的态度。波斯诗人对统治人物的残暴、专横、

腐败加以指责，认为普通民众是统治者生存的基础，只有关心人民、依靠百姓，他们的统治地位才能巩固，"君王犹如树木，农夫好像树根；树要高大挺拔，根要植得很深""暴君不可以为王，豺狼决不可牧羊"。中国文化在"忠"的传统中，特别忌讳犯"上"。整个《增广贤文》没有涉及最高统治者的文句，有几条与"官府"相关的格言，集中体现的是一个字——"怕"："惧法朝朝乐，欺公日日忧""见官莫向前，做客莫在后"。而官府所为，总是对的，"官有正条，民有私约"；普通百姓需要官法的管束，"人心似铁，官法如炉"。如此看来，《增广贤文》中的"衙门八字开，有理无钱莫进来"，只是客观上显示了衙门的腐败，作者主观上是劝告人们不要与衙门打交道，本质上还是一个"怕"字。

第二，对待现实纷争的态度。人生在世有各种各样的烦恼，中国传统的人生理想就是要从这些烦恼中摆脱出来，行为准则取清静无为、消极避世的立场："是非只因多开口，烦恼皆因强出头""触来莫与竞，事过心清凉""近来学得乌龟法，得缩头时且缩头""是非终日有，不听自然无。"波斯诗人虽然不主张在纷争喧闹中求生存，但比《增广贤文》的态度积极得多，"你要使心灵自由奔放，别像众人一样活着！你的理智和心灵都闪耀着光芒，你要像圣贤那样活着"，这是鲁达基的自勉，其中显现了主观的力量。"我的死灰也要长出葡萄，卷须在空气中高飘，信仰真理之人路过我时，无意之间却要被它缠绕"，海亚姆至死还是要"为"，何惧区区生死烦恼？萨迪说，"你的生命已消逝了五十个年头，这剩下的五天你应牢握在手"；而《增广贤文》中却有"月过十五光明少，人到中年万事休"。

第三，对待坏人的态度。波斯诗人对坏人不太留情，他们意识到"怜悯恶人便是亏负好人，宽容恶霸便是欺压平民"（萨迪），因而主张置之死地以免祸患好人——"种植友谊之树可以收获心愿的硕果，拔掉敌意的祸根可以减少烦恼痛苦"（哈菲兹），"如若得知一个恶人的丑行，最好把他除掉免得对你行凶"（萨迪）。中国文化主张宽恕忍让，当然不会采取激烈行动，"饶人不是痴汉，痴汉不会饶人"，但这种"饶恕"不是基督教式的博爱，而是与"天道报应"观念结合在一起，"善恶到头终有报，只争来早与来迟""但将冷眼观螃蟹，看你横行到几时"，反正苍天有眼，将惩罚恶人，我们只须"冷眼旁观"就行了。

第四，对待激情的态度。人有理智，也有感情。感情有时强烈地表现出来，不顾一切、丧失理性。在理与情的矛盾中，中国传统文化强调以理胜情；波斯诗人对感情，尤其是真诚热烈的青春爱情，予以充分的肯定和赞美。莱伊丽与马季农的爱情被波斯诗人反复吟咏。理性成分较浓的萨迪也认为"人无激情岂不是像驴一样"，他对爱的力量也有热烈的赞叹，"谁在夜晚被醇酒醉死，未到天明便会清醒；可是若为爱情所醉，末日才是黎明"。中国传统主张"中庸"，为人做事适可而止，过分则是"失礼"，《增广贤文》中有"受恩深处宜先退，得意浓时便可休""爽口食多偏生病，快心事过恐生殃"的格言，一切以"礼"为准绳，理性成为行为的依据和基础，当然也就没有激情的地位。

四、两种人生模式："春"与"秋"及其成因略探

我们考察中古波斯诗人和《增广贤文》中的人生哲理格言，总会在眼前浮现出两个智慧老人的形象。他们都有着宽阔的前额，眼睛同样闪着睿智的光芒，清癯的面容显出几分和蔼，直垂胸前的白发又给他们平添几分威严。但仔细看，两位老人差别不小，白肤色的那一位，和蔼的面容透出几分稚气，他显得有些局促不安，经常东张西望，睿智的眼神中夹杂一丝不满足的神情，他不苟言笑，若惹他生气，也会怒发冲冠；而黄皮肤的那一位，表现得异常通达稳静，老成温厚，他和蔼的脸庞洋溢着幸福的光彩，显得对一切都很满意。他经常闭目养神，享受着大自然赐予的清新空气和阳光，内心里默念着苍天的恩惠。

早在 20 世纪 30 年代，林语堂（1895—1976）在考察中国人生活的各个方面后，用"秋"的景色和氛围来形容中国人的生活。我们考察《增广贤文》中的人生格言，的确可以嗅到浓郁的秋的气息。秋天，金碧辉煌的收获季节，"展示的不是春天的单纯，也不是夏天的伟力，而是接近高迈之年的老成和良知——明白人生有限因而，知足"①。这种"知足"，使得人生不是去奋斗，去创造，而是收获，享用已有的。人生不是在希望里，而是在知足常乐的境界里，耳闻窗外秋蝉的鸣叫，眼看秋风中颤悠悠飘落大地的片片树叶，它有收获带来的满足和喜悦，也有深秋的暮

---

① 林语堂：《中国人》，浙江人民出版社 1988 年版，第 309 页。

气和冬之将至的抑郁。这是一种沉甸甸的生活和人生。

与《增广贤文》"秋"的气息相比，波斯诗人笔下的人生更具"春"的色彩。春天，清风拂熙，和日融融，新芽缀满枝头，鲜花开遍大地。它带来的是欢欣和希望。波斯诗人虽然也有人生的悲伤和哀叹，但更多的是人生的欢快和享乐。他们的诗作意境往往是在春天的背景里，夜莺歌喉婉转、蔷薇花香阵阵，诗人高举粗质陶制酒杯，身边陪伴着卷发细腰的美丽女郎，咏叹现世生活，也畅想未来岁月。黑格尔（Friedrich Hegel，1770—1831）在《美学》中谈到波斯诗人的这种欢乐心态："……显示出他们特有的自由欢乐的内心生活，他们尽情地向神，向一切值得赞赏的对象抛舍自己，但是在这种自我抛舍中却仍保持住自己的自由实体性，去对付周围的世界。所以我们看到他们在火热的情感生活中的狂欢极乐，迸发为无穷无尽的丰富华严的灿烂形象和欢乐、美丽、幸福的音调。"①

有论者曾指出"古波斯诗歌离不开悲感"，此说颇有道理。菲尔多西（Hakīm Abu'l-Qāsim Firdowsī Tūsī，935—1020）笔下鲁斯塔姆亲手杀死儿子的悲剧，海亚姆对命运的慨叹，内扎米（Ilyas Jamalddin Nezami，1141—1209）描绘的莱伊丽与马季农不幸的爱，萨迪对不平世道的严厉谴责，哈菲兹对情人和酒侍发出的哀怨，等等，都是"悲感说"的例证。但这里的"悲感"是就审美意义而言的，而不是人生观上的悲观。就像古希腊悲剧表现出强烈的悲剧意义，但恰好体现了人对命运的思考和抗争，表现的是古希腊人对人的力量的赞美，是人生的乐观。相反，中国传统文化的家族血缘的亲善关系、社会群体的仁爱氛围、超脱现实困境的达观心境等，令许多论者认为，中国文化是"乐感文化"，但这种"乐感"，并不等于人生的乐观。

中古波斯诗人和《增广贤文》对人生的思考为什么会有这种不同的"春""秋"模式？各自的思考有各自民族传统文化的基础，因而，对这一问题的探讨必须摆到民族文化传统的大范围中。顺着这一思路，下面三点可作我们探讨的出发点。

首先，波斯地处亚、非、欧三大洲的交集处，既是三大洲往来的交通要道，也是古代东西文明的汇合点。这样的位置，至少给波斯文化带

---

① 黑格尔：《美学》第二卷，朱光潜译，商务印书馆 1981 年版，第 87 页。

来了三个后果：其一，形成古波斯人的开放性心态；其二，到中世纪时，由于东西贸易往来，波斯形成了一个势力甚大的工商业阶层；其三，四邻高度发达的古代文明影响了波斯本土文明。发源于幼发拉底河和底格里斯河流域的古巴比伦、亚述文明，成为波斯文化的重要基础，东亚的中国、南亚的印度、西亚北非的埃及和后来强大的阿拉伯、西方的希腊罗马等高度发达的文明都给波斯以程度不同的影响。其中，影响最大的当数古希腊和阿拉伯，而从文化源流上看，古希腊的影响尤甚。早在公元前阿契美尼德王朝时期，地中海沿岸的两个大国互相争雄，发生历史上著名的波希战争，在军事冲突中，两国文明有相互交流。而继阿契美尼德王朝兴起的安息王朝，有过一次对古希腊文化的大输入，大量译介希腊学术著作。希腊文化中的"人"的观念、理性、自由的思想，深深影响了波斯古代文化。阿拉伯人统治波斯后，从 8 世纪到 12 世纪，大量的古希腊著作又被译成阿拉伯文，古希腊文化中的人文精神与伊斯兰教义发生冲突，"意志自由""个性解放"等观念对一些伊斯兰世界的文化人产生了巨大影响。

中国在亚洲东部，东临苍茫大海，西北横亘漫漫戈壁，西南高耸青藏高原，在古代交通条件不利的情况下形成一个封闭圈。而且，内部活动回旋余地非常开阔，黄河、长江流域的农业生产条件很好。这样的自然环境和自给自足的经济条件，促成了中国与外界的相对隔绝状态，在文化心态上满足于大自然的恩赐，在与自然的趋同和乐气氛中，无视其他民族的文明。

其次，中国文化是典型的农耕文化，波斯文化是农业与游牧文化的混成。中国文化发源于黄河、长江流域，有着肥沃的土地、充足的水源和适宜农耕的气候。这种农耕文明，在文化上的特征，正如很多论者分析过的，由于治理水源为第一要务，势必形成一统制度和推崇集体力量的观念；由于收成依赖自然条件，当然产生顺从自然、"天人合一"的观念；农耕以土地为本，有一种执著乡土的观念和求静、求稳的普遍心态。

古代波斯的生活、生产方式不像中国那样单一。在两河流域早有高度发达的农业文明，但在民族发展的历史上屡为游牧部落统治，波斯的好几个王朝都是游牧部落开创的，既有外邦的游牧部落入侵，也有波斯本土的游牧部落取得统治的时期。波斯历史上，游牧部落经常袭击定居的农民，破坏农业灌溉设施。游牧民常被视为优于定居的农民，他们成为统治者依赖的军事力量。其结果，一方面农耕文化同化着游收文化，另一方面游牧文化的强悍勇敢、向往自由、缺乏统一意志、个性主义等特征又渗进波斯文化中。波斯文化在农耕与游牧两种文化类型的冲突、融合中得以发展。

最后，古代波斯的宗教生活有着重要意义。波斯历史上兴起过马兹达教、琐罗亚斯德教、摩尼教，在伊斯兰教统治时期，又产生了独具特色的苏菲派。在一个国家的历史上盛行这么多的宗教，在世界文化历史上并不多见。对于宗教的认识，很多人认为它是以神的世界否定人的世界，德国文化哲学家卡西尔有不同看法，他认为"一切较成熟的伦理宗教——以色列先知们的宗教、琐罗亚斯德教、基督教——都给自己提出了一个共同的任务。它们解除了禁忌体系的不堪承受的重负，但另一方面，它们发现了宗教义务的一个更为深刻的含义：这些义务不是作为约束或强制，而是新的积极的人类自由理想的表现"[①]。这种"人类自由理想"在波斯宗教中表现得非常明显。古波斯宗教以善恶二元论为基础，认为世界一切均由善恶构成，善恶二神一直在不停地斗争。人的向善向恶都有可能；而善神最终战胜恶神，在这中间，人以各种仪式给善神以很大帮助。我们从中可以看到对人的自由意志和人的力量的肯定。摩尼教在琐罗亚斯德教的基础上与社会现实联系起来，把宇宙的纵向发展分为初际、中际和后际，初际善恶二神各自拥有独立的王国，中际善恶相混，后际是善将恶赶离善的王国。摩尼教对中际（即现在）的解释，认为善恶混淆不清，在于人们怎么去看，如果以慈悲的眼光观察，则世间的一切都是光明和善良；若以残忍的眼光去看，则一切都变得黑暗和丑恶。这种善恶相对论，无疑从认识论上为人们打开了自由之门。公元 5 世纪出现了琐罗亚斯德教的异端派——马兹达克派，其把社会生活中的平等与善神、压迫与恶神联系起来，号召建立一个平等、自由、正义的社会，苏菲派作为伊斯兰教的一个派别，宣扬神秘的爱、泛神论和神智思想，奉行内心修炼、沉思入迷以至与安拉合一，实际上在神秘主义的外衣下，掩藏着自由思想的观点。

[①] 恩斯特·卡西尔：《人论》，甘阳译，上海人民出版社 1985 年版，第 139 页。

中国历史上没有产生严格意义的宗教，只有祖先崇拜。"在中国，被国家宗教所认可和控制的对祖宗的这种崇拜，被看成是人民可以有的唯一宗教。"①由于中国传统社会身、家、国三位一体的社会结构，对祖先的崇拜又转向对统治人物的崇拜，正如美国学者肯尼迪所说："中华民族是那种从野蛮状态到文化与文明之高级阶段尚未发展成神灵观念的民族之一。……对于任何超自然力量的崇拜都归属于作为最高统治者帝王或国家祭司身上。"②所以，中国的宗教情感与忠、孝、礼、义等伦理内容和由宗法制引申的等级政治结合在一起，使中国人只能服从和膜拜。

总之，我们通过对中古波斯诗歌和《增广贤文》中人生哲理格言的粗略考察，从人生探讨这一角度，揭示了中国与波斯传统文化的不同内涵。我们无意于对两种文化作价值判断，中国和波斯这两个古老民族都为人类文明作出了贡献，而且也将继续为人类文明的发展作出各自的努力。不过，在民族文化发展过程中，拓宽视野，在不同的文化体系的比照中扬长避短，对于传统文化在新的历史条件下的整合，无疑具有积极意义。这也是比较文学、比较文化学的意义所在。

---

① 恩斯特·卡西尔：《人论》，甘阳译，上海人民出版社 1985 年版，第 139 页。
② J. M. 肯尼迪：《东方宗教与哲学》，董平译，浙江人民出版社 1988 年版，第 150 页。

下编 中外文化、文学之交流与比较

第七章　中日文化、文学交流

第一节　日本历史文化简说

一、史前日本

据地质考证，中生代时（6700 万年前）亚洲东南部、南洋群岛与大洋洲是一块大陆，中国东北部和朝鲜、日本也相连。到新生代（6700 万年至今）初叶，其才因地壳运动和海水冲刷而分离。

日本民族并不是单一的人种流传下来，是由多民族混血而成。日本列岛很早就有人类居住，人种情况没有定论。一种观点认为列岛早期居民主要是阿伊努族（旧称"虾夷族"）。公元前几百年里，有成批的亚洲大陆居民移渡日本。最多的是通古斯族。通古斯人原居亚洲北部，先后分三批抵达日本。第一批从库页岛进入北海道；第二批先到中国东北（满族人的祖先），后至朝鲜半岛，其中一部分移居日本的出云、越前一带，这两批人数不多，称为"出云族"；第三批经朝鲜渡日，人数多，举族迁徙，称为"天孙族"。他们先居九州日向一带，后扩张势力，经略四方，奠定统一基础，融合多民族称为"大和民族"。

约 1 世纪时，日本各地共有 100 多个小国（其中有的与东汉建立了外交关系），这些小国后来逐渐得到了统一。

4世纪时，在关西一带建立了比较大的国家，据说最终将诸多小国统一起来的是当今天皇家族的祖先。当时，日本国的范围包括本州西部、九州北部及四国。经过了漫长的岁月，国家才得以统一。所以，很难对日本国诞生的确切年代作出准确的判定。据《古事记》和《日本书纪》记载，第一代天皇——神武天皇于公元前660年建国并即位。

二、日本原初文化

（一）绳文文化（前300年前）

学界把1万年前至公元前3世纪前后的日本历史称为绳文时代。当时，数人或十数人一户居住在竖坑式草屋中，以狩猎、捕捞、采集为生，形成了没有贫富与阶级差别的社会。这一时期的特点：（1）生产方式处于狩猎、捕捞、采集阶段；（2）居住方式是集团群居，选择依山临海的平地，挖成半米深的椭圆或长方形的土坑，竖几根木柱，上架横木，盖上树枝、茅草即成居室。同一平地常有数十或上百个土坑；（3）处于母系氏族社会，部落成员之间原始平等，女性崇拜普遍，女性担任巫师、评判是非，统治社会集团，绳文时期出土的土偶人都是突出女性特征的女性形象；（4）巫术和自然崇拜支配着人们的观念和生活，各种巫祭和祈祷仪式盛行，人们害怕自然威力，日、月、山川，以及猫、狗、猪、熊都是其崇奉的神明。

（二）弥生文化（前2世纪至公元3世纪）

公元前3世纪，水稻种植和金属器具使用技术由朝鲜传入九州北部。稻作技术给日本社会带来了划时代的变化，其扩大了生产，出现了贫富等级之差，使农村共同体趋向政治集团化。农耕带来的信仰、礼仪、风俗习惯也逐渐传播开来，形成了日本文化的原型，日本人的生活形态大致确立。这一时期的特点：（1）从狩猎、采集为主转向以水稻农耕为主；（2）从以石器为主要工具转向金石并用，后期过渡到完全使用金属工具；（3）生产力大幅度提高，逐渐产生贫富分化，原始社会解体，出现原始形态的部落国家；（4）农耕以男性为主，逐渐形成了父系社会制度。

（三）古坟文化（300—592）

公元4世纪中期，大和政权统一了割据的小国。随着国家的统一，以前方后圆坟为代表的古坟扩大到各个地方。高大古坟，标志着日本进入了新的文化时期。高大的古坟需要集中大批劳动力，古坟大都长达200米以上。最大的仁德天皇陵长480米，后圆部分直径达245米，高35米，前方宽305米，高33米，周围三道壕沟。据测算，仅堆积的土方，也需要5000人劳作一年。坟中的随葬品有剑、镜、勾玉等及其他精美的工艺品，以显示坟主生前握有大权。这与一般平民死后直接埋入土中，连墓碑都没有，形成了鲜明对比。

古坟时期的特点：（1）随着经济的发展，形成了统一的大和国。（2）生产方式以农耕为主，但手工业有所发展。5世纪时，来自朝鲜半岛的外来人（归化人）带来了铁器生产、制陶、纺织、金属工艺、土木等技术。（3）部民制和氏姓制确立。部民主要是随统一国家的征战过程而产生，是皇室或贵族的私有民（奴隶），主要来源于中国和朝鲜的移民、战俘、罪犯。"氏"是由大贵族的直系、旁系血缘家族组成的社会集团，"氏"的首领称"氏上"，一般成员称"氏人"。"姓"由天皇赐予或剥夺，是"氏上"的世袭称号，表示身份高低。受姓的氏上称为"氏姓贵族"。（4）与大陆密切交往。大和"五倭王"先后13次向当时的中国各朝朝贡。开始使用汉字。6世纪，正式接受儒教，中国化的佛教也传入日本。7世纪，圣德太子致力于政治革新，并以"大化改新"为契机，着手建立了一个以天皇为中心的中央集权国家。这个做法效仿了隋、唐，这一时期，日本更加积极地摄取大陆文化，至9世纪末期先后共派出10多次遣隋使和遣唐使。

三、从飞鸟到江户时期的日本文化

7世纪初，圣德太子摄政以后，日本历史按照其权力中心所在地来划分历史阶段，经历了飞鸟、奈良、平安、镰仓、室町、安土·桃山、江户几个时期。

（一）飞鸟时期（592—710）

592年，宫廷贵族苏我马子扶持推古天皇即位，天皇启用圣德太子为摄政。圣德太子接受中国的尊王大一统思想，试图建立以天皇为中心的中央集权体制，实行了一系列改革，为进一步的集权准备了条件。646年"大化改新"仿效隋唐体制，抑制贵族势力，确立了以天皇为中心的中央集权"律令制"国家，实行了"公田公民制"，日本从此进入封建社会。

这一时期文化的特点：（1）氏族和皇室之间的矛盾冲突，飞鸟时代是氏族社会进入奈良时代的过渡期，前半期是氏族时代的最终阶段，后半期是律令时代的前阶段。（2）佛教被引进并作为国家统一意识得到扶持而兴盛。（3）更加积极地摄取大陆文化，至9世纪末期先后派出10多次遣隋使和遣唐使。

（二）奈良时期（710—794）

710年，日本定都平城京（现在的奈良市以及近郊），迎来了律令国家的兴盛时期。但是，此时农民贫困、游民增加，由于庄园扩大而导致了公地公民制实质上的崩溃等，矛盾开始暴露出来。

奈良时期文化的特点：（1）这个时期由于国家极力保护佛教，因此，佛教文化，特别是佛教美术开始繁荣起来。出现了7世纪前期的飞鸟文化、7世纪后期的白凤文化和8世纪中叶的天平文化等。（2）在律令制实施过程中，神道、佛教、儒教这三教的意识形态进行联合，各司其职，以护卫日本的古代帝国和古代天皇。（3）以圣武天皇修建的东大寺为代表，体现富有和权势，兼备美和力的时代理念。（4）继续学习借鉴中国文化，但将中国文化日本化。具有日本本土特色的大型诗集《万叶集》《古事记》（712）、《日本书纪》（720）、汉诗集《怀风藻》（751）等都是这个时期的文化遗产。

（三）平安时期（794—1192）

8世纪末，日本将都城移至平安京（现在的京都市），试图重建律令体制。但由于公地公民制的崩溃，国家陷入了财政困难。894年派出最后一批遣唐使后便告终止，自此不再大量摄取大陆文化。10—11世纪，藤原氏垄断政权，以庄园为经济基础，势力最为强盛。但是，由于地方政治的混乱，导致治安混乱，武士集团强大起来。到11世纪末，为对抗藤原氏政权开始实行"院政"（指日本平安时代后期上皇、法皇代理天皇执政），武士进入了中央政界。

平安时期文化的特点：（1）在借鉴、消化中国文化的基础上，民族文化发展成熟，形成独具特色的日本文化，9世纪时受唐朝影响，密教和汉学方面的弘仁、贞观文化还十分繁荣。但是10世纪后与大陆的直接交流中断后，便产生了日本独特的贵族文化。（2）创建了自己的假名文字，能够准确细腻地表达情感，出现了第一部敕撰和歌集《古今和歌集》（10

世纪初）、世界上最古老的长篇小说《源氏物语》（11 世纪初）、随笔《枕草子》（11 世纪前后）等一批文艺作品。（3）从"摄政关白"向"院政"发展的政治制度。（4）自觉的历史意识兴盛，在律令制时代编纂了《日本书纪》《续日本纪》《日本后纪》《续日本后纪》《文德实录》《三代实录》所谓"六国史"，在摄关政治时代（平安中期）企划要编修承接《三代实录》的《新国史》，在院政时代，汲取六国史传统的汉文体史书《本朝世纪》得以编纂问世。

（四）镰仓时期（1192—1333）

12 世纪末，源赖朝受封征夷大将军，并在镰仓建立日本历史上第一个幕府政权。从此诞生了武士政权，由此产生了武家政权和公家（指朝廷公卿、贵族）政权的对立。13 世纪后期，幕府的武士统治开始面临困难，镰仓幕府逐渐走上灭亡的道路。

镰仓时期文化的特点：（1）以过去的贵族文化为基础，摄取宋朝时传入日本的禅宗文化，培育了生动、写实、朴素、独特的武家文化。（2）在宗教方面，由法然、亲鸾、日莲等著名僧人创建了镰仓佛教，其主张简单的修行即可以得道，赢得了各阶层的信仰。（3）新时代的来临，进一步加深了前代末期产生的末世意识、宿命思想。镰仓时代出现了为数颇多的修行者，在人迹稀少的山河之间，孤独地为佛侍奉，凝视着孤独的魂魄。（4）文学艺术超越宫廷贵族文学的局限，出现大量描写武士阶层和民间世俗人情的作品，以源平合战为背景的小说《平家物语》（原作诞生于 13 世纪初），是日本古代军记物语的杰出代表。

（五）室町时期（1333—1573）

14 世纪的前半期，征夷大将军足利义满稳定了京都的室町幕府以后，2 个多世纪内在政治、文化方面，武家都压倒公家，处于优势。由于室町幕府是聚集了各有力大名而建立的，因此幕府本身的统治能力薄弱。应仁元年（1467），应仁之乱爆发，全国各地的大名纷纷而起，室町幕府摇摇欲坠，日本进入战国时代。战国大名成了统治当地土地、人民的强有力的独立政权。

室町时期文化的特点：（1）武家文化经过长时期的发展，出现贵族化倾向。足利义满喜欢王朝的制度、典礼，并把这些吸收过来编制到了幕府文化中。义满在北山第建造了金阁，将军义政在东山第建造了银阁，成为在各自的山庄集中吸收王朝贵族古典文明的象征。（2）文化的包容与混杂，混合"和样""唐样""天竺样"的各种文化要素，在文艺和宗教的世界里，明确地主张这种兼容并包式的精神。（3）无论是贵族还是武家的文化，都受到禅宗的影响。禅宗追求的幽玄寂静成为时代的审美风尚，五山禅僧是一批精通中国文化的作家和艺术家，他们创作的"五山文学"是当时文学的重要成就。（4）16世纪中叶，葡萄牙人、西班牙人来到日本，传入了枪炮和基督教，那是文化方面充满生气的时代。

（六）安土·桃山时期（1573—1603）

这一时期也称战国时期。应仁之乱（1467—1477）后，日本各地大名纷纷崛起，战火纷飞，民不聊生。16世纪中叶，织田信长决心以武力统一日本、结束乱世，永禄三年（1560），他在桶狭间以两千人马击败今川义元四万大军，名声大振。尔后逐步统一尾张、近畿，并准备进攻山阴、山阳。在此期间，信长修筑了气势宏大的安土城。因此，信长的时代被称为"安土时代"。天正十年（1582），信长身亡。织田家重臣羽柴秀吉先后击败明智光秀、柴田胜家，确立了自己的继承人地位。此后，他经过四国征伐、九州征伐、小田原之战，逐步统一日本。后被天皇赐姓"丰臣"，并受封"关白"一职。丰臣秀吉的时代被称为"桃山时代"。庆长三年（1598），丰臣秀吉在伏见城病逝。丰臣家分裂为近江（西军）和尾张（东军）两派。身为丰臣政权五大老之一的德川家康于庆长五年（1600）发动关原合战，大败西军，建立德川政权。庆长八年（1603），德川幕府建立，战国时代结束。

安土·桃山文化的特点：（1）豪华性、现实性特色。最具代表性的遗产是城堡建筑。与过去的山城不同，战国时代的城堡多建在平地或高地上，在具备军事功能的同时，又作为大名处理政务、生活居住的场所。当时的名城安土城、大阪城、伏见城皆气势雄伟，面积广阔，内部装饰华丽。（2）富裕的市民阶层成为文化的创造者和承继者，其中以千利休的茶道最为著名。（3）"歌舞伎""净瑠璃"等平民艺术在民间广泛流行。（4）"南蛮文化"的巨大影响。葡萄牙人、西班牙人带来的海上科技产品和绘画、医学、地理学等西洋文化均对日本文化产生了较大的影响。

（七）江户时期（1603—1867）

庆长八年（1603），德川家康受封征夷大将军，在江户（现东京）建立了幕府政权，此后 260 多年，德川家统治全国。这段时期被称作江户时代。德川幕府严格控制天皇、贵族、寺院神社，并费尽心机统治着支撑幕藩体制的农民。元和九年（1623），德川家第三代将军德川家光就职，下令锁国。除开放长崎作为对外港口外，一律禁止外国人来日本，也禁止日本人远渡海外。由于闭关自守，幕藩体制迎来了安定时期。但是，随着产业的发达、商品经济的发展，农民自给自足的经营体系崩溃，18世纪起幕藩体制开始动摇，直到明治维新（1868），江户幕府统治结束。

江户时期文化的特点：（1）儒学（包括朱子学、阳明学和古学）占统治地位，尤其是朱子学作为"官学"达到鼎盛。（2）18 世纪后期国学兴起，从对日本古典的研究扩展到对《古事记》《日本书纪》等历史书籍的研究，形成了从中寻找日本固有文化及其精神研究的文化思潮，激烈排除儒学及佛教，提倡尊重古代信仰的复古神道，集大成者是本居宣长。（3）豪华、充满活力和娱乐精神的现实主义市民文化兴盛。市民文化是这个时期的特色。17 世纪后期至 18 世纪初期的元禄文化是以京都、大阪等上方（日本关东地方人称京都、大阪为上方）地区为中心的商人的文化。人偶净琉璃、歌舞伎、浮世绘等工艺在民间广泛流行。19 世纪初期的化正文化移至江户，小说、歌舞伎、浮世绘、文人画等艺术形式汇聚形成了绚丽多彩的商人文化。（4）兰学（西学）在 18 世纪中期以后获得发展，从医学、军事发展到各学科，学习西方知识的知识分子群体逐渐壮大。

四、近现代日本文化

近现代日本经历了几代天皇，以天皇年号纪年，分成明治、大正、昭和、平成几个时段。

（一）近代：明治（1868—1912）、大正（1912—1926）

江户末期，统治腐败，社会充满矛盾。西方列强以坚船利炮打开国门。在内忧外患的双重压力下，部分日本人意识到，只有推翻幕府统治，学习西方先进的科学技术，才是日本富强之路。1868 年 1 月 3 日，代表资产阶级和新兴地主阶级利益的倒幕派在"尊皇攘夷"的旗帜下，在有"维新三杰"之称的大久保利通、西乡隆盛、木户孝允的领导下，成功发动政变，迫使德川幕府交出政权，由新即位的明治天皇颁布"王政复古"

诏书。这就是日本历史上的"明治维新"。日本从此走上资本主义道路。

1868 年，明治天皇迁都江户，并改名东京。之后开始了政治、经济、文教、外交等各方面的系列改革。日本国力逐渐强大，后来在中日甲午战争中击败大清北洋舰队，在日俄战争中全歼俄国太平洋舰队和波罗的海舰队。日本成为世界列强之一。

大正天皇时代被称为"不幸的大正"。大正天皇在位 15 年，政绩远不如明治，而且他一生为脑病所困，最后被迫让权疗养，由裕仁亲王摄政。

近代日本文化的特点：（1）对东西方文化的重新认识和选择。幕府末期的日本人认为欧美是私、欲之国，是近于禽兽的夷狄之国，而东方国家，尤其是其中的日本是公、义之国，是服膺圣人（孔、孟）之教的君子之邦。但维新之后，开化期的人们认识到：私（自我的主张）、欲（物欲的追求）才是文明的源泉，私、欲的追求是文明国的伦理，以此为基础的立宪政治和资本主义经济乃是西洋列强之所以富强的原因，因而，他们选择放弃东方传统而转向学习西方的文明。（2）在"富国强兵""殖产兴业"和"文明开化"的口号下，日本借鉴西方文化，发展经济，很快走上资本主义道路，迅速成为亚洲强国，也激发了民族情绪的高涨。（3）大正时期正值欧洲第一次世界大战，不少甘愿冒险的外国商人前来日本投资，使日本产生了一片繁华景象，大正前期成为日本自明治维新以后前所未有的盛世。一战结束后，民族自决浪潮兴盛，民主自由的气息浓厚，出现影响日本的"大正民主"，工农群众运动和资产阶级主导的民主运动持续高涨。一方面，在工农群众运动的基础上，日本共产党、社会民众党等左翼政党在 20 世纪 20 年代纷纷出现；另一方面，在资产阶级强烈要求民主化的呼声下，"宪政会""政友会""革新俱乐部"三个资产阶级政党提出"打倒特权内阁""实行普选""改革贵族院和枢密院"等政治纲领，出现"护宪运动"。

（二）现代：昭和（1926—1989）、平成（1989—至今）

1926 年，裕仁登基，年号"昭和"。昭和时代前 20 年，日本政府致力于侵略扩张。1931 年"九•一八"事变爆发，日军侵占我国东北。1937 年 7 月 7 日，日军挑起"卢沟桥事变"，发动全面侵华战争。1941 年（昭和 16 年），日军偷袭珍珠港，太平洋战争爆发。这一时期，不仅给中国、朝鲜、东南亚及太平洋地区的人民带来深重的灾难，也给日本人民带来痛苦和灾难。这是日本历史以及中日关系史上最黑暗的时期。1945年（昭和20年）8月15日，日军投降。美军占领日本。经过一系列改革，20世纪50—60年代日本经济出现高速发展。1972年（昭和47年）中日正式建交。1978年8月中日两国缔结《中日和平友好条约》。1989年昭和天皇病殁。皇太子明仁即位，改年号为"平成"。

现代日本文化的特点：（1）军国主义和对外侵略扩张。明治以来民族主义思想逐步发展，形成"日本是亚洲盟主"的观念。20世纪30年代后，日本在对外危机和经济恐慌的影响下，走上侵略扩张的道路，形成军人统治体制。中日战争和太平洋战争期间，日本压制自由主义思想，致力于天皇的神圣化，鼓吹军国主义和国粹主义。（2）第二次世界大战结束后，由于民众的迷惑和混乱致使美国文化大量、迅速流入日本国内，对日本文化和价值观产生深刻影响，人们追求新生活的欲望成了战后文化创造的动力。人们价值观的多样化推动了文化的多样化。（3）市民文化复活并走向国际化。交通通信机构和网络、大众传播媒体的发展空前迅速，城乡文化差别急速缩小。特别是在经济高速增长时期得以普及的电视，在文化的大众化和迅速扩展普及方面发挥了巨大威力。（4）20世纪80年代以来，随着国际形势的变化，日本的危机意识增强，其不满足于经济大国的地位，"政治大国"意识膨胀，右翼政治势力抬头，"皇国史观"死灰复燃，军国主义复活的趋势明显。其否定侵略历史，修改教科书，企图修改和平宪法，借钓鱼岛闹事，加强军备，等等，这些都是引起国际关注的现象。

五、日本文化的特征

（一）稻作文化的特质：对自然的亲近和敏感

培育水稻是日本传统的生产方式，水稻的生长过程完全依赖自然，生产过程也是亲近自然的过程。因而，日本人的思想感情沉浸于自然之中，把自己看作自然的一部分，崇尚和顺从自然界的本来面目，用眼睛观察自然，用心感悟自然。有人认为：日本人对自然的态度不是知性的，而是情感的；不是科学的，而是直观的。

日本人的这种自然观与生活的环境有关。日本列岛四面环海，海岸线所及之处都有绝景佳胜。境内火山纵横交错，形成众多的山脉。山中点缀许多河川、湖沼、溪谷、瀑布。列岛狭长，从西南到东北，动物、植物种类繁多，四季可看到各种各样的景观。生活在这样的自然环境中，日本人深深热爱大自然，对自然充满情趣。日本列岛的气温、气象变化比较大，所以日本人的感觉比较敏感。

日本人的姓名绝大部分与天地山川、自然草木有密切关系，如田中、山田、前田、小林、加藤、佐藤、铃木、山本等。从日本人的服饰花纹上看也是如此，不管是刺绣还是印染，所描绘的大都是藤花、菊花、竹子、梅花之类，包括古代武将甲胄上的图案也不是动物，如虎豹之类，而是花草图案。日本的食品也往往与自然界各物名称有关。以植物名为例，牡丹饼、松风、红梅烧、矶松、桃山、山茶饼、瞿麦饼等，有些取形于花木，如松叶形、菊花形等。日本名酒"菊正宗""樱正宗""剑菱""山川"等也是取名于大自然。日本人烹调鱼类食品时也离不开植物，做好的生鱼片和醋拌生鱼片都得盛在垫着竹叶的盘子里。

日本人的插花术、造园术、山水盆景术别具一格，其绘画着色也十分注重花木的本色、飞鸟的自然动态，尽量追求自然的真实性。西式插花法讲究把花枝、花叶去掉，只将花儿插入瓶中。日本式插花则按照自然搭配的原则讲究"活花方式"，将带枝叶的花艺术地插在瓶里或者盘里，尽量保持花卉的自然美。将自然景色收入一盆之中的盆栽也是日本人擅长的艺术表现手法。

（二）岛国文化特质：安定封闭与开放包容的二元性

日本特殊的历史、环境造成日本文化既有封闭、排外的一面，又有开放、吸纳的一面。一般而言，作为一个社会实体，它是排外的；而作为一种精神文化形态，它是包容的。

明治时期的评论家内村鉴三曾在《国民之友》（1896）撰文指出："日本人的天下不过是远东的系列岛屿。人们盘踞在蜗牛大的国土上，沉溺于琐细的事物之中，不知尽志士本分。政治家、美术家、文学家亦不能摆脱岛国根性。"[①] 这里说的"岛国根性"就是指不顾大局，处处为小事积虑，心胸狭窄，满足于眼前的功名，缺乏科学性的感情冲动，从崇拜

---

① 范作申编著：《日本传统文化》，生活·读书·新知三联书店 1992 年版，第 58 页。

外国急转为国粹主义。自卑感一下子可以变成唯我独尊。这种感情上的大起大落，反映出日本人只注意蜗牛角大小的利益，使自己处于井底之蛙的角度。

然而，作为一个海洋国家，日本有着较为充分的与其他国家和民族接触的机会，在思想观念上比较开放。日本因为国内政治比较稳定，所以不存在改变固有传统、再造新传统的必要。新的外来文化可以接受，旧的民族文化也可以延续下去。包容性指两个方面，一是包容外来影响，二是包容自己的传统。就信仰来说，日本民族有自己的神道，然后又接受了佛教和基督教。但在日本历史上没有出现像中国历史上那样的大规模的反佛教斗争，以儒教反对佛教。当然，中国的反佛教斗争很复杂，它不完全是宗教问题，也是经济问题、社会问题。如果要严格地说，那么，在德川幕府时期，民众也曾反对过基督教，但很短暂。总的来说，佛教、神道教和基督教在日本人的生活中不仅和平共处，而且互相补充。现在日本人的结婚仪式有用神道教的，也有用基督教的，但丧事一般按照佛教仪式来办，尽管死者不一定是佛教徒。日本民族的包容性在对待民俗习惯的问题上表现得同样充分。从古代传留下来的很多习俗，一直保留到今天，特别是在农村。由于受到古代母系社会的影响，结婚不是男人把女人娶到家里来，而是男人到女方家里去，有的根本就生活在女方家里。据说在日本偏僻农村还存在这一习俗。日本女人在性问题上常常受到非议，这与古代日本的群婚遗俗有关。我们不能简单将这个现象说成"淫乱"，而是要从历史的角度来分析。日本文化的包容性还体现在传统形式与现代工艺的结合上。日本的瓷器、漆器很是著名，但它们极易破损，不适应现代洗碗机器。为了解决这个问题，日本人用现代材料、现代工艺去制造与传统瓷器漆器在形式上一样的艺术品。

日本社会对于外来文化不抵触，总是逐一接纳，所以，日本列岛才会发生飞跃式的变化。在吸收外来文化的过程中，日本文化便具有了开放性。因其文化的开放性，日本在其发展的过程中，将中国文化、朝鲜文化、印度文化，甚至南蛮文化、红毛文化、西欧文化、美国文化一一引进本国予以吸收、利用。日本有三大划时代的文化引入：大化改新前后引入中国隋唐文化，明治时期开始摄取西欧文化；第二次世界大战后学习美国文化。

（三）基于家族观念的纵式社会结构

日本社会结构的最大特征：纵式组织系统根源于"家庭本位"和"家长中心"。日本人对"家"，对自己祖先的观念比较重，一般家庭都有一个朝拜的地方，有一个龛子，上面写着老人的名字。主要是自己父母的名字，有的也写上祖父母的名字。他们对长辈特别尊重。当然，日本民族对"家"的观念也有超过中国人的地方。比如，在他们作为礼服的和服上，每家都标有自己的标志，菊花、梅花或别的什么。这虽是封建社会的传统，但一直延续至今。他们称这种标志为"家纹"。这说明日本人是将"家"视为一个单位的，而自己则是这个单位光荣的一员。谁也不能做有毁家族荣誉的事情，不能有辱"家名"。所以，父亲的地位在家族中是非常高的，他的意志不可违背。日本有句俗语是："地震、打雷、着火和老头子。"这是四样最可怕的东西。

中国人注重的"家"是谱系血缘关系，而日本人观念中的"家"是家户生活团体，他们强调的是家户的延续和传承。因此，在日本，一家之主的代代相传，不必受到血缘关系的限制，养子也可以继承家长的地位。

这种"家族"的观念拓展到日本社会，形成了日本"纵向社会的人际关系"。公司里、学校里以及社会集团通过排序，人与人、团体与团体是单一的，通过明确的上下级关系，构成了没有底边的金字塔形的结构关系。被置于这种结构下的无论哪一个阶级、任何人，都绝对地忠诚于上级，所有集团的成员，包括集团的领导者在内，都必须对集团的利益尽忠。这种纵向的人际关系，被认为是集团成员向心力形成的关键。

这种纵式社会结构不仅在企业、公司里普遍存在，也延伸到政党、宗教组织、文化艺术团体。日本的文艺便特别强调"门派"意识。

（四）轻思辨、重实用的文化心理

日本人不喜欢抽象思维，轻理论思辨，重现实、重实践、重实用。

日本人多以"需要"和"利"作为思想核心。他们对技术的兴趣远远大于对科学的兴趣。日本没有形而上体系的思想家，日本的哲学主要是中国程朱理学的东西。日本民族在很多方面都十分出色，可思辨能力比较差。而且，日本人很善于改造那些思辨性强的精神成果。以宗教为例，印度佛教经过中国、朝鲜传到了日本。奇怪的是佛教中那些富于思辨性的内容就没有被日本人接受，使其得以流传。那么，流传的是什么呢？主要是两个。一为禅宗（基本上是中国宗派），禅宗信仰的是顿悟，立地成佛，不需要深入思考，仔细钻研。另一个就是净土宗，就是相信西方有块净土，你只要念阿弥陀佛，死后就可以成佛，这用不着哲学思考，只要信它，念佛念经就行了。把日本民族普遍信仰的这两个佛教宗派与中国的一些宗教相比，发现日本人的选择性特别明显地体现出日本的民族性格和文化品格上。

在对外来异质文化的借鉴、学习上，源了圆谈到日本借鉴外来文化时曾说："吸收外来文化时某种选择原理直观地起了作用（如接受律令制度时，没有采用宦官制和'礼'制——直到近世吸收新儒教时也没有采用'礼'制，此外，吸收了当时最优秀的东西——如在接受明代文化时，虽接受了绘画和书法，但对雕刻却没表现出热情）。并且这种选择原理，是一种为了使日本文化得到发展，乃至防止破坏日本的社会组织的所谓'有用性原理'和隐藏在日本人内心深处的审美意识。"[1]

还有一点也很说明问题，日本的和尚可以娶妻生子，这很实际。为什么佛教能在日本流行开来，那么盛行？日本和尚的娶妻生子、子承父业、主持寺庙的做法，使宗教与日本的封建家族观念结合在一起了。日本佛教对这一戒律的突破，保证了佛教信仰的广泛性。注重实际，不断地接受和改造外来文化影响，使其日本化，是日本民族基本的文化态度。

（五）无常观与求新精神

《平家物语》开篇——

> 祇园精舍的钟声，有诸行无常的声响；
> 沙罗双树的花色，显盛者必衰的道理；
> 骄奢者不久长，只如春夜一梦；
> 强梁者终败亡，恰似风前尘土。

日本列岛的地理结构，本身就是最不规则的，缺乏整体感的，而频繁发作的地震、火山、台风、海啸等突发性灾变，更使这种不规则变本加厉。面对各种自然灾害，人们只能被动地、一个一个地去应对，而无

---

[1] 源了圆:《日本文化与日本人性格的形成》，郭连友、漆红译，北京出版社1992年版，第66页。

法有计划地、整体性地驾驭。不难想象，生存在这种环境里的人，是容易产生"无常"感的。

因而，日本民族推崇"樱花精神"，瞬间绚烂，短时凋零。吉田兼好在《徒然草》中写道："若无常野露水不消，鸟部山云烟常住，而人生于世亦得不老不死，则万物之情趣安在？世间万物无常，唯此方为妙事耳！"[①]无常观养成了日本人高度的应变能力、自我否定精神与求新欲望。

（六）社会道德：义理与忠诚

神道信仰作为日本的原始信仰，源于敬祖-感恩-报恩的观念，神道信仰与儒家忠孝观念结合，形成了日本的社会伦理规范：义理，就是必须遵循的一种无形的规范，是主仆、长幼、师徒等上下关系中必须遵守的一种潜在的道义，可以概括为责任和自我牺牲。

人在社会中所处的地位、扮演的角色，如父亲、儿子、武士、大名等，都必须尽自己的责任和义务。如果责任和义务与人情相悖，就必须按义理办事。如果需要，不仅人情可以牺牲，就是牺牲生命也在所不惜。"义理"的核心就是"忠"，即要忠于君主、孝于父母，下级无条件地服从上级，对自己归属的团体尽职尽责。日语中的"义理"与汉语中的"忠"又有所区别，"义理"比"忠"涵盖更加广泛，作为一个人对君主的忠诚，与汉语中的"忠"比较接近，但"义理"还包含对相关的人尽自己的责任。

日本的"义理"内涵随着历史演变而有所变化。"义理"观念发源于日本的封建时代，对于封建武士来说，义理就是武士的武德，坚守这一规则是武士的职责，对自己的主公尽忠尽职比孝敬自己的父母重要得多。日本封建社会末期，森严的等级制度对士农工商各等级的行为作了详尽的规定及要求，每个人的言行都必须符合自己特定的身份，再加上日本近世文学中对于这些内容的渲染，义理作为一种伦理观念从最初的武士阶层逐步渗透至平民阶层，成为生活中不可或缺的普遍准则和道德观念。步入近代的日本社会，武士从历史的舞台上隐退，但是作为一种伦理观

---

① 清少纳言、吉田兼好：《日本古代随笔选》，周作人、王以铸译，人民文学出版社1988年版，第33页。

念，义理却已扎根于日本民族的道德观念中。只是这时的义理已经不再是对自己主君的忠诚了，而是演变为对天皇的绝对效忠和对各种人应履行的义务。这种伦理规范一直延续到现在，大工业经济发展丝毫没有改变这个传统，相反，这个传统倒成为日本经济起飞的重要推力，其渗透在工商业管理、经营、生活的任何一个方面。对于一个现代职员来说，就是要忠于职守，要服从自己的上司、要准备为公司献身。

第二节　中国文化、文学对日本的影响

一般而言，中国对日本的影响有两个大的阶段：隋唐以前，日本主要以朝鲜为中介，间接接受中国文化；隋唐以后，日本直接接受中国文化的影响。

一、重要事实举例

中日文化交流的起始时间，难以考辨。从文字记载看，最早在春秋末期、战国初期。据《纪伊风土记》记载，春秋末期曾有中国船只遭风浪漂到熊野浦，船中人归化为日本人（新宫氏）。

传说中，秦末徐福率大量童男童女东渡日本，种植、养蚕、医药、百工技艺均由此传入日本。此事《史记》有记载。日本学者小田富士雄，曾利用碳测法，对第一次"渡来人"遗迹处的稻种、织物加以测定，其年代约为公元前三四世纪。

弥生时代的西平式陶器不同于绳纹时代的陶器，不但与朝鲜半岛上汉江流域的黑陶有关，而且还和中国的龙山文化有关。日本学者认为，日本的黑褐色陶器，从制作技术到形制特点等，无不受到中国龙山文化的影响。这一变化迹象表明，从绳文到弥生又有大批中国移民来到日本列岛。

日本出土了五面古铜镜。最古老的一种是多纽细文镜。据日本学者考证，这是西汉以前制作的青铜镜。这种铜镜和一般铜镜不同，一般铜镜是凸面，用以照物；这面则是凹面，不能照物。在中国称为"阳隧"，把它用作一种取火的工具。出土的五面铜镜说明了一个事实，这些铜镜都是从中国传去的，而且是中国移民直接传入的。

《后汉书》载："建武中元二年（公元 57 年），倭奴国奉贡朝贺，使人自称大夫。倭国之极南界也，光武帝赐以印绶。"这枚金印，是 1784 年北九州地区博多湾志贺岛一个农民在修整田地时发现的。金质印章四边长 2.347 厘米，重 108.729 克，印面刻有"汉委奴国王"五个隶书文字。

钦明天皇元年（540 年，梁武帝大同六年）调查显示，秦氏（即汉人）一系有 9053 户，如果一户按 5 人计算，当有 45000 人以上。而且，他们在技艺、财力上都处于优势地位。

隋唐时期，日本有大量留学生和学问僧来到中国。唐代时，日本曾遣唐使 12 次，每次带来留学生或留学僧 20 来人，大约有 200—300 人。而且，这些人学成归国后，都得到安置，一些参与政治枢机，影响日本的文化和历史进程。

隋唐以后直到清末，即日本的奈良到江户幕府末年，中国主要的政治学术思想、生产技艺，都或快或慢地传入日本，经日本吸收消化，成为日本传统文化的有机组成部分。

二、汉字与日本文字

日本很长时间只有语言，没有文字。到 4 世纪末，即 391 年至 404 年的高句丽战事之后，大量中国人和朝鲜人移民到日本列岛，带去了中国的书写汉文。后来，大和朝廷所设各权力部门多有史部，就是由这些归化到日本的中、朝移民担任职掌人。《日本书纪》记载，履中四年（403）八月，诸国始置史，记言事，以达四方之志。大概这时已经用汉文撰写记事了。直到 5 世纪，日本仍只有语言，没有文字。被称为日本"文首始祖"的是来自朝鲜的王仁，5 世纪王仁携《论语》十卷、《千字文》一卷，给应神天皇太子菟道稚郎讲授汉文儒学，汉字由此传开。

430 年左右，日本人自己所写的汉文，一直流传到现在。熊本县江田船山古坟中出土的铁刀，其铭文中有"服此刀者长寿，子孙注注得其恩，不失其所统。作刀者名伊太加。书者张安也"一段。和歌山县桥本市隅田入幡出土的铜镜，其铭文有："癸未年八月日十大王年男弟王意柴沙加宫时斯麻念长奉遣开中费直秽人今州里二人等所白上同所此竟。"这些文字很难理解，但毕竟是日本人写的汉文，不再是中国传去的了。

487 年，倭王"武"给当时的南朝皇帝一篇奏文：

　　封国偏远，作藩于外，自昔祖祢，躬擐甲胄，跋涉山川，不遑
宁处。东征毛人五十五国，西服众夷六十六国，渡平海北九十五国，
王道融泰，廓土遐畿，累叶朝宗，不愆于岁。臣虽下愚，忝胤先绪，
驱率所统，归崇天极，道径百济，装治船舫，而句骊无道，图欲见
吞，掠抄边隶，虔刘不已，每致稽滞，以失良风。虽曰进路，或通
或不。臣亡考济，实忿寇仇，壅塞天路，控弦百万，义声感激，方
欲大举，奄丧父兄，使垂成之功，不获一篑。居在谅暗，不动兵甲，
是以偃息未捷。至今欲练甲治兵，申父兄之志，义士虎贲，文武效
功，白刃交前，亦所不顾。若以帝德覆载，摧此强敌，克靖方难，
无替前功。窃自假开府仪同三司，其余咸各假授，以劝忠节。[①]

该奏文能准确使用汉文，而且辞章熟练、富于文采，颇具魏晋风格。

创作《万叶集》的文字被称为"万叶"假名。"万叶"假名就是利用
其音读或训读的音来标示日语发音的汉字，这种假名在奈良时期以前的
六世纪已出现，到奈良时期才被广泛地使用。

如山上忆良《思儿诗》："金银与宝玉，何物是家珍。惟有吾家子，
珍贵世无伦。""万叶假名"原文：

　　银母
　　金母玉母
　　奈尔世武尔
　　麻佐礼留多可良
　　古尔斯迦米夜母

现代日语的书写读音：

　　しろかね
　　銀　　も
　　くがね　　たま
　　金　も　玉　も

---

① 沈约：《宋书》（列传第五十七·夷蛮），中华书局 1974 年版，第 2395 页。

なに
何 せむに
たから
まされる 寶
ご
子にしかめやも

三、儒学与日本哲学

7 世纪初，圣德太子颁布《十七条宪法》，规定了不同阶层的社会地位和权利义务，贯穿了儒家"君、臣、父、子"的等级观念。

645 年，孝德天皇宣布模仿中国建立年号，定年号为"大化"。大化二年（646），孝德天皇颁布《改新之诏》，正式开始改革，史称"大化改新"。"大化改新"仿效唐制，唐代士大夫的必读书、教育制度均传到了日本。唐代的教育内容和精神支配着日本。经书成为士大夫的必读书。他们以《礼记》《左传》为大经，以《毛诗》《周礼》为中经，以《周易》《尚书》为小经，《孝经》《论语》必修。平安时代出现了一批饱读儒家经典、倡兴祭孔的名儒。

自镰仓中叶，日本游学中国的僧侣和中国赴日僧侣增多，在交往中宋明理学由僧侣传入日本，一段时期里，禅僧成为日本传播宋明理学的主要力量。以"五山禅僧"道隆、普宁、正念、祖元、一宁（均为赴日宋僧）功劳最大。

江户时代，德川幕府为巩固统治，奉朱子学为"官学"。使朱子学摆脱禅僧的依附而独立，获得极大的发展，是儒学的全盛期和日本化时期。朱子学成为整个江户时代占统治地位的意识形态，江户朱子学演化成众多学派，在争鸣中完成了儒学的日本化。

四、中国文学对日本文学的影响

日本最早的文学作品是《古事记》《日本书纪》，其中的神话传说有不少中国的成分。有的像盘古的化身神话，有的像盘瓠的故事，有的像桃枝避鬼的传说。伊邪那岐与伊邪那美兄妹婚配创造日本的神话就有女娲与伏羲兄妹成婚神话的痕迹。"日本'记纪神话'中可以借析出内涵丰富的中国秦汉文化与文学的因素，这便是依靠了从公元前 3 世纪到公元 6 世纪中国大陆向日本列岛的移民来实现的。"①

日本最古的诗文集，是汉诗汉文集《怀风藻》《凌云集》《经国集》等，这些诗文集深受六朝、唐初骈俪文风的影响。日本现存最早的诗歌总集《万叶集》仿《诗经》的形式，以五、七调模仿中国的五、七言诗，长歌出于乐府古诗。题材多为游宴、赠答、应和、咏物、送别等，大都来自唐代诗歌意趣。

平安时代，日本学习唐代近体诗。空海（744—835）写出了日本最早的诗歌理论著作《文镜秘府论》，该书详论诗文修辞法则，论述平仄对偶和律诗作法。空海是日本高僧，804 年来到中国学习。他在中国不仅研究佛教，而且研究中国文学和文字学，擅长书法，他把佛教经典、中国文学、艺术、雕刻介绍到了日本。

唐代传奇《游仙窟》在中国遭受厄运，在日本却受到欢迎。日本"奈良朝"时代的文人喜爱《游仙窟》，《万叶集》卷四有大伴家持赠坂上大娘的歌 15 首，其中有 4 首以此书中所述为根据。平安朝后，更为广布。源顺奉了勤子内亲王的旨令，撰《和名类聚钞》，以《游仙窟》第 1 卷典据，引用之处，有 14 条。该书的文句，又为《和汉朗咏集》等所引用，或被用为"谣物"。在《唐物语》里，也以《游仙窟》做材料。从 9 世纪到 12 世纪，日本文坛崇拜白居易，将其作为创作的楷模。这期间日本的汉诗、和歌、物语、散文，都程度不等地留有白居易文学的痕迹。在日本，醍醐天皇（885—930）曾说："毕生所爱《白氏文集》七十五卷是也！"此前的嵯峨天皇（786—842）则把《白氏文集》藏于宫廷，作为范本来测试其臣民；《长恨歌》的结尾处有句"天长地久有时尽"，日本天皇的生日为"天长第"，皇后的生日为"地久第"。

平安朝时期，日本文坛女作家辈出：道纲母、清少纳言、紫式部、孝标女、小野小町等，成为世界文学史上的奇观。这固然有日本女性文学发展成熟的民族文学传统因素，但中国文学的影响无疑是一个重要因素。当时宫中因争夺帝宠而兴起的"皇后学"，促进了贵族妇女汉文学素养的提高。

---

① 严绍璗、中西进主编：《中日文化交流史大系》（文学卷），浙江人民出版社 1996 年版，第 2 页。

日本正安元年（1299）宋僧一山一宁赴日，他的门下有虎关师炼、中村圆月、梦窗疏石，梦窗门下则有春屋妙葩、龙揪周泽、义堂周信、绝海中津、古剑妙快等，活跃于南北朝时代，开创了五山文学的黄金时代。有七朝帝师之称的梦窗疏石（1275—1351）确立了五山文学的地位。所谓"五山文学"①是指由当时五山十刹的禅僧开创出来的文学风格。五山十刹的僧侣，一方面与幕府关系密切而备受保护，另一方面又大量引进宋明的新文化，成为当代文化的代表。在汉诗方面，"五山文学"由推崇白乐天而改崇苏东坡与黄山谷，文体也由骈俪而转尊韩愈、柳宗元的古体。同时期，还输入了宋学与宋代的水墨画等，这些对日本文化影响深远，创造了"五山文学"汉诗文、新儒学的研究及水墨画、书道等高度发达的文化，这是日本汉文学中表现相当优秀的部分。

镰仓、室町时期，出现了大量记录中国故事或编译中国传奇的和文作品，如《今昔物语》《唐物语》《唐镜》《李娃物语》等。一些军纪物语中也常插入中国故事。

江户小说的发展，深受明清小说的影响。明代传奇小说瞿佑的《剪灯新话》15 世纪传入日本，被改编成《奇异杂谈集》，从而促进了江户小说第一阶段的"假名小说"流行，其代表作《御伽草子》大部分是对《剪灯新话》和《剪灯余话》的改编。《剪灯新话》在中国几乎失传，但它传入日本后却受到异乎寻常的欢迎，产生了深远的影响，出现了"墙里开花墙外香"的现象。《牡丹灯记》更是被日本作家屡屡翻改为歌舞伎、落语、小说等大众文艺形式，成为江户时代以来怪谈小说的渊源。

明清白话小说在日本的传播，得力于一批精通汉语的"唐通事"②，其中冈岛冠山是代表人物。冈岛冠山（1675—1728）祖籍长崎，幼年即跟随以明清白话小说作为教本的"唐通事"们学习汉语，具有相当深厚

---

① "五山文学"即对镰仓时代末至室町时代，以"京都五山"（天龙寺、相国寺、建仁寺、东福寺、万寿寺）和"镰仓五山"（建长寺、圆觉寺、寿福寺、净智寺、净妙寺）为中心的禅僧所写汉诗文、注疏、法语（讲解佛法的话或文章）等的总称。这种文学于日本南北朝时代末期达到极盛，但至室町时代后期逐渐衰微。著名作家及其代表作有雪村友梅的诗文集《岷峨集》、虎关师炼的僧传《元亨释书》和义堂周信的日记《空华集》等。

② "唐通事"是日本江户时代长崎贸易中对从事汉译人员的通称，唐通事职责重要，社会地位崇高，对中日文化交流贡献巨大。

的汉语言文学修养，他在京都完成了《通俗忠义水浒传》70 回的日文译本（1757 年刊行）并有和训 4 卷 10 回。此外，他还创作了《太平演义》5 卷，用中国俗文来编写连缀日本的故事，创作《太阁记》，以中国演义小说的形式写作日本小说。其后，江户文坛上中国小说的翻译作品闻风而起，有《通俗西游记》《通俗醉菩提》《通俗平妖传》《通俗女仙外史》《通俗孝肃传》等。冈岛冠山的学生们，更致力于中国小说的传播，至 18 世纪中期，日本学者对中国明清白话小说"三言"加以重编，成"新三言"（即 1743 年、1753 年冈田白驹分别选编刊行的《小说精言》《小说奇言》，以及 1755 年泽田一斋选编刊行的《小说粹言》），表明中国话本小说在日本的流传进入全盛时代。江户晚期著名文学家都贺庭钟（1718—1794）出版的"古今三谈"（即《古今奇谈英草纸》《古今奇谈繁野话》《古今奇谈莠句册》）将明清白话小说向日本化的方向推进了一大步。

读本小说主要是日本借鉴中国明清话本小说而来。就如同中国的话本小说呈现了明清城市的庶民生活，日本读本小说也将江户时代的町人生活加以艺术地展现，它虽然借助中国的元素，但却体现了日本文学特有的创造力。

明治维新以后，从总体上说，日本文学受到西方文学影响，进而影响了中国文学，但中国文学仍对日本文坛具有潜在的影响。不少作家从文化根源上接近中国文化，如森鸥外、夏目漱石、幸田露伴、芥川龙之介、井上靖等，都是这样的日本作家。

第三节　日本文化、文学对中国的影响

日本著名汉学家内藤湖南曾经说："日本文化位于中国文化接触之前是一锅豆浆，中国文化就像卤水一样，日本民族与中国文化一接触就成了豆腐。"这说明了中国文化在日本文化发展过程中的意义。当然，文化交流是双向的，日本学者木宫泰彦在《日中文化交流史·序》中写道："日中两国文化过去不断进行文化交流，约有一千八九百年之久。日本人上古就径由朝鲜或直接同中国往来，逐渐吸取新文化，经过咀嚼和醇化，培育日本固有的文化，创造了特殊而有益的国风文化，并且有时输诸中国，促进了它的发展。"①

一、保存和返回中国逸书

宋代文豪欧阳修有一首《日本刀歌》：

> 昆夷道远不复通，世传切玉谁能穷？
> 宝刀近出日本国，越贾得之沧海东。
> 鱼皮装贴香木鞘，黄白闲杂鍮与铜。
> 百金传入好事手，佩服可以禳妖凶。
> 传闻其国居大岛，土壤沃饶风俗好。
> 其先徐福诈秦民，采药淹留丱童老。
> 百工五种与之居，至今器玩皆精巧。
> 前朝贡献屡往来，士人往往工词藻。
> 徐福行时书未焚，逸书百篇今尚存。
> 令严不许传中国，举世无人识古文。
> 先王大典藏夷貊，苍波浩荡无通津。
> 令人感激坐流涕，绣涩短刀何足云。②

诗中在"日本刀"之外，特别谈到"逸书"，就是在中国已经失传，却在日本"今尚存"的中国古籍。由于兵燹战火或天灾人祸，一些有价值的典籍在中国失传了，却传播到日本得以保存。日本人善于保存旧东西。日本学者青木整儿说："日本人是最尊重传统的国民，却决不保守，而富有进取的气象。变旧创新，同时又极忠实于保存旧事物。从中国所受的文化，有时在中国已亡佚，而日本却俨然存在。例如在艺术方面，唐代的舞乐在日本所谓雅乐中保存一部分原形，是最显著的事，而在中国早已变迁，今日已无影无踪了。至于美术工艺品，则正仓院的御物，保存了一千二百年前唐代文化的本来面貌。"的确如此，那些保存的逸书，五代有人访求抄回一些。宋代有日本人来访，以逸书作赠礼。日本的《学林述斋》重刊 17 种 111 卷；驻日公使黎昌庶《古逸丛书》整理刊出 27

---

① 木宫泰彦：《日中文化交流史》，胡锡年译，商务印书馆 1980 年版，第 1 页。
② 施培毅选注：《欧阳修诗选》，安徽人民出版社 1982 年版，第 194 页。

种 186 卷；王国维、郑振铎也为此作出了贡献。这种"逸书"虽然不是日本文化的原创，但这种"出口转内销"的文化交流，对中国文化发展产生一定的影响也是事实。

二、精美的工艺品和刀剑

随着日本文化的发展，宋朝时，日本输出特有的美术工艺品，很受欢迎。日本制造的金银描金、螺钿以及珐琅、水晶、红黑木、楼子的念珠、扇子、屏风等工艺美术品，在中国大受欢迎。明末著名的科学家宋应星（1587—1666）在《天工开物》描述日本刀剑："其倭夷刀剑，有百炼精纯，置日光檐下，则满室辉耀者。"①明代学者张燮（1574—1640）在《东西洋考》也说："倭刀甚利，中国人多鬻之。其精者能绕之使之圆，盖百炼而绕指者也。"②

其他工艺品，如泥金漆画（明代传入）、螺钿（宋代返影响）、折扇（宋代传入）、软屏（宋代传入）、鱼须尺（明代传入）、水晶制品（明代传入）也深受欢迎，宋人江少虞所撰的《皇朝类苑》卷第六十《风俗杂志》中讲到日本扇子说："熙宁末，余游相国寺，见卖日本国扇者，琴漆柄以鸦青纸，如饼揲为旋风扇，淡粉画平远山水，薄薄以五彩。近岸为寒芦衰蓼，鸥鹭仁立，景物如八九月间。舣小舟，渔人披蓑钓其上。天末隐隐有微云飞鸟之状。意思深远，笔势精妙，中国之善画者或不能也。"③

三、日本文学对中国文学的影响

中日文学的影响是双向的。严绍璗先生在《中日古代文学关系史稿》中写道："中国文学作品中，出现了日本汉诗的反馈现象；中国作家突破了个人之间唱和诗的形式，开始创作以日本为题材的风情诗；日本现实政治生活中的人物，进入了中国文学作品；一些作家甚至尝试以日语进行剧本创作；作为日本民族艺术形式的和歌，开始有了汉译的选集等等。"④

---

① 宋应星：《天工开物译注》，潘吉星译注，上海古籍出版社 1998 年版，第 269 页。
② 张燮：《东西洋考》，中华书局 1981 年版，第 126 页。
③ 木宫泰彦：《日中文化交流史》，商务印书馆 1980 年版，第 249 页。
④ 严绍璗：《中日古代文学关系史稿》，湖南文艺出版社 1987 年版，第 280 页。

7世纪以后，日本向中国派遣了10多次的遣隋使、遣唐使，以此引进中华先进文化。这些使者历经千辛万苦来到中国，一方面积极吸收中国的先进文明；另一方面又与中国诗人们作诗唱和，进行交流。唐代文献中，保留有近百首中日诗人间的酬唱诗歌，成为早期中日文化交流史上的宝贵资料。在交流过程中，遣隋使、遣唐们亦将日本文化介绍到中国。"日本汉诗的反馈现象"指的是本来受中国诗歌影响的日本汉诗，成熟后反转来影响中国的诗歌创作。同时，日本本土的和歌也在唐代就传入中国。

现存遣唐使在中国所作的和歌有两首，一首为《万叶集》卷一中所收录的《山上忆良在大唐时忆本乡作歌》：

> 归去兮同胞
> 大伴御津海洪松
> 想必等心焦

日本平安朝出现的文字也进入中国。宋代的罗大经在《鹤林玉露》中，将从留学僧安觉听来的日语单词分别用发音相近的汉字一一加以介绍。到了元末明初，著名学者陶宗仪在其编纂的《书史会要》一书中，根据当时日本入元僧人提供的资料，按照"いろは歌"顺序，第一次完整记载了日语的47个假名。[①]

在明代倭寇之患的压迫下，对日本的研究成为官方的意志，因此，明代涌现了大量研究日本的著作，代表作有薛俊的《日本考略》，郑若曾的《日本图纂》《筹海图编》，李言恭、郝杰的《日本考》、郑舜功的《日本一鉴》等。搜集"寄语"[②]成为这些著作的重要内容。所谓"寄语"，是指日语词汇的汉译，如薛俊的《日本考略》中所记"秃计，月""乌弥，海""摇落，夜"，前面为用汉字模拟的日语发音，后面为该日语词汇的汉语意思。薛俊的《日本考略》收录了358个"寄语"，郑舜功的《日本一鉴》收录了3401个"寄语"，李言恭、郝杰的《日本考》收录了1186个"寄语"。这样以"寄语"方式大量介绍日语单词，在中国文学史上尚

---

① 陶宗仪：《书史会要》，上海书店1984年版，第365-368页。
② "寄语"一词，起源于《礼记·王制》："五方之民，言语不通，嗜欲不同。达其志，通其饮，东方曰寄，南方曰象，西方曰狄鞮，北方曰译。"薛俊在《日本国考略》中亦说明了，"寄即译也，西北曰译，东南曰寄"，并在该书中特设"寄语略"一栏。

属首次，也正因为有着如此丰富的"寄语"积累，和歌的汉译也成为可能。①

李言恭、郝杰的《日本考》包含了最早的汉译和歌集。《日本考》编撰于明万历年间，全书共有 5 卷，对当时日本的情况，从地理、风俗，到文字、工艺等，皆作了较为具体而全面的介绍。其中卷三的"歌谣"收有和歌 39 首，卷五的"山歌"收有歌谣 12 首，共计 51 首和歌，并对它们一一作了具体的汉译。每首包括歌词（辑录原作）、呼音（对原作中的汉字注音）、读法（对整首和歌用汉字注音）、释音（日汉词汇对照解释）和切意（翻译成汉语）五个部分。这些和歌大多取自《古今集》《后撰集》《拾遗集》《后拾遗集》《伊势物语》等，内容则多种多样。

明清文学中出现了日本题材的创作。明代的宋濂（1310—1381）创作有组诗《日东曲》（10 首），清代的沙起云有《日本杂事》（16 首），序云："日本为海外诸国之声，舟楫辐辏，其中山水奇绝，景况佳好，不能尽意，偶占绝句十六首，聊记岁序、民风之意。"晚清诗人黄遵宪创作了《日本杂事诗》（200 首），清代还有文人尝试创作日文剧作，曹寅为祝圣寿创作的《太平乐事》（杂剧九出，第七出《日本灯词》）就是例子：

【日本国王登场】

红云春暖萨摩州，木琢扶桑做枕头；晓起礼天向南望，青山一发对琉球。自家日本国王是也。俺国都称紫筑，形类琵琶，读沫泗之诗书，崇乾竺之法教，向自前明负固，颇肆猖狂。今者中华圣人御极，海不扬波，通商薄赋，黎庶沾恩。俺们外国，无以答报，唯有礼佛拜天，预祝圣寿无疆。

【接下来在鼓乐声中展现日本歌舞，有"灯舞""扇舞""花篮舞"等】

为表现天下太平、万国朝贺的情景，剧中道白用的是日语原文。

1868 年明治维新后，日本向西方学习，迅速走上现代化道路，中国与日本的关系发生了戏剧性的变化，原先的学生成了先生，中国 20 世纪

---

① 严绍璗、中西进主编：《中日文化交流史大系》（文学卷），浙江人民出版社 1996 年版，第 104-105 页。

文学开始受到日本文学的深刻影响。

日本文学对 20 世纪中国文学的影响，先是源于留日风潮。1896 年中国正式派遣留日学生，到 20 世纪初，中国大地上掀起了引人瞩目的留日热潮。日本学者青柳笃恒形象地记述了当时"留日热"的盛况："学子互相约集，一声'向右转'，齐步辞别国内学堂，买舟东去，不远千里，北自天津，南自上海，如潮涌来。每遇赴日便船，必制先机抢搭，船船满座……总之分秒必争，务求早日抵达东京，此乃热衷留学之实情也。"①中国留日学生从落后闭塞的半殖民地半封建的旧中国，来到正在进行资本主义现代化建设的日本，顿感眼界拓展，心胸为之开阔。在他们中间出现了一大批著名文学家，他们大量译介日本文学，或以日本为中介译介西方文学，用新的文学观念和创作实践，促使中国传统文学向新文学转化，推进了中国文学的现代化进程。20 世纪初期的"小说界革命"和 20 世纪 20 年代的"小诗运动"很能说明日本文学对中国现代文学的影响。

"小说界革命"的倡导者是戊戌变法后流亡日本的梁启超。梁启超在日本研究了日本明治时期的文学，在时论《文明普及之法》中向国内介绍了日本当时的文学情况："于日本维新之运有大功者，小说亦其一端也。明治十五六年间，民权自由之声遍满国中。于是西洋小说中言法国、罗马革命之事者，陆续译出，有题为《自由》者，有题为《自由之灯》者，次第登于新报中。自是译泰西小说者日新月盛。其最著者则织田纯一郎氏之《花柳春话》，关直彦氏之《春莺啭》，藤田鸣鹤氏之《系思谈》《春窗绮话》《梅蕾余薰》《经世伟观》等，其原书多系英国近代历史小说之作也。翻译既盛，而政治小说之普述也渐起，如柴东海之《佳人奇遇》，末广铁肠之《花间莺》《雪中梅》、藤田鸣鹤之《文明东渐史》、矢野龙溪之《经国美谈》等。"②文中梁启超肯定了小说对推动明治维新的意义，轮廓清晰地介绍了日本文学由翻译发展到创作的过程，并且概括了这种新型小说的特点和代表作：作家"皆一时之大政治家，寄托书中人物，以写自己之政见，固不得专以小说目之。而其浸润于国民脑质最有效力者，则《经国美谈》《佳人奇遇》两书为最云"。文章最后还表明了与同

---

① 实藤惠秀：《中国人留学日本史》，生活·读书·新知三联书店 1983 年版，第 37 页。
② 梁启超：《文明普及之法》，《清议报》（二），中华书局 2006 年版，1681 页。

道一起创作小说的愿望："呜呼，吾安得如施耐庵其人者，日夕促膝对居，相与指天画地，雌黄古今，吐纳欧亚，出其胸中块垒磅礴错综复杂者，而一一熔铸之，以质于天下健者哉！"正是出于这种愿望，梁启超在横滨创办了小说期刊《新小说》（1902）。在第一期作为代发刊词，他发表了著名论文《论小说与群治之关系》，并刊发了他创作的政治小说《新中国未来记》。在《论小说与群治之关系》中，梁启超把他在日本研究日本文学和西方文学后的认识、对小说的社会功能作了系统的论述，提出"欲新一国之民，不可不新一国之小说"。他的论断是基于小说对于社会的特殊价值而言的。他认为小说有"熏""浸""刺""提"四力，借助这四力，"则小说之于一群也，既也如空气，如菽粟，欲避不得避，欲屏不得屏，而日日相与呼吸之，餐嚼之矣"。他认为，中国传统小说同样显示了其效能，只是从反面发挥作用，成为"中国群治腐败之总根源"。因而，他在文末喊出了"小说界革命"的口号。

梁启超对小说地位的肯定、对小说价值的分析、对传统小说的批判和以小说改良社会的手段这些观点，都可以在日本当时的报刊上看到。类似的议论，在当时自由民权派理论家笔下经常出现。梁启超无疑受到这些理论的影响，联系中国社会和文坛实际，试图把小说当作启迪民众、变革社会的重要武器，明确提出"小说界革命"的主张。

《新小说》的出版和《论小说与群治之关系》的刊出，在晚清文坛产生了强烈反响。当时的著名作家包天笑后来回忆，"《新小说》出版了，引起了知识界的兴味，哄动一时，而且销数也非常发达"，并且"似乎登高一呼，群山响应"[1]。《新小说》"专在借小说家言，以发起国民政治思想，激励其爱国精神"[2]的宗旨，成为当时整个小说界的创作宗旨。著名作家吴趼人几年后著文谈到当时的情形："吾感乎饮冰子《小说与群治之关系》之说出，提倡改良小说，不数年而吾国之新著新译小说，几乎汗万牛充万栋，犹复日出不已而未有穷期也。"[3]这样，一场轰轰烈烈的"小说界革命"在晚清文坛展开，翻译引进西方、日本的小说，创作肩负改良社会的政治任务的新小说，围绕"新小说"展开理论探讨，热闹了好

---

① 包天笑：《钏影楼回忆录》，上海三联书店 2014 年版，第 275 页。
② 《中国唯一之文学报刊〈小说〉》，《新民丛报》1902 年第 14 号。
③ 吴沃尧：《月月小说·序》，《月月小说》1906 年第 1 号。

些年，直到辛亥革命后才逐渐衰落。

20 世纪 20 年代 "小诗运动" 的倡导和推动者是留日归来、对日本审美情趣有所偏爱的周作人。1921 年 5 月，周作人在《小说月报》第 12 卷第 5 号上发表《日本的诗歌》一文，对松尾芭蕉、与谢芜村、小林一茶、正冈子规等的俳句，以及和泉式部、香川景树、与谢野铁干、与谢野晶子等诗人的和歌，逐一做了选译并加以评论，向中国文坛详细介绍了日本的和歌、俳句。周作人在文中指出，比起中国诗歌来，日本诗歌具有两大显著的特点：一是其形式较短，虽不易于长篇叙事，但若要描写 "一地的景色，一时的情调" 却很擅长；二是由于字数不多，所以 "务求简洁精炼"，须追求余韵。此后，周作人写下大量有关日本诗歌的介绍文章，提倡在中国诗坛普及小诗。[①]这种主张受到其他诗人的欢迎。经周作人的热情介绍和鼓动，日本诗歌，尤其是俳句受到中国诗人的注目。特别是它描写 "一地的景色，一时的情调" 的表现手法，成了诗人们竞相模仿的对象。20 世纪 20 年代初的诗人，或多或少都曾作过小诗，主要作品有汪静之、潘谟华、应修人、冯雪峰的诗集《湖畔》，潘谟华、应修人、冯雪峰的诗集《春的歌集》，汪静之的《蕙的风》，徐玉诺的《将来之花园》，何植三的《农家的草紫》，等等。俳句表现瞬间的感觉，注重简洁精练，尽量留有余韵的特点在中国诗人的创作中得到鲜明的体现。

日本诗歌对中国文坛的影响随着中日战争和后来的社会历史演变中断了几十年，在 20 世纪 80 年代又以汉俳的形式体现出来。汉俳是 80 年代初由赵朴初、林林、袁鹰等诗人开始尝试，逐渐成为中国诗坛的新兴诗歌类型。第一首汉俳是赵朴初的《送鉴真大师像返奈良并呈森本长老》：

---

① 从 1921 年至 1923 年，周作人发表的有关日本诗歌的文章分别如下：1921 年 5 月《日本的诗歌》（《小说月报》第 12 卷第 5 号）；6 月《日本俗歌五首》（《晨报》副刊 6 月 29 日）；8 月《杂译日本诗三十首》（《新青年》第 9 卷第 4 号）；10 月《日本诗人一茶的诗》（《小说月报》第 12 卷第 11 号）；10 月《日本俗歌八首》（《晨报》副刊 10 月 23 日）；1922 年 2 月《日本俗歌四十首》（《诗》第 1 卷第 2 期）；5 月《石川啄木的短歌》（《诗》第 1 卷第 5 期）；6 月《石川啄木的歌》（《努力周报》第 4 期）；6 月《论小诗》（《晨报》副刊 21.22 日）；9 月《日本俗歌二十首》（《努力周报》第 20 期）；1923 年 1 月《石川啄木的短歌》（《小说月报说》第 14 卷第 1 号）；4 月《日本的小诗》（《晨报》副刊 4 月 3—5 日）。参见张菊香、张铁荣编著：《周作人年谱（1885—1967）》，南开大学出版社 1985 年版。

看尽杜鹃花，
不因隔海怨天涯，
东西都是家。

1980 年 4 月，唐招提寺的森本孝顺长老带着日本国家级重要文物鉴真和尚坐像，来到鉴真的故乡扬州，在坐像返回奈良之际，赵朴初作了上述汉俳以示送别。随后是 1980 年 5 月，在欢迎以大野林火氏为团长的日本俳人协会访华团一行的宴会上，赵朴初吟诵了又一首汉俳：

绿阴今雨来，
山花枝接海花开，
和风起汉俳。①

正如赵朴初这首汉俳所述，汉俳是中国诗人与日本徘人直接友好交流的产物。1981 年 6 月，《诗刊》6 月号开辟"汉俳试作"专栏，除刊登赵朴初、林林、袁鹰等所创作的汉俳外，还登载了林林所作的介绍日本俳句的文章《最短的诗——略谈日本俳句》。同年 8 月 8 日，《人民日报》亦设"汉俳试作"栏，刊登了赵朴初、林林、袁鹰等人所作的汉俳，《诗刊》1981 年第 6 期"汉俳试作"专栏有"编者的话"：

汉俳（汉式俳句）是中国诗人在同日本俳句诗人文学交往中产生的一种新的诗体（关于日本俳句，请参见本期林林《最短的诗》一文），参照日本俳句十七字（五·七·五）的形式，加上脚韵，形成一种三行十七字的短诗，近似绝句、小令或民歌。它短小凝练，可文可白，便于写景抒情，可吟可诵。

这样的"汉俳"，借用了日本俳句的五·七·五形式，但并不关涉俳句的季题、切字的要求，却又要求韵脚，类似中国古典诗歌中的绝句、小令及民谣。这是日本俳句影响又融合中国诗歌传统的短小诗型。

明治后日本文学对中国文学的影响当然不只是"小说界革命"、小诗运动和汉俳的出现，日本文学影响了一大批中国作家，促进了中国现代文学思潮和流派的发展。日本明治以来的文学思潮流派，如启蒙主义、

---

① 赵朴初：《赠日本俳人协会诸友》，《人民日报》1980 年 5 月 29 日。

浪漫主义、自然主义、写实主义、唯美主义、人道主义、理智主义、现代主义、普罗文学都在中国现代文坛有过程度不同的回响。早在 1928 年，郭沫若就说过："中国文坛大半是日本留学生建筑成的，创造社的主要作家都是日本留学生，语丝派的也是一样……就因为这样的缘故，中国的新文艺是深受了日本的洗礼的。"①

第四节　中日文学特质宏观比较

中国和日本一衣带水，自古有着密切的文化交流。在古代，日本全面学习借鉴中国，思想、制度、文化、文学、艺术都师法中国。近代以来，日本经过明治维新，在东方率先走上现代化道路，中国反转来学习借鉴日本。虽然如此，由于不同的生存环境，不同的民族心理和不同的历史发展道路，形成了不同的历史积淀，使得中日在彼此影响时，都是从本国实际出发加以取舍，中日固有的民族精神在彼此借鉴中起着内在的主体作用。中日文学也在彼此影响中体现出了鲜明的民族特色。

一、文学题材：明志载道与人情况味

中国文学基于伦理核心的传统文化，强调明志载道。"诗言志""文以明道""文以载道"的文学主张，成为中国几千年文学创作的金科玉律。在历代文学理论中，强调"情志合一"，将抒情言志的内容纳入"明道"的轨道，要求作家诗人在创作中无论抒情还是言志，都要作伦理道德的理性思考，将个人情感与社会群体联系起来，表现"治国、平天下"的责任感和使命感，宣扬忠孝节义的伦理规范，揭露现实社会的弊端和黑暗，书写报国济民的情怀。《尚书》提出"诗言志"，孔子提出"思无邪""兴观群怨""事父事君"的诗教说，荀子在《解蔽》《儒效》《正名》等篇中，提出了"文以明道"的思想，汉代的《毛诗序》进一步发挥："情发于声，声成文谓之音。治世之音安以乐，其政和；乱世之音怨以怒，其政乖；亡国之音哀以思，其民困。故正得失，动天地，感鬼神，莫近

---

① 郭沫若：《桌子的跳舞》，《创造月刊》1928 年第 1 卷第 11 期。

于诗。先王以是经夫妇，成孝敬，厚人伦，美教化，移风俗。"①至此，"明志载道"成为中国文学主流的审美要求和创作的指导性原则。因而，中国古代文学有屈原作品中忧国忧民、愤世嫉俗的情志，有司马迁"发愤"而作《史记》，有杜甫的"诗史"，有韩愈、柳宗元以"文以载道"为纲领的古文运动，有元稹、白居易等主张"美刺"的"新乐府运动"。

日本文学是在全面引进、吸收中国文学的基础上发展的，因此，中国文学强调社会功利性和教化功能的特点在日本早期的文学理论论述中也有反映。早期的和歌理论中也不乏强调诗"动天地、感鬼神、化人伦、和夫妇"②，甚至有"邦家之经纬，王化之鸿基"③的论述。但日本民族的文化心理结构决定了其文学思想的特点，即注重人情况味的抒写。这一特点不仅在万叶时代就有清晰的表述，而且随着文学的发展，逐渐突显为重要特点并最终成为主流思潮。原田东岳认为"诗吟咏性情而已"④，本居宣长（1730—1801）认为："歌之本体，并非为辅助政治，并非为修身，不外是导于言心中之事。"⑤内山真弓（1786—1852）记录其师香川景树的话："自诚实而为歌，即是天地之调，如空中吹拂之风，就物而为其声。所当之物，无不得其调，其触物就是，感动即发于声。感与调间，无容发之隙，自胸臆间诚意真心出之也。"⑥上述日本古代理论家的论述可以说明日本文学家在文学本质和目的论方面的基本观念：即"主情"，就是注重由外在事物引发的人心的感动、情绪的变化。因此，日本的文学目的论往往拒绝承担主体自我抒情、感发自我胸臆之外的任何一种社会功利性，这就是日本文学传统的"物哀"观的基本内涵。

中国文学的"明志载道"与日本文学"人情况味"的区别在于：中国文学是一种在道德理性意识作用下的创作，将个人情感与社会联系起来，升华为责任、抱负、志向和理想。而日本文学的"人情况味"，或者说"物哀"观则是接触到某一事物时不由自主产生的感动和赞叹，是不

---

① 郭绍虞主编：《中国历代文论选》第 1 册，上海古籍出版社 1979 年版，第 63 页。

② 纪贯之等撰：《〈古今和歌集〉序》，《古今和歌集》，复旦大学出版社 1983 年版，第 5 页。

③ 安万侣：《古事记序》，《东方文论选》，四川人民出版社 1996 年版，第 656 页。

④ 原田东岳：《诗学新论》，《东方文论选》，四川人民出版社 1996 年版，第 768 页。

⑤ 本居宣长：《排芦小船》，转引自今道友信《东方的美学》，中国人民大学出版社 1992 年版，第 80 页。

⑥ 内山真弓：《歌学提要》，《东方文论选》，四川人民出版社 1996 年版，第 814 页。

经过大脑思考，直接由眼睛到心灵的感动。它是非理性的，纯感性的，带有很强的瞬间性，主要是对事物的表象产生的印象，而非经过深入思考后得出的对事物的本质认识。

日本学者铃木修次（1923—1989）在《中国文学与日本文学》中曾谈到日本文学的这种风格："日本文学本来就是岛国的、以同一家族的小集团为对象的文学……在这样的环境里，没有必要盛气凌人，没有必要冠冕堂皇地进行思想逻辑的说教。倒是有使人相互安慰、分担哀愁、体贴入微的必要。咏叹也最好只摘取心有灵犀的那一点。在彼此了解的同伴当中，也没有必要不厌其烦地作解释了。大约，到了这种境地便诞生了短歌的艺术世界。的确，在这样的世界里，'愍物宗情'（即'物哀'）的感受，以及对于这种感受的领会，便成了重要的文学因素。"①

在题材方面，日本文学不像中国文学那样，描写社会现实的政治问题或道德问题，而是游离政治、超越道德。即使像《平家物语》《太平记》这些以表现各派政治势力之间的斗争为题材的军记物语，其重点也多放在对人物的心理刻画上，放在对盛者必衰、世事无常的审视和由此产生的幽凄和哀叹等方面，而不是着力描写惊心动魄的战争场面、双方斗智斗勇的精彩表现，以及对战争双方的道德评价。这一点只要将之与中国的《三国演义》《水浒传》加以比较就很清楚。在日本古代，不论是和歌，还是物语或随笔，作者涉足最多的是发生在自己身边的事情和日常见闻、人与人之间的感情纠葛以及对大自然的感受。即使少量作品涉及社会现实，也尽量将之掩饰在故事情节之中，或者以感叹人世无常的手法，最大限度地淡化政治、道德色彩。直到近现代，取材身边琐事的私小说成为日本纯文学的主流。这是日本文学"人情况味"传统的延续。

结合具体作品看，有论者比较中日文学处于奠基地位的《诗经》和《万叶集》，得出结论：两部作品在主体内容和一般倾向方面的差异性十分明显，主要表现在是否注重诗歌的社会功能——即直接或间接介入现实生活，发挥政治、道德批判作用，通过所谓"美刺"，促进社会的公正与合理等方面。显然，与《万叶集》相比，《诗经》的这一倾向是相当明显的。而《万叶集》则更关心个人的生与死，即个体生命的意义；与此相

---

① 铃木修次：《中国文学与日本文学》，海峡文艺出版社 1989 年版，第 67 页。

关联，亲情、爱情、自然作为歌咏的对象，在内容上远超过《诗经》，或为《诗经》所无。由此不难看出，作为文学表现的对象，就总体倾向而言，《万叶集》中一些根本性的甚或超现实的内容更多，而《诗经》则更注重眼前的、现实的生活——特别是公共领域的政治生活。①

再以王之涣（688—742）的《登鹳雀楼》为例：

> 白日依山尽，黄河入海流。
> 欲穷千里目，更上一层楼。

以日本"物哀"的文学传统来看，后两句似乎是画蛇添足，略去更好；但用中国文学思想来说，后两句却是点睛之句，更值得重视。因为前两句的景色描写是为后两句的志向抒发作铺垫，渐去渐远的壮阔景观是为了表现诗人心志无限高远的气概。日本人要表现的是瞬间的直觉，是对西下白日的辉煌灿烂和滚滚东去的黄河的感动，情在景中。中国人追求的是寄托在雄伟壮丽景观中的理想抱负，而且这一理想抱负是与社会、国家相联系的；而日本文学的感动却是个人的，非社会的。

二、文学功能：经国大业与游戏心态

在文学功能的理解上，中国传统文学理论虽有社会政治功能、审美娱乐功能和两者互补的三种路向，但注重文学的社会政治功能无疑是主流。"事君""邦国""劝善惩恶""教以化之""观风""美刺""文以载道"等概念都是强调文学社会政治功能的不同说法。孔子从教育的角度提出了"兴于诗、立于礼、成于乐"的模式。为何"兴于诗"？宋代哲学家朱熹有过分析："兴，起也。诗本性情，有邪有正，其为言既易知，而吟咏之间，抑扬反复，其感人又易入，故学者之初，所以兴起其好善恶恶之心而不能自已者，必于此而得之。"②这里表明，言志之诗，具有强烈的感染力，动人心魄，感人肺腑，能唤起人们的好恶，进而引导社会的方向。汉代《毛诗序》将儒家文学功用价值论、系统化、明晰化，提出

---

① 胡令远、王丽莲：《简论中日诗歌特质的差异性——以〈诗经〉与〈万叶集〉为中心》，《日本学论坛》2006 年第 1 期。

② 朱熹注：《论语》，转引自张文勋《华夏文化与审美意识》，云南人民出版社 1992 年版，第 143 页。

了"乡人""邦国"说,"风化""教化"说,"化下""刺上"说,等等;陆贾(前 240—前 170)在《新语·道基》中指出:"礼义不行,纲纪不立,后世衰废,于是后圣乃定《五经》,明《六艺》。承天统地,穷事察微,原情立本,以绪人伦,宗诸天地,纂修篇章,垂诸来世,被诸鸟兽;以匡衰乱,天人合策,原道悉备,智者达其心,百工穷其巧,乃调之以管弦丝竹之音,设钟鼓歌舞之乐,以节奢侈,正风俗,通文雅。"这里用"承天统地,穷事察微,原情立本""匡衰乱""节奢侈,正风俗,通文雅"[①]来说明《五经》《六艺》的社会功能。班固(32—92)提出"润色鸿业"说;郑玄(127—200)提出"美刺"说。魏晋时期的曹丕(187—226),综合前人的论述,直接提出:"盖文章,经国之大业,不朽之盛事。"[②]其将文学提高到了经国治世、建功立业的高度。之后,"经国大业"成为中国传统文人士大夫从事文学创作的指导原则和自觉追求。

对于中国文学重视文学社会功能的传统,日本学者笠原仲二(1917—)曾从审美意识的角度加以解释。他在《古代中国人的审美意识》一书中指出,首先,中国人审美意识的产生,与对活跃、旺盛的生命力的崇拜有关,"美"字《说文》训为"大羊","大羊"体现着庞大的身躯所象征的强壮与肥美的肉的甘味等感受。其次,其审美意识起源于"色"。"好"字在《说文》中训为"女美",释为"色好也"。它不仅与"悦""喜"互训,而且更与"美"互通。同时,"色"字,是男女生殖器合形之甲骨文的异体,其本意是"男女之交媾"。因此,古代中国人对美的憧憬是感受到生存的意义,日常生活的生机勃勃。与此相反的"死",则是"丑恶"的,"令人悲哀"的。中国的这种审美意识在日后的发展过程中虽然有所变化,但它的精神基础一直延续了下来。正是这种基于生存意义和人生价值的肯定,使中国文学一直以一种积极入世的精神,干预生活,引导社会,赋予其"经国大业"的使命。

日本的情形则相反。由于佛教传入时,日本正处在社会思想体系的形成期,佛教的悲世人生观和无常观深深渗透进日本民族的审美意识中,因而,日本人有时认为死比生更美,这是一种"灭"的审美意识。它基

---

① 王利器:《新语校注》,中华书局 1986 年版,第 21 页。
② 曹丕:《典论·论文》,《中国历代文论选》(一),上海古籍出版社 1979 年版,第 159 页。

于对世态的"祸福同道，盛衰反常"的急遽变化的感受，把现世的一切都看成烦恼和苦难，把现实看作"浮世"，人生朝生暮死，万物无常，宛如花瓣朝露。这种审美意识在文学中便认为以幽寂、遁世、对死的向往这些形式表现出来。比如樱花盛开时是美的，但樱花飘落的时候更美。日本传统文学中，这种"灭"的审美意识到处可见。《源氏物语》的"桐壶"帖，更衣死了，作者引用古歌赞叹："生前诚可恨，死后皆可爱。"[1]《枕草子》有一段描写："从九月末到十月初，天空阴沉，风猛烈地吹着，黄色的树叶飘飘地散落，非常有意思。樱树的叶和椋树的叶也容易散落。十月时节，在树木很多的人家的庭院里，别有趣味。"同样是描写月亮，中国诗人经常描写皓月当空、一轮圆月洒满大地的清辉，日本诗人偏爱的是未满之月和朦胧的月光。这种"灭"的审美意识在其文学领域集中体现为"物哀"的审美风格。日本学者西田正好（1931—1980）理解"物哀"："'物哀'从本质上看，其作为一种慨叹、愁诉'物'的无常性和失落感的'愁怨'美学，开始显出了其悲哀美的特色。"[2]基于这种"物哀""愁怨"的美的理念，日本文学不赋予其参与社会政治和现实生活的责任，只是将文学作为一种美来创造和欣赏，只是将人生中遭遇的"感动"（偏重于"悲"的感动）力求真实地呈现出来，让读者同样获得一种"感动"足矣。因而，日本的诗人、作家只是捕捉自己生活中曾经有过的"感动"，艺术地加以表现，不太考虑作品的社会效应，不太顾忌道德律条，更不把文学作为治世济民的手段，而是以一种游戏的心态对待文学。

当然，这里的"游戏心态"不是否定意义上的运用，是指一种超越功利的、悠闲的、审美的，甚至是娱乐的心态来进行的文学活动。日本文学大多写作家身边的琐事，注重抒发个人感情，题材上始终以性爱为主题，通过男女间的性爱表达作家对人生的看法。对"性"的描写从古代的神话开始到现代文学都是直露的，这构成了日本文学最基本的题材。

日本文学的"游戏心态"，既体现在用闲适的、审美的眼光看待生活中的"悲感""悲情"，也体现在文学中的诙谐、滑稽趣味。日本诗歌由和歌发展为连歌，进而为俳谐恋歌；日本戏剧有表现悲感的"能剧"，也

① 紫式部：《源氏物语》（上），丰子恺译，人民文学出版社 1980 年版，第 5 页。
② 西田正好：《日本的美——其本质和展开》，创元社 1970 年版，第 271 页。

有诙谐滑稽的"狂言";日本小说由平安时期的物语演变为江户时期的读本,其中式亭三马（1776—1822）、十返舍一九（1765—1831）为代表的"滑稽本"是重要的一支;此外,还有以讽刺为特色的"川柳"和"落语"。周作人对日本文学的滑稽趣味甚为推崇:"滑稽——日本音读作 Kokkei,显然是从太史公的《滑稽列传》来的,中国近来多喜欢读若泥滑滑的滑了。据说这是东方民族所缺乏的东西,日本人也常常慨叹,惭愧不及英国人。这所说或者不错,因为听说英国人富于'幽默',其文学亦多含'幽默'趣味,而此幽默一语在日本常译为滑稽,……这'滑稽本'起于文化文政年间,全没受着西洋的影响,中国又并无这种东西,所以那无妨说是日本人自己创作的玩意儿,我们不能说比英国小说家的幽默何如,但这总证明日本人有幽默比中国人为多了。"[①]

三、文学风格:雄浑壮阔与纤细小巧

民族的文化心理和审美意识的萌生,与其生存环境相关。中国幅员辽阔,人口众多,有大沙漠、大草原、大山脉,西边是无法自由跨越的沙漠和高耸的世界屋脊,东有波涛汹涌的大海,北有广阔无垠的草原和雄伟绵延的万里长城,南有烟波浩渺的大洋。这种生存环境形成了大一统的大帝国,铸就了世界中心、天下为一的信念,从而养成中国传统大气磅礴的文化心理。这种文化心理,表现为大气魄、大胸襟、大视野。"老子以一句'治大国若烹小鲜'而雄视天下,孔子半部《论语》就可治天下,真是大气魄。《周易》简洁地将世界归结为阴阳两极交合而成,还有比阴阳更大的吗?……庄周则有'鲲鹏展翅九万里'绝句。"[②]这样的文化心理表现在审美意识上,形成了以"壮丽""阳刚""雄健""宏阔""豪放""粗砺""风骨"等为主体的审美观念。日本学者笠原仲二认为:"中国古代人的美的对象,未必只停留在对于那些味、香或者'声、色'及其他生理的、肉体的嗜好、欲求所给予的直接官能性感受的对象上,而是几乎向一般涉及自然界、人类的全部,具有已述的那种意义的美的本

---

① 周作人:《谈日本文化书》,《周作人文类编·日本管窥》,湖南文艺出版社 1998 年版,第 58 页。

② 倪健中主编:《百年恩仇——两个东亚大国现代化比较的丙子报告》,中国社会出版社 1996 年版,第 725 页。

质、对人的精神和物质经济生活方面带来美的效果的所有对象扩大、推移。"①他还具体归纳了中国古代的"新鲜""珍奇""朴素""稚拙""守愚""调和""完整""崇高""善良""富贵""优秀""明亮""繁昌""高致""重厚"等 17 种美的对象。

在这样的文化心理和审美意识的作用下，中国文学追求的往往是博大的气势、恢宏的场面、惊心动魄的感情冲突、跌宕起伏的故事情节，强调的是"诗言志""载道教化"等重大社会功用，遵循的是"补察时政""泄导人情""张直气而扶壮心"（白居易）的创作准则。这些要素综合形成了中国传统文学"雄浑宏阔"的主体风格。晚唐的司空图在《二十四诗品》中以"雄浑"为首品，有论者认为"《诗品》首以《雄浑》起，统冒诸品，是无极而太极也"②。司空图对唐前的历代"雄浑"理论和创作实践用"诗话"加以总结，也成为后世文学创作的指导性理论。在中国文学发展史上，最受推崇的多半是"真骨凌霜、高风跨俗"类的作品，受褒扬的往往是汉魏、建安"风骨"。"风骨"说是中国文学"雄浑宏阔"风格的具体体现，刘勰（约 465—520）在《文心雕龙》中专门辟有《风骨篇》。中国文学的流派及其风格绚丽多彩，但是"风骨"精神无疑是中国传统文学的思想主潮，也是最具代表性的文风之一。

日本的情形相反。日本民族生存的世界非常狭小，几乎没有宏大、雄伟的自然景观，人们只接触到小规模的景物，并处在温和的自然环境的包围中，养成了纤细的感觉和素朴的感情，对事物表现出特别的敏感，乐于追求小巧和清纯的东西。比如，他们喜欢低矮但显出美的小山、浅而清的小川小河，尤其是涓涓细流的小溪。他们喜好纤小的花木，以细细的樱花作为国花，皇室以小菊作为皇家家徽，国会也以小菊图案作为国会的象征。树木则喜爱北山纤弱的杉。从建筑艺术到日常生活用品都是如此，崇尚纤细和纯朴，一切都讲究轻、薄、短、小。平安时期清少纳言的随笔《枕草子》中有一段："可爱的东西是：画在甜瓜上的幼儿的脸；小雀儿听见人家啾啾地学老鼠叫，便一跳一跳地走来，……三岁左

---

① 笠原仲二：《古代中国人的美意识》，杨若薇译，生活·读书·新知三联书店 1988 年版，第65 页。

② 杨廷芝：《〈二十四诗品浅解〉总论》，《诗品集解·续诗品注》，人民文学出版社 1963 年版，第 62 页。

右的幼儿急忙地爬了来，路上有极小的尘埃，给他很敏锐地发现了，用很可爱的小手指撮来，给大人们看，实在是很可爱……从池里拿起极小的荷叶来看，极小的葵叶，也都很可爱。无论什么，凡是细小的都可爱。"[①]

这种"纤细小巧"的审美意识体现为日本传统文学的主体风格，具体表现在以下几个方面。

第一，敏锐纤细的感受。日本文学重视的是瞬间的意境和由此产生的内心感受，强调的是"心生而立言""以心而求情"，追求的是感情上的纤细的体验，表现的主要是日常的平淡生活，在平淡朴素的生活中捕捉神经纤维的细微颤动，追求的是小巧、清纯的景观和物象，崇尚的是纤细、纯朴、柔和的美。这一点特别表现在对四季的感受性上，显得特别敏锐和纤细，并且具有丰富的艺术性。比如他们在对季节微妙变化的感受中育成优艳的爱，而这种爱又渗透到自然与人的内在的灵性中，从而激发了人们咏物抒情的兴致；他们在四季轮回、渐次交替的过程中，纤细地感受到自然生死的轮回、自然生命的律动，这种对四季的敏感，逐渐产生了季物和季题意识。

第二，缩写人生和自然的"盆景趣味"。日本人喜好将真实的自然和人生作缩微化的处理，看一滴水想象大海，由一棵树联想到森林。相对于荒漠的自然，他们更喜欢人工化的缩小的自然，庭院园林艺术、盆栽艺术、插花艺术都体现了日本人将大自然缩微的美学追求，也形成了一种浓缩了的、把大自然和人生装进最简洁文学中的极为细微的艺术。朝鲜学者李御宁（1934— ）在《日本人的缩小意识》一书中谈到日本的"盆栽"："把辽阔的自然简化后搬入庭园，造出假山假水，再把庭园缩小搬到房间架子上变成盆景、盆栽，使自然完全置于自己身边，终于变得抬头可见，触手可及。……而这还不仅仅是把庭园美学原封不动地缩小，盆景里的沙石不能视为一般的沙石，它表现的是高山与大海。"[②]这种"盆景趣味"体现在文学作品中，就是将社会缩微为家庭，将群体简化为个体，将人物活动的场所限定在一个狭小的空间。"以《源氏物语》为代表

---

① 清少纳言：《枕草子》，《日本古代随笔选》，周作人译，人民文学出版社1988年版，第186页。
② 李御宁：《日本人的缩小意识》，张乃丽译，山东人民出版社2003年版，第113页。

的古典文学和以'私小说'为代表的近代纯文学，从空间上说都可以叫作'室内文学'或'家屋文学'。"①

第三，缺乏整体结构，注重局部充实和细节刻画。这是日本文学抒情性的一种特殊表现。日本传统文学观念，叫"心物交触，多愁善感"，"幽玄"和"闲寂"即以幽美为主，喜局部的充实。而那些激烈、愤怒、雄壮、崇高的风物和人事，在日本文学中几乎没有。相对而言，其长篇叙事作品在结构上缺乏逻辑性和思想的统一性；人物塑造也缺少力度；而那些琐碎的细节则光彩熠熠。这种倾向表现在中世纪井原西鹤（1642—1693）的《好色一代男》《处世靠心计》，近代志贺直哉（1883—1971）的《暗夜行路》和川端康成（1899—1972）的《雪国》等作品中。简言之，这些作品随处可告一段落，随处也可以完结。在紫式部的《源氏物语》等日本的散文物语中，这种倾向或特点体现得尤为突出。几乎所有的日本古代的散文作品，或多或少都愿意在局部的细部中游弋，而很少考虑整体的结构。《宇津保物语》从大的方面来看，虽然不能说没有整体的结构，但与其说是在整体的基础上描写局部，莫如说绝大多数是在局部叙述其自身的独特的趣味。《今昔物语》汇集了许多简短的说话，并将其粗略地加以分类。然而，除了分类以外，没有概括出整体的梗概，也没有指导的思想。不过，个别插话中的若干部分确实写得栩栩如生，读起来就像独立的短篇小说佳作。加藤周一（1919—2008）在《日本文学史序说》中谈道："将《日本灵异记》和中国的《法苑珠林》中相同的说话加以比较，就会发现《日本灵异记》在局部的叙述上，比起中国的原著更加详细、具体而且栩栩如生。《法苑珠林》在叙说故事情节上，比日本的改写本更简洁、更得要领。就是说，《日本灵异记》和《法苑珠林》的背后有着倾向迥异的两种文化在起作用。"②

第四，文学形式和体制短小。由于日本文学重视的是瞬间的心灵"感动"、结构的片段化，因而，日本传统文学罕见鸿篇巨制，大都形式短小。从古代开始，日本诗歌以短歌形式最为发达，而且日显短小的趋势。《万叶集》的 4561 首和歌中还有 260 首长歌（尽管最长的也只有 149 句），

① 王向远：《宏观比较文学讲演录》，广西师范大学出版社 2008 年版，第 121 页。
② 加藤周一：《日本文学史序说》（上），筑摩书房 1975 年版，第 15 页。

但长歌形式很快衰落，到《古今和歌集》就只有31音节的短歌了，后来发展为连歌、俳谐和俳句。俳句只有17个音节，是世界文学中最短小的诗歌形态。俳句的形式虽小，但却可以准确地捕捉到眼前的景色和瞬间的现象，由于简练、含蓄、暗示和凝缩而使人联想到绚丽的变化和无限的境界，更具无穷的趣味和深邃的意义。铃木大拙（1870—1966）对"俳句"有精到的议论："日本俳句不需要冗长的篇幅、精丽的修饰和理性的思维。它避免一切观念的东西，因为一旦求助于观念，无意识的直接指向和直觉把握就会受到妨碍和损害而变为泡影，就会永远丧失掉新鲜感和生命力。俳句的意图，是在于创造出最适当的表象去唤醒他人心中本有的直觉。"[①]

　　日本随笔、日记文学也都是片段式的，《枕草子》《徒然草》《方丈记》以及日记文学《土佐日记》等都是如此。11世纪初出现的长篇小说《源氏物语》，其结构是由短篇小说连贯而成的，前后衔接松散，叙述简单，时间推移与人物性格变化没有必然的联系。在日本，即使长篇小说，其结构也是由短小形式组成的。这一特点贯穿于整个日本文学史，成为一种传统。物语体小说《竹取物语》分别由赫映姬的身世、五公子争婚与赫映姬升天三部分构成，而每部均可独立。其核心部分"争婚"更是由五个小故事连缀而成的。歌物语《伊势物语》则更加松散，全书有短文125段，每段均以"古时有一男子"起笔，然后以和歌为主线叙述一个爱情故事，没有完整的、统一的情节。每段互相联系不大，且非常节约，多者不过三千字，少者二三十字。《八犬传》98卷180回，虽是洋洋800万言的巨作，写了八个武士的一个个曲折离奇的故事，但从实质上说，也是由一个个小故事汇合而成，如果省略某卷某回，并不影响整体结构。井原西鹤的浮世草子《好色一代男》等长篇小说，也都是由短篇故事组合而成的。现代作家川端康成的长篇小说《雪国》，明显地具有《源氏物语》的那种结构和描写方法。净琉璃、歌舞伎等古典戏曲也是分段式的小构想，很少有统一的整体构思。

---

① 铃木大拙：《禅与日本文化》，陶刚译，生活·读书·新知三联书店1989年版，第169页。

第八章　中印文化、文学交流

第一节　印度文明简介

印度是人类文明的发源地之一。中国从西汉起，一些史书中就有不少关于印度的记载，先后称作"身毒""辛头""天竺""贤豆"等。到了唐代玄奘改译为"印度"，沿用至今。古代印度系指今日的南亚次大陆，主要包括现在的印度、巴基斯坦和孟加拉国等国。

一、印度历史、文化简述

早在史前时代，就已有人类在南亚次大陆活动。大概在 40 万年至 5 万年前，印度进入旧石器时代。大约在 4500 年前，印度处于新石器时代。人们开始从事农业，制作美丽的彩陶，开启了印度文明史。

（一）印度河文明（哈拉巴文明）

大概在公元前 2500 至前 1700 年，印度河流域文明进入鼎盛时期。这一文明是 20 世纪考古发现的成果，其在地下掩埋了几千年而重见天日。这是一种以农村为依托的城市文明，普遍流行地母崇拜，有高度发达的城市建筑，已有自己的文字（印章），处于奴隶社会。这一文明与西亚两河古代文明有渊源联系。在宗教信仰上，人们崇拜各种神祇和偶像，特别是崇拜母神。人们还普遍崇拜男性生殖器、石头、树木和各种野兽，特别是公牛。此外，各地还有不同的宗教信仰，如有的地方崇拜火。印度河文明已有丰富多彩的文化。出土的印章文字是印度最早的文字，其文字符号有 400—500 个，其中基本符号有 62 个，后来又简化为 22 个。当时还有精湛的造型艺术，陶器上有精美的动植物图案。出土的一尊当时的青铜舞女的塑像，可谓雕塑艺术的精品。舞女发型优美，身材苗条，右手叉腰，左手持物，且戴了 20 多个手镯和臂镯，胸前又有项链和椭圆型大花饰，形象生动、逼真、优美，充分展现了艺术家的高超技艺。至于金银珠宝饰物的精美，也令人称奇不止。有文字记载的文学作品尚未发现，但当时的口头文学、民间故事和寓言可能已经成就斐然。在罗塔尔发现的一个彩陶罐上，画着一只停在树上的乌鸦叼着一条鱼，树下有一只状似狐狸的动物。它显然表现的是这样一个寓言：树下的狐狸赞美乌鸦，使之张口，结果口中的食物落到地上，被狐狸所得。此寓言流传甚广，后来印度的《五卷书》和古希腊的《伊索寓言》都收录了这一故事。

这一文明的主要遗址在印度河流域的哈拉巴和摩享佐·达罗。印度河文明于公元前 1700 年开始衰落。其原因有人认为是雅利安人入侵的结果；有人认为是洪水、地震、旱灾等自然灾害的结果。

（二）雅利安人入侵和两种文明融合

大约在公元前 1500 年（另说 1200 年）左右，雅利安人从西北方向分批从兴都库什山脉的山口进入印度。雅利安人原先生活在高加索山脉一带，后逐渐向西迁移。一支进入欧洲，一支进入伊朗。伊朗的一支因内部冲突，其中一支进入印度，被称为"印度雅利安人"。

他们来到印度，与土著达罗毗荼人展开艰苦的斗争，逐渐占据了上风，把征服的土著人当作奴隶（演化为四大种姓中的首陀罗），由游牧文明转向农业定居文化，迅速完成了由原始社会向奴隶社会的转变；土著的宗教信仰、多神崇拜和一些生活习惯也渗进雅利安人的文化。作为雅利安人主要意识形态的，是婆罗门教，其以《吠陀》为经典，提出"吠陀天启，婆罗门至上，祭祀万能"的基本教义，各教派形成彼此渗透、融合的局面。雅利安人向东发展，以恒河为文明的中心，土著达罗毗荼人则被迫移居南方。

（三）部落战争与"列国时期"

雅利安人是分批进入印度的，因而分成了不同部落。进入印度后也没有产生统一的领导机构。因而，雅利安人从原始社会向奴隶社会演变的过程，也是由部落向国家过渡的过程。各部落之间的战争频繁，当时各部落都实行军事民主制。

大约在公元前 9 世纪左右，在北印度的俱卢原野发生了一场大战。战争双方虽然只是婆罗多族的支系：俱卢族和般度族，但北印度几乎所有部落都卷入其中，战争以般度族的胜利结束。这场大战成为印度史诗《摩诃婆罗多》的题材来源。

公元前 8 世纪至公元前 6 世纪，恒河流域的大多数部落完成了国家过渡，进入"列国时期"。主要有 16 国：由西向东恒河以北的为俱卢、般阇罗、居萨罗、迦尸、末罗、跋祇，恒河以南的为婆蹉、苏罗婆、跋沙、摩揭陀、鸯伽，婆蹉以南的为阿般提和支提，南印度哥达瓦里河流域的为阿湿婆，再加上印度河上游的犍陀罗和甘蒲阇。

当时，受政治上的列国纷争影响，思想上也出现了"百家争鸣"，婆罗门教思想体系的一统天下被打破，沙门思想应运而生。"沙门"是指一批反对吠陀权威、反对祭祀、反对婆罗门至上的出家修行人。他们提出新观点、新理论。佛教、耆那也在这一时期兴起。

"列国纷争"一直延续到公元前 4 世纪。最终，摩揭陀崛起，成为印度北方的最大强国。

（四）孔雀王朝与阿育王

公元前 327 年，希腊马其顿国王亚历山大曾率军侵入印度，征服了印度河流域，还想西伐进军恒河流域，终因士兵厌战而于公元前 325 年撤出印度。

在内忧外患中，摩揭陀的一个青年（旃陀罗笈多）发动起义，推翻了难陀王朝，于公元前 324 年建立起印度历史上著名的孔雀王朝（前 324—前 187）。

旃陀罗笈多的孙子阿育王（前 268—前 232）时期，达到了孔雀王朝的鼎盛时期，统一了除南印度一些地方之外的整个南亚次大陆。

阿育王是印度历史上第一位著名的君主。据说他即位初期暴虐，在征服东南羯陵伽的战争中，曾俘虏 15 万人，杀了 10 万人。之后，他厌弃了暴力，主张以"达摩"（正法）征服世界。他把他的"达摩政策"刻写在石柱和岩石上。这些政策的基本原则就是宽容和非暴力。他支持佛教，对佛教的发展起到极大的推动作用。同时，他支持其他宗教派别，要求和平共处。他为纪念释迦牟尼初次说法而树立的一根顶上有四头大雄狮的石柱，被作为现在印度国徽的标志。他提出的"达摩"，对印度文化有着深远的影响。

阿育王之后，孔雀王朝逐渐衰落。公元前187年出生的巽伽族的普士亚密多罗推翻了孔雀王朝，建立了巽伽王朝。公元前75年，大臣婆苏提婆又推翻了巽伽王朝，建立了甘婆王朝。公元前30年左右，甘婆王朝又被南方北上的安度罗王朝所灭。这些王朝都不及孔雀王朝的国威，实际上印度又陷入了分裂状态。与此同时，这一时期先后还有大夏希腊人、塞种人、波斯人入侵。

（五）贵霜帝国和大乘佛教东传

上述异族入侵只是局部地区。公元前后另一异族建立的贵霜帝国却征服了大半个印度。

公元前后，从我国河西走廊一带迁往中亚的大月氏人建立了贵霜王朝，于1世纪侵入印度。第三代王迦腻色伽建立了横跨中亚和印度西、北部的大国，首都在富楼沙，成为当时与罗马、安息、东汉并驾齐驱的四大帝国之一。贵霜扼守中西交通要道，得丝绸之路之利，对促进中西文化交流起了很大作用。迦腻色伽崇信佛教，佛教也是通过贵霜传入了我国内地。

佛教在公元前出现大乘、小乘之分。大乘佛教兴起后，把原来的佛教学说称为小乘。迦腻色伽信仰大乘，因而大乘发展很快。大乘与小乘的区别：第一，小乘视释迦为教主，大乘则提倡三世十方有无数佛；第二，小乘主张自度，大乘主张兼度，不仅自度，还要度他；第三，小乘的理想效果是阿罗汉，大乘的理想效果是佛。

大乘佛教经贵霜主要流行在中亚各国及中国；小乘佛教主要经斯里兰卡从海上进入东南亚国家。

（六）笈多王朝与古典文化的鼎盛

320年，摩揭陀的又一个叫旃陀罗笈多的人率军驱逐了大月氏人，征服了南面德干高原的安度罗，建立了笈多王朝。其版图包括整个北印度和南印度的一部分，以华氏城为首都。笈多王朝统治时间为 300 年，于 606 年为白匈奴人所灭。

笈多王朝时期，印度政局稳定，经济繁荣。尤其是超日王统治时期（380—414）最为繁荣。他本人多才多艺，倡导学术。有许多学者齐集其宫中，有"宫廷九宝"之说，相传伟大诗人迦梨陀娑就是其中之一。这一时期也是印度古典梵语文学最繁荣的时期。

这一时期的统治者信仰婆罗门教，并适应社会的发展加以变革，发展成为印度教。

笈多王朝灭亡后，印度又陷入分裂。7 世纪由曲汝城的戒日王建立起一个短时期的统一王朝，随后是长时期的分裂，直到进入穆斯林的统治时期。

（七）异族统治与多文化融合

10 世纪时，信奉伊斯兰教的突厥人、阿富汗人先后侵入印度。1206 年，他们在德里建立苏丹国，标志着伊斯兰教在南亚次大陆建立了统治权。德里苏丹国直到 1414 年势力衰微。1526 年蒙古人后裔巴布尔在印度建立了莫卧儿帝国，其于 17 世纪后期衰落。随后，西方殖民势力侵入。异族侵入带来了异域文化，与印度本土文化冲突融合。印度教徒为维护民族宗教，出现了虔诚派的改革运动。

（八）西方殖民统治与民族独立

16 世纪初，葡萄牙人成为最早来到印度的殖民者。17 世纪初期，荷兰、英国和法国相继东来，在印度展开了争夺殖民地的战争。

印度于 1757 年开始沦为英国殖民地，至 1849 年印度全境被英国占领。在长达一个多世纪的殖民统治时期，英国从印度掠夺了大量财富。这些财富促进了英国的工业革命，使英国迅速成为世界上第一个工业强国，但印度却因而变得贫穷。

英国的剥削与压榨，激起了印度民族主义的抬头，导致印度士兵发动起义。1885 年，印度更成立了全国性的政治组织——国大党。在往后的第一次及第二次世界大战期间，英国不断对印度人民进行奴役与搜刮，为印度人民带来更大的痛苦。第一次世界大战结束时，甘地作为印度民族独立运动的领袖登上政治舞台。甘地领导的非暴力不合作运动得到了印度各阶层人民的积极响应，后来，更与印度工人运动交织在一起，掀起了轰轰烈烈的民族运动高潮。

第二次世界大战后，甘地领导的反英抗争，迫使英国殖民当局提出了分而治之的《印度独立法案》（即《蒙巴顿方案》），按宗教信仰把印度分为印度斯坦（主要信奉印度教）和巴基斯坦（主要信奉伊斯兰教）两个国家。这一法案于1947年8月14日生效，同月15日印度宣布独立，结束了英国对印度的殖民统治。

二、印度社会、文化特点

（一）政治上分裂多于统一，不断为异族征服

印度历史上，只有孔雀王朝（约前324—约前187）、笈多王朝（约320—约550）、德里苏丹时期（1206—1526）和莫卧儿王朝（1526—1707）等几个大帝国形成了相对统一的国家（从来没有真正统一过）。统一时期大约只有750多年，占整个历史时期的1/6。

这种分裂状态，自然容易为异族征服。有人说，印度历史是一部不断为异族征服的历史，印度文化史，就是一部不断接受异质文化挑战，不断与异质文化融合交流的历史。

入侵印度在历史上有较大影响的有雅利安人、塞种人、鲜卑人、贵霜人、土耳其人、匈奴人、蒙古人和欧洲人。他们的入侵为印度带来了种族混血和文化上的对立、冲突、交流与融合，从而形成了印度文化的多样性。

（二）多样性与统一性

印度文化最大的特点是纷繁复杂的多样性，甚至许多相互矛盾的东西同时并存。

印度本身的地理构成十分复杂，高山、河流、湖泊、沙漠、沼泽、丛林、草原都有，给交通落后的古代印度人造成了交流的障碍。这些障碍把印度分割成了不同的地理单元和生态系统，构成了印度多民族、多语言、多宗教的地理基础。

印度有"人种博物馆"之称。印度人种大致包括：①印度原始居民达罗毗荼人，他们是印度河文明的创建者；②印度-雅利安人，他们创建了恒河文明；③皮肤黝黑的尼格利陀人，他们与非洲黑人有血缘关系；④蒙古人，从亚洲内陆进入印度。这些人种的混血产生了更多人种。

印度语言纷繁复杂，现在印度一张卢比上印有 17 种文字。实际上印度有 82 种语言，有方言 500 多种。1965 年，印度官方规定以印地语为通用语，却爆发了大规模的抗议活动，实际上流通的语言还是英语。

印度也有"宗教博物馆"之称。印度本土的宗教有婆罗门教、印度教、佛教、耆那教、锡克教等，各个宗教还有不同的教派。外来的伊斯兰教、基督教、琐罗亚斯德教在印度也有众多教徒。印度宗教在宗教教义上也很复杂，有禁欲的，也有纵欲的。马克思谈到印度宗教时有过一段很有名的话："这个宗教既是纵欲享乐的宗教，又是自我折磨的宗教；既是林加崇拜的宗教，又是扎格纳特（毗湿奴的化身，这一派教徒残酷地将自我折磨和自我残害达到最高境界，甚至不惜在祭祀时投身车轮献身）；既是和尚的宗教，又是舞女的宗教。"[1]

从社会发展看，印度既有发射卫星、进行核试验的能力，又有刀耕火种的遗迹；既有组织严密的现代化工厂，又有封闭落后的村落经济；既有豪华壮观的高楼，也有低矮破败的贫民窟；既有一掷千金的富翁，又有一贫如洗的穷汉。印度是一个传统与现代交织、发达与原始混杂、文明与落后并存、富豪与赤贫同在的国家。

从社会生活方面看，印度妇女地位低下，有童婚制、陪嫁制等，但印度政坛却有英迪拉·甘地担任了几届总理；印度有种姓制度，还有一生族的贱民，地位非常低下，但曾担任印度总统的纳拉亚南据说便是贱民出身。

总之，印度文化表现出复杂多样性。但印度文化有没有内在的统一性呢？应该说，印度社会文化仍有把印度凝聚在一起的内在的东西。这种东西就是印度的宗教和宗教哲学。

（三）浓郁的宗教氛围与出世精神

在印度复杂、多样、矛盾、冲突的文化表象背后，有着赋予印度以统一性的文化因素，即印度的宗教文化。

印度文化基本上可以说是宗教文化。印度对世界文明的贡献都与宗教有关，首先是印度的宗教哲学，探讨超自然的存在是印度历代知识分

---

[1] 马克思：《不列颠在印度的统治》，《马克思恩格斯选集》第 1 卷，人民出版社 1995 年版，第 761 页。

子精神生活的核心；其次是为准确地诵读、理解经典而发展起来的音韵学、语法学以及为辩论形而上学问题而发展起来的逻辑学；最后是产生了大量的神话传说和颂神诗歌。而那些与超自然问题关系不大，与现实密切相关的学问，如历史学、方志学等则被忽视。

印度是宗教的乐土。当今世界的几个主要宗教在印度都有信徒，但信徒最多的是印度教。据 20 世纪 80 年代的统计，生活在印度的印度教徒占印度人口的 82%左右。现在印度国内的佛教徒不到总人口的 1%；耆那教徒占 0.5%左右。但这两个宗教都是印度本土的，与印度教同出一宗。

尽管印度各宗教哲学派别的学说有很大不同，但几乎所有的派别都接受业报轮回的学说，都将摆脱轮回、与神结合的解脱作为人生的最高目的。

宗教在印度文化中的统一性还表现在民族认同上。在印度，宗教不仅是一种信仰或一种生活方式，同时也是一种民族认同。我们中国人把国家、民族看得比较重，正像"国家""民族"这两个词本身表明的那样，中国人把国家、民族与家庭、宗族联系起来，"亡国"几乎就是"亡种亡族"。在印度，对民族和文化的认同主要体现在宗教方面。人们生活的重心不在国家政治，而在宗教。在印度人看来，亡国未必等于亡族、亡教。印度人容许无数异族统治者统治，很大的原因就在于他们不太在意谁来统治（本地人或异邦人）。对他们而言，要紧的是宗教而不是政治；是灵魂而非躯体；是无数的来生而非暂驻的今生。

印度民族精神，最重要的一点就是出世思想。梁漱溟在《中西文化与哲学》中说："印度人不像西方人的要求幸福，也不像中国人安遇知足，他是努力于解脱这个生活的；既非向前，又非持中，乃是翻转向后……从古的时候，这种出世的意识，就发生而普遍，其宗转流别多不可数，从高的佛法到下愚的牛狗外道莫不如此。"[1]

（四）重视普遍性，喜好空幻的思维方式

日本学者中村元对印度独特的思维方式作过归纳[2]，有几点很突出：

1. 重视普遍性，轻视特殊性。印度人抽象思维发达，善于思辨，他们在思考问题时，习惯于思考普遍性原则，而忽视对具体的个体和特殊

① 梁漱溟编著：《东西文化及其哲学》，商务印书馆 1999 年版，第 73 页。

② 中村元：《比较思想论》，吴震译，浙江人民出版社 1987 年版，第 167 页。

的感知。印度人有一种强烈的愿望，将自我与绝对精神直接联系起来，拒绝任何中介。其佛教都是自己与梵或佛直接沟通，没有基督教的"教会"机构等专门的宗教组织。

2. 对现实与想象、事实与空想之间的界限不作严格的区分。在印度人的思维世界里，现实与想象、事实与空想没有明确界限，可以轻易转换。空想起来，简直没有边际，可以完全不受时空限制，自由地在人与物、人与兽、人与神、事实与假想、现实与梦幻之间穿越。印度人的计量可以大到无边，也可以小到入微。表示时间概念，中国人的最大单位是"年"，"年"以上没有独立的概念。印度有一个"劫波"的概念。"劫波"的长度相当于一个很长寿的人用布去擦一座7770平方千米的山，每100年擦一次，把高山磨成了平川，才接近劫波的尾声。印度人的"夸张"，中国人简直难以想象。说到佛的高大，佛经中说，佛的身高是恒河砂子数量的60亿亿倍。

对于印度人的这种幻想能力，胡适曾很有感慨，并与中国相比："那些印度人绞起脑筋来，既不受空间限制，也不受时间限制，谈世界何此三千几千……中国固有的文学很少富于幻想力的，像印度人那种上天入地毫无拘束的幻想力，中国文学中竟找不出一例（屈原庄周都不够资格），长篇韵文如《孔雀东南飞》只有写实的叙述，而没有一点超自然的幻想。这是中国古文学表现的中国民族性。在这点上，印度人幻想文学的输入确有绝大的解放力。试看中古时代的神仙文学，何等简单？何等拘谨？从《列仙传》到《西游记》《封神榜》，这里面才是印度的幻想文学的大影响呵。"[①]

与喜好幻想相应，印度人喜爱神话和诗歌，缺乏历史意识。他们喜欢把现实理想化，把历史人物神明化，缺乏可信的历史记录。印度的历史著作和英雄传奇也多以神话的方式加以表达，难以分辨哪些是历史事实，哪些是理想和想象，这与中国历史发达的史传传统正好形成对照。

3. 喜沉默，好冥想。印度人喜欢否定的表达方式，往往以否定来表达肯定。印度人追求"梵我合一"，"梵"是什么，它是超越人类感觉经验的，难以言说，因而"梵"的本质是以"不是这个，不是那个"的系

[①] 胡适：《白话文学史》，《胡适文集》第8卷，北京大学出版社1998年版，第230、249页。

列否定来表现的。而当"否定"走向极端，必然导致对否定表达本身的否定。因而，沉默具有了无上的价值。印度各宗教都不得尊奉圣者和真诚的修行者为"muni"（牟尼），意为"守沉默之人"。可见印度人深信司识真理者就一定达到沉默的境界。

由沉默进而发展出"冥想出真知"的命题。印度人往往由果溯因地追寻事物表象背后的本质，表现出冥想中的思辨。印度宗教的"瑜伽"，就是一种溯往式的沉思，达到忘我境界，沉思者自身的恍恍惚惚与冥想中的幻境相即相融。

印度的一些高深哲理著作，往往是智者在长期冥想中撰写的。解释"吠陀"的《森林书》就是哲人抛弃尘世，生活于密林深处，在自然怀抱中冥想的结果。佛教浩瀚的经书，大都是学问僧们栖息于人迹罕至的深山幽谷，经年累月冥思苦想而形成的。

（五）非互惠的人际交往

印度人笃信神明，神具有无限的威力。人们只要通过冥想式宗教仪式，就可以从神那里得到一切，满足其一切愿望（当然是想象中的），而人不必回报神什么（这与西亚的人神关系相反）。人可以完全依赖于神，而神却不依赖于人，也不因人的存在而存在。一句话，人与神是一种单方面的关系，是非互惠性的。

由神与人的关系推及人与人的关系。在印度社会中，人们不太考虑"欠谁的人情"的问题。在印度教徒看来，人与人之间付出与获得有点不平衡不要紧。人际交往中付出多一点，可能是在偿还你前世的"债"，也可能是为你来世储蓄了一笔"款"。责任与报酬的平衡，不是现世的事情，而是在三世，即往世、现世、来世的轮回圈中实现。因而，给予者不必期望回报，获取者也不必考虑回报，回报是通过神意自然安排的。

正由于这种非互惠型的人际关系，在印度施舍被视为最重要的美德。印度教、佛教、耆那教都倡导"快乐在于放弃"。施舍被视为获得解脱的一种重要手段。

既然提倡不求索取的施舍，当然就必须有人无偿地索取。施舍是一种至高无上的美德，这是"正法"的规定；履行这种"正法"就能获得解脱；向别人索取，也不是不道德的行为，这也是"正法"的规定，也是达到解脱的手段。因而，在印度，乞讨和布施一样普遍，是在文化上受到鼓励的社会行为。

乞丐，在印度是一种正当职业。不仅贫穷，丧失劳动能力的人乞讨，处于最高种姓的婆罗门也常常是乞食者；皇帝也在仪式上摊开双手，象征性地乞讨。有调查统计，印度有乞丐 500 万人以上，其中一半以上具有劳动能力，他们乞讨并非经济上原因，而是求得"精神上的安慰"。通常，印度每年为乞丐开支的费用达 1100 万卢比以上。

（六）努力解决宗教超越与现实生活矛盾的人生观

宗教超越要求人们抛弃凡尘俗世而追求永恒，而现实生活又把人们拖入凡尘俗世。如何解决这对人生的最大矛盾呢？

印度人设定的人生目标有四个方面："法"（道理、规定）；"利"（财富、幸福）；"欲"（主要指性快乐）；"解脱"（脱离现世，达到精神的升华）。

按一般的理解，追求财富、追求性快乐与"解脱"是对立的。但印度人认为这四个目标都很重要，只不过"解脱"是人的最终目标。

对于"解脱"，各教派有不同的理解，一般认为，解脱就是通过各种形式的努力，使精神或灵魂摆脱束缚肉体的生死轮回，从而达到理想境界。印度人对人生意义的思考，就是将人从现实引向超越，从有限引向永恒。

对"利"和"欲"的追求可以说是人的本能要求，是人类维持个体生存和种族延续所必需的。印度的哲人在设计人生目标时没有忽视这一点。印度不仅认为追求合乎法度的"利"和"欲"是人生的重要内容，而且有专门的经典对此加以讨论，如《利论》《欲经》等。但圣哲又强调，"利""欲"只是低层次追求，只有把两者同追求"解脱"结合起来，人生才更有意义。

为了把人生的目标落实到具体的人生实践上，印度人把人生分为四个时期，即"梵行期""家居期""林栖期"和"遁世期"。"梵行期"是学习期，拜正统婆罗门为师，学习吠陀、奥义书等知识，熟悉掌握"达摩"，履行学生的义务，努力控制本能和冲动。"家居期"即辞别师父，回到家过普通人的生活，娶妻生子，成家立业，实现"利"和"欲"的生活目标。其间实现合理欲望的同时，必须勤修正法。"林栖期"则是在森林中穿兽皮，食野菜瓜果，朝夕淋浴，以超然的态度和苦行来沉思冥想，追求解脱。"遁世期"则完全抛弃世俗的一切，置苦乐于度外，托钵云游，以乞食维持生命最低限度的需求，潜心最终的解脱。

印度文化中的人生观把追求解脱的最终目标与世俗生活兼顾起来，也基本上符合人生各阶段的生理特点，有其可行性和合理性。这种人生观通过文学作品中的英雄和圣人人生模式的广泛传播，深深影响着广大普通民众。

第二节　中印文化的相互交流

一、中印文明交往路线

（一）沙漠丝绸之路

从汉唐长安出发，沿黄河流域一直西行，至河西走廊的尽头，分数道向西：一道取罗布泊西南方向，沿塔克拉玛干大沙漠南缘西行至帕米尔高原；一道取罗布泊东北方向，经天山东南角，沿天山南麓西行，也至帕米尔高原。

西域道，这是一条由骆驼马队跋涉而成的古代商旅之路。虽然真正具有完全意义的丝绸之路的开辟，是以公元前 138 年西汉武帝派遣张骞出使西域为标志。但考古发现表明，早在张骞通西域之前，我国的中原地区就已经与西部的帕米尔、昆仑山、喀喇昆仑山地区发生了比较密切的经济和文化往来，尽管相关的史料记载尚不足以清晰地描述当时东西方相互往来的具体情景。

（二）西南丝绸之路

也称滇缅道。在汉代则称"蜀-身毒道"，即古蜀通往印度的道路。主要是指由丝绸的故乡蜀都起程，经云南西部的大理、永昌，顺横断山间南北向的民族走廊而下，在横断山底西向跨越深沟巨壑、热带丛林，途经缅甸直达印度的古代商路。

西南丝路的历史悠久，它比张骞"凿空"西北沙漠丝路还要早几个世纪，在战国秦汉之际，蜀-身毒道上已有商贸往来。《史记·西南夷传》记载，公元前 122 年，博望侯张骞出使大夏（今阿富汗）时，即曾在当地见到过蜀布、邛竹杖，"使问所从来，曰：'从东南身毒国，可数千里，得蜀贾人市'"。

中外学者近年来对这条古代国际交通渠道，在交通开辟、民族迁徙、文化交流等方面，进行了大量探索性研究，硕果累累。

在中国西南，尤其是在四川广泛发掘出土的象牙、环纹货贝、金杖、青铜雕像等，以及云南出土的大量来自印度洋北部地区的海贝等文物，表明中印文化交流可上推至公元前 10 世纪以前。

（三）吐蕃丝绸之路

世界屋脊青藏高原处在黄河流域、印度河流域和两河流域三大古文明的夹心地带，其与中原和印度的经济文化交流历史悠久。吐蕃通过传统的民族走廊与中原地区相往来，又在长期的对外交往中形成了三条传统的贸易通道：一是由不丹人做中间人而开展的贸易，即帕里至孟加拉道；一是藏尼贸易，即经尼泊尔至印度道；一是克什米尔道。

到隋唐时期，随着贞观十五年（641）文成公主出嫁吐蕃，唐蕃往来进入了一个空前繁荣的历史时期。两年以后，也就是贞观十七年（643），唐太宗遣朝散大夫行卫尉寺丞上护军李义表为使，前融州黄水县令王玄策为副使，首次取道吐蕃丝路出使天竺。从中原取道吐蕃前往印度的道路从此畅通。647 和 657 年，王玄策又两次出使天竺，也都取道吐蕃丝路。

吐蕃丝路虽然在唐之前存在已久，此后也仍绵绵不断地进行着商贸活动，但吐蕃丝路作为畅通的国际文化交流通道，则繁盛于唐太宗贞观年间（627—649）至唐高宗咸亨年间（670—674）的大约半个多世纪，故吐蕃丝路又被称为唐蕃丝路。

（四）南海丝绸之路

又被称为"陶瓷之路""香料之路""佛教之路"或"香瓷之路"。与汉代以前，有关东海航行的记载较多的情况不同，岭南在秦汉以前，没有文字记载的历史。因此，我国史籍具体提到南海丝绸之路这条航线的，以《汉书·地理志》为最早。这也是中外史籍对中国与东南亚、南亚海上交通贸易的最早的系统记载。该书详细描述了从环今北部湾的日南、障塞、徐闻、合浦起航，经中南半岛、东南亚前往"黄支国"和"已程不国"的海路航线。

《汉书·地理志》记载："自日南、障塞、徐闻、合浦船行可五月，有都元国；又船行可四月，有邑卢没国；又船行可二十余日，有谌离国；步行可十余日，有夫甘都卢国。自夫甘都卢国船行可二月余，有黄支国，民俗略与珠崖相类。其州广大，户口多，多异物，自武帝以来皆献见。有译长，属黄门，与应募者俱入海市明珠、璧流离、奇石异物，赍黄金杂缯而往。所至国皆禀食为耦，蛮夷贾船，转送致之。亦利交易，剽杀人。又苦逢风波溺死，不者数年来还。大珠至围二寸以下。平帝元始中，王莽辅政，欲耀威德，厚遗黄支王，令遣使献生犀牛。自黄支船行可八月，到皮宗；船行可二月，到日南、象林界云。黄支之南，有已程不国，汉之译使自此还矣。"[1]

佛教传入中国后，对中国文化的各方面，诸如民间信仰和习俗、绘画艺术、雕塑艺术、语言、文学、乐舞、医学等产生了十分广泛和深刻的影响。

中印两国在长期交往中，相互学习，印度文化影响了中国，中国文化也同样影响了印度。据说，印度的密宗也曾受到中国道教的影响。

古代中国的物质、技术条件优越，诸如丝绸制品、瓷器、茶、糖、造纸术、印刷术、炼钢技术等都曾享誉世界，并先后传入印度及欧亚各国，是中国对世界文化的一大贡献。

二、印度文化对中国的影响

（一）影响中国的信仰与习俗

佛教的"因果报应""人生轮回""行善积德""不杀生""阎王""西天"等，直到今天仍在民间起作用。念经、拜佛原本是僧人的事，但佛教传到中国民间后，许多人把念经拜佛当成功德，当成获取佛的"保佑"和获取来世"善报"的方法。有些人为了自身的利益，如求子、求雨、求富贵、求健康等也向佛祈祷发愿。

1. 魏晋南北朝佛教广泛传播

两汉之际，佛教刚传入中国时，人们把它看成是社会上流行的一种神仙道术。魏晋时期玄学盛行，以般若学说为基本内容的大乘空宗，因为在思想上主张万佛皆空，与玄学思想有相似之处，因此佛教得以迅速

---

① 班固撰、颜师古注：《汉书》，中华书局1962年版，第1671页。

传播。到了西晋末年，战争连年不断，人民生活困苦不堪，容易接受一些关于极乐世界的佛教宣传，为佛教的传播提供了便利条件。而南北朝各代统治者又大多深信佛教，扶植佛教，这些都对佛教的广泛传播起了积极的推动作用。

2. 佛教与中国传统文化的融合

佛教自东汉传入中国后，在中国经历了一段漫长的儒、释、道的融合过程后，逐步形成了中国化的佛教。早在魏晋时期，独立的寺院经济已逐渐形成。到了南北朝时期，佛教与中国传统文化进一步融合，随着佛教的不断普及，社会上还出现了一些佛教学派。经过魏晋南北朝的发展，佛教已在中国扎根，在思想和经济上，都为隋唐时期创立具有中国民族色彩的佛教宗派，准备了条件。隋、唐二代，是中国佛教的鼎盛时期。这一时期，把佛教心性化，或说是把儒家的心性佛教化，印度佛教已发展成中国化的佛教。此时出现的佛教诸宗派，已非印度传统佛教之面貌。

3. 佛教儒学化与玄学化

印度不同教派的经典传入中国后，中国僧侣通过研究和改造，先后创造了各具特点的中国佛教宗派。这些宗派的出现，标志着佛教中国化的完成。佛教在中国传统文化的影响下，逐渐适应了社会各阶层的需要，在一般民众中获得了生存的基础。为了在中国扎根，佛教一改与儒家正统的孝亲观念的冲突，而逐步玄学化和儒学化，特别是禅宗的创立，使佛教徒从烦琐的戒律中解脱出来，强调"孝"是成佛的根本，使佛教与道家、儒家在思想上基本取得了一致。这样，既适合了中国士大夫的口味，又满足了那些平民百姓的需要。

4. 中国的佛教宗派

大乘佛教是最先传入中国的佛教，它是相对于小乘佛教而言的，对佛陀及其教义采取比较开明和创新的解释，它要求佛教徒不要汲汲寻求个人的解脱，应该致力于菩萨倡导的实践。

9 世纪以后，中国佛教达到了极盛时期，这时大乘佛教先后兴起多个宗派，即所谓的八大宗派，而出现了百花争艳的局面。这八大宗派是：三论宗、瑜伽宗、天台宗、华严宗、禅宗、净土宗、律宗、密宗，其中，在中国历史上影响较大的是天台宗、华严宗、禅宗和净土宗四大宗派。

5. 中国佛教的发展历程

回顾佛教在中国的发展历程，东汉三国时期的佛教属于佛、道融合时期，它依附于方术、道士；魏晋南北朝时期属于佛、玄融合时期，它依附于玄学；隋唐时期，佛教势力大增，寺院经济逐渐雄厚，建立宗派，完成体系，属于儒、释、道三教鼎立时期，佛教亦未能凌驾于儒学之上。到宋、元、明、清时期，随着宋明理学的彰显，佛教的影响力日益衰退。

6. 佛教神祇中国化

随着佛教的流传，有些佛教神祇也被中国化，如观音菩萨，传入中国后，其形象不断丰富，后来还出现了千手千眼观音及各种名目的观音。又如阎王，在印度佛教中主管地狱，传入中国后还增加了"十八层地狱"的观念，"见阎王"成了"死"的代名词。有些中国神祇也被佛教化，如关公，人们把他与佛教联系起来，使关帝崇拜更加盛行。

7. 因果轮回影响至今

因果报应、人生轮回的佛教思想来自印度。这些观念在中国影响很大，至今仍影响着中国人的思想行为。"因""果"指的是因果规律，而实质上指的是因果报应，生命轮回。"因"指"因缘"，"果"指"果报"，指任何思想行为都会导致相应的后果。三世因果论认为，现世人们的贫富穷达，都是由前生的善恶作为所决定的。今生的善恶行为，必然导致来生的祸福报应。

8. 龙王消灾致福

印度自古也有拜龙的习俗。印度所谓的"龙"是指蛇而言。佛教传入中国后，印度"龙"的一些特征也传到中国，并且影响了中国人对龙的部分观念，例如，传说释迦牟尼刚出生时，有龙吐温凉水为之沐浴，于是龙吐水变成了中国民间的一种信仰，有人则把一些出水的地方命名为龙口、龙泉等，而天降雨水也被认为是龙吐水。

佛教《华严经》中有诸多龙王的记载，如毗楼博叉龙王、娑竭罗龙王等，皆能兴云布雨。中国道教也有此说，诸如四海龙王等，若遇天旱不雨或水灾，诵经召龙王，即可普降大雨或排水救灾。总之，在中国人的信念里，龙王能去灾致福。

9. 盂兰节及其演变

盂兰节，又称盂兰盆，是佛教节日，其起源于印度，意思是"救倒悬"，即超度生活在像被倒吊般痛苦中的祖先，以及堕入饿鬼道的众生。

《盂兰盆经》记载的"目连救母"演变成"孝亲节"，农历七月十五备办百味饮食，广设盂兰盆供，供养众僧，为现生父母增福延寿，报答父母的养育之恩。西晋时，《佛说盂兰盆经》翻译到中国，受到提倡孝道的中国人民的喜爱。南北朝时，梁武帝（464—549）加以提倡推广，把农历七月十五定为"盂兰节"，设"盂兰盆斋"。到唐代，这一节日受到极度重视。宋元以降，盂兰盆节逐渐失去其本意，由孝亲变成祭鬼，以后慢慢变成了一种民间习俗。

10. 浴佛节

浴佛节来源于印度，也是佛教的节日，随着佛教传入中国。据佛教传说，释迦牟尼于农历四月初八出生，他降生时，有九条龙口吐温凉水，沐浴佛身。因此，每逢佛祖诞辰日，佛教徒便会举行浴佛活动。

（二）影响中国的绘画艺术

1. 中印石窟壁画多相似

印度的阿旃陀石窟里有许多古老精美的壁画，中国的敦煌千佛洞里也有许多优美的壁画。这两处石窟都是为佛教而修建的，绘画的内容也都以佛教故事为题材，画的风格也有许多相似之处。从中可以看出，中国的绘画艺术曾受到印度的一些影响。

2. 宗教人物画的兴起

中国的宗教人物画的发展，受到印度佛教艺术的影响。印度的宗教人物画起源于寺庙，开始是由寺庙中的和尚绘画。当这种宗教人物画传入中国时，最初也是在寺庙兴起。据史书记载，从印度来到中国的和尚中有不少是画家，他们向中国传授了寺庙壁画的绘画艺术。中国的宗教人物画在南北朝、隋唐时代最为兴盛。

印度的宗教人物画传入中国后，中国人除了为佛画像和雕像之外，还发展到画罗汉像、鬼神像等，而且除了石刻像外，还有泥塑像。

3. 六朝画师辈出

中国的绘画艺术受到印度佛教艺术的影响，因而得到了很大发展。尤其是到了魏晋南北朝时期，由于佛教艺术的不断提高，中国绘画从内容到形式，乃至于绘画艺术的写实手法都有了进一步的发展。绘画场所从宫殿、墓室走向石窟、寺庙；绘画内容则从表现帝王的生活转向宗教题材，人物画大大增多，并与广大人民的生活密切联系起来。

魏晋南北朝时期，中国画家在继承中国传统画的基础上，学习了印度佛教画。此时期画师辈出，主要代表有曹不兴、卫协、顾恺之、陆探微、张僧繇、展子虔等画家，他们多才多艺，各具特长，并非常擅长绘制佛教人物画。

4. "曹衣出水"

所谓"曹衣出水"，是指画人的衣服皱褶非常逼真，像刚出水的衣服一样紧贴人身，而且带有一种透明感。北齐时代的杰出画家曹仲达，他画的人物、衣服的花纹能充分表现衣服下垂的状态，故他的画有"曹衣出水"的评价。曹仲达的画是受了印度佛教犍陀罗艺术风格的影响。曾受希腊艺术风格影响的印度犍陀罗艺术，也随着佛教传到了中国。犍陀罗艺术表现在绘画上的主要特点是"衣服有轻飘之感，线条极为强烈，深刻刚强"，在三国、两晋时期，其对中国佛教画风格影响甚大。

5. 画圣吴道子：以寺观壁画闻名

吴道子，唐代绘画大家，玄宗赐名道玄，字道子，阳翟（今河南禹县）人。幼年父母双亡，家境贫寒，早年曾学书法，后改学绘画，学习刻苦，不到 20 岁其画已闻名当世。吴道子以寺观壁画而闻名于世。仅长安和洛阳就有 300 余间寺观有他的壁画，其壁画形象各异，非常感人。他画画不用尺度，用笔一挥而就。

（三）影响中国的雕刻塑像建筑艺术

1. 佛教艺术影响中国雕塑艺术

三国两晋以后，随着印度佛教艺术在中国的传播和发展，中国雕塑艺术从内容到形式、从理论到实践都发生了变化。

此时期的雕塑不只见于宫殿和墓室，也扩大到石窟和寺庙等建筑，而且雕塑石像深受重视，并达到了很高的水平。保存至今的一些古代石窟都是古代艺术宝库，龙门石窟、云冈石窟等都是北魏时开凿的，至今闻名于世。

2. 隋唐：佛教雕塑的最高潮

隋唐时期，雕塑艺术的成就更加辉煌，尤其到武则天时期，佛教雕塑达到了高潮。由于武则天提倡佛教造像，所以雕塑精品很多，如龙门石窟群中规模最大的"奉先寺大卢舍那像龛"。至于四川省乐山市的乐山大佛，更是天下闻名的佛教雕像，也是雕凿于唐代，背山面水，佛高 71 米，历时 90 年完工，堪称世界第一大佛像。

3. 佛寺佛塔的传入

中国的塔、寺建造，起源于佛教。建塔造寺包含了建筑艺术、雕像艺术，它们随着佛教的传播而传入中国。4 至 6 世纪的南北朝时期，全国到处涌现出壮丽的塔寺建筑，敦煌、云冈和龙门等石窟，都是中国雕塑艺术的宝库。

中国的塔是从印度的塔演化而来的。塔，印度最初是专为埋葬尸骨用的，尸体梵文是 sarira，音译"舍利"，因此每个塔都称为舍利塔。

印度的塔呈半圆形，传到中国后，受到中国文化传统的影响，塔的形状发生变化，演变成一种新的建筑类型。中国早期的塔，承袭中国的建筑传统，为木质结构，塔身多为四方形，后来才出现了六角形、八角形等。隋唐以后，建塔材料改以砖、石，取代木质结构，克服了易燃的缺点。而此时期塔的内部为空心，有楼层可登。辽代以后才出现了实心塔。宋代以后，塔的建筑更加讲究，出现了花塔，即塔身上的半部有各种花饰，或佛像或动物的雕像，这与印度的雕刻艺术传入中国有关。

中国的寺院建筑也是从印度传来的。寺与塔密切相关，有时更密不可分，寺是佛教徒进行崇拜的地方，一般而言，塔位于中央，为寺的主体部分。后来寺内建有佛殿供奉佛像，供信徒膜拜，与塔并重。

到了唐代，佛教进一步发展，佛寺的布局多呈院落式，不只一院，有的排列为三院，大寺甚至排列为十院，富丽堂皇，非常壮观。山西五台山的南禅寺、佛光寺均为唐代寺院建筑的实例。到了元明清时期，佛寺并无多大的变化。

（四）影响中国的舞乐杂技

1. 中外乐舞交流

中国虽然有悠久的音乐舞蹈传统，但也注重向外国学习，这种情形在汉代以后更加明显。3 世纪的魏晋时期，中国就有梵呗的流行。到了唐代，音乐舞蹈盛行，当时最流行的音乐中，有龟兹乐和天竺乐等外国音乐，并曾有印度的乐舞杂技团来中国。而唐玄宗时，宫廷里的各种乐队中还有表演印度歌舞的。

印度乐曲、乐器传入中国，在很大程度上是借助了宗教的力量。其始于秦汉，盛于隋唐，衰于元明，但传入的路线大都并非直接，而是以西域作为媒介。

有关印度乐器，在敦煌壁画和云冈石刻中，可以看到的有箫、笛、琴、箜篌、琵琶、铜铙钹等。这些乐器在《妙法莲华经》中均有记载。

这些外来乐器在汉代加入了中国的乐队，使中国传统的歌舞乐调起了很大变化。琵琶原系"马上弹奏的乐器"，为印度和波斯所共有。箜篌（vina）为印度梨俱吠陀时代乐器的代表，也是在汉代时传入中国，盛行一时。汉时作曲家曾为此创作了《箜篌引》的乐曲。东汉时，又从新疆传入竖箜篌，又称"胡箜篌"。

南朝梁武帝提倡过印度的音乐，隋唐时代的"天竺乐"指的就是印度的乐舞。《隋书》中记载，印度的乐队出现在中国始于4世纪的东晋，据《新唐书》《旧唐书》记载，唐朝曾有印度的乐舞技团来中国表演，唐玄宗时宫廷的各种乐队曾表演印度歌舞和印度音乐，如"婆罗门乐"。

2. "霓裳曲"改编自印度乐舞

"霓裳羽衣曲"相传原为印度乐舞，初名"婆罗门曲"。传到中国后，据说得到唐玄宗改编、增饰，并配上歌词和舞蹈，而成为唐代著名的宫廷舞曲。其曲舞均描写虚无缥缈的仙境和仙女的形象。"霓裳羽衣曲"是配合"霓裳羽衣舞"演出的。宫廷舞发展到唐代已达高峰，就艺术成就而言，"霓裳羽衣舞"堪称盛唐乐舞的绝顶之作。

"霓裳羽衣"诞生于宫廷，但并不局限于宫廷和庙堂的帝王之乐，它普遍征服了广大的士大夫阶层。在隋唐时期，外来乐舞最盛，隋九部乐和唐十部乐、天竺乐等都居于最重要的地位，龟兹乐、高昌乐等西域乐曲也都是天竺乐的化身。这些印度乐舞传到中国后，都像"霓裳羽衣曲"一样，经过融合和吸收而中国化了。

3. 杂技的传入

印度的幻术与杂技早就传入中国，据《搜神记》记载，晋代的表演者能割断舌头，重新接上；能剪断绢布，还能复原；烧物，而物不伤；能吐火；等等。印度的幻术传入中国，使中国幻术的内容变得更为丰富。

中国有关莲花的幻术很多，历史很长，也受到印度佛教影响，尤其是受了印度高僧佛图澄（232—348）所传的神通故事的影响。

（五）影响中国的语言

1. 汉语音韵学受梵语影响

据史书记载，东汉以后，很多中国知识分子学习印度的古文梵文，从中学习了印度的拼音文字，才逐渐建立了汉语音韵学。

东汉以后，随着佛经传入中国，很多知识分子学习梵文后，开始注意研究汉语里的声音，逐渐建立了汉语音韵学。到了南北朝时，学者为汉语定出了"四声"，并依照四声分类排列汉字，编定了字典。隋唐以后，更定出了汉语读音系统，并整理成书，如隋朝的《切韵》和宋朝的《广韵》，均属这类。音韵学的研究工作对研究中国方言和统一各地读音帮助很大。

2. 梵语丰富了汉语词汇

随着中印两国的不断交往，中国的汉语也吸收了很多印度语的词汇，使得汉语词汇比以前更加丰富。

由梵语演化的汉语新词汇，有些是佛教用语或专业用语，音译成汉语后，成为汉语的新字或新词，如"佛""菩萨""罗汉""塔""僧""尼""禅""魔""刹那""弥勒""觉悟""经""天竺乐""婆罗门乐""琵琶"等。

有些字是音译成汉语后，又加上中国字，成为新词，如"阎罗"，加上"王"字，使其中国化，变成了"阎罗王"。有些字是按意义译成汉语后，使之中国化成为通用的词，如"解脱""报应""和尚""法宝""戒律"等。另有些词是吸收了印度的哲学术语，如"一尘不染""四大皆空""有缘""无缘"等。

（六）影响中国的科学技术

1. 印度医学传入中国

随着一些通晓医术的印度僧侣来华，以及印度佛经的汉译，印度的医学理论、医疗方法及药方药物也相继传入中国。

东汉末年，安世高翻译的佛经就有《人身四百四病经》《出三藏记集》等，以后不断有印度医学理论、药方被译为汉语，并在中国民间流传。

据《隋书·经籍志》记载，在隋代流传的汉译胡方有《龙树菩萨药方》，《西域婆罗门仙人方》《婆罗门药方》等。此外，印度的眼科医术也不断地传入中国。

隋唐时代著名医学家孙思邈有医学著作《千金方》，其中一些药方来自印度。如《服菖蒲方》，书中写道：此方是"天竺摩揭陀国王舍城邑陀寺三藏法师跋莫来帝以大业八年与突厥使住，至武德六年七月二十三日为洛州大德护法师，净土寺主矩师笔译出"。再如，《苦参消石酒方》，说"此方出《耆婆医方论·治疾风品法》"。

2. 天文历算的影响

中印两国的天文历算都很发达。从甲骨文中得知，早在3000多年前的中国已开始有天文历法的科学存在。随后，印度历法传入中国，引起了中国古人的重视。印度天文学无疑对中国古代天文学的早期发展起过一定的作用。

天文历法与数学密切相关。印度的数学传入中国后，中国古代科学家对其予以高度的重视，如《婆罗门算经》三卷、《婆罗门算法》三卷、《婆罗门阴阳算历》一卷早在隋代即被译成汉文，并产生了积极影响。

"1、2、3、4、5、6、7、8、9"和"0"这些符号，最初是印度人发明的。阿拉伯人从印度学到后，称之为"印度数字"，以后由阿拉伯人传到欧洲，才被欧洲人称为"阿拉伯数字"。

三、中国文化在印度

古代中国的物质、技术条件优越，诸如丝绸制品、瓷器、茶、糖、造纸术、印刷术、炼钢技术等都享誉世界，并先后传入印度及欧亚各国，是中国对世界文化的一大贡献。

熬糖技术也是中印互相学习的。据季羡林先生研究，中国是产糖很早的国家之一，早在5世纪末6世纪初南朝的齐、梁时期，中国南方已知道用甘蔗生产砂糖的技术。到了唐代，唐太宗派人到印度摩揭陀国学习熬糖法，回来后取扬州竹蔗，用印度工艺熬制蔗汁，所得砂糖"色味愈西域甚"，超过印度的砂糖，可谓"青出于蓝胜于蓝"。

后来又传入印度，所以，印地语（Hindi）中有"cini"一词，意思是"中国的"（指白糖）。可见，中印两国古代的制糖术是相互学习的。

中国的丝织和桑蚕技术也影响了印度。在前4世纪左右，中国的丝绸已输入印度，而且很受欢迎。在《政事论》（*Arthasastra*）中有"Cinapatta"这个词，意思是"产在中国的成捆的丝"，梵文里还有"Cinamsuka"这个词，意思是"中国衣服""丝衣服"。这些同"丝"有关联的字都有"cina"（支那、中国）这个字眼儿，可见，丝是出产于中国的。中国的丝绸在汉代张骞通西域后，更络绎不绝地运往世界各地，当然也包括印度。

除了丝绸，产丝的技术也是从中国传到印度的，这点是无可置疑的。但碍于史料的缺乏，产丝技术是何时传入，怎样传法，通过什么道路，至今还是无法确定。

中国瓷器早已传入印度。9世纪以后，中国瓷器的出口已见诸阿拉伯著作。伊本·郭大贝（约830—912）写的《省道志》中，提到了中国瓷器外销各国的情况，其中多处提到印度。印地语中有（Cini mitti）一词，指的是"中国泥土"（瓷器）。而在印度科罗曼德海岸的阿里卡曼陀古址附近，即罗马时代南印度的对外贸易港口，曾出土过9—10世纪越窑瓷器、龙泉青瓷小壶、青白瓷残片、宋瓷等中国瓷器，可见中国的瓷器早就传到了印度。除了瓷器制品外，中国的制瓷技术也传到了印度。

中国纸最迟在唐代已传入印度。印度古代没有纸，主要是用贝叶、树皮之类的东西作为书写的材料。中国的纸最晚在7世纪末叶就已经传到了印度。唐代义净法师在671—695年侨居印度，他在印度看到了纸，接触到梵文的"纸"字。义净在《南海寄归内法传》中也记载了印度当时已使用纸。关于中国的纸和造纸术到底是如何传到印度的，学界大都认为，可能是先由内地传到新疆，然后再从新疆传到印度，这种说法的可能性很大；有的认为，是在650年由内地传到西藏，再从西藏传到尼泊尔，后来又从尼泊尔传到印度。

第三节　中印文学交流

中印文学关系源远流传，从先秦典籍中可以看到印度文学的蛛丝马迹，汉代随着佛教的传入，两国文学交流逐渐频繁，到唐代达到高潮。之后成涓涓细流，延续不断，直到当代。

一、印度文学与先秦文学

（一）楚辞中的印度神话

印度的寓言与神话通过中国西南地区对印度的商业活动而输入，可以从《楚辞》以及屈原作品中找到。苏雪林在《天问里的三个神话》中，认为屈原的《天问》中有印度流行的诸神搅海的故事，这个故事见于印度两大史诗《摩诃婆罗多》《罗摩衍那》。其成书年代约于公元前 200 年前后，略晚于屈原，但由搅海故事的繁复生动来看，其产生年代当较史诗完成年代早了数百年，方被收入史诗中，其早于屈原的《天问》，是可确定的。《天问》中有："白蜺婴茀，胡为此堂？安得夫良药，不能固藏？天式纵横，阳离爰死，大鸟何鸣，夫焉丧厥体？"①根据苏雪林的研究②，这是对搅海故事所提出的询问。

印度搅乳海神话：话说大乳海之下藏有长生不老药，起初神仙与阿修罗各自争夺，但大家都无法成功，后来保护神毗湿奴（Vishnu）促成神魔订下合作盟约，进行搅海取药的工作。他们的办法是把神蛇 Vasuki 的身体盘绕着曼荼罗大山（Mount of Mandara），大山作为搅海的杵，作为搅杵的搅绳，阿修罗持神蛇之头，神仙持神蛇之尾，旋搅乳海以取不死甘露（The Dew of Life），92 个魔鬼和 88 位仙家合力转动蛇身，令乳海滚动翻腾而抛出长生不老药。可是中途出了岔子，曼荼罗大山快要下沉，神蛇也抵受不住而呕出毒液。危急之际，创造神大梵天（Brahma）求得破坏神湿婆（Shiva）喝光毒液，而毗湿奴立即化为一只大海龟，以承杵底托起神山。得到三大神祇合力，神魔最终不但成功取得长生不老药，还把乳海里的奇珍异宝都抛了出来，搅动飞腾而上的海水气泡，幻化成漫天飞舞的飞天仙女。

庄子在《逍遥游》中描述："鹏之背，不知其几十里也。怒而飞，其翼若垂天之云……鹏之徙于南冥也，水击三千里，抟扶摇而上者九万里……"③此性状与印度的金翅鸟（迦楼罗鸟）相似，《大楼炭经》所载，其激水波长则为八千里至六万四千里。

---

① 林家骊译注：《楚辞》，中华书局 2010 年版，第 87 页。
② 苏雪林：《天问里的印度诸天搅海故事》，《东方杂志》1944 年第 9 期。
③ 方勇评注：《孟子》，中华书局 2010 年版，第 2 页。

"鹏"在中土由庄子首开其说，而迦楼罗在印度，却是佛教天龙八部之一。两者之相类，是不谋而合抑或一方影响一方，殊难定论。但有一点我们可以确定，"鹏"在中国发展到后来，还是和佛教的金翅鸟合而为一，而成"大鹏金翅鸟"。

（二）《庄子》与印度寓言

《庄子》一书中引用了大批趣味隽永的寓言，这种来自印度的文体几乎不见于战国以前，但是战国时却如雨后春笋般繁茂兴盛起来，是纵横家们别出机杼吗？抑或透过商旅的文化交流传入，因而，刺激了中国学者、术士以及纵横家们的巧思与聪明才智，争相仿效？抑或庄子真如苏雪林所谓"渍染过印度文化之中国学者"？上述当时名家辩论与印度因明的关系，这些都是颇引人深思的问题。

法国学者马伯乐（Henri Maspero）在前东京帝大讲演，列举先秦典籍中所载与印度寓言故事相似者，如《吕氏春秋》卷十五"刻舟求剑"、《韩非子》卷七说林上第二十二"不死药"、《战国策》卷十七楚四"郑袖劓美人鼻"、《左传》卷四十四"石言"、《山海经》海内南经"巴蛇食象"以及邹衍的"天下九州说"，经其考证，均系传自印度。

德国学者孔好古（August Conrady），在他的《中国所受之印度影响》一书中，也认为《战国策》中所载若干动物寓言完全源于印度，仅动物名称加以改易而已。

由此可见，先秦时代中印文学已然发生相当的关系。

（三）墨子是否婆罗门

墨子是否为一婆罗门，民国初年也曾引起一番争论。乍听之下，这确实是个惊世骇俗的说法。然而，从墨子的主张、专长、行径来看，他讲兼爱非攻，信鬼神尚天志，主张节葬非乐，门徒团结有组织，重苦行。其学说立论，讲究方法，有其首尾一贯的论理形式，与印度之因明极其类似，开中国名学之先导；他精于工巧，曾凭借此专长息弭争战。这些都与印度婆罗门教徒有不谋而合之处。

而就墨子本身而言，其籍贯出身与时代迄今不详；有说他是宋人楚人或是鲁人的，然皆无定论，其不详的出身，带来不少扑朔迷离之感，而其姓氏也是导引人们做此臆想的原因。

二、印度佛教文学与中国古典文学

（一）佛典翻译文学

相传东汉译出的《四十二章经》是最早的译经，那只是仿照《论语》《老子》式样而作的格言选录。安世高开始译小乘佛经，自汉末到西晋，支谶、竺法护等兼译大乘经。到姚秦时代的鸠摩罗什，译出了大量大乘空宗的经典，包括大乘要籍如《摩诃般若波罗蜜经》《妙法莲华经》《维摩诘所说经》《大智度论》等。他那种"陶冶精求"的译本，长远以来，影响了我国的佛学界，对文学界的影响之大，即使是后来居上的玄奘译经也有所不及。此外，佛驮跋陀罗译出了《大方广佛华严经》，是大乘有宗的要籍；昙无谶译出了《佛所行赞经》，是韵文形式的传记，这些都是佛经译本中文学色彩浓厚的代表作。

到了唐代，译经大师辈出，而以玄奘为最杰出，所译大小乘经论达70余部，法相宗要籍，几乎齐备，《大般若波罗蜜多经》也出自玄奘之手。题为房融笔受的《大佛顶如来密因修证了义诸菩萨万行首楞严经》，虽然有唐人伪撰的嫌疑，但对后代佛学界、文学界影响之广泛与深远，几乎要超过《华严》《大般若》之类的大经。

大量佛经被译成汉语在中国传播。直到唐代，佛教徒一直把翻译佛经当作最主要的事业，因此还出现了大规模的国立译场。据统计，到唐玄宗开元十八年（730），译出的经、律、论共计5048卷，到明代增至9000卷。

（二）禅意为诗歌创作开辟新径

佛教除了影响中国文学中的变文之外，也影响诗人的作品，使许多作品中都含有禅意，特别是魏晋以来，佛教诗僧创作出大量佳作，促进了中国诗歌多元化的发展。

汉末魏晋时期，天下大乱，民不聊生，佛教看破红尘的观念，顿时成为乱世中人们的精神寄托。同时，这种思想也影响了文人的思维，给文学创作开辟了新路，佛僧诗人们由于受佛教的影响，他们的诗歌作品不同于世俗文人的作品，立意独特，超然飘逸。其在作品中描绘的世界，是与世俗情趣迥然不同的美妙仙境、脱俗的清净之地。东晋及其以后诗僧们所创作的大量山水诗都渗入了佛理，融入了佛教意识，东晋诗僧帛道猷是其中的代表人物之一。

陵峰采药触兴为诗[①]

连峰数千里，修林带平津。
云过远山翳，风至梗荒榛。
茅茨隐不见，鸡鸣知有人。
闲步践其径，处处见遗薪。
始知百代下，故有上皇民。

此诗描写了诗人入山采药的情景，笔调悠闲自然。头两句是大笔勾勒：青山起伏，千里相连；山麓之下，长川缓缓流淌于茂林之中。这是描写山林的静态。接下去是细部点染：轻云拂掠，远山朦胧；山风起处，荆榛摇动。这是写山林的动态。大笔勾勒与细部点染相配，动态与静态相映，构成了一幅气韵生动的山林图景。

"茅茨"以下由写景转为写人。深山不见人迹，只听见远处传来几声鸡鸣，方知深山密林之处有人家；沿山径款款而行，只见路边有被遗弃的薪柴，故而知道山中向来是幽人高士隐居之所。至此淡然收笔，留下无穷韵味。

此诗虽是以写景为主，却处处透出诗人闲适自得的情怀，所以，王夫之评论此诗说："宾主历然，情景合一。"

在东晋出现了一个佛理掺入诗歌的局面。诗歌作品有时单独说佛理，有时则结合《周易》、老庄，有时结合山水。郗超《答傅郎》诗"森森群像，妙归玄同""遂登慧场""绵绵虚宗"之类，是佛老相结合的。王齐之《念佛三昧诗四首》、鸠摩罗什《十喻诗》《赠沙门法和》诗、慧远《庐山东林杂诗》《报罗什偈》、庐山诸道人《游石门诗》、庐山诸沙弥《观化决疑》诗，都是说佛理的。写佛理诗较为突出的是支遁，有集30卷，其诗保存于丁福保编《全晋诗》的18首，其中通篇说佛理的，便有17首。

谢灵运本身就是深湛的佛学研究者，以改译《大般涅槃经》为南本而著名，除了写有专门的佛学文章《与诸道人辩宗论》外，文艺性的佛学文章，便有《和范光禄祇洹像赞》三篇、《维摩诘经中十贤赞》八篇、

---

① 逯钦立辑注：《先秦、汉魏晋南北朝诗》（中），中华书局1983年版，第1088页。

《和从弟惠连无量寿颂》《佛影铭》《昙隆法师诔》《庐山慧远法师诔》等。诗歌方面，更是进一步把山水和佛理相结合，如《石壁招提精舍》《过瞿溪山僧》诸篇都是。

唐代文学兴盛，更是佛教诗歌创作的"黄金时代"，诗歌的思想内容和艺术手法都达到很高的层次。此时的佛教禅宗吸取了中国道教玄学的精粹，改造并发展了佛教的"空空"教义，对中国诗人的思维方式与中国的传统文学产生了重大影响。

诗人王维一生好佛，信仰禅宗，不仅以禅语入诗，而且以禅趣入诗、以禅法入诗，既能用诗的语言来表现宗教观念和感情，又能用佛教的认识方法来丰富诗的表现手法，开创了诗歌艺术的新局面，王维的诗作甚丰，被后世称为"诗佛"。

唐代诗僧众多，著称于世的有寒山、拾得、景云、护国、皎然、玄览、青江、灵澈、贯休、王梵志等人。僧诗中大都散发着佛禅意趣，其中以寒山的诗影响最大，人们称他的诗"诗中有禅，禅中有诗"。

在宋代，受佛教思想影响的最著名而又最有成就的诗人要属苏轼，他的诗富有禅风禅味。

诗中掺杂佛理的，还有如王安石《与僧道异》二首、《偶书》《即事二首》《无动》，黄庭坚《次韵答斌老病起独游东园二首》之一、《又和》之一、《又答斌老病愈遣闷二首》，陈师道《规禅停云斋》《别宝讲主》《送法宝禅师》，陆游《周元吉蟠室诗》，范成大《净慈显老为众行化且示余所写真戏题五绝就作画赞》，等等。都是以佛理为诗，风格上达到"皮肤脱落尽，唯有真实在"（寒山诗）的境地。而其取材，则已经从经论扩大到禅宗语录。

在宋代，佛教虽不如唐代盛行，但却更普及、更世俗化，影响也更广泛，其对诗歌的发展仍起着重要作用。宋代诗僧多以禅理入诗，以禅喻诗，这是宋诗的一大特点。宋人的诗歌理论及诗歌艺术都脱胎于禅宗，例如著名诗人严羽的《沧浪诗话》即是以禅理论诗的代表作，影响很大。清末黄遵宪有名篇《以莲菊桃杂供一瓶作歌》，梁启超《饮冰室诗话》以为它"半取佛理，又参以西人植物学化学生理学诸说，实足为诗界开一新壁垒"。另有一名篇洋洋万言的《锡兰岛卧佛》，《饮冰室诗话》更赞叹为"有诗以来所未有也。以文名名之，吾欲题为印度近史，欲题为佛教小史，欲题为地球宗教论，欲题为宗教政治关系说。然固是诗也，非文也。有诗如此，中国文学界足以豪矣"。可以说，在佛学影响中国旧诗内容的发展史上，这是一个光辉的结局。

以莲菊桃杂供一瓶作歌

南斗在北海西流，春非我春秋非秋。人言今日是新岁，百花烂熳堆案头。主人三载蛮夷长，足遍五洲多异想。且将本领管群花，一瓶海水同供养。莲花衣白菊花黄，夭桃侧侍添红妆，双花并头一在手，叶叶相对花相当。浓如旃檀和众香，灿如云锦粉五色。华如宝衣陈七市，美如琼浆合天食。如竞笳鼓调筝琶，蕃汉龟兹乐一律。如天雨花花满身，合仙佛魔同一室。如招海客通商船，黄白黑种同一国。

一花惊喜初相见，四千馀岁甫识面。一花自顾远自猜，万里绝域我能来。一花退立如局缩，人太孤高我惭俗。一花傲睨如居居，了更妩媚非粗疏。有时背面互猜忌，非我族类心必异。有时并肩相爱怜，得成眷属都有缘。有时低眉若饮泣，偏是同根煎太急。有时仰首翻踌躇，欲去非种谁能锄。有时俯水瞋不语，谁滋他族来逼处。有时微笑临春风，来者不拒何不容。众花照影影一样，曾无人相无我相。传语天下万万花，但是同种均一家。古言狷俚花无知，听人位置无差池。我今安排花愿否，拈花笑索花点首。花不能言我饶舌，花神汝莫生分别。唐人本自善唐花，或者并使兰花梅花一齐发。飙轮来往如电过，不日便可归支那。此瓶不干花不萎，不必少见多怪如橐驼。地球南北倘倒转，赤道逼人寒暑变。尔时五羊仙城化作海上山，亦有四时之花开满县。

即今种花术益工，移枝接叶争天功。安知莲不变桃桃不变为菊，回黄转绿谁能穷？化工造物先造质，控搏众质亦多术。安知夺胎换骨无金丹，不使此莲此菊此桃万亿化身合为一。众生后果本前因，汝花未必原花身。动物植物轮回作生死，安知人不变花花不变为人。六十四质亦么么，我身离合无不可。质有时坏神永存，安知我不变花花不变为我。千秋万岁魂有知，此花此我相追随。待到汝花将我供瓶时，远愿对花一读今我诗。①

佛教不仅使东晋以后文人诗歌增添了新内容，而且也在中国诗歌形式方面，产生了极大的影响。伴随佛教而传入中国的印度声明学，带来了古代音韵学上四声的发明和诗歌格律上"八病"的制定，从而开辟了唐以来律体诗的新体裁。

平仄的运用，后来扩大到古体诗的长庆体、梅村体等体式中。随后，更严密地出现了长短句的词，再后来，又出现了金、元散曲以及元明杂剧、明清传奇中的曲词，这些基本上都离不开四声的韵律，其影响之大且远，可以想见。

我国的音韵之学，三国时代已经兴起，但还没有四声之论。南齐永明年代，沈约、周颙等人把字音的声调高低分为平、上、去、入四声，这是受了佛经转读和梵文拼音的影响。

晋、宋以来的善声沙门和审音文士，大都寄居建康，特别是齐竟陵王萧子良的鸡笼西邸，一方面是审音文士的抄撰学府，另一方面也是善声沙门的聚集场所，双方相互探讨发生影响，是有充分的条件的。永明七年二月二十，萧子良招集善声沙门，造梵呗新声，在这之前，列在"竟陵八友"的沈约、王融，同与沙门昙济有关系的周颙，发明了四声，应当是接受了梵声的影响而不是偶然巧合。

在永明诗人的提倡下，诗歌的音节美被提到首要的地位，诗篇的人为韵律逐渐形成，遂有了律诗的格式供人遵循。

（三）佛典文学与中国古代散文

谢灵运所作的碑、铭、颂、赞、记、行状、书、启、赋等类，据梅文鼎《释文纪》和诸名家专集中所收，不下三百数十篇之多，连并非佛学信徒的鲍照，也写了《佛影颂》一篇。这种风气，流衍到唐代，不论是从初唐王勃到晚唐李商隐等著名骈文家，或如柳宗元等著名古文家，这类文章，收在《全唐文》中的，数量更是多于两晋南北朝。宋代，中国佛学的全盛期虽已过去，但佛教的传播仍然广泛，著名文学家如苏轼、王安石、黄庭坚、陆游等人的文集里，这类文章，为数也不少。明代文学家如宋濂、李贽，清代文学家如钱谦益、龚自珍、沈曾植，其文集里

---

① 陈静编：《黄遵宪诗全集》（中），中华书局 2005 年版，第 132 页。

有关佛学的文章，更是绵绵不绝。

（四）佛典与中国古典小说

秦以前所谓"小说家者流"，其著作已散佚，无从揣测其内容。保存在《山海经》一类古籍中的零星神话，距离小说的标准尚远。

从六朝始，才有志怪小说出现，发展到唐人传奇、宋人话本、元明以后章回小说，小说逐渐登上文学舞台，与诗歌分庭抗礼。

志怪小说出现的同时，正是佛经大量输入中国的开始。不论在故事来源方面、教理方面、构思方面、体式方面，佛经都给后来中国小说以不同程度的影响。

鲁迅在《中国小说的历史的变迁》一文中指出："还有一种助六朝人志怪思想发展的，便是印度思想的输入。因为晋、宋、齐、梁四朝，佛教大行，当时所译的佛经很多，而同时鬼神奇异之说杂出，所以当时合中、印两国底鬼怪到小说里，使它更加发达起来。"

如南朝梁吴均《续齐谐记》中所记阳羡鹅笼书生故事，魏晋以来，渐译释典，天竺故事流传世间，文人喜其颖异，于有意或无意中运用，遂变为国有。如晋人荀氏作《灵鬼志》，亦记道人入笼子中事，还说来自外国，至吴均笔下成为中国书生。不仅六朝小说袭用印度故事，唐段成式《酉阳杂俎》还记叙了这个故事。

李复言《续录玄怪》所载杜子春故事，同样袭用此印度故事，而改主人公为中国人。裴铏《传奇》的《韦自东传》，与此又相同。又如《封神演义》的哪吒太子故事，也出于佛书。《五灯会元》卷二："哪吒太子，析肉还母，析骨还父，然后现本身，运大神力，为父母说法。"沈曾植《辛丑札记》又指出："哪吒太子，见《宣律师传》，称毗沙门天王之子。"《西游记》中孙悟空神猴形象来自印度史诗《罗摩衍那》中的哈奴曼的故事。

佛经中大量的奇幻故事的描写，对小说的艺术构思有很大帮助。先秦道家哲学著作如《庄子》《列子》（岑仲勉考证而并非魏晋人伪托）之类，都有些幻想寓言，但比之佛经的上天下地的想象驰骋，真有"小巫见大巫"之感。《大方广佛华严经》写善财童子五十三参，丰富奇幻的描写，就给《西游记》的八十一难、《封神演义》的三十六路伐西岐，开导了先路。《观佛三昧海经》写阿修罗王进攻天帝释善见宫的神奇故事，可能对《西游记》孙悟空大闹天宫的构想有所启发。

变文是唐代兴起的一种说唱文学，是由韵文和散文相结合的一种文体，这种体裁源自印度古代文学。唐代僧人根据佛经的内容加以铺陈演绎，以通俗有趣的说唱方式向人们宣扬佛法。这种传扬佛理的方式，称为"俗讲"。随着佛教的流行，这种方式也逐渐传播开来，并受到大众的欢迎，于是形成用口语又说又唱，或以唱代说的文学体裁，也就是所谓的"变文"了。中国敦煌石窟的藏经洞中曾发现大量的变文，这些变文多半演唱佛教故事，其内容有些取材于佛经，如鸠摩罗什译的《维摩诘经》《阿弥陀经》等，有些则取材于中国古代故事，如"王昭君""孟姜女"等故事。

与佛教故事有关的唐代变文，到了宋代，渐渐发展成与佛教无关的作品，于是，宋代出现了"说书"的行业，所讲的故事书叫"话本"，到元明时期，又发展成艺术价值很高的小说和戏剧，中国的戏曲也受到印度戏曲的影响。

三、近现代中印文学交流——以普列姆昌德为例

普列姆昌德（1880—1936）是印度现代现实主义文学奠基人，在印度国内有"小说之王"的称誉。早在 20 世纪 20 年代，他的作品被译成日、英、德等语言在国外出版，普列姆昌德成为印度现代文学史上继泰戈尔之后又一位具有国际影响力的作家。

新中国成立后，普列姆昌德的作品不断被译成汉语。普列姆昌德成为中国学界研究的重要课题，也对中国当代一些作家的创作产生了较大的影响。

1. 20 世纪 50 年代的普氏译介

中国首次翻译出版的普列姆昌德作品是其短篇小说《顺从》。1953 年上海潮峰出版社出版了由俄文转译的《印度短篇小说集》，其中收录了普氏的这篇小说。此后，对普列姆昌德及其创作的译介，在中国有过两次高潮：20 世纪 50 年代中后期和 20 世纪 80 年代。

20 世纪 50 年代的译介主要有《变心的人》（上海少年儿童出版社，1956）、《普列姆昌德短篇小说集》（人民文学出版社，1957）、《一把小麦》（人民文学出版社，1958）。其中以《普列姆昌德短篇小说集》篇幅最大，影响最广，其收录了 20 篇作品，包括了另外两种选本的大部分，也大多

是普列姆昌德短篇小说的上乘之作。虽然大部分从英语转译过来，但基本上能反映普列姆昌德短篇小说创作的面貌。20世纪50年代至60年代一些中国作家受到普列姆昌德短篇小说的影响，主要是以该译本为影响源。1958年和1959年人民文学出版社先后出版了普列姆昌德的长篇小说《戈丹》和《妮摩拉》。

2. 20世纪80年代对普氏的译介与研究

译介特点：第一，普列姆昌德优秀的短篇小说几乎全部译成汉语出版；第二，6部长篇小说得以翻译出版；第三，译介了他的文学理论著作；第四，介绍了印度国内对普列姆昌德的研究成果。

研究相关情况：一次学术讨论会（1986年，广州）；一本传记翻译（王晓丹、薛克翘翻译的《普列姆昌德传》于1989年由北京师范学院出版社出版）；一位专题研究专家（北京大学教授刘安武先生）。

研究中两个颇有争议的问题：第一，关于普列姆昌德的创作方法及其评价。普列姆昌德的创作实质是现实主义还是理想主义？他主观上追求的"理想主义的现实主义"对其创作是有积极影响还是有消极影响？第二，关于普列姆昌德创作的思想倾向、文化内涵及其评价。

我国学界对普氏创作思想意义的研究，经历了从社会学阐释到文化视角的转换，经过了从单向认识到多向把握、从静态的理解到动态的分析的一系列过程，应该说是日趋深入，越来越向普列姆昌德的心灵世界和艺术殿堂迈进。一个有深度、真正表现文化转型时期的时代精神的作家总是丰富而复杂的，人们可以从不同的侧面、在不同的层次上对其加以接受与阐释。

3. 普列姆昌德的创作对中国作家的影响

主要表现在对20世纪50年代登上文坛的乡土作家的影响。其中，最突出的是浩然和刘绍棠。浩然说："我喜欢印度普列姆昌德的作品，拜读过《普列姆昌德短篇小说》和长篇《戈丹》，我激动不已，由此及彼地加深了对中国农民的激情和信心。"①刘绍棠表示："我崇敬泰戈尔，但更愿与普列姆昌德接近。阅读了普列姆昌德的小说我才落到实处。"②

---

① 浩然：《我常到那里遛遛弯儿》，《外国文学评论》1989年第2期。
② 刘绍棠：《我不是"义和团大师兄"》，《外国文学评论》1988年第1期。

四、鲁迅与印度文学

鲁迅重视印度文学，给印度文学以高度评价，他曾说过："天竺古有《韦陀》四种，瑰丽幽复，称世界大文；其《摩诃婆罗多》暨《罗摩衍那》二赋，亦至美妙。厥后有诗人加黎陀萨（Kalidasa）者出，以传奇鸣世，间染抒情之篇。"[①]

此外，他的作品也受到了佛经文学的影响。在这方面，季羡林举例说：熟悉汉译佛典的人都会发现，鲁迅在运用词汇的时候很受佛典的影响，并举出《〈华盖集〉题记》里的话作为证据："我知道伟大的人物能洞见三世，观照一切，历大苦恼，尝大欢喜，发大慈悲。"[②]

在近代以来的中国作家中，鲁迅在印度的影响最大。

我国的外文出版社曾将鲁迅的作品如《鲁迅全集》（共 4 卷）和《鲁迅短篇小说选》翻译为英文，也曾将鲁迅的一部分作品翻译成印地、乌尔都、孟加拉、泰米尔等印度文字，使其在印度流传。在印度，我国的外文出版社有代理机构，一些大城市的书店里往往能见到我国外文出版社出版的书籍。

在印度本国学习中文或被派到中国来学习中文的印度学生一般都要学习鲁迅的作品，有些学生的毕业论文就以鲁迅的作品为研究对象。

印地语诗人 S. 瑟克赛纳受鲁迅的《社戏》启发，写了一首 240 行的长诗《乡村耍蛇人——读鲁迅的〈社戏〉有感》。该诗以作者与鲁迅对话的形式，亲切地回忆了 40 年前自己家乡耍蛇人的生活情景。

鲁迅写的是自己的童年、江南的水乡，但却在异国引起反响，引起共鸣，这说明鲁迅对生活有深刻体验，说明他道出了人类共同的美好情感，说明他不仅属于中国也属于世界。

印度著名戏剧家巴努·巴拉提编写执导的话剧《昌德拉马辛赫别号查马库》，1982 年 5 月在新德里首次演出，获得成功。剧本的前面有鲁迅简介，其中有这样两段话："鲁迅通常被称作'中国的高尔基'。在印度，则通常把他与普列姆昌德相提并论。其原因不仅在于这些作家是同时代

---

① 鲁迅：《鲁迅全集》第 1 卷，人民文学出版社 1996 年版，第 63 页。
② 鲁迅：《鲁迅全集》第 3 卷，人民文学出版社 1996 年版，第 3 页。

人，而且还在于他们像鲁迅那样在自己的作品中揭露了社会现实。""在读了《阿Q正传》之后，任何人都会觉得，我们大家就是阿Q。鲁迅无情地揭露反人民的势力，向那些人民的压迫者发起进攻。同时又满怀热情地描写人们的向往、追求和他们的创造力。'改造社会是唯一的出路'，这就是鲁迅著作的根本旨意。"

第四节　中印文学特征比较

中国和印度都是亚洲的文明古国，世界屋脊喜马拉雅山脉成为天然屏障，将紧紧相连的大陆分隔成两个各自独立的地理单元。空间距离的邻近，使得两个民族很早就有文化的交流，但不同的生存环境和社会历史演进的路向，又使中印文化和文学表现出各自的民族性格。本节将中印两国传统文学互为参照，以期更好地认识和理解中印文学内在的精神和审美独特性。

一、文学传统：神话意识与历史意识

中国历史理性意识较早成熟，文字产生较早，史官文化发达；印度则长期采用口耳相传的传播方式，神话传说传承久远，神话思维影响深刻，历史意识相对淡漠。

印度创制和传承下来的古代神话传说在数量上堪称世界之最。四大《吠陀》本集中有大量的神话诗作，之后的两大史诗和大小36部《往世书》都是神话的汇集之作。印度传统文学取材史诗和《往世书》的神话题材的作品不计其数。早期梵语诗人马鸣的叙事长诗《佛所行赞》《美难陀传》取材佛教文献中佛陀和难陀的神话传说。伟大的古典梵语诗人迦梨陀娑的长诗《鸠罗摩出世》《罗怙世系》和戏剧《沙恭达罗》《优哩婆湿》《摩罗维迦与火友王》都源于神话传说。印度古典梵语作家跋娑（Bhasa，约2—3世纪）、伐致诃利（Bhartrhari，450—510）、跋底（Bhatti，约5世纪）、婆罗维（Bhatavi，约6世纪前后）、戒日王（Siladitya，590—648）、摩伽（Magha，7世纪下半叶）、波那（Banabhatta Bana，约7世纪）、鸠摩罗陀娑（Kumaradasa，约7世纪）、阿摩卢（Amaru，约7—8

世纪）、王顶（Rajase Khara，约 880—920）、安主（Ksemendra，约 1025—1075）、室利诃奢（Sriharsa，约 11—12 世纪）、迦尔诃纳（Kallhana，约 12 世纪）、胜天（Jayadeva，约 12 世纪）等都创作过神话题材的作品。10 世纪前后梵语衰落，地方语文学兴起，两大史诗和往世书的神话传说被改写成各地方语而盛行。即使到了近现代，印度作家还是热衷于神话传说题材的创作，帕勒登杜（Bharatendu Harishchandra，1850—1885）、古伯德（Maithili Sharan Gupta，1886—1946）、伯勒萨德（Jaishankar Prasad，1889—1937）、纳温（Navin，1897—1960）、珀德（Udayashankar Bhatta，1898—1966）等人以神话题材创作著称。印度文学的神话意识不仅体现在神话传说题材的绵延不绝，还体现在印度传统文学把文学艺术看作神赐予人间的美。印度古代作家经常在作品的开篇表达对神的虔诚与敬意，祈求神赐予创作才能和灵感。

中国早熟的历史意识，强化了理性思维而抑制了神话的发展。中国的神话传说不成体系，散见于古代典籍，未能形成中国文学的神话题材传统。中国的历史意识深深渗透到文学之中，中国神话很早就被历史化了，形成了"三皇五帝"的帝纪神话。最早的诗集《诗经》中就有一组表现周王朝兴衰的历史题材之作。中国古代诗歌的发展有"诗史"之说。所谓"诗史"，就是以短小的抒情诗的形式，反映一个时代的政治、经济、军事斗争中的大事，体现时代精神，表现民众的思想情感和生活风貌。杜甫、陆游的诗都有"诗史"之称。这种"诗史"注重写实，不用夸张、幻想的浪漫主义表现手法。如杜甫的《兵车行》《丽人行》《前出塞》等诗篇反映唐朝天宝年间人民的处境，"三吏三别"、《北征》等表现安史之乱带来的痛苦。中国古代的散文文学，发轫于历史，而且形成了中国文学的史传传统。《左传》《战国策》《史记》《三国志》是中国文学的组成部分，也是中国文学重要的题材来源。比如《史记》，郭沫若曾说："司马迁这位史学大家实在是值得我们夸耀。他的一部《史记》不啻是我们中国的一部古代的史诗，或者是一部历史小说集也可以。那里面有好些文章，如《项羽本纪》《刺客列传》《货殖列传》《廉颇蔺相如列传》《信陵君列传》等等，到今天还是富于生命的。"①不仅如此，汉代小说《燕丹子》《吴越春秋》，元代的列国故事平话，明代的《列国志传》《东周列国志》《西汉通俗演义》都取材于《史记》。《三国演义》《水浒传》更是著名的历史小说。中国小说被称为"野史""稗史"，表明了历史意识对中国小说叙事方式和形态的深刻影响。中国小说作家的师法历史，攀附历史，以抬高自己的身价。中国小说批评也有"拟史批评"的传统，以史学的真实和叙事要求品评小说。如金圣叹评《水浒传》："《水浒传》方法，都从《史记》中来，却有许多胜似《史记》处。若《史记》妙处，《水浒》已是件件有。"②

《诗经》和《梨俱吠陀》是中国和印度最古老的诗歌总集，是各自民族文学的源头之作。比较这两部诗集，也可以看到中印文学的历史意识和神话意识。《梨俱吠陀》以赞颂天神为主，而《诗经》以展现现实生活为主。《梨俱吠陀》中赞颂的众天神是自然现象或社会现象的人格化，即使其中有一些诗侧重描写自然现象或社会现象，也往往含有颂神的内容。《诗经》中的诗篇大多描写世俗和人情。虽然"颂诗"中也有一些用作祭祀的颂诗，但数量不多。这些颂诗主要赞颂天、帝或祖先，天或帝是自然之天或氏族始祖的神化，祖先则是传说中的氏族祖先，虽然有时带有神话色彩，但都没有将祖先视为天神。《梨俱吠陀》的颂神诗中有时也会涉及历史事件，但《梨俱吠陀》注重的是颂神，而不是历史事件本身，其中涉及的历史事件大多是零散的片段，如著名的"苏达斯和十王之战"散见于一些颂神诗中，并无连贯一致的完整描述，具体情节模糊不清。《诗经》中却有一些具体描写民族历史和民族战争的诗③，这些历史叙事诗是真正的"咏史诗"。

同是"洪水神话"，在印度和中国的传承就不一样。在印度史诗和往世书神话中，描写洪水来到时，大神梵天（或毗湿奴）化身为一条头上长角的鱼，牵引一条船，拯救人类始祖摩奴，让他躲过灭顶之灾。洪水

① 郭沫若：《关于"接受文学遗产"》，转引自杨义《中国古典小说史论》，人民出版社 1998 年版，第 17 页。

② 林乾主编：《金圣叹评点才子全集》第叁卷，光明日报出版社 1996 年版，第 19 页。

③ 描写民族历史的如：《生民》《公刘》《皇矣》和《大明》等，描写民族战争的如：《出车》《六月》《采芑》《江汉》和《常武》等。

过后，摩奴修炼苦行，创造各种生物。中国有"鲧禹治水"传说："洪水滔天。鲧窃帝之息壤以堙洪水，不待帝命。帝令祝融杀鲧于羽郊，鲧复（腹）生禹。帝乃命禹卒布土以定九州。"①关于大禹治水则有："禹尽力沟洫，导川夷岳，黄龙曳尾于前，玄龟负青泥于后。"②鲧治理洪水采用填堵的方法，而禹采用疏导和填堵相结合的方法。大禹在治水过程中，逐共工，杀相柳，诛防风氏，擒无支祁，历尽艰险。印度洪水传说中突出的是人类依靠大神救助，度过洪水灾难。中国的洪水传说中，则突出了人类依靠自身力量，顽强奋斗，克服自然灾害。屈原在《天问》中，对鲧禹治水传说中的一些神话因素提出疑问，体现了理性的思维。而在《孟子·滕文公上》和《史记·夏本纪》中记载的大禹治水传说，神话因素消退殆尽，神话已全然变成了历史传说。③

二、文学与现实：出世精神与入世精神

中国文化的主流是入世的，"与印度、欧洲等世界上大部分笃信宗教的民族不同，汉民族执着于现世人生，特别关心人生、社会及其伦理秩序，不喜欢想入非非，不太关心来生来世问题、永生问题、死亡问题，不太关心灵魂痛苦与内在宇宙问题，不太关心神学及'形而上'的问题，这种关注人生的现世主义态度集中体现在中国文化的中核——儒家思想中"④。儒家的政治社会理想是"大同"，即《礼记·礼运篇》描述的："大道之行也，天下为公，选贤与能，讲信修睦。故人不独亲其亲，不独子其子。使老有所终，壮有所用，幼有所长，矜寡、孤独、废疾者皆有所养。男有分，女有归。货恶其弃于地，不必藏于己。力恶其不出于身也，不必为己。是故谋闭而不兴，盗窃乱贼而不作。故外户不闭，是谓大同。"⑤为实现"大同"理想，儒家提出了"三纲"（明明德、亲民、止于至善）、"八目"（格物、致知、正心、诚意、修身、齐家、治国、平天下）的一整套入世的伦理要求。中国文化和中国人的人生意向，都牢牢地指向入

---

① 袁珂译注：《山海经全译》，贵州人民出版社1991年版，第336页。
② 王兴芬译注：《拾遗记》卷二，中华书局2019年版，第66页。
③ 黄宝生：《神话和历史——中印古代文化传统比较》，《外国文学评论》，2006年第3期。
④ 王向远：《宏观比较文学讲演录》，广西师范大学出版社2008年版，第38页。
⑤ 吴根友点注：《四书五经简注》，中国友谊出版公司1993年版，第256页。

世。其把价值目标、人伦关系都奠定于现世的基础上。孔子的学生曾子说："士不可以不弘毅，任重而道远。仁以为己任，不亦重乎？死而后已，不亦远乎？"①主张知识分子要以刚强的毅力，以实现仁德于天下为己任，充分体现了中国文人士大夫积极入世的价值追求。在以儒家文化为主体的传统文化基础上，中国审美传统的基本取向是世俗性的。中国文学、诗歌、戏剧等内容也大多重点描写世俗生活，即便有关于神仙和超越的描写，一般也不占重要地位。中国的小说多为写实，作者常常满足于讲述详尽的故事，读者也满意于听故事，缺乏印度文学那样奇丽的想象和深刻的灵魂探索。与"人伦中心"的生活方式相一致，中国文学作品更多的是道德说教。"文以载道"的命题被赋予较多的政治、社会和道德功能，正像印度教传统鼓励创作具有宗教功能的作品一样，中国文学传统中载道说教的文学作品受到鼓励和肯定。在中国，评价作品通常同作者的政治抱负、道德修养联系起来。近代以来的中国文学作品也都有强烈的批评现实、介入现实生活的倾向。今天的"用文艺作品教育人"之类的提法，仍然是各类文学奖项的导向，是中国传统入世文化价值的体现。

印度文化以宗教为核心，是一种寻求解脱的出世文化。梁漱溟认为："印度人既不像西方人的要求幸福，也不像中国人的安遇知足，他是努力于解脱这个生活的，既非向前，又非持中，乃是翻转向后，即我们所谓第三条路向。这个态度是别地方所没有，或不盛的，而在印度这个地方差不多是好多的家数，不同的派别之所共同一致。从邃古的时候，这种出世的意思，就发生而普遍，其宗计流别多不可数，而从高的佛法一直到下愚的牛狗外道莫不如此。"②这种出世文化表现在印度文学中，就是强调心灵探讨和对超自然的体验，而不强调外在的实体，注重的是人类内在的、超验的和灵魂深处的震颤而不是人对自然的现实感受。印度古代的诗歌多数是用来颂神敬神的，即便是那些世俗内容的诗歌也受了太多的宗教影响。对灵魂以及解脱的探讨可以说是印度文学作品的基本主题，普遍认为文学只有同探讨灵魂问题联系起来才是深刻的和有价值的。典型的代表是长篇史诗《摩诃婆罗多》，这部史诗穿插了长篇的宗教说教

---

① 吴根友点注：《四书五经简注》，中国友谊出版公司 1993 年版，第 17 页。
② 梁漱溟：《东西文化及其哲学》，商务印书馆 1999 年版，第 73 页。

和哲学训导来探讨灵魂和解脱问题。

中国文学的入世和印度文学的出世还体现在作家、诗人的不同身份上。中国文学是士人文学，主流作者均是士人即与仕途有关的人，他们不管是处江湖之远还是居庙堂之高，均心系社会，着眼于个人地位的浮沉和对民众的世俗关怀；印度文学则是仙人文学，主要是婆罗门修道士，他们钟情山林，魂向彼岸，其实践目标是对芸芸众生进行终极拯救。作者身份的不同决定了两种文学创作意向的重大差异。两者一入世、一出世，一主世俗关怀、一主终极拯救，在创作意向上有根本差别。因倡导入世的人生观，中国主流文学以明道、讽怨、抒发现世之情为主题，宗教文学仅是中国文学很小的部分，而且舶来的彼岸世界往往被改造为天上人间；由于出世的生存意向，印度作家著文以载教，寻求解脱之路，故其作品以神话和彼岸等宗教文学为主。

三、文学表现：自然含蓄与冗繁夸饰

中国传统文学作品通常追求自然素朴之美，不假雕饰，不矫情饰性，因而产生了一种真实、宁静、和谐、含蓄的艺术效果。国外有学者比较希腊、中国和印度的艺术风貌："在古希腊，艺术必须是巧言善辩的；在中国，艺术必须是简单明白的；在印度，艺术必须是煽情的。"

中国文学的自然素朴之美，源于道家的"自然之道"和儒家的"天道"观念。老子提出"人法地、地法天、天法道、道法自然"，即在人、地、天、道、自然五位一体的宇宙体系里，将"自然"当作天地万物的根本。庄子提出"原天地之美"的命题："天地有大美而不言，四时有明法而不议，万物有成理而不说。圣人者，原天地之美而达万物之理。是故至人无为，大圣不作，观于天地之谓也。"①这里的"原天地之美"，就是自然天成、自然而然，不需要人工斧凿和雕饰。这一观念对中国传统文学产生了深远的影响。鲍照（约 415—470）曾比较、评价谢灵运（385—433）和颜延之（384—456）的诗作："谢公诗如初发芙蓉，君（指颜延之）诗如铺锦列绣，亦雕绘满眼。"为此颜延之一辈子耿耿于心。谢灵运的"池塘生春草，园柳变鸣禽"因其"自然"而成为千古名句。陶

---

① 陈鼓应注译：《庄子今注今译》，商务印书馆 2007 年版，第 650 页。

渊明（约 365—427）的诗作也因为自然平淡而备受后人赞赏，严羽称他的诗"质而自然"；朱熹（1130—1200）认为，"渊明诗平淡出于自然"；元好问赞美陶诗："一语天然万古新，豪华落尽见真淳。"李白也推崇"清水出芙蓉，天然去雕饰"。

　　文学主情，在师法自然之物和自然之道时还寄予着作家诗人的主观情感。要达到"原天地之美"，势必将情感隐藏其中，这就要求文学在情感的表达和文字的运用上必须含蓄。孔子主张"辞达""辞巧"，注重语言通达，藻饰应恰如其分，言辞巧妙贴切。庄子说"朴素而天下莫能与之争美"①。古代诗文作家在创作过程中普遍认同以自然含蓄的语言追求深长悠远的意境的审美观。魏晋时期出现的"言意之辨""言不尽意"和"得意忘言"说，都对后来诗歌创作、修辞理论中发展起来的追求言外之意、诗外之味的审美倾向产生了深远的影响。唐代王昌龄（690—756）论诗，主张词语要自然清新，提出"不难""不辛苦"的观点，反对词语刻意雕琢，提倡创作中绝无"斧斤之痕"，要有自然之美，浑然天成。白居易（772—846）和元稹（779—831）共同提倡新乐府运动，白居易提出"歌诗合为事而作"的主张，指出语言要"质而径""直而切"②。司空图（837—908）在《二十四诗品》中非常推崇冲淡、自然的风格，提倡"韵外之旨"，追求超然物外、意在言外的境界，提出"不着一字，尽得风流"③，让读者通过联想，去捕捉、领会其中的深意和韵味。

　　印度传统文学基于宗教情感和宗教想象。按照印度教的一个基本看法，世界"终极实在"本质上是平静的，而世界万象则流动不居和变化无常；灵魂的本质是平静的，而人体则不断移动变化。神明像魔术大师一样变幻出万象世界，并使它永远处在变动之中。神性本身就是一出有节奏的动态的舞剧，求动、求变是印度教突出的审美情趣。印度文学艺术的一个明显特点是追求丰富的变化和强烈的律动，对宇宙和灵魂永恒平静的追求体现在强烈的外在动感之中，因此，其强调表现表象世界的律动和变化节奏，同时又追求一种永恒的宁静。印度教艺术所追求的不是千差万别的万物之间的某种和谐，而是用律动的表象来表现隐含的个

---

① 陈鼓应：《庄子今注今译》，商务印书馆 2007 年版，第 393 页。
② 顾学颉校点：《白居易集》，中华书局 1979 年版，第 52 页。
③ 郭绍虞主编：《中国历代文论选》第 2 册，上海古籍出版社 1979 年版，第 205 页。

人灵魂和宇宙那种永恒的宁静。灵魂的宁静才是印度教艺术的最高目标。因此，要在文学作品中表现这样一个复杂、纷繁、矛盾、变化的世界，必须借助于大胆丰富的想象，调动各种艺术手段，强化表现的效果，其中反复、夸张是主要的修辞手段；叙事文学中不断添加节外生枝的情节，显得冗长庞杂，毫不忌讳宗教情感的渲染和宗教道德的说教；用词华美艳丽。

印度的两大史诗《摩诃婆罗多》和《罗摩衍那》篇幅都很长，其中，《摩诃婆罗多》被认为是世界上最长的史诗，篇幅超过西方两大史诗《伊利亚特》和《奥德赛》总和的 8 倍。全诗约 10 万颂，译成汉文大约有 40 万行。诗作的中心情节并不复杂，就是描述婆罗多族的两支围绕王位展开争夺，最后导致一场为时 18 天的大战。但在这一中心情节的展开中，穿插了许多故事和道德训诫，包括许多插话。据统计，光插入的神话、民间故事、寓言童话就大约有 200 个，可以说大故事里套小故事，小故事里套更小的故事。印度古代的 18 部《往世书》《森林书》《梵书》《奥义书》《伟大的故事》等都是类似于《摩诃婆罗多》的鸿篇巨制。

同义反复现象在印度古典文学作品中比较普遍，一个道理、一个故事常常会再三再四地重复。印度的古代经典和文艺作品都靠口头流传，最初不是给人"看"而是给人"听"的。作品的流传主要靠师徒口口相传，听觉留给人的印象比视觉要短暂，重复可以加强记忆，印度文学中的同义反复起到的就是这个作用。后来，这些文典形成了文字，但重复的特点仍然得以保留。同时，反复还有其宗教上的功能，"古代印度人喜欢吟诵，随着时间的推移，热衷于探究事物内质的印度人逐渐认为吟诵本身也具有了某种魔力。古代吠陀经典每一个词都具有神圣性，反复吟咏会产生神奇的力量。所谓的'日诵八百遍''日诵八千遍'等就是这个意思。现在印度仍有这样的教派，即相信单靠反复吟诵神的名字就可得到拯救。这种冗长、重复的吟诵令现代人难以接受，而古代印度人却是极虔诚地实践着这种方法，久而久之，竟形成了一种风格，一种审美情趣"[①]。印度民族喜好对每一事都求全求尽，在表达叹咏之句时，同义反复是其习惯。这与中国文学喜欢简洁，力图避免重复恰好相反。印度佛

---

① 尚会鹏：《印度文化传统研究——比较文化的视野》，北京大学出版社 2004 年版，第 104 页。

经中有许多同义反复的地方，中国僧侣在翻译时都将其删除。中国诗词也是力戒重复，中国最长的诗歌不过100多行，最短的五言绝句，只有4行20个音节。

浪漫的夸张也是印度文学宗教性带来的特点。与宗教紧密相连的印度文学，内容涉及三界，人物来自神人鬼，时间横跨过去、现在和未来。现实和幻想、前生和来世、此岸和彼岸、人间和神境、有限和无限，总是紧密地交织在一起，天上人间，气势宏伟，气象万千，变幻莫测。荒诞离奇的情节、神变分身的手法、转世轮回的幻想都具有极大的艺术吸引力。印度文学，常常把有限制的、合乎生活现实的夸张，扩展为无限制的、超现实的荒诞的夸饰。在印度人和印度文学中，空间无限大，时间也无限长，神力大无边。印度人在无视时空概念和超现实的夸饰中，精神、信仰以及宗教情感都得到了极大的满足。

古代印度文学理论有"庄严论"派。"庄严"（Alankara）是我国佛教的旧译用语，意为"妆饰"。其梵文原义是语言的力量性和有用性，引申为修辞，偏重于形式和表达技巧的文学理论和美学思想。"庄严论"派的代表作主要有婆摩诃（Bhamaha，7世纪）的《诗庄严论》、檀丁（Dandin，7世纪）的《诗镜》、优婆吒（Udbhata，8世纪）的《摄庄严论》、伐摩那（Vamana，8世纪）的《诗庄严经》等。庄严论者从"庄严是诗美的主要因素"的核心思想出发，认为经过装饰的词音和词义的结合即是诗。他们强调文学语言的夸饰和修辞技巧的作用，追求惊奇艳美的审美效果。檀丁在《诗镜》中认为夸张是"其他一切庄严的根基"。婆摩诃给夸张下的定义是"超越日常经验"。显然，夸张这种庄严表现出言语惊奇的本质，即非凡性，有超越世俗的可能。在宗教思想占统治地位的古印度，以抒发宗教感情为主的古印度诗人在创作中，运用夸张等手法表现对未知、神秘力量的崇拜，对神明的歌颂，体现神的非凡能力，引起读者的惊奇，从而得到共鸣。古印度诗人甚至把对神的虔信和男女爱情合为一谈，许多情诗是由歌颂大神毗湿奴的化身牧童黑天和牧女的爱情故事衍生出来的。古典梵语诗歌，还有不少早期民间流行的俗语情诗，都"追求形式，又着重'艳情'，而以宗教感情作解释"①。有论者比较研究中国和印度古代文学中的修辞，得出结论："印度古代学者崇拜语言，尚繁复，注重文辞修饰，曲折表达，以庄严为诗美的最高因素，追求惊奇的审美效果；而中国古代文人创作以内容为首要，尚简洁，文辞不重雕饰，强调自然天成，以题旨情境为第一要旨，追求含蓄深远的审美意境。"②

---

① 金克木：《略论印度美学思想》，《比较文化论集》，生活·读书·新知三联书店1984年版，第135页。

② 郁龙余：《中国印度文学比较》，中国社会科学出版社2001年版，第278页。

第九章　中阿文化、文学交流

第一节　阿拉伯社会的发展与文化

7 世纪至 11 世纪中期，伊斯兰教的出现，是欧亚及世界历史上的一个重要转折点。穆斯林军人的惊人征服，与大约 1000 年前亚历山大大帝的征服一样，再度统一了整个中东地区。亚历山大帝国崩溃后，罗马人最终强行统治了小亚细亚和叙利亚，使中东以幼发拉底河为界分为东西两部。东部由伊朗和伊拉克组成，是波斯文明的中心；西部包括巴尔干诸国、小亚细亚、叙利亚、埃及和北非，成为拜占庭文明的所在地。7、8 世纪，伊斯兰教的征服结束了这种分裂状况，在伊斯兰教的星月旗下，统一了从比利牛斯山脉到信德、从摩洛哥到中亚的所有地区。

一、阿拉伯社会的演化

从伊斯兰教以前的阿拉伯半岛来看，穆斯林入侵前的中东由两大帝国统治：拜占庭帝国和萨珊王朝。603 年至 629 年，波斯和拜占庭之间爆发了一系列战争，使双方两败俱伤，无力抵抗阿拉伯沙漠聚集的风暴。这时的阿拉伯半岛，在文明邻邦的眼中，是游牧蛮族的偏僻之地。然而，6 世纪后半叶，由于商路的改变，它已成为经济要地。先知穆罕默德表达了阿拉伯半岛统一的时代要求。

（一）穆罕默德（570—632）

穆罕默德是麦加一位商人的遗腹子。他在40来岁时，经历了一段精神极度紧张的时期，相信上帝选他为先知，选他当亚伯拉罕、摩西和耶稣的继承人。他口授《古兰经》，创立伊斯兰教，要求信徒们履行"五功"（念、拜、课、斋、朝）的仪式，极大地加强了信徒们的社会结合。

622年，穆罕默德带领少数信徒离开麦加，到了麦地那。630年，穆罕默德率兵直逼麦加城下。麦加贵族无力抵抗，只好同他妥协。承认他是政治和宗教领袖。穆罕默德的势力从此日益壮大，不久，基本上统一了阿拉伯半岛。

（二）四大哈里发

穆罕默德之后，阿拉伯国家的首脑称为"哈里发"，意为真主使者的继承人。最初的四大哈里发由穆斯林公社选举产生。第一任哈里发阿布·伯克尔（632—634在位）平定了各部落的叛乱，恢复了阿拉伯半岛的统一。第二任哈里发欧麦尔（634—644在位）利用拜占庭帝国和波斯长期战争后两败俱伤的有利时机，在"圣战"的旗帜下，发动了一系列对外战争。先后征服了拜占庭统治下的叙利亚（636）、巴勒斯坦（637）和埃及（641），并于642年大败波斯军，占领了从波斯湾到高加索、从伊拉克到波斯本土的广大地区，为阿拉伯帝国的建立奠定了基础。欧麦尔在辽阔的领土上建立了行政管理体制，规定被征服地区的民政及宗教事务维持原状，土地归全体穆斯林所有，仍交给当地农民耕种，但要缴纳地租和人丁税。从而使原来处于原始公社制末期的阿拉伯社会超越了奴隶制的发展阶段，直接进入了封建社会。第三任哈里发奥斯曼·伊本·阿凡（644—656在位）继续向外征伐，东灭波斯萨珊王朝（651），西达北非昔兰尼加。他在位期间，阿拉伯统治阶级内部争权夺利的斗争和教派分歧日趋激烈，奥斯曼本人和第四任哈里发阿里（656—661在位）先后被杀。

（三）倭马亚王朝时期（661—750）

661年，叙利亚总督穆阿维亚即位哈里发，以大马士革为首都，建立了倭马亚王朝。哈里发改为世袭，实际上是帝国的君主。

8世纪初，倭马亚王朝的政权巩固以后，阿拉伯贵族又发动了大规模的对外战争。在东线，征服了布哈拉、撒马尔罕、信德及部分旁遮普地区，并到达中国唐朝边境。在西线，攻占了埃及以西的北非地区后，于711年越过直布罗陀海峡，占领了安达卢西亚。后在入侵法兰克王国的普瓦提埃战役（732）中遭到失败，退回西班牙，从此再未越过比利牛斯山。至 8 世纪中叶倭马亚王朝后期，阿拉伯帝国的版图西临大西洋、东至中亚河外地区，成为地跨亚、非、欧三大洲的庞大封建军事帝国。

（四）改朝换代

欧麦尔二世（717—720 在位）统治期间，帝国处于对外征伐失利、国内动乱之际。他实行的税制改革，因封建贵族的反对半途而废。8 世纪20 年代以后，阿拉伯统治集团之间的矛盾日趋激化，内讧不止。一直受歧视、受压迫和剥削的广大非阿拉伯穆斯林纷纷揭竿而起。穆罕默德的伯父阿拔斯的后裔阿布·阿拔斯（750—754 在位）利用波斯籍释奴阿布·穆斯利姆在呼罗珊的力量，联合什叶派，于 750 年推翻了倭马亚家族近 90 年的统治，建立了阿拔斯王朝（750—1258）。曼苏尔（754—775在位）时期迁都巴格达（762）。中国史书称该王朝为"黑衣大食"。

（五）阿拔斯王朝（750—1258）鼎盛期

王朝建立后最初的近 100 年（750—842），特别是哈伦·拉西德和麦蒙执政时期，是阿拉伯帝国的极盛时代。751 年阿拉伯帝国军队在中亚怛罗斯战役中，击败了中国唐朝安西节度使高仙芝的军队，控制了中亚的大部分地区。在这时期，帝国仿效波斯旧制，建立起完整的行政体制，进一步强化了中央集权。重视兴修水利，使沿河流流域的农业得到恢复和发展，商业发达，阿拉伯商人的足迹遍布亚、非、欧三大洲。巴格达成为著名的国际贸易中心之一。经济的发展促进了科学文化的进步与繁荣。在各族人民的共同努力下，创造出光辉灿烂的阿拉伯文化，为世界文明的发展作出了伟大贡献。

（六）阿拔斯王朝后期

分裂与衰落。9 世纪中叶后，突厥人逐渐取得权势，突厥将领握有军权，专横跋扈，任意废立甚至杀害哈里发。哈里发完全成为他们手中的傀儡。各地封建主拥兵割据，独霸一方，建立各地方王朝。

此外，还有两个著名的哈里发王朝：一个是由阿里的后裔建立的法蒂玛王朝。该王朝建都开罗，其版图包括埃及、北非、叙利亚和阿拉伯半岛西部，是当时最强大的哈里发王朝。中国史书称之为"绿衣大食"。另一个是由倭马亚人后裔阿卜杜勒·拉赫曼三世在西班牙建立的后倭马亚王朝（929—1031），建都科尔多瓦。中国史书称之为"白衣大食"。

（七）阿拉伯帝国的灭亡

到 10 世纪中叶，阿拔斯王朝实际统治区域仅限于巴格达及其周围地区。1055 年塞尔柱突厥人占领巴格达，哈里发失去了一切世俗权力，只保留了宗教领袖的地位。1258 年成吉思汗之孙旭烈兀率领蒙古军队攻陷巴格达，杀死哈里发，阿拉伯帝国遂亡。

（八）现代阿拉伯世界

阿拉伯国家从地理位置、自然资源、文化、人文遗产方面来说都是世界上一个重要的地区。

阿拉伯国家的人口大约 3 亿，有 22 个国家（阿尔及利亚、阿联酋、阿曼、埃及、巴勒斯坦、巴林、卡塔尔、科威特、黎巴嫩、利比亚、摩洛哥、沙特阿拉伯、苏丹、突尼斯、叙利亚、也门共和国、伊拉克、约旦、科罗摩、索马里、毛里塔尼亚、吉布提），石油占世界储量的 60%多。

阿拉伯国家具有十分重要的战略及商业地位，从地理上来讲，它地处亚洲、非洲，并与欧洲相邻。因此，它成了世界各区域之间海上和陆上交通的中心。

二、阿拉伯文化及其影响

（一）阿拉伯文化的形成

阿拉伯文化不是阿拉伯人从沙漠中带来的，这种文化，就其渊源、基本结构和民族特征来说，是古代埃及、两河流域、印度、波斯以及古希腊罗马文化综合发展起来的。但是，这一文化又带有鲜明的阿拉伯色彩，其主要表达工具是阿拉伯文，其思想核心或人生观是伊斯兰教。由此，我们不能不惊叹阿拉伯文化的综合能力，而这一切，又与阿拉伯民族长于学习，重视和提倡文化的传统密切相关。

阿拉伯文化的形成，得益于历代哈里发对文化的重视和提倡。为了保证国家的繁荣和巩固，他们十分重视对先进文化的摄取，提出了"人最美的装饰品是知识"的格言。一方面，他们组织力量人力翻译研究古代希腊、波斯和印度的文化典籍；另一方面，鼓励穆斯林远游，搜集古典著作，访求学问。阿巴斯王朝时期，他们在巴格达建立了一个规模宏大的翻译和研究机构，称作"智慧之宫"。这些努力造就了中古阿拉伯人长于学习、提倡教育和学术的传统。

（二）阿拉伯文化的成就

自 7 世纪至其后一二百年间，阿拉伯人初步建立起一个西起西班牙比利牛斯山脉，东至大唐西部边境的横跨亚、非、欧的世界性帝国。这一帝国的文明达到了很高的水平，其科学、技术及文化成就，即使在帝国之后一段时期内，仍然保持领先地位，直至文艺复兴世界科学中心崛起，才由阿拉伯转往欧洲。阿拉伯帝国的科学成就对人类社会的发展产生了不可磨灭的印记，它在人类文明史上占有重要的篇章。

1. 艺术成就

阿拉伯艺术中的建筑和装饰艺术成就突出。其建筑艺术别具一格，主要表现在清真寺的建筑和装饰方面。清真寺建筑多是正方形或长方形的封闭院落，四周环以拱廊或柱廊，中心的礼拜寺大厅顶部耸立着圆拱顶。

2. 天文学和数学

天文学方面，阿拉伯人在巴格达和大马士革等地，都建有当时世界上最先进的天文台，还研制了许多精密的天文仪器，长期进行天文观测。他们制造的天文仪器，直到 16 世纪仍被欧洲天文学家使用。其天文学家白塔尼的著作《恒星表》，在几百年内都是欧洲天文学发展的基础。

数学方面，阿拉伯数学家利用并改造了印度数字，使用十进位法，使数学计算大为简化。他们创立了代数学，数学家花剌子模（约 780—约 850 年）的代数学著作《积分和方程计算法》，直到 16 世纪都是欧洲大学的主要教科书。代数的阿拉伯名字就是通过这部著作传入欧洲的。

3. 医学与地理学

医学是阿拉伯人最重视的科学之一，最杰出的医学家有拉齐斯（865—925）和阿维森纳（伊本·西纳，980—1037）。前者是巴格达国立医院院长，著名临床外科专家，著有《天花与麻疹》和《医典集成》等重要著作，对西方医学产生了重要影响。后者获得"医中之王"的美誉，著有《医典》，是一部百科全书式的论著，直到 17 世纪，该书都被西方视为医学权威著作。

阿拉伯帝国地域辽阔，交通方便，朝觐和经商活动的进行，使地理学非常发达。阿拉伯人还是世界文化的传播者，中国的造纸术、罗盘针、火药，印度代数学、位置计算制和零的符号，都是由他们传到西方的，这对西方文化的发展起到了重要的推动作用。

4. 哲学成就

10世纪前后，阿拉伯思想界十分活跃，翻译了亚里士多德等古代希腊哲学家的许多著作，继承和发展了他们的思想与学说，取得了空前的成就，出现了法拉比（872—950）、伊本·西纳（980—1037）和伊本·路西德（1126—1198）、伊本·赫勒敦（1332—1406）等卓越的思想家、哲学家。

11—13世纪，欧洲人通过阿拉伯人接触了亚里士多德、柏拉图和普罗提诺等古代希腊哲学家的主要著作，这些著作对中世纪欧洲自然科学与人文科学的发展起了巨大的促进作用。

5. 宗教

伊斯兰教的创立和发展，是阿拉伯文化最重要的成就。7世纪初，先知穆罕默德（570—632）在阿拉伯半岛的希贾兹地区创立了伊斯兰教。这是顺应阿拉伯半岛社会现实发展的时代诉求，即用神信仰统一民族意志，用新的社会组织形式替代解体中的氏族社会。很快，伊斯兰教成为阿拉伯人的一种总的生活方式，宗教是政治、国家、法律和社会必不可少的组成部分。阿拉伯文化是一种以宗教为本的文化。阿拉伯文化的宗教性是由伊斯兰教的萌发、产生的过程所决定的。伊斯兰教既是阿拉伯文化的核心，也是阿拉伯文化的灵魂，伊斯兰教渗透于阿拉伯文化的各个方面。

三、阿拉伯文化的特点

把握阿拉伯文化的特点，必须考虑阿拉伯文化的构成：贝都因人的游牧文化——精神潜流；伊斯兰文化——核心载体；外来文化——增加色彩。阿拉伯文化作为一个动态的范畴，是具有多种表现形态和丰富内涵的社会性的精神现象和文化现象。但在它漫长的发展过程中，仍然有一些共同的本质特征贯穿始终。

（一）矛盾的故土情结：扩张与朝觐

这与阿拉伯人的生存环境、生存方式有关。贝都因游牧部族生存的半岛属于半沙漠或半戈壁的牧草和灌木丛，夏季炎热干燥，冬季有少量降水。半岛上人民的生存环境相当严酷。

逐水草而居的游牧经济，这样的生活方式培养出了他们的独特品质：在夏季怨恨自己的故乡，渴望离开这里干裂的不毛之地，向外面的世界寻求发展；在冬季又酷爱这里的河谷、低地，渴望返回到这里放牧。因此，迁移与回归就成为早期阿拉伯人性格中的两种基本特征。

伊斯兰教产生后，开始了大规模的领土扩张，阿拉伯帝国的财富由于军事扩张而急剧膨胀，阿拉伯人的生活有了显著的改善，但他们的精神依然如故，即渴望回归故土。

（二）独尊的安拉激情：荣誉与简洁

真主安拉在全体穆斯林的心目中是至高无上的，是世界上唯一的神，是至仁至慈的神，是全知全能的神。他是万物之主，宇宙之源。《古兰经》中说："这是真主，你们的主，除他外绝无应受崇拜的。他是万物的创造者，故你们崇拜他。他是万物的监护者。"由于真主安拉的至高地位，穆斯林对安拉的号召非常虔诚，对真主的荣誉和穆斯林的荣誉看得比自己的生命还重要。

独尊的安拉激情，源于伊斯兰教的一神性，也与伊斯兰教直截了当的简洁有关。伊斯兰教十分简约，其教义基本上可以体现为"清真言"。其伦理也朴素易行，是一种既简明又能做到的道德规范。

（三）积极的入世态度：世俗与经商

同早期基督教和佛教等宗教的出世相比，伊斯兰教从一开始就具有强烈的入世性，主张入世与出世并举，现世与后世相连，不与世俗社会相脱离。

伊斯兰教既是一种宗教信仰，又是宗教信仰所支配的社会体系，同时也是一种文化体系。

在伊斯兰教中，政治与宗教难分泾渭。伊斯兰教教义与教规具有同等地位，教法具有宪法的权威。教法也不分民法、刑法及宪法等，并与道德规范融为一体，因而具体地规定了社会关系、家庭关系、财产继承、犯罪以及婚丧礼仪、妇女地位、释奴、济贫、饮食起居、言谈举止等人类行为各个方面的行为规范。

在现实世界，入世性最重要的体现就是参与社会生活，发展商品经济，谋取财富。伊斯兰教鼓励人们通过生产和经商来占有财富。就生产而言，伊斯兰教认为，尽管世间万物都属于真主，但财富是真主赐给人们的最高福祉之一，只有努力工作，才能分得真主更多的恩赐。凡是在体力和智力上有工作能力的人都应该自食其力，不应成为家庭或社会的负担。

对于财富的占有，按照古代丝绸之路要冲上的阿拉伯人的思维方式，最便捷、最能立竿见影的财富积聚方式，就是商业贸易了。

伊斯兰教充分肯定了经营商业是安拉所喜爱的事业，并鼓励穆斯林远行经商，艰苦奋斗，当然，也具体规定了一些经商的道德规范。在《古兰经》和《圣训经》中有大量的有关商业活动的训导。

总之，伊斯兰教是一种积极入世的宗教，鼓励穆斯林积极参与社会生活，以合理合法的方式积聚财富，这无论在过去还是在未来，都是一种富有启发意义的价值取向。

（四）原始的部落意识：忠诚与争斗

生存在半岛恶劣的自然环境里，要维持生活仅凭个人的力量是不够的，家庭的力量也有限，因此，家族的重要性显现出来。进而由家族的基础形成了氏族，再进一步发展为部落。早期的阿拉伯人就往往生活在这种松散的部落里，过着紧缩、自给自足的生活。他们生活在部落里，当然也要为部落而活，完全忠实并献身于他们的部落，因为脱离了部落也就等于失去了生存的条件。

由于沙漠中游牧经济的特点，掠夺又是早期阿拉伯人的惯常行为，所以，保护部落也就成为他们的重要职责，因此，他们的生存依赖于动作迅速、坚强、勇敢和耐力。正如巴基斯坦著名学者马茂德在《伊斯兰教简史》所说："为生存而进行的斗争异常激烈，忠于部落和善战的品质极受尊敬。"

初期的伊斯兰教便试图把阿拉伯人原始的部落忠诚意识加以改造，以忠于更广泛的兄弟情谊和一部广泛的法典《古兰经》来打破狭隘的部落意识。伊斯兰教规定，每个穆斯林都应该无条件地服从真主，服从真主在人间的代理人。在统一信仰的基础上，一切穆斯林都是兄弟，应该精诚合作，不要分离。

伊斯兰教的宗教仪式也强化了这种新的忠诚。集体宗教仪式，把阿拉伯人过去对部落的狭隘忠诚转移到了对伊斯兰教事业的忠诚上来。

正是这种忠诚，使得伊斯兰信仰民族的集体感非常强烈，他们异常团结，一致应对外来的威胁。

（五）顽强的沙漠精神：坚韧与冒险

阿拉伯人对沙漠的态度——既热爱又惧怕。这又转化为流连与逃离，在情感的两极拉锯和生存的磨砺中，形成了"沙漠精神"。这种精神是一种潜力，只需要一位伟大的领导者，就能激发他们的潜力，这样的领导者一经出现，他们便勇往直前，坚忍不拔。因而，阿拉伯人仅在80年内就建立起了一个庞大的帝国，领土横跨亚、非、欧三大洲。

在帝国建立的过程中，阿拉伯人的坚韧、勇敢和冒险等沙漠精神转化成了穆斯林向外扩张、远行经商的精神面貌，从而成为阿拉伯文化的重要特征。

阿拉伯的穆斯林商人们，凭借着祖先赋予他们擅长经商的遗传基因，坚韧地跋涉在遥远的商队旅途上，深入到那些伊斯兰大军所未能到达的地方，把商业贸易带到南亚、东南亚，带到远东、非洲，也带到欧洲，带到世界的各个角落。几乎当时世界上能够赚到钱的地方，都留下了穆斯林商人的踪影。

伊斯兰教对沙漠精神加以弘扬。首先，信真主、信前定的思想使穆斯林具有遇成功不忘形、遇挫折不灰心的特性，少见瞻前顾后、右忧左怕的犹豫不决现象；其次，伊斯兰教关于"坚忍""勤奋工作"的命诫内化为穆斯林经商行为的精神特征；最后，伊斯兰教的一些宗教活动也强化着穆斯林商人们身上的坚韧与冒险的沙漠精神。比如一日五次礼拜，没有恒心和毅力的人很难长期坚持下去，长期坚持就会磨炼出坚毅的性格。

第二节　中阿文化交往简述

伊斯兰教创始人穆罕默德曾经告诫他的弟子们说："知识即使远在中国亦当往求之。"[①]据《阿拉伯百科全书》载："先知从麦加迁徙到麦地那

---

① 布里哈辑录、康有玺译、杨宗山审定：《布哈里圣训实录全集》第1部，经济日报出版社1999年版，第17页。

后，即公元 628 年有一位名叫瓦哈卜的圣门弟子来华，不久学会了汉语，适应了中国的传统习俗，在东土传播伊斯兰教……"①据何乔远《闽书》记载，唐武德中（618—626）有阿拉伯伊斯兰教的传教教士沙偈储和我高仕二人（相传是穆罕默德门徒中的三贤、四贤）来泉州传教，后卒，葬于泉州东郊灵山，世称"圣墓"。

据《旧唐书·西域传》记载，唐高宗永徽二年（651），大食国（阿拉伯帝国）第三任正统哈里发奥斯曼派遣使节抵达长安与唐朝通好，唐高宗即为穆斯林使节敕建清真寺。此后双方来往频繁，仅唐朝见于我国史书记载的大食使节来华次数达 40 次之多②。

一、中阿往来途径：先陆后水

历史上，中国和阿拉伯帝国的友好往来，主要途径为水陆两路。从南北朝到唐初，主要以陆上交通为主，阿拉伯人从西域到长安，活动范围主要是我国的西北地区。这条路上，驼铃之声，络绎不绝，成为闻名中外的陆上"丝绸之路"。但是，随着政治环境的变化，往来的路线也在发生变化。中唐之后，特别是"安史之乱"以后，陆上交通往往受阻，而且陆运主要依靠骆驼商队，运量少，费用高，转运困难，于是，便有了发展海上交通的要求。由此，刺激了造船工业和航海业的发展，海路运输后来居上，"海上丝绸之路"和"陶瓷之路"开始取代陆上"丝绸之路"。

二、中阿交往的内容和方式

中国和阿拉伯帝国的交往主要围绕宗教和贸易展开。初期以传教为主，后来则以贸易为主。阿拉伯人运来了象牙、犀角、明珠、乳香、玳瑁、樟脑等物，又把我国的丝绸、瓷器等手工业品贩销出去。阿拉伯人传播伊斯兰教，起到一种与我国人民交往的媒介作用，与此同时，海外贸易迅速发展，仅泉州就有数以万计的商人汇聚，且有不少人定居下来，在原来汉族聚居的泉州地区，出现了"民夷杂处"的新情况，这个"夷"

---

① 江淳、郭应德：《中阿关系史》，经济日报出版社 2001 年版，第 126 页。
② 江淳、郭应德：《中阿关系史》，经济日报出版社 2001 年版，第 30-33 页。

中，以信仰伊斯兰教的阿拉伯、波斯和中亚的穆斯林为最多，包括商人、手工业者、航海事业家、学者和宗教职业者等。

三、伊斯兰教在中国传播

中国史籍记载，唐武德（618—626）年间，穆罕默德的四位弟子来华传教。唐贞观六年（623）一名叫瓦戞斯的先知的母舅奉先知之命来华传教，唐太宗接见了他，赞扬了他的学识，并在长安敕建一座清真寺，供他和他的随从使用。随后，瓦戞斯又到江宁、广州传教，唐太宗又敕建清真寺于江宁和广州。

四、汉文著、译经典的兴起

伊斯兰教经过唐、宋、元、明近千年的传播，在明清之际出现了一批"学通四教"的穆斯林学者，他们既精通阿拉伯文、波斯文、伊斯兰经典，又精通儒、佛、道经书，如王岱舆、张中、马注、刘智、马复初等。他们用汉文著、译伊斯兰教经典，把伊斯兰教教义、哲学与宋明理学进行比较，求同存异，以儒诠经，阐释、传播伊斯兰教，保护伊斯兰教，避免其受儒、佛、道学说的排挤，力求伊斯兰教在中国生存与发展。这类汉文代表作有王岱舆的《正教真诠》《清真大学》，张中的《归真总义》，伍遵契的《归真要道》，马注的《清真指南》，刘智的《天方性理》，马复初的《四典要会》《大化总归》，等等。

五、怛罗斯战役与造纸术外传

751年，为争夺中亚霸权，安西都护府高仙芝率唐朝军队与阿拔斯王朝（750—1258）军队在塔什干附近的怛罗斯（今哈萨克斯坦境内的江布尔）大战一场，历时一年。唐军战败，被俘 2 万多人，俘虏中有会造纸的工匠，他们把造纸术传给了穆斯林，从而在撒马尔罕（850）、埃及的杜姆亚特（900）、北非（1100）建立了造纸厂。由此，造纸术传入安达卢西亚（1100），由西班牙传入欧洲，从而对世界文化发展进程带来了一场革命。

8 世纪中叶，怛罗斯战役中的中国战俘杜环，在阿拉伯伊斯兰国家游历了 11 年，足迹远至北非的摩洛哥，后通过海路回到中国，撰写了第一部有关阿拉伯伊斯兰国家的汉文著述《经行记》。书中称阿拉伯人为"大食",为中阿文明的交往留下珍贵的记录。

六、阿拉伯科技成果传入中国

海上丝绸之路大约兴起于 9 世纪初,这也是两种文明交流的纽带。10 世纪时,阿拉伯商人苏莱曼与航海家伊本·瓦哈比的商船由巴士拉与希拉经海路驶进中国的广州港。之后,他们对于中国风土人情的大量叙述,使当时的阿拉伯世界进一步认识了中国。此类故事或许为阿拉伯名著《一千零一夜》提供了与中国有关的素材。

七、阿拔斯王朝派兵平息"安史之乱"

公元 756 年,阿拔斯王朝第二任哈里发艾布·贾法尔·曼苏尔应唐肃宗李亨(756—762)请求,派 4000 人(一说 10000 人,阿拉伯史籍说 20000 人,他们主要是驻扎在呼罗珊的波斯人和土耳其人)的军队来华,帮助唐朝平息"安史之乱"。随后,这些穆斯林援军没有回去,而定居在中国。

八、伊本·白图泰的中国游记

伊本·白图泰(1304—1377)是中国人民熟知的著名摩洛哥旅行家,他在 21 岁的时候就离开家乡丹吉尔,从此开始了长达 30 年的旅行。除了访问西亚和北非所有伊斯兰国家和地区之外,他的旅行足迹还远至撒哈拉以南及东部非洲、印度、孟加拉国、斯里兰卡、马尔代夫、拜占庭等 30 多个国家,行程 12 万公里,中国是他旅行之中非常重要的一站。在中国的杭州、泉州以及北京(元大都)等地都留下这位伟大的旅行家旅行、考察的足迹。他写下了《旅途各国奇风异俗珍闻记》(5 卷,又叫《伊本·白图泰游记》)。这位摩洛哥著名旅行家与马可·波罗、鄂多利克和尼哥罗康底等齐名,被誉为中世纪四大旅行家。但在行程之远、历时之久、地域之广及游记卷帙之浩繁方面,伊本·白图泰是其中的佼佼者,他的足迹遍及亚、非、欧。《简明不列颠百科全书》给他以"蒸汽机时代以前无人超过的旅游家"的评价。

第三节　中阿文学交流

　　唐代，经过丝绸之路来华的大批阿拉伯、波斯穆斯林使臣及商人不仅促进了商贸活动，也带来了伊斯兰精神文化的信息。他们大多客居长安和沿海各通商口岸。唐代称外族为"胡胡"或"蕃蕃"。这些客商称为"蕃客"，聚居地称"蕃坊"或"蕃市"。"蕃客"与当地人通婚，传伊斯兰教，建清真寺，繁衍子孙，由侨居之"蕃客"渐至"土生蕃客"。

一、"土生蕃客"后裔的创作

　　"土生蕃客"的子弟自幼接受中国教育。取汉姓仿汉名。参加科举成名者不乏其人，渐至汉化。848 年，阿拉伯人后裔李彦升由广州经长安参加科举中进士，竟得登第而显名。五代时，波斯人后裔李珣、李舜弦等兄妹 3 人皆有才名，《全唐诗》中尚有李舜弦诗三首。

　　李珣字德润，梓州（今四川三台）人。据《茅亭客话》载：其先世为波斯人。其妹为王衍昭仪。珣是五代前蜀秀才，事蜀主王衍，国亡不复仕。李珣有诗名，"所吟诗句，往往动人"，多感慨之音。他的词，《花间集》收录 37 首，《全唐诗》收录 54 首。词风清新俊雅，朴素中见明丽，颇似韦庄词风。《历代词人考略》说他"以清疏之笔，下开北宋人体格"。

　　李舜弦，梓州人，珣之妹。蜀王衍纳为昭仪。《全唐诗》收录其诗 3 首。

　　阿拉伯作家记述中国的著作亦很多。对中国的论述充满神奇色彩，富于想象力，令世人羡慕而向往之。这类作品如伊本·胡尔达兹巴的《道路与列国志》（又译《道里邦图志》，844）、苏莱曼·斯拉菲的《苏莱曼东游记》（又译《中国印度见闻录》，851）、雅库比的代表作《地志》和《历史》，被誉为"阿拉伯希罗多德"的麦斯欧迪的《黄金草原》（943），有关中国的记载很多。

二、中国西部突厥伊斯兰文学

　　9 世纪，喀喇汗朝（喀喇汗朝的疆域包括今巴尔喀什湖以东以南地区及新疆西部）建立，穆斯林史学家伊本·阿西尔（1160—1233）在《通史》中写到，960 年有 20 万突厥人皈依伊斯兰教，10 世纪时，喀喇汗朝伊斯兰化。其统治者自称为"桃花石汗"（"桃花石"一词指唐朝）。在喀喇汗朝时期，科学文化获得巨大发展，形成了突厥伊斯兰文化（包括维吾尔伊斯兰文化、哈萨克伊斯兰文化、塔吉克伊斯兰文化）。此文化是由中国各民族共同创造的中华民族传统文化的一个文化分支。其成就集中表现在《福乐智慧》《突厥语大词典》《真理的入门》三部名著中。《真理的入门》一书的作者是盲诗人、学者尤格纳克·阿哈麦提·本·马赫穆德。书成于 12 世纪末或 13 世纪初，用当时的喀什噶尔语言写成。

玉素甫·哈斯·哈吉甫的《福乐智慧》吸收了伊斯兰文化、佛教文化和儒家文化的伦理思想，转型复合后形成新情节、新题材、新内容、新形式、新语言、新手法。作者既受柏拉图影响，又受阿拉伯哲学法拉比、伊本·西纳影响。玉素甫能以独特之见写出了人生意义、人文社会和国家的任务。此书长期在维吾尔族民间流行，是喀喇汗朝精神文化方面的百科全书，对理解维吾尔族民族的文化和心理模式有很大价值。它既是一部哲学伦理著作，又是一部优秀的长诗。长诗中一些绚丽生动的诗句，有很高的艺术水平。

《突厥语大词典》由中国古代突厥语文学家麻赫穆德·喀什噶里（约1008—1105）编著。他曾在今新疆西部及中亚各地长期旅行。对这一带突厥部落的分布情况和他们的语言、文化、风俗习惯进行过大量考察。后来长期居住在阿拔斯王朝首都巴格达，用阿拉伯文写成《突厥语大词典》，书中蕴含着丰富的伊斯兰哲学思想。该书共分八卷，每卷又分上下册。所收词汇范围包罗万象，风土人情、轶闻掌故，应有尽有。书中收录了维吾尔族及中亚其他民族民歌数十首及大量格言、谚语。这是世界上第一部突厥语词典，是一部关于 11 世纪中亚社会的百科全书。

三、唐宋后的穆斯林创作

穆斯林中精通汉学、成绩卓然的学人甚多。高克恭（1248—1310）诗画兼长，他的山水田园诗和山水画意境交融、神韵浑厚，为后人交口赞誉。词人马九皋（约 1270—1350）的散曲清高俊逸、豪爽疏致，艺术价值很高。赡思（1278—1351）精通儒学、历史和法学，著述甚丰，多有独见。萨都剌（1272—1355）是元代著名诗人，诗集《雁门集》及部分诗论、书画流传至今。

元代作家赡思（1277—1351），字得之，祖先大食国人，后落居真定（今正定）。赡思幼随父习儒学，9岁时日诵经传千言，20岁拜翰林学士承旨王思廉为师。博览群书，为乡邦推重。元延佑初（1314）皇帝下诏以科第取士，人劝其应试，赡思笑而不应。天历三年（1330），应诏入朝，任为应奉翰林文字，赐对奎章阁。至顺四年（1333），官拜陕西行台监察御史，次年转任佥浙西肃政廉访司事，至元四年改任佥浙东肃政廉访司事。后因病去官归家。至正四年（1344）任江东肃政廉访副使，至正十年（1350）召为秘书少监，以疾辞告不赴。转年逝世。追赠嘉议大夫、礼部尚书、上轻车都尉，追封恒山郡侯，谥文孝。赡思博于经学，尤精易学，且通晓天文、地理、算数、水利等各科，著有《四书阙疑》《镇阳风土记》《五经思问》《奇偶阴阳消息图》《老庄精诣》《续东阳志》《重订河防通议》《西域异人传》《金哀宗记》《正大诸臣列传》《审听要诀》及文集30卷。是元代杰出的真定籍阿拉伯学者。

四、《一千零一夜》对中国古典文学的影响

《一千零一夜》中不少故事是在唐代传入中国的。中亚各国与唐通好，唐的首都长安集中了西域各国使臣、商人、宗教徒与留学生等。唐"安史之乱"时，安西、回纥、大食之兵15万众，收复两京。西域人因功留居中国者更多，有田宅者就有4000人。于是，西域文明，包括阿拉伯文化如音乐、舞蹈、杂技、幻术以及文学（包括《一千零一夜》中不少故事）传入中国，是大量而常见的。

唐代的《板桥三娘子》虽不是直译，却通过部分内容的吸收，演化、表现出所受《一千零一夜》的影响。《板桥三娘子》中有人变驴的故事：三娘子取木人、木牛耕地，并取出荞麦子由木人种之，花发麦熟，由木人用小磨子碾成面粉，做烧饼数枚，住店的客人吃了烧饼，须臾变驴。而《一千零一夜》中的《白第鲁·巴西睦太子和赵赫兰公主的故事》中，女王辽彼用带魔法的面粉做成食品如烧饼，只要谁吃了就变成飞鸟、驴骡之类。这是《一千零一夜》对中国文学直接影响的例证。

蒲松龄（1640—1715）生活的清代初年，正是阿拉伯人的后代遍及

中国、伊斯兰教思想走向社会、伊斯兰教文化大发扬的时期。生活在这样的氛围之中，他很可能受到许多潜移默化的影响。于是，他在大量搜集中国民间传说故事的基础上，将所见所闻综合起来，借鉴以往的题材进行艺术虚构，写出了《聊斋志异》。《聊斋志异》故事中出现的海上仙山、阴间地狱、海底龙宫等虚无缥缈境界与《一千零一夜》中奇幻世界的影响有关。而变化无穷的狐仙、飘忽不定的鬼魂，也可能受《一千零一夜》中《变形记》的影响。如《渔夫和雄人鱼的故事》就描写了一个贫穷渔夫阿布杜拉到了海底，见到了各种奇观异境，这使我们想起聊斋故事中龙宫的奇妙场景。

五、马安礼译《斗篷颂》

阿拉伯著名诗人蒲绥里（约 1212—1296）创作的优秀的颂赞诗篇《斗篷颂》是世界著名文学作品，早在清光绪十六年（1890）即被云南回族学者马安礼（1794—1874）用诗经的体裁译成汉文，当时，以阿拉伯文原诗和汉文注释一起刊行于成都，取名《天方诗经》。

第四节　中阿文学特质宏观比较

中国和阿拉伯，在历史上曾经是雄居东方、相峙并立的两个大帝国。中阿之间很早就有商贸往来，文化交往也源远流长。中国和阿拉伯属于两种不同的文明类型：中国基于河流农耕文明，阿拉伯基于沙漠游牧文明；在空间位置上，中国是东亚大陆，是一个由海洋、高山、大漠、大草原组成的相对封闭的地理单元，历史上的阿拉伯是一个包括中亚、西亚、北非和环地中海地区直至西班牙的大帝国，现在的阿拉伯是包括 20多个国家、以伊斯兰教和阿拉伯语为标志的文化区域；中国以儒学礼教为文明的核心，阿拉伯以伊斯兰教为文明的核心。这样的生存环境和基本的文明事实，决定了中国和阿拉伯不同的审美取向，中阿文学呈现出不同的历史演进路向和不同的艺术风格。

一、文学发展：主线融合与多元复合

民族文学的演变和构成与历史上民族的融合与形成密切相关。中华民族和阿拉伯民族的形成有着不同的演变路线，其文学发展也呈现出不同的路向。

中华民族孕育于历史上第一次民族大迁徙、大融合的时代。根据传说和考古发掘，炎黄时代至尧、舜、禹时期，黄河中游的炎、黄两大部落，经过碰撞、融合，结成联盟向东推进，战胜了以泰山为中心的太昊、少昊集团，建立起号令黄河流域各部落的大联盟，并击败了江汉流域的苗蛮集团，成为可追溯的中国早期民族融合的核心。黄河中下游成为中华民族肇兴的腹地。大约到周代，随着炎黄传人向四周的发展，这个民族既有共同尊奉黄帝为始祖的夏、商、周三族的"华人"，又有被华夏文明融合的周边民族，如戎人、氐人和夷人等。春秋战国是华夏民族融合形成的时期。首先是中原各国融合认同华夏；其次是秦、楚、吴、越成为中原周边不同地区的中心，他们融合了该地区的不同民族；最后是秦、楚、吴、越地区与中原各国融合认同，"华夷"走向一体，原为"蛮夷"的秦、楚已成为"诸夏"或"中国"，形成跨越黄河、长江的华夏民族，也就是汉族的基础。从秦汉到隋唐，中间有分有合，但汉、唐强大的统一政权，完成了华夏族向汉族的演进。从东汉时期开始，北部和西部的游牧民族匈奴、鲜卑、乌桓、羯、氐、羌等陆续内迁，居住于今甘肃、陕西、山西以至河北、辽宁长城以南的广大地区。北魏统一黄河流域后，北方民族大融合，各族人民共同生活，相互影响，并逐渐认同华夏文化，改变了原来的游牧生活，成为农业居民。经秦汉、魏晋南北朝到李唐盛世，汉族文化核心成熟，形成了以儒教为主，道、佛辅之的坚实文化传统。唐之后，先后有契丹（辽）、党项（西夏）、女真（金）、蒙古（元）、满（清）等军事强悍的游牧民族入主中原，建立统治政权，但深厚成熟的汉文化最终将这些少数民族同化，他们带来的原有文化则丰富了汉文化的内涵，但在文化内核上，他们认同了汉文化的价值体系。汉族外迁，边疆游牧民族内徙，彼此杂居融合，形成了多元一体的中华民族。

阿拉伯帝国的历史比中国晚，7世纪初，穆罕默德创立伊斯兰教，在宗教的旗帜下统一了阿拉伯半岛贝都因人的各部族。经四大哈里发（632—

661）和倭马亚朝（661—750）的大规模向外征伐，很快建立起一个横跨亚非欧三洲的大帝国。其版图东起印度、中国边境，包括中亚、西亚、北非和欧洲的西班牙。经过阿拔斯王朝（750—1258）前200年的盛世，形成了多种古老文化融合而成的新的阿拉伯文化，阿拉伯文化以伊斯兰教和阿拉伯语为标志。在阿拉伯帝国建立后，阿拉伯人与战败国的居民杂居，共同参与社会、经济活动，相互之间通婚更为常见，形成了现代意义上的阿拉伯人。实际上，阿拉伯成了一个幅员辽阔的、多民族的集合体，除阿拉伯人外，还包括中亚的突厥人、波斯人，西亚两河流域居民、小亚细亚人、叙利亚人，北非柏柏尔人、埃及人，欧洲的西哥特人，等等。各民族通过互相接触、相互影响，逐渐融合、渗透，在长期的生产实践和生存斗争中认同了阿拉伯文化。

从中华民族和阿拉伯民族形成历史的简述中可以看到，中阿民族文化的发展演变很不一样。第一，中华文化源头久远，连绵不断，从先秦的华夏文化到汉唐时代的汉文化，再到宋、元、明、清多民族进一步融合而形成中华文化，历时数千年，是基于华夏文化的不断发展和丰富的传承、演进过程。阿拉伯文化则在几百年的时间里迅速崛起，又很快分化为地域性文化。第二，中华文化以汉族文化为主体，多民族文化的交融程度不断深入。在形成的早期，黄河流域和长江流域的农耕文化和北方大漠的游牧文化同时发展，经过长期的冲突与融合，在春秋战国时期形成华夏文化；以此为内核，进一步融合西方、北方游牧民族文化和南方边境民族文化，形成了成熟、深厚、体系化的汉文化，之后的外来文化都被其同化而融入其中。阿拉伯文化以阿拉伯半岛的游牧部落文化为起点，凭借其军事力量征服了辽阔地域，将多种古代文明程度很高的文化复合成新的文化。因其时间短，多种内部充满矛盾的文化并没有达到体系化的融合，而是在伊斯兰教的大框架下形成了多民族文化的集合，这体现在伊斯兰教内部的众多宗派和阿拔斯王朝后各地方王朝的兴起方面。

但应该看到，在文化建设上，阿拉伯人与蒙古人、突厥人等草原游牧人的做法不同。"12—13世纪，蒙古人在远征所到之处，肆意毁灭外民族的文化；16世纪，突厥人在原属阿拉伯帝国的土地上建立的土耳其奥斯曼帝国，只崇尚政权与武力，压制思想，窒息知识，摧残文化。与此相反，阿拉伯人从来不破坏也不压制被征服民族的文化，从而体现出它的'沙漠文化'的特性——'覆盖'而不是毁灭外族文化。所谓覆盖，就是以阿拉伯文化的外壳将外族文化包裹起来，然后积极地、如饥似渴地吸收它们为己所用。"①阿拉伯文化的鼎盛期出现在阿拔斯王朝时代，当时的首都巴格达既是一座繁荣的国际城市，更是一处世界文化交融的学术中心，波斯、印度、希腊、罗马，犹太教、基督教、摩尼教、瑞罗亚斯德教、萨比教等，多种文化模式和宗教思想在这里汇合，在以阿拉伯语为主要用语的强有力的阿拉伯文化推进过程中，如同百川纳海，大大丰富了阿拉伯文化的内涵，激发了帝国臣民的智慧，为阿拔斯王朝后期创造出举世瞩目、影响深远的文化成果奠定了基础。阿拔斯帝国统治者重视文化事业的创制与完善，倡导、鼓励学术活动，实行宽松的政治文化政策，吸收容纳帝国境内不同民族、不同宗教信仰者的文化和学术成果，这些作品被学者们翻译、介绍和注释，或由波斯文、古叙利亚文，或由希腊文，译成阿拉伯文。据史料记载，在阿拉伯倭马亚王朝期间，已出现自发的文化译介活动，内容局限在医学、星相学、天文学等实用科学上，很少涉及社会、人文学科。阿拔斯帝国建立后，特别是在阿拔斯朝代中期的 830 年至 930 年左右，在统治者哈里发的大力资助和倡导下，帝国进行了大规模、有组织的译介活动，以巴格达为中心的学术研究形成了文化史上的巴格达学派，并推动了阿拔斯王朝后期的西班牙的科尔多瓦文化中心和埃及的开罗文化中心的形成，共同构成了辉煌绚丽的阿拔斯王朝 500 年文化黄金时代。

这样的文化景观体现在文学中，我们可以看到，中国文学的发展有两点很突出：一是中国文学的发展始终是以华夏-汉文学为主线，其他边境民族文学或融入主线之中，或虽然还保持着独立性，丰富了中国文学，但与华夏-汉文学相比，只能是其中的涓涓细流；二是中国南北文学虽然彼此融合，但不同的主体风格始终存在。近代学者梁启超对此有精辟论析："自唐之前，于诗于文于赋，皆南北各为家数。长城饮马，河梁携手，北人之气概也；江南草长，洞庭始波，南人之情怀也。散文之长江大河一泻千里者，北人为优；骈文之镂云刻月善移我情者，南人为优。盖文

---

① 王向远：《宏观比较文学讲演录》，广西师范大学出版社 2008 年版，第 87 页。

章根于灵性，其受社会四围之影响特盛焉。自后世交通益盛，文人墨客，大率足迹走天下，其界也浸微矣。"①唐代之后虽然因交通和科举制度的发展，南北文风交融有所加强，但不同的生存环境和传统的积淀，使得南北文学风貌的差异长期存在，尤其在民间和通俗文学中表现明显。"元代北杂剧整饬刚劲，而南曲戏文却轻灵妩媚……明代北方民歌真率质朴，南方民歌则狡狯机趣……至于清代剧坛上的'南洪北孔'，更是地方文化影响作家创造的典型例证。唐明皇和杨贵妃之间负载太多政治历史内涵的爱情故事，在南方戏曲家洪昇的《长生殿》中被演绎得缠绵缱绻，如痴如梦。而本来是江南才子佳人风流韵事的侯方域、李香君的爱情故事，却被北方戏曲家孔尚任写得坚贞刚毅，大气磅礴。"②要说明的是，中国南北文学的这种差异，只是在文学表现风格方面，"文以载道"的文学观念则基本一致。

阿拉伯文学则体现出多元复合的特点。阿拉伯学者法胡里称阿拉伯文学是"觉醒、兼收并蓄外来文化的反映"，认为"阿拉伯人善于吸收世界文化，并很快与之适应。他们善于获取一切知识，并从中获益。……阿拉伯文学循着生活的法则，随着历史的变迁，不断从一种状况发展到另一种状况。这种发展一般是阿拉伯人和其他人民、文明、文化互相混合的结果。这种混合一般是产生了具有独特倾向的文学复兴"③。他在著作《阿拉伯文学史》（1960）中概括了三次这样的"文学复兴"：蒙昧时期和倭马亚王朝时期的文学复兴；阿拔斯时期的文学复兴和近代的文学复兴。他分析阿拔斯时期的文学复兴："它建立在阿拉伯人和波斯人、罗马人、印度人、西班牙人和其他人的互相接触和杂居，建立在多种文化和助长的融合，尤其建立在翻译引介的基础上。通过翻译引介，阿拉伯人引进了希腊的哲学和知识，波斯历史、文化和制度以及印度格言和风格。所有这些，提高了阿拉伯人的思想，扩充了他们的知识，扩大了他们的想象。思想和学问成了一切的基础，所有文学因素获得了崭新的更

---

① 梁启超：《中国地理大势论》，《饮冰室合集》第 10 卷，中华书局 1989 年版，第 86 页。

② 王齐洲：《呼唤民族性——中国文学特质的多维透视》，中国社会科学出版社 2000 年，371-372 页。

③ 汉纳·法胡里：《阿拉伯文学史》，郅溥浩译，宁夏人民出版社 2008 年版，第 17 页。

加深刻的内容。"①的确如此，阿拉伯文学不仅是阿拉伯半岛的阿拉伯人的创作，阿拉伯帝国统治下的众多民族诗人作家也为阿拉伯文学作出了贡献，众多古老文明熏陶下的文学成就滋润了阿拉伯文学。如波斯的《列王记》以及散文、故事、格言、寓言等作品熏陶、启发了阿拉伯人自身固有的智慧。由于波斯与印度为邻，波斯人早已将印度文化融在自己的文化中，当波斯典籍被译成阿拉伯文时，其中的印度文学也就介绍给阿拉伯人了，如著名的文学作品《卡里莱和迪木乃》《千篇故事》。译介成阿拉伯语的这些作品，既成为阿拉伯文学的组成部分，又使阿拉伯本土作家以全新的角度感知了生活，创作出了兼备不同民族风格、色彩愈加灿烂的文学作品。艾哈迈德·艾敏（Ahmad Aman，1886—1954）说："广义的包容一切文化在内的'阿拉伯文学'并不仅仅是阿拉伯民族的文学，而是一种混合体，一种带有阿拉伯-伊斯兰特性的混合体。"②

二、文学内容：世俗精神与宗教精神

中国文化是宗教意识相对淡漠的文化，而阿拉伯文化却是以伊斯兰教为灵魂的文化。

过早发达的理性文化，使得中国士人较早地走出早期的自发宗教。居于中国文化核心位置的儒家文化，重教化，养心性，尚仁义，倡中庸；重视现实世务，轻视精神灵魂的深层探索。儒家的人生观就是孟子所说的"穷则独善其身，达则兼济天下"。孔子删定"诗、书、礼、乐、易、春秋"六经，教授"礼、乐、射、御、书、数"六艺，其最终目的就在实现上述人生观。"三纲八目"是系统而完备的"独善其身，兼善天下"的方略。所谓"格物、致知、诚意、正心、修身"是"独善"的要诀，"齐家、治国、平天下"便是"兼善"的最终目标。儒家在人间的世俗世界，建构了一个其他宗教依赖上帝与彼岸才能够获得的精神乐园。在儒家看来，幸福的生活不在彼岸，不在来世，就在你我他的现世人伦之中，就在享受天伦之乐的日常生活之中。

伊斯兰教是阿拉伯文化的灵魂，它是中世纪阿拉伯社会的精神和政

---

① 汉纳·法胡里：《阿拉伯文学史》，郅溥浩译，宁夏人民出版社 2008 年版，第 18 页。
② 艾哈迈德·艾敏：《阿拉伯-伊斯兰文化史》第二册，商务印书馆 2007 年版，第 12 页。

治支柱，以绝对权威的架势，主宰着社会生活的一切方面。没有 7 世纪伊斯兰教的诞生，就没有统一的阿拉伯国家，就不会有横跨亚欧非三大洲的阿拉伯帝国，也就没有阿拉伯文化的问世。伊斯兰教不仅是阿拉伯统一的旗帜，也是阿拉伯文化的核心和主体。与中国儒家执着于今世世俗生活的人生观相反，伊斯兰教认定"后世"的存在，认为今世短暂，后世永久。正因为今世短暂，人们要充分把握今生的功课，为后世作准备。这种以宗教信仰体现的人生观也是积极进取的：既摈斥"人生若梦，为欢几何"的享乐生活志趣，也不赞同弃绝红尘的与世隔绝生涯。穆斯林不但要"独善""兼善"，还要准备来生后世的功德，他们提出"念、礼、斋、课、朝"等五善功，以"念""礼"两功修炼个人内在的心性与外在的体能；以"斋戒"体现对人间饥饿贫苦的同情；以"课"功周济社会福利的公平；以"朝"拜天房达到人类一体、天下一家的理想世界。因而，阿拉伯人虔信真主安拉和先知穆罕默德，认为勤修善功是为永生来世的幸福所作的积累。

比较中国文化的入世精神和阿拉伯文化的宗教精神，至少可以从三个方面来看：

第一，在人生观方面。中国文化重点在处理现实中的伦理关系，是一种执着于现世的生存哲学；阿拉伯文化重点在处理今生与来世的关系，其归依和指向是永恒的来世。

第二，在文化的原典方面。作为中国文化原典的"四书五经"，从各个不同方面，教给人们做人治世的各种道理和训条；阿拉伯文化的原典是《古兰经》，《古兰经》是伊斯兰教的经典和法典，是穆罕默德在传教过程中作为安拉的"启示"陆续颁布的经文。书中论述了安拉的德行、宗教信仰、教法仪式等，其中也有现实的内容，但是以宗教训诫的面貌出现。

第三，在王权与神权的关系方面。中国社会历来是皇权至上，"溥天之下，莫非王土；率土之滨，莫非王臣"①。以君主为核心的社会结构在中国长期践行，一切都在皇权的统治下，皇权支配着神权。中国佛教传播历史上的"三武一宗"灭佛事件就是明证。而阿拉伯帝国实行政教合

---

① 程俊英译注：《诗经译注》，上海古籍出版社 1985 年版，第 416 页。

一制度，哈里发既是最高行政首脑，又是伊斯兰教的精神领袖。伊斯兰世界确信一切权力来自真主，人只是真主在大地上的代治者。伊斯兰教强调，穆斯林不但要信主行善，追求后世的乐园，还要直面人生，干预现实，在人间实施安拉的大法，因而，政治与宗教互为表里。

以儒家文化为核心的中国文化的世俗倾向深深地烙印在传统文学中。作为中国最早的诗歌总集的《诗经》，其作品缺乏其他民族早期文学中的超现实色彩，表现最多的是民众与王公的现世生活，所谓"劳者歌其事，饥者歌其食"。其中，包括农业文明的节令气候、耕作收藏、田亩租税；王朝兴衰，民族迁徙；逃荒流浪，日常起居；战争导致的民怨，男女之间的恋情；等等。后来的文人诗歌抒发的是文人士大夫的胸襟和抱负，包括济世匡国的志向，亲朋赠答的感怀，吊古伤怀的悲情，伤春悲秋的愁绪，当然也有太平盛世的颂歌，离乱之世的慨叹，但更多的是对国事民生的忧患，对现实不公的愤慨与谴责。宋代诗人苏轼的一首词《水调歌头·明月几时有》典型地表现了中国文学世俗性的特征：

> 明月几时有，把酒问青天。
> 不知天上宫阙，今夕是何年。
> 我欲乘风归去，又恐琼楼玉宇，高处不胜寒。
> 起舞弄清影，何似在人间！①

中国文化宗教意识淡漠，并不是说中国没有宗教；强调中国文学的世俗精神，也不能否认中国有宗教性作品。中国有崇拜自然、崇拜祖先、崇拜图腾的原始宗教，有从印度传入的佛教和在佛教刺激下产生发展的道教，中国也有宗教性作品，如玄言诗、禅诗、出家诗、变文、宝卷等。但这些作品在文学史上的地位和影响，没法与西方、印度、阿拉伯的宗教文学比肩。中国也缺少严格意义上的"宗教小说"，"三言""二拍"中的"善有善报，恶有恶报"，《红楼梦》中的"好了歌"，《三国演义》中的"因果报应"，《儒林外史》中的"诸行无常"，《金瓶梅》中的"生死轮回"等观念，都与佛教有关，但不能把它们视为宗教文学。它们只是在世俗生活的表现中，体现了一些宗教色彩，与追求彼岸世界和终极关

---

① 白寿彝、启功、郭预衡等主编：《文史英华》（词卷），湖南出版社1993年版，第122页。

怀的宗教精神相距甚远。在中国文学史上，许多作家的作品涉及宗教，运用宗教题材或表现手法，但其用意却往往是"醉翁之意不在酒"。在封建文人仕途失意、寄情山水的诗文中，常常隐含着佛教人生虚幻、诸法皆空、隐逸出世的思想观念。如曹操（155—220）《短歌行》中的"对酒当歌，人生几何，譬如朝露，去日苦多"[①]；陶渊明（约 365—427）、王维（701—761）、孟浩然（689—740）、李白（701—762）、白居易（772—846）等人都常把禅意引入诗中。如苏轼（1037—1101）的《念奴娇·赤壁怀古》中的"人生如梦，一樽还酹江月"[②]。但诗歌的艺术魅力，往往使人略去刻板的教义部分。如王维的《鹿柴》："空山不见人，但闻人语响。返景入深林，复照青苔上。"[③]王维确实受了佛教清静虚空的影响，但读者更为空灵幽静的诗趣所吸引。这同陶渊明"采菊东篱下，悠然见南山"同属一类意境。诗人表达的不是宗教教义，而是对现实情景和生活境况的审美表达。一些中国现代作家受西方影响，常写基督教题材，如茅盾的《耶稣之死》、巴金的《新生》均取材《圣经》，但在作家笔下，宗教的内容已转化为讽刺现实黑暗的政治寓言。

以伊斯兰精神为社会意识主宰的阿拉伯，其文学自然充满浓郁的宗教色彩，可以说伊斯兰教对阿拉伯文学具有重要影响。自从穆罕默德传播伊斯兰教以来，他便积极地推动阿拉伯半岛的统一事业。经过四大哈里发坚持不懈的努力之后，阿拉伯半岛最终完成了统一大业，因而，伊斯兰教便自然而然地在阿拉伯半岛取得主导地位，成为阿拉伯半岛社会的主流精神。阿拉伯帝国建立后，伊斯兰教成为统一的阿拉伯文化的核心。作为阿拉伯社会文化载体的文学，必然要宣传国家的主流思想，体现社会文化的基本价值。首先，伊斯兰教决定了阿拉伯文学的基本主题。阿拉伯文学以反映和表达伊斯兰教教义、教法，以及其社会生活为主要内容，提倡、宣扬《古兰经》重视人的思想、仁爱互助、仗义疏财、宽以待人、尊老爱幼、保持生态平衡等主张。其次，伊斯兰教的人生观、价值观决定了阿拉伯文学的价值取向。不管是情意浓郁的爱情诗，还是歌颂英雄豪杰的小说与散文，都体现出对真主、对先知的无限忠诚与服

---

① 白寿彝、启功、郭预衡等主编：《文史英华》（诗卷），湖南出版社 1993 年版，第 51 页。

② 白寿彝、启功、郭预衡等主编：《文史英华》（词卷），湖南出版社 1993 年版，第 132 页。

③ 白寿彝、启功、郭预衡等主编：《文史英华》（诗卷），湖南出版社 1993 年版，第 273 页。

从。最后，伊斯兰教决定了阿拉伯文学的生存环境。在阿拉伯政教合一的社会大环境下，作为历代政权宣传工具的阿拉伯文学无法超越这一事实，阿拉伯文学源于穆斯林的社会生活，又反过来指导穆斯林的生活，具有很强的政治宗教色彩。

阿拉伯文学深厚的宗教底蕴首先体现在《古兰经》这部经典中。《古兰经》是伊斯兰教的经典和法典，也是阿拉伯文学的第一部散文巨著，其主要内容记述了穆罕默德及其传教活动、伊斯兰教的教法教义、宗教制度和社会立场，同时，也记载了因传教需要而引证的各种神话传说、历史故事、寓言、谚语、见闻等。作为宗教经典，《古兰经》是伊斯兰世界一切活动的根本依据。作为文学巨著，《古兰经》开创了一种独特的散文文体，"这种文体以显著的自由洒脱和独特的创造力，充分利用了抑扬顿挫的句法"①。《古兰经》的风格庄严宏伟，经文所及，纵横驰骋于天地幽冥三界，给人以庄严、神圣、幽邃玄妙之感。经文广泛运用夸张、比喻、排比、反问等多种修辞手法，加强文意表述的艺术感染力。对于阿拉伯文学而言，更重要的是，《古兰经》对后世的阿拉伯文学产生了难以估量的深刻影响。这种影响首先表现在语言上，《古兰经》将古莱氏语提升为整个阿拉伯世界标准的、统一的通用语，这种雄浑流畅、生动有力的语言，被阿拉伯人视为语言的最高典范。其次，《古兰经》成为后世许多阿拉伯作家的创作范本、题材和灵感来源。阿拔斯散文作家贾希兹（al-Jāhiz，775—868）的《方圆书》是一部兼有科学和文学价值的著作，许多内容来自《古兰经》，《动物书》一书中的素材主要源于《古兰经》。安达卢西亚作家伊本·泽顿（Ibn Zaydun，1003—1071）的书信体散文差不多是由《古兰经》的章节、谚语和典故构成的。复兴时期的埃及诗人邵武基（Ahmad Shawgī，1868—1932）的诗作充满了对穆罕默德、对《古兰经》和对教门弟子的歌颂。大型民间故事集《一千零一夜》从善恶观念到道德标准，从神话传说到婚恋故事，均具有浓厚的伊斯兰教色彩，伊斯兰真言"安拉是唯一的主宰，穆罕默德是他的使者"在书中随处可见。

---

① 汉密尔顿·阿·基布：《阿拉伯文学简史》，陆孝修、姚俊德译，人民文学出版社1980年版，第36页。

有学者将阿拔斯时期的"苦行诗"和唐宋时期的"出家诗"加以比较，研究后得出结论：主张"出世"的中国禅宗，却没有什么"苦行"的要求，认为"任运自在""无碍""无为"才是正道，才能彻见本性、"顿悟"成佛；而持入世倾向的伊斯兰教反而引发出了比佛教严格得多的"苦行"和禁欲主义。因为从伊斯兰教的教义中，苦行者们得出了以下结论：越是在尘世苦修苦练，越说明自己对后世的信仰忠诚，从而越会获得真主的好感，有希望得到后世永恒的幸福。①由此，也不难看出，中国文化、文学中的世俗精神与阿拉伯文化、文学中的宗教精神的不同价值取向。

三、文学结构：严谨一体与松散组合

中国文化绵延数千年，在雏形期的春秋战国时代就进入成熟期，"百家争鸣"中的各家都从不同角度论及自我价值实现的问题，尤其是以孔孟为代表的儒家，倡导圣贤理想人格，以这一人格的完成来实现自我价值。因而，有论者运用马斯洛的"需要层次"理论，认为中国文化是"早熟"的文化。②中国文化的"早熟"，突出体现在重群体协调、轻个人欲望，重精神修炼、轻物质利益的理性精神非常发达。

阿拉伯文化虽然经过"百年翻译运动"引进了古希腊、波斯和印度文化的理性意识，但阿拉伯半岛贝都因人原有的文化是阿拉伯文化的根源。伊斯兰教之前的阿拉伯人生活在沙漠旷野，还处于逐水草而居的游牧氏族阶段，过着比较原始简单的生活，相信万物有灵，侠义蛮勇，"贝都因人坚忍耐劳、热情好客、放纵不羁。他们爱好诗歌，善于用诗歌表达情意。……贝都因人往往以诗歌来衡量人的聪明才智。人口多、武力强、才智高，是强大氏族部落必须具备的三大要素。劫掠、夸耀本氏族部落的光荣宗系，氏族部落之间经常发生复仇战争，这些是贝都因人根深蒂固的陋习"③。半岛贝都因人具有几分原始野性，其理性意识淡漠的性格成为阿拉伯文化的潜流。

中国和阿拉伯这样的文化品格体现在文学中，明显体现在结构方面：

---

① 齐明敏：《阿拉伯阿拔斯"苦行诗"与中国唐宋"出家诗"比较研究》（中篇），《中国文化研究》1994年第1期。

② 李宗桂：《中国文化概论》，中山大学出版社1988年版，第290—293页。

③ 郭应德：《阿拉伯史纲》，中国社会科学出版社1991年版，第12页。

中国文学注重文学的整体结构，在章法架构、谋篇布局、遣词造句上都强调严谨、统一、协调和缜密；阿拉伯文学则缺乏整体构思、推理不精细、逻辑不严密，具有局部化、片段化、用语粗豪的特点。

中国对于文学结构的意义自觉比较早，刘勰《文心雕龙》的第四十三篇《附会》就曾专述文学的结构问题：

> 何谓附会？谓总文理，统首尾，定与夺，合涯际，弥纶一篇，使杂而不越者也。若筑室之须基构，裁衣之待缝缉矣。……凡大体文章，类多枝派，整派者依源，理枝者循干。是以附辞会义，务总纲领，驱万涂于同归，贞百虑于一致；使众理虽繁，而无倒置之乖，群言虽多，而无棼丝之乱，扶阳而出条，顺阴而藏迹，首尾周密，表里一体，此附会之术也。①

这里的"附会"说的是全篇相附而汇于一，即通篇的整体结构布局，在全篇主旨的统帅下万途同归、百虑一致、繁而不乖、多而不乱、首尾一致、表里一体，将整个作品结合成一个完美严谨的整体。结构是指诗人作家在创作中对题材进行全面调度，对各部分作出有效的安排，它既是创作过程中的重要环节，又是作品完成后的文本实体。结构的具体内容包括主次、比重、虚实、疏密、层次、节奏、悬念、衔接、开头、结尾等的构思和安排。对于这些，中国作家非常讲究，学者也不乏理论的总结。

元代人乔吉（约 1280—1345）对作品各部分的配合提出要求："作乐府也有法，曰凤头、猪肚、豹尾是也。"引述这段话的陶宗仪解释了"凤头、猪肚、豹尾"："大概起要美丽，中要浩荡，结要响亮；尤贵在首尾贯穿，意思清新。"②于开头、结尾，不同论者有不同看法。清代诗人兼学者沈德潜（1673—1769）在《说诗晬语》中结合一些诗作评论说："起手贵突兀，王右丞之'风劲角弓鸣'，杜工部'莽莽万重山''带甲满天地'，岑嘉州'送客飞鸟外'等篇，直疑高山坠石，不知其来，令人惊绝。""收束或放开一步，或宕出远神，或本位收住。张燕公'不作边城将，谁

---

① 刘勰著、周振甫注：《文心雕龙注释》，人民文学出版社 1981 年版，第 462 页。

② 赵山林：《中国戏剧学通论》，安徽教育出版社 1995 年版，第 396-397 页。

知恩遇深'，就夜饮收住也。王右丞'君问穷通理，渔歌入浦深'，从解带弹琴宕出远神也。杜工部'何当击凡鸟，毛血洒平芜'，就画鹰说到真鹰，放开一步也。"①

晚明才子金圣叹（1608—1661）以对传统诗文的评点著称。他推赏《西厢记》《水浒传》，认为两者堪称结构整一的典范："《西厢》之为文一十六篇，……谓之十六篇可也，谓之一篇可也；谓之百千万亿文字总持悉归于是可也，谓之空无点墨可也。"②"《水浒传》七十回，只用一目俱下，便知其二千余纸，只是一篇文字；中间许多事体，便是文字起承转合之法。"③他对《水浒传》中起承转合的结构之妙，有许多精微的议论。如其对《水浒传》第 61 回总评说："最先上梁山者，林武师也；最后上梁山者，卢员外也。林武师，是董超、薛霸之所押解也；卢员外，又是董超、薛霸之所押解也；其押解之文，乃至于不换一字者，非耐庵有江郎才尽之日，盖特特为此，以锁一书之两头也。"④第 70 回总评说："盖始之以石碣，终之以石碣者，是此书大开阖。"⑤所谓"锁一书之两头"，所谓"大开阖"，都是用重复的情节或细节遥相呼应，以显示全书的整体性，其作用正与散文之用某一词语的重复作"关锁"相同。不仅一部作品的开头结尾要呼应，就是一段故事中也要有线索贯穿其间，如其评第 9 回《林教头风雪山神庙》一节，便指出"此文通篇以'火'字发奇，乃又于大火之前，先写许多'火'字，于大火之后，再写许多'火'字"⑥。因为写的是一场大火，就用"火"字来贯穿。这种线索要隐而不露，"骤看之，有如无物；及至细寻，其中便有一条线索，拽之通体俱动"⑦，所以叫作"草蛇灰线法"。

对结构的重要性认识最清楚的当数清代作家和学者李渔（1611—1680），他在《闲情偶寄》中将"结构"作为开宗第一篇，其中写道：

① 袁行霈、孟二冬、丁放等：《中国诗学通论》，安徽教育出版社 1994 年版，第 961 页。
② 林乾主编：《金圣叹评点才子全集》第贰卷，光明日报出版社 1996 年版，第 182 页。
③ 林乾主编：《金圣叹评点才子全集》第叁卷，光明日报出版社 1996 年版，第 19 页。
④ 林乾主编：《金圣叹评点才子全集》第肆卷，光明日报出版社 1996 年版，第 1106 页。
⑤ 林乾主编：《金圣叹评点才子全集》第肆卷，光明日报出版社 1996 年版，第 1240 页。
⑥ 林乾主编：《金圣叹评点才子全集》第叁卷，光明日报出版社 1996 年版，第 196 页。
⑦ 林乾主编：《金圣叹评点才子全集》第叁卷，光明日报出版社 1996 年版，第 23 页。

至于"结构"二字，则在引商刻羽之先、拈韵抽毫之始，如造物之赋形，当其精血初凝、胞胎未就，先为制定全形，使点血而具五官百骸之势。倘先无成局，而由顶及踵，逐段滋生，则人之一身，当有无数断续之痕，而血气为之中阻矣。工师之建宅亦然，基址初平，间架未立，先筹何处建厅，何方开户，栋需何木，梁用何材。必俟成局了然，始可挥斤运斧。倘造成一架而后再筹一架，则便于前者，不便于后，势必改而就之，未成先毁。犹之筑舍道旁，兼数宅之匠资，不足供一厅一堂之用矣。故作传奇者，不宜卒急拈毫，袖手于前，始能疾书于后。①

　　这里以造物成人和建筑房屋的设计为喻，说明创作前的谋篇布局的重要性。中国古代的这些评论，既是对文学创作实践的总结，又指导和影响了后代诗人作家的创作，从而形成了中国文学结构严谨整一的传统。

　　阿拉伯文学结构的特点是：松散的组合，对此，阿拉伯学者有自己的认识。黎巴嫩文学史专家汉纳·法胡里认为，阿拉伯文学"它是不能全面透彻观察事物的贝督因人思想的反映。在其文学作品中，即兴和本能的成分多于借鉴和创造的成分，这是阿拉伯文学不发达的原因。因此诗歌和其他文学作品的逻辑性不强，结构不紧凑。然而，这正是贝督因人的思维方式及思想，它赋予了阿拉伯文学以一种独特的美学价值。注意力局限于某一具体事物上，这有助于了解它深邃的内涵。同时，阿拉伯人的竞相描述同一事物，也使它们从不同方面赋予它多种含义，尽管不深刻、不全面。在阿拉伯文学中充满了短小精辟的格言、格言式的谚语和精妙的诗句"②。埃及著名的文化史学家艾哈迈德·爱敏表述得更清楚："阿拉伯文学的共同缺点，无论诗歌或散文，就是'推理不精细、结构不紧密'。如果一首长诗——尤其是蒙昧时代的长诗，删去一部分，或将前后的句子倒置，则读者或听者，哪怕是专家，如果在先没读过原诗，也是不容易发觉的。……这种'推理不精细、结构不紧密'的缺点，在阿拉伯文学作品里面，触目皆是。阿拉伯文学受传统因袭的影响很深，所以无论读艾布·法拉吉的《诗歌集》，或读伊本·阿布德·朗比的《珍

---

　　① 李渔：《闲情偶寄》，李忠实译注，天津古籍出版社 1996 年版，第 3-4 页。
　　② 汉纳·法胡里：《阿拉伯文学史》，郅溥浩译，宁夏人民出版社 2008 年版，第 16 页。

奇的串珠》，或读查哈斯（也译成贾希兹——引者按）的《动物篇》及《修辞与释义》……都看得出来。一篇文章，不围绕一个主题说话，没有一定的中心思想，无非是东鳞西爪，支离破碎的一些东西；读者便很难把握住一篇文章的中心思想。"①

中国学者王向远从阿拉伯言语特性的角度，将阿拉伯文学结构的特点概括为"沙质结构"："阿拉伯人的语言和言语仿佛强风吹卷沙粒，呼啸而出，充满张力和冲击力，令人难以招架，同时也像沙子一样，缺乏系统与逻辑。"②他还从阿拉伯人不在谋篇布局上费心，而是在遣词造句上用力；阿拉伯文学中短小的、相对独立的"颗粒化"文学形式繁荣；诗歌结构的松散化、程式化；长篇散文作品结构"沙质化"和诗歌发达的阿拉伯没有希腊和印度那样的史诗等几个方面对"沙质结构"作了比较充分的分析。如他对阿拉伯文学的奠基之作《古兰经》的"沙质结构"作了这样的分析：《古兰经》篇幅大，计有114章，大部分章节以先知穆罕默德在不同时间和地点的演讲内容为线索编排，而章节之间既缺乏内容的逻辑关联，又没有自成体系的文体分类；一些章节虽有归类，但常常归类错综，彼此交错；经文内容话题转换频繁，思路呈发散性。而这部具有"沙质结构"的经典，对阿拉伯整个文学有着巨大而深远的影响。

阿拉伯文学为什么会表现出松散组合的特点？学者们从不同角度作了探讨。艾哈迈德·爱敏从阿拉伯人观察事物的方式层面分析："阿拉伯人观察事物不善于用深刻的思想，只能把握着足以感动他的一点：譬如观察一棵树，只注意那棵树的片面的形状，如树干的标直，树叶的扶疏；并不注意到树的整体。走进一个花园，犹如一只蜜蜂，由这朵花飞到那朵花，吸食花中蜜汁，并不像照相机一般，能用自己的智慧和观察，把整个园景摄了下来。""他们的思想并不长于作整体的、全面的研究与观察；他们的观察只局限于周围的事物；眼见一物，心有所感，便作为诗歌，或发为格言，或编为谚语。"③国内有学者从思维方式角度来把握，

---

① 艾哈迈德·爱敏：《阿拉伯-伊斯兰文化史》第1册，纳忠译，商务印书馆1990年版，第46页。

② 王向远：《宏观比较文学讲演录》，广西师范大学出版社2008年版，第92页。

③ 艾哈迈德·爱敏：《阿拉伯-伊斯兰文化史》第1册，纳忠译，商务印书馆1990年版，第45页。

认为阿拉伯人的思维方式是"诗性思维"，这是一种感性的、具体的、直觉的又伴随着激情的思维，"这种思维方式，对于阿拉伯人的想象力起着重要的激发作用，这种思维训练了阿拉伯人往往按照情感意愿去想象，而不顾事实的逻辑去分析、去表现"[①]。西方学者汉密尔顿·阿·基布则通过追溯半岛贝都因人的生存环境和生活方式来理解："游牧人的眼界受到了限制，他们的思想圈子必然十分狭隘；同时，生存斗争是太严酷了，他们除了现实生活和日常物质需要外，无法顾及其他任何东西，更不可能对抽象概念和宗教冥想感兴趣，……他们的思想活动只能用具体字眼来表达，除了对于简单活动和自然性质之外，他们的语言几乎无法表达任何抽象。"[②]

结构是文学的形式因素，但它往往比内容更加深刻、更加恒定地融凝着民族文化的内核。

---

① 邱紫华：《东方美学史》（上卷），商务印书馆 2003 年版，第 569 页。

② 汉密尔顿·阿·基布：《阿拉伯文学简史》，陆孝修、姚俊德译，人民文学出版社 1980 年版，第 3 页。

第十章 中西文化、文学交流

第一节 中西文化交流

中西之间的交往可以追溯到远古时代。早在春秋战国时期，中西关系就已经揭开序幕。古代波斯、印度和希腊等称中国为 Cin/Cina/Sina，学界大都认为，支那一词是"秦"的译音，[①]表明秦朝的文化当时已经开始向西远播。

汉代是中西关系的开拓时期，张骞出使西域，历史上称为"凿空"，创辟了影响深远的"绿洲之路"。自此，中国人开始第一次注视西方，知道西域天地广阔、国家众多，物产新奇、民情殊异。同时，西域各国也得到了中国的信息。汉时，西域一些民族仍称中国为"秦"。此外，在希腊和拉丁文献中，又有关于"赛里斯"（丝国或丝国人）的记载。

一、中国文化对西方的影响

中国与西方的文化交流，主要体现在三个方面：（1）物质交流，主要体现为"丝绸之路"的商贸活动；（2）艺术交流，主要体现为对中国

---

① 方豪：《中西交通史》（上），上海人民出版社 2008 年版，第 45 页。

瓷器、漆器、丝织品、风景画、园林建筑艺术趣味的推崇；（3）思想交流，经初期教士、游客的宣扬和介绍，以孔子为代表的儒家学说开始影响西方世界。

"丝绸之路"指的是中国历史上汉朝时期通向西方的商业通道，因为输送的商品主要是中国的丝织品，所以叫作"丝绸之路"。当时世界上只有中国种桑树、养蚕、制作丝织品。公元前 133 年，汉武帝派兵攻打匈奴，打通了和西域的联系；公元前 77 年，又一次攻打楼兰国，保证了通道的畅通；随后于公元前 60 年设置了西域都护府，以保障西域的商业通道的安全。

丝绸之路东边的起点是当时的首都长安，向西一直到了地中海、欧洲。丝绸之路还可以分成三段，东段从长安到玉门关或者阳关，中段从玉门关或者阳关到葱岭（现在的帕米尔），西段就是葱岭以西。西段也可以分两条，一是通过伊朗、伊拉克、地中海到欧洲，一是从中亚往西北方向，经过咸海、里海和黑海到达欧洲。通过丝绸之路，中国内地和西方的交流长期存在，中国的纺织品、造纸技术和一些工艺技术传到了西方。西方的音乐、舞蹈、绘画、天文、历法、佛教等相关文化也传到了中国。

1. "海上丝绸之路"与工艺品输出。奥斯曼帝国兴起，阻隔了中西陆路交通，"海上丝绸之路"开通。由此，将大量中国的工艺美术品——锦绣、瓷器、漆器、画作等输入西方。

2. 马可·波罗东游的贡献。马可·波罗是世界著名的旅行家，1254 年生于意大利威尼斯一个商人家庭。17 岁时跟随父亲和叔叔，途经中东，历时 4 年多来到中国，在中国游历了 17 年。回国后，他写出了《马可·波罗游记》，记述了他在东方最富有的国家——中国的见闻，激起了欧洲人对东方的热烈向往，对以后新航路的开辟产生了巨大的影响。同时，西方地理学家还根据他的描述，绘制了早期的"世界地图"。马可·波罗成为第一个系统性地将中国和亚洲介绍给西方的旅行家。

3. 早期传教士对中国文化的传播。在《马可·波罗游记》影响下，一批早期传教士来到中国。他们将自己的见闻和经历，写成游记或报道，给西方带去了中国的文化和信息。这类作品重要的有：门多萨的《中华大帝国史》（1585）、金尼阁的《中国传教考》（1615）、鲁德照的《中华帝国史》（1642）、安文斯的《中国新纪闻》（1687）、卫匡国的《中国新图》（1655）、卜弥格的《中国特产植物》、殷铎泽的《中国传教概况略》（1672）等。

4. 早期传教士研究、译介中国典籍。早期传教士在华时日较长，遂潜心研究、翻译中国古代经典，并在西方出版，给西方输入了中国文化的精粹。利玛窦在 1593 年用拉丁文翻译《四书》，之后郭纳爵、殷铎泽、柏应理、卫方济等人陆续译出《大学》《中庸》《论语》《孝经》《易经》《书经》《礼记》等。

5. 17—18 世纪的"中国热""瓷器洛可可艺术"。西方学者奈赫淮恩认为：中国文化对于洛可可运动的影响不在文字方面，而在于中国轻脆的瓷器和各种丝织品绚烂悦目的光泽，欧洲人通过这些得到一种想象中的快乐的人生观。因此，当时欧洲人对于中国的瓷器和丝织品十分倾倒，学界称之为"瓷器洛可可艺术"。

6. "中国园林运动"。1714 年，欧洲人才读到一篇专讲中国园艺的教士通讯，即巴德尼的《北京附近的皇室园亭》。几年后，英国的园艺专家威廉·张伯尔士来到中国求学，1772 年发表《东方园林论》，推崇中国园艺，认为中国园艺师是植物学家、画家和哲学家，并亲自设计"中英式园林"。之后，中国的园林风格被欧洲模仿，出现"中国园林运动"。

7. 宫廷画师郎世宁。郎世宁（Guiseppe Castiglione，1688—1766），清代宫廷画家兼建筑师、天主教耶稣会修士。意大利人，生于意大利米兰，卒于北京。1715 年被教会派来中国，遂起汉名郎世宁。康熙末以画供奉内廷，得到皇帝的赏识。曾奉命参加圆明园欧洲式样建筑物的设计工作并任奉宸院卿职。郎世宁擅长画人物肖像、鸟兽、山水及历史画，尤精画马。其以欧洲技法为主，注重物象的解剖结构、光影效果及立体感。圆明园分布着 40 个景区，其中有 50 多处景点直接模仿外地的名园胜景，如杭州西湖十景，不仅模仿建筑，连名字也照搬过来。圆明园中还建有西式园林景区。最有名的"观水法"，是一座西洋喷泉，还有万花阵迷宫以及西洋楼等，都具有意大利文艺复兴时期的风格。在湖水中还有一个威尼斯城模型。圆明园也是一座异木奇花之园，名贵花木多达数百万株，完整目睹过圆明园的西方人将之称为"万园之园"。遗憾的是，1860 年英法联军和 1900 年八国联军两次洗劫圆明园，园中的建筑被烧毁，文物被劫掠，奇迹和神话般的圆明园变成一片废墟，只剩断垣残壁，供人凭吊。

二、西方文化对中国的影响

西方文化对中国的影响前期以传教为主要方式。唐代景教传播，元代也里可温教兴盛，明代耶稣会教士出入中国。随着基督教的传播，西方的科技文化进一步影响中国。进入近代，西方文化伴随着西方对东方的殖民统治，以汹涌之势，冲击着古老的中华大地。

1.《大秦景教流行中国》碑。碑文记述唐太宗贞观年间，一个从古波斯来的传教士——阿罗本，长途跋涉进入中国，沿着于阗等西域古国、经河西走廊来到京师长安。他拜谒了唐太宗，要求在中国传播波斯教。此后，唐太宗降旨准许他们传教，景教开始在长安等地传播起来，我国史书中也有景教经典《尊经》翻译成中文的记载。碑文还引用了大量儒道佛经典和中国史书中的典故来阐述景教教义，讲述人类的堕落、弥赛亚的降生、救世主的事迹等。碑文虽系波斯传教士撰写，但其中文功底极其深厚。

2. 元代也里可温教兴盛。也里可温教是元朝（13—14 世纪）对基督教的称呼。自从景教在中国受到毁灭性的打击（唐武宗于 845 年"恶僧尼耗蠹天下"而下令禁断佛教和景教）后，就只有在中国的西北边界地区还有一些教徒。在蒙古的一些部落，也有不少信仰景教的民众。蒙古人利用强大的军事力量，建立了一个横跨欧亚大陆的帝国，征服了许多民族，使许多信仰景教的民族迁移到中国内地。与此同时，来自欧洲的罗马天主教也开始传入中国，其中最主要的是方济各会修士。1294 年，罗马天主教方济各会修士孟高维诺来到元帝国的首都汗八里，也就是今天的北京，开设教堂。元朝时，也里可温教既包括景教，也包括天主教。

据历史记载，元朝时中国的基督教徒，人数有 3 万左右。以至于朝廷专门设立了一个叫崇福寺的机构来管理也里可温教，这个机构就是一个宗教事务管理部门。不过元朝的也里可温教徒大部分是来自中国西北部的一些非汉民族。1368 年，元朝被汉族人的起义所推翻，而新即位的皇帝对该教并不喜欢。这些教徒被迫逃到边远地区或者回到自己的祖国。基督教在中国又一次消失，这种状况一直持续了 200 多年，直到 1582 年才结束。

3. 罗马教廷与元朝互派使节。在元代，罗马教廷这时也开始派传教士在中国正式传教，1307 年，孟高维诺成了首任大都大主教暨东方总主教，而后在泉州还设立了分教区。同时，蒙元的使者也已抵达欧洲。1248 年，钦察汗国拜住大将的代表薛儿吉思等在意大利受到教皇的接见，而元代畏兀儿人列班扫马也在 1275 年离开大都访问伊朗后，在 1287—1288 年间奉伊利汗之命出使西欧。从历史的进程看，这些活动都是后来中国和欧洲关系发展的先声。

4. 西学东传第一师：利玛窦。明末，欧洲的一批耶稣会教士到中国进行传教活动，利玛窦是其中影响最大的一个。1582 年，他受天主教耶稣会的派遣，来中国传教。他先到澳门，后进入广东肇庆，先后在肇庆、韶州、南昌、苏州、南京等地活动。为传教，他刻苦学习，精通汉语，会讲一口流利的中国话，能用汉字写一手好文章，还通晓中国历史、儒家经典。他身穿中国儒服，广交所在地的官员和士大夫，和他们饮酒赋诗，谈天论地，引经据典。在宣扬教义时，他能比附中国儒家思想。他在北京的 10 年间，大半光阴都用在向中国朋友讲授自然科学知识和相关书籍上。明代杰出科学家、礼部尚书徐光启，以及著名学者李之藻都是利玛窦的学生和朋友。他们共同翻译了不少西方自然科学书籍，涉及数学、天文学、地理、机械、建筑、水利等方面。同时，他还把中国古老文化介绍到西方去，晚年撰写了《中国札记》，1610 年，利玛窦在中国病逝，终年 59 岁。

5. 耶稣会士的适应性传教路线。利玛窦等人沿袭在日本传教的经验，传教士在入华之初身穿僧袍，以番僧面目出现。然而，多年在华传教的经历使利玛窦认识到在中国，儒学才是占统治地位的学说，儒士才是受到普遍尊崇的阶层。因此，在 1592 年，利玛窦作出了一个改变明朝天主教在华传播命运的决定：蓄发留须，改穿儒服，即传教士的形象从"番僧"向"西儒"转化。在给耶稣会远东巡视员范礼安的信中，利玛窦提出，"如果他们留胡子并蓄长发，那是会对基督教有好处的，那样他们就不会被误认作偶像崇拜者，或者更糟的是，被误认为是向偶像奉献《坤舆万国全图》祭品的和尚……神父们应该像高度有教养的中国人那样装束打扮，他们都应该有一件在拜访官员时穿的绸袍，在中国人看来，没有它，一个人就不配和官员、甚至和一个有教养的阶层的人平起平坐"。而从日后的发展来看，以"西儒"形象出现对传教士赢得士大夫的认同、提升自己的社会形象都产生了有益的影响。

6. 新教进入中国。清朝末年（19 世纪），新教在欧洲北部逐渐确立了优势，并开始传入中国。1807—1842 年，是新教在中国传播的开创时期。这时候先后来中国布道的传教会有：伦敦会、荷兰传教会、美部会、美浸会、美国圣公会、英行教会、美国长老会等。他们分别代表新教的不同派别，传教士主要来自英国、美国、德国。他们中有教师、医生、教授、作家等。当时，由于清朝政府对基督教实行禁止政策，所以他们只能在广州秘密传教。基督教新教虽然传入中国比天主教晚，但他们采取了更为中国人所喜欢和接受的措施。比如，对在中国从事各种社会活动有更大的热情，特别是在开办大学方面。

7. 林乐知与《万国公报》。林乐知（1836—1907），美国基督教监理会牧师，著名的来华传教士。1860 年到达上海，开始传教活动。由于不久美国国内爆发战争，林乐知失去了经费支持，只好通过从事各种工作来维持生存。1868 年他创办《教会新报》，1874 年改名为《万国公报》。由于他创办的报纸除了宗教内容外，主要偏重于向中国传播西方的文化和科学，并且提出了一些对中国有用的建议，因此受到许多知识分子的关注。1881 年，他又在上海创办中西书院，专门为中国培养人才，从而得到中国许多上层人物的支持。在近代来中国的传教士中，林乐知的主张很有代表性，他认为应该通过传播西方知识来影响中国上层力量，从而排除各种障碍，以实现中国的基督教化。另外，他主张中国向西方学习，实行一系列改革，而且他并不完全否定中国传统文化，还最早提出了儒家与基督教相结合的传教思想。他在中国传教达 47 年，影响很大，1907 年在上海去世。

8. 傅兰雅：传科技之火于华夏。傅兰雅（1839—1928）英国人，1861年受英国圣公会派遣来华。曾任香港圣保罗书院院长，北京同文馆教习，上海英华学塾校长。1868 年供职于江南制造总局翻译馆，在此口译科技书籍逾百种，涉及数学、物理、化学化工、矿业、机械工程、医学、农学、地图测绘、军事兵工等多个科技领域。他在译书之余，还曾参与创建上海格致书院，创办、编辑第一种中文科技期刊《格致汇编》，并且自办了一家专营科技书刊的书店——格致书室。1877 年，他参加由基督教新教主办的益智书会，任总编辑之职，除编译《格物图说》10 种，还撰写了《格物须知》27 种，供教会学校教学之用。傅兰雅在中国生活了 35 年，其中为江南制造总局翻译馆译书历时 28 年之久。

9. 郑和下西洋。郑和，本姓马，小名三宝，云南昆明人，1371 年生。1382 年进入燕王府，成为朱棣的一名侍卫。当时印度洋沿岸国家大都信仰伊斯兰教，南亚许多国家则信仰佛教，由于郑和信奉伊斯兰教，懂航海，又担任内宫大太监，因此，明成祖选拔他担任正使，率船队出海。郑和下西洋，比其他国家的航海家都早了近百年。郑和船队超过 200 艘，其宝船的载送量达到 1000 多吨，船队总人数达 2 万多人。郑和不愧是一位伟大的航海家，郑和下西洋具有深远历史意义。

第二节　中西文化的基本精神比较

文化的基本精神，是一种文化的内核，最主要的包括三个方面：宇宙模式、价值观念和思维模式。

一、中西宇宙模式：有与无

在表述世界整体时，中西文化都有一套自己的概念。中国文化有：道、天、无、理、气、真如等；西方文化有：有，存在（Being）、上帝（God）、理念（idea）、物质（matter）、实体（substance）、逻各斯（logos）等，其中的"有（Being）"与"无"能够较好地揭示中西文化宇宙观的特色。中国文化里的"无"是老子说的"天下万物皆生于有，有生于无"的这个"无"，是本体论意义的"无"，即虚空，而西方文化中的"Being"是有、是、存在，即实体。

（一）西方宇宙模式：实体与虚空

对于宇宙模式这样的哲学问题，从古代希腊开始，历来是哲学问题谈论的起点。从大量的论述中，我们可以看到，他们把世界的本原归结为水、无限、气、数、火等，都在为宇宙的统一性追求最终的、确定的、永恒的、明晰的、带科学性质的答案，都含着实体性，西方人在追求宇宙本体的时候，看重的是有（Being）而不是无，是实体（substance）而不是虚空。在实体和虚空的关系上，还必须注意以下几点。

第一，西方人看来，实体和虚空是分离的，相互之间没有内在联系，虚空只是一个空间场所，实体才是唯一重要的，实体占据空间，在空间里生存、活动、伸展、追求。

第二，实体是重要的，因此，西方人在实体与虚空合一的宇宙中只注重实体；实体和虚空是可分离的，因此，西方人在认识实体的时候，就可以把实体与虚空分离开来，从虚空中独立出来进行认识。由此，必然会走向形式逻辑和实验。

第三，实体必是人所认识的，与人的实践水平相一致的。虚空与未知相连，既给人一种压迫感，又成为人进一步的认识对象和征服对象。实体与虚空的这一内容决定了西方文化在对立中前进的性质。

（二）中国宇宙模式：气与"有无"相生

西方以"有"为本，从"有"到实体；中国则以"无"为本，从"无"到"有"。"无"怎么能"生"有呢？中国的"无"之能生"有"，在于"无"不是西方作为实体的所占位置和运动场所的虚空，乃是充满着生化创造功能的气。中国文化中作为"无"的广大无垠的宇宙空间充满气。气化流行，衍生万物。气之凝聚形成实体，实体之气散而物亡，又复归于宇宙流行之气。天上的日月星辰，地上的山河草木、飞禽虫兽，悠悠万物，皆由气生。这种"有无"相生的气的宇宙决定了中国人对宇宙整体认识的几个特点：

第一，不是把实体与虚空分离开来，而是把二者联系起来，气使得具体事物从根本上不能独立，必须依从整体。因而，实验科学是没有市场的。

第二，物体中最根本的是气，气本是功能性的，虽可观察但更靠经验，虽也可分析但更靠体悟，这使得中国思维没法走向形式逻辑，必然另辟蹊径。

第三，物体之气来源于宇宙之气。对物体之气的认识必然依赖于对宇宙之气的认识。

张法在分析中西文化宇宙模式的根本差异后总结道："一个实体的宇宙，一个气的宇宙；一个实体与虚空的对立，一个则虚实相生。这就是浸渗于各方面的中西文化宇宙模式的根本差异，也是两套完全不同的看待世界的方式。西方人看待什么都是用实体的观点，而中国人则是用气的观点去看的。面对一座房屋，西人重的是柱式、墙面等实的因素，中国人重的是虚空的门和窗；面对人体，西人重的是比例，中国人重的是传神；面对宇宙整体，西人重的是理念演化的逻辑结构，中国人重的是气化万物的'不见其事而见其功'的功能运转……"[①]

二、中西价值观念

价值观就是人们在实践中形成的评判对象价值（好坏、利害、善恶、美丑等）的基本原则和标准。不同的文化会有不同的价值体系和价值观。

（一）天人关系的价值选择：天人合一与征服自然

所谓天人关系就是人与自然的关系。中国古代许多思想家都讲"天人合一"。汉朝的是董仲舒明确提出"天人合一"的命题，说"天人之间合而为一"（《春秋繁露·深察名号》），天人的关系是合而为一的。宋朝张载明确提出"天人合一"这四个字。张载认为，人是自然界所生的，是自然界的一部分，在自然界中许多动物、植物都是跟人同时存在的，应该爱护它们。在中国哲学史上，也有像荀子、刘禹锡这样讲天人之分的思想家。所以，在中国哲学里有人讲天人合一，有人讲天人之分，但"天人合一"是主流。

现代的许多西方思想家也强调人与自然有不可分的关系，但西方文化的主流是源于"天人二分"的哲学观念。西方传统思想强调克服自然，战胜自然。自然科学就是人类战胜自然的一种工具。培根讲知识就是力量，人类可以用知识战胜自然。培根以后，一直到19世纪、20世纪，西方用科学技术战胜自然，可以说取得了很大的成就，但同时也破坏了自然，受到了自然的惩罚。

（二）内外关系的价值选择：内求于心与外求于理

中国人偏于内向、内求于心是其主要特征。在中国传统文化中居统治地位的儒家的思维就完全求诸于己，著名思想家孔子说"吾日三省吾身"。孟子也云："爱人不亲，反其仁；治人不治，反其智；礼人不答，

---

① 张法：《中西美学与文化精神》，北京大学出版社1994年版，第21页。

反其敬；行有不得者，皆反求诸己。"在这样的传统中，中国人在生活中重视个人的内心的体验、直觉的感悟，较少对外物作细致的分析，形成内倾、含蓄、保守的行为方式。这种反省型的行为方式使得中国人时时处处以己推人，形成了人与自然，人与社会、他人和谐统一的关系。

西方人比较外向，更多的是以分析的、批判的精神，对世界、对社会进行理性认识，形成外倾、进取、开拓的行为方式。亚里士多德"人是理性动物"的命题，培根"权威、习惯、成见和虚夸是掌握真理的四大障碍"的批判意识，马克思"要想追求真理，我们必须在一生中尽可能地把所有的事都来怀疑一次"的追求真理的精神，充分体现了外求于理的积极精神。这一特点造就了西方崇尚理性，重视人的主观能动性发挥的长处，有利于自然科学的发展，但也带来了过分讲求征服而造成的人与自然对立，带来了个人主义的价值取向。

（三）个人群体关系的价值选择：群体本位与个性张扬

在中国的文化传统中，个人是依附于集体，依附于社会的，从而形成了以群体为重，求同、从众、封闭的行为方式。《礼记》积极倡导的"大道之行也，天下为公"的思想，儒家治学中"六经注我，我注六经"的传统等无不体现了求同思维的主导地位。在这一思维方式支配下，造就了中华民族维护集体、国家、民族利益的优良传统，这是中华文明得以保持数千年的根本。不过，求同思维为主也使得中国人缺乏创造性，对新事物比较保守。

西方文化则强调个人的价值，追求创新，喜标新立异，重视人的主体作用，重视发挥人的积极性（主观能动性），使得西方人富有创造精神。普罗塔戈拉"人是万物的尺度"，伯里克利"人是第一重要的"，亚里士多德"吾爱吾师，吾尤爱真理"等一系列观点在西方流行数千年而长盛不衰，激励了西方人不断创造。但这种外烁的理性，也易造成个人与自然、个人与社会的对立。

（四）文化结构的价值取向：政治伦理型文化与科学宗教型文化

1. 西方文化以科学精神和宗教精神居于核心地位

首先，在开拓性的认知探索方面，西方文化从源头开始，就表现出一种不懈地追求真知和真理、勇于开拓和探索的科学精神。其次，西方文化的科学精神还体现在批判性、否定性的超越拓展方面。许多有重大影响的理论学说往往都是在批判否定前人学说的基础上加以探索而发展起来的。大胆怀疑和批判否定前人思想学说、实现否定性超越发展的科学范例层出不穷。

同时，西方文化的宗教氛围特别浓重。宗教精神也是西方文化精神的一个重要方面。西方文化传统中的一个重要方面和组成部分是宗教文化，其中主要是基督教文化。在西方历史上，宗教文化曾占据过重要的社会地位（如中世纪），后来西方的科学与民主精神不断发展，但西方人仍然没有抛弃宗教，宗教文化不只是一种独立的文化形态，其精神也渗透到了整个西方文化之中。

西方文化在天人二分的哲学观念和分析思维的基础上，历来追求科学精神与人文精神的并行发展（当然其中也包含着失衡与寻求平衡的矛盾运动），从而形成了自身特有的文化精神及其传统。

2. 中国文化中居于核心地位的是政治伦理倾向

中国传统文化以伦理精神著称。伦理精神，即注重伦理关系，强调各安本分。伦理即人与人的关系，以及彼此相处的道德准则。儒家文化是一种注重群体性、伦理性的文化，把一切问题都放到伦理关系中加以考虑，君臣、父子、夫妇、兄弟、朋友，各有本分和相应的道德要求。这种伦理性、群体性的文化，一方面是比较讲究秩序，重视人与人之间在安于本分的基础上和谐相处，长幼有序，尊老爱幼，家庭和美（国即大家），比较有人情味，比较温馨；但另一方面是比较忽视和压抑个性，不利于个体人格的成长和发展。

在具体的人生实践中，中国人非常注重道德修养。为达到伦理目标，主要依靠每个人自觉的道德修养。修养的理想目标就是"修身、齐家、治国、平天下"，建立不朽功业，立德、立功、立言，胸怀天下，积极进取，奋发有为，推动社会进步和发展。从总体上说，中国传统文化中，政治哲学与人生哲学特别发达。

三、中西思维模式

文化的差异主要表现在人们行为方式、处事方式的不同上，但其根源却是思维方式上的差异。因此，要认识中西文化的差异，就必须追根溯源，理解中西思维特征的不同。

（一）立体型思维与流线型思维

西方的流线型思维跟流线型文字一样，弯弯曲曲的，一环扣一环，就像西方的字母文字。中国的立体性思维从汉字书写就可以看出。一个汉字，它的笔画是四通八达的，各个方面都可以伸展。因此，这就可以诱导思维不要单向发展，而要四面都发展。这样一来，就容易全面。所以，中国人想事情总是事先把各种东西都预见到，给自己留下很多的退路，说话也总是留有余地，不会把什么事都说死。但是，西方式的思维不是这样，它是二元对立型的，不是 A 就是非 A。这就是所谓真理只有一个，二者必居其一。西方人往往趋向于把事物对立起来考虑。中国人则不光考虑对立性，也考虑合的一面，考虑合二为一的一面，也就是阴阳互补的思维模式。

（二）内倾型思维与外向型思维

中国人看问题往往由远到近，而西方人则往往由近到远。中国人容易从宏观入手进入微观，先提纲挈领，然后慢慢地一步步深入，进入比较具体的分析、比较环节。西方人往往由一个很小的点出发，由此扩张出去，以点成面。从一个概念入手，一步一步，剥茧抽丝式地挖掘这个概念的各个层面的含义，最后建构一个体系。

中国人容易从整体的观点来看个别的情况，整体的情况先把握住，再来看个别的；西方人容易从个别的情况出发，推而广之，再认识整体。中国的思维路向是由外向内蜷缩，西方的思维路向是由内向外发展。

中国人的思维模式中往往有直观成分，一眼就把握住了某种事物的本质性特点，一语中的。对于一些真理性的东西，往往凭直觉几句话就把它说出来。西方人理智的成分多，要慢慢推论。如果没有实证的东西，没有一整套的推理过程，他们是不承认、不认可某种感性的结论的。

（三）综合性思维和分析性思维

中国人把世界当作一个整体，天人合一，心物合一，因而，思考时总是对事物作宏观直观的把握，不是细致地分析内部要素的结构、功能。西方人将主体、客体分得很清楚，对对象的认知必须加以结构性分析，明确把握对象的本质属性。

中医和西医看病就是这种思维方式最好的体现。中医把人当作整体来把握，诊治病症，以"望闻问切"来确定病情，头疼不一定是头的问题。西医看病通过仪器，确定病灶，用药物或手术直接针对病灶治疗。

中国的综合整体性思维，必然强调整体的和谐，往往看到事物之间相通的一面；追求和谐的天人关系和人际关系，形成了中国人温良、平和的性格特征，静态的、整体的和谐观。西方分析性思维往往会突出人作为主体的地位，人去认识的都是客体，而且往往看到事物的差异的一面，追求对自然和社会的分析、掌控、征服，理性挺立，科学发达。中国的思维方式有利于社会稳定，有利于文化的延续，有利于思维趋同，造就了中国封建社会的超稳定结构。但也使中国人缺乏积极进取的精神，求稳怕变，制约了社会、科学和生产力的发展。西方的思维方式带来的是进取、创新精神，独立批判精神，思想解放，社会因此而时时处于更新之中。但也不可避免地造成了人与自然对立，造成了对环境的破坏，社会稳定性较差，凝聚力不易形成。

第三节　中西文学关系

中西文学关系的总体面貌：古代文学以中国文学影响西方文学为主，也有西方文学对中国文学的影响；近代以来，主要是西方文学影响中国文学，也有中国文学影响西方文学的情况。

一、中国文学对西方的影响

希腊、罗马文献中称中国人为"赛里斯人"，据古希腊人克泰夏斯解释，"赛里斯"是从"丝"字派生出的词，意为"产丝之国"。维吉尔在《田园诗》中这样写到，"赛里斯人从他们那里的树叶上采集下了非常纤细的羊毛"；贺拉斯的《希腊抒情诗集》中也有"这些放在赛里斯国座垫上的斯多葛派论著，对你又有何用"的句子；类似的还有许多，如奥维德在《恋情》中"你的秀发这样纤细，以致不敢梳妆，好像肌肤黝黑的赛里斯人的面纱一样"的描写，这些例子表明，早在公元前 5 至 6 世纪，一个关于丝绸中国的形象已经出现在欧洲的文学作品中了。

（一）《马可·波罗游记》中的中国

12 世纪，蒙古游牧部落在中国北方崛起，极大地改变了中西交通的面貌。1235 至 1241 年，元军在第二次西征中正式实现了征服欧洲的计划，自此，大批欧洲商人和探险家来到中国，其中便有著名的意大利旅游家马可·波罗，他的游记第一次向欧洲介绍了中国的驿站、钞法、印刷、航海和造船，记录了他在中国的所见所闻，在欧洲人的心目中塑造了一个富庶昌明的东方大国形象。

（二）《诗经》等文学作品西传

早期传教士广泛研究了中国的传统思想文化，并试图在儒家经典中寻找上帝的影子。在此过程中，他们渐渐熟悉、掌握了中国基本文化典籍并将之译成外文，供后入华的同行和国内知识界学习中文、了解中国之用。于是，第一批中国典籍就这样漂洋过海流传到了西方，其中包括文学性很高的《诗经》。这批书籍构成了 17、18 世纪欧洲了解中国最重要的文献材料，同时也为欧洲文学中的中国主题提供了崭新的素材。

（三）中国古典小说、戏曲的西传

1735 年，法国出版了《中华帝国志》，全书共四册，内容包括中国的历史、地理、政教、风俗，同时又节译了四书、五经、诏令、奏章、戏曲、小说以及医卜星相之类书籍多种。其中，戏曲包括元杂剧《赵氏孤儿》，小说则译了明话本小说《今古奇观》中的三篇：《庄子休鼓盆成大道》《吕大郎还金完骨肉》和《怀私怨狠仆告主》。《中华帝国志》出版后很快有两种英译本问世，分别刊行于 1736 年和 1738 年，德文译本刊行于 1748 至 1756 年，俄译本刊行于 1774 年。可见此书在西方颇受欢迎。

（四）中国长篇小说译介到欧洲

1761 年，经托马斯·帕西翻译整理的明末才子佳人小说《好逑传》在英国发表。该书共四册，除正文外还有三个附录，分别是：一出中国戏剧、中国谚语格言集和中国诗歌片段。尽管译本对原著多有删削，还有不少误译、漏译之处，但这是中国长篇小说第一次被译介到欧洲，具有不同寻常的意义，小说出版后相继又有法、德、荷文等转译本问世。

（五）中国题材或背景的西方作品

1654 年，意大利耶稣会士卫匡国在荷、德、比、意等国同时出版了拉丁文版的《鞑靼战纪》，这是一部以中国满清入关为题材的小说。欧洲文学史上与此相同题材的作品还有好几部，如德国哈格多恩的《埃关——或伟大的蒙古人》和洛恩施坦的《阿尔米琉斯》，以及 1673 年至 1674 年在伦敦上演的塞特尔（Elkanah Settle）写的五幕悲剧《鞑靼征服中国》等。这些剧本都以复仇加爱情为故事基本框架，属于典型的巴洛克小说，有关中国的内容乃是剧本的背景点缀。

（六）第一个传入欧洲的中国戏剧

元杂剧《赵氏孤儿》是第一个传入欧洲的中国戏剧，它的改编堪称18世纪中西文学交流的典范之作，意义深远。1734年2月，巴黎的《水星杂志》发表了一篇没有署名的信，信里附有几节法文翻译的《赵氏孤儿》。一年以后，巴黎耶稣会士林赫德的《中国通志》出版，其中载有由耶稣会士马约瑟翻译的《赵氏孤儿》梗概，译本问世后曾有过多个语种的改编本，比较有名的有三个剧本，分别是英国哈切特的《中国孤儿》（1741），法国文豪伏尔泰的改编本（1755）和英国演员、谐剧作家阿瑟·谋飞的本子（1759）。三个剧本题目同为《中国孤儿》，面貌却大不一样。《赵氏孤儿》一经翻译，便引起欧洲作家和批评家们的关注。

1. 哈切特改编本《中国孤儿》。哈切特的改编本标题全名为《中国孤儿：历史悲剧》，保存了元曲的轮廓和主要段落，全剧五幕十六场。改编的目的在于抨击当时英国的朝政腐败。献词中的首相影射当时英国首相罗伯特·沃尔波尔，他妒才忌能，党同伐异，受到托利党和在野人士的一致谴责。在近代欧洲文学史上，借用异国题材，或含沙射影发表不同政见，或针砭时弊，曾是一个时髦的创作手法，比较著名的作品有孟德斯鸠的《波斯人信札》、斯威夫特的《格列佛游记》和哥尔德史密斯的《世界公民》等。

2. 伏尔泰改编本《中国孤儿》。伏尔泰的改编只保留了原剧中搜孤救孤的基本框架，而把故事背景从公元前5世纪中国的春秋时期往后移了1000多年，把一个诸侯国内部的文武不和改为两个民族之间的文野之争。在剧本写作方面，他遵照新古典主义的"三一律"，把《赵氏孤儿》的叙事时间从20多年缩短到一个昼夜，同时依照当时"英雄剧"的做法，加入了一个恋爱故事，该剧于1755年在巴黎上演，剧本同时出版，颇受好评。

3. 阿瑟·谋飞的《中国孤儿》。伏尔泰的《中国孤儿》在巴黎演出获得成功后，英国戏剧也跃跃欲试，比较成功的改作者首推当时文艺界的活跃分子、演员和谐剧作家阿瑟·谋飞。谋飞的改本以马约瑟的《赵氏孤儿》译本和伏尔泰的《中国孤儿》为蓝本，并恢复了元剧《赵氏孤儿》的基本情节，剧本上演后也获得了很大成功。

（七）哥尔德史密斯的《世界公民》

哥尔德史密斯在 1762 出版《世界公民》，副标题为"中国哲学家从伦敦写给他的东方朋友的信札"。全书仿效《波斯人信札》，共由 123 封信件组成，委托一位名叫李安济·阿尔打基的中国河南人，与他北京朋友书信往来，叙述主人公一家辗转迁徙的冒险经历。哥尔德史密斯为写作此书参考了不少中国书籍，如郭纳爵、殷铎泽、柏应理等人的《大学》《中庸》《论语》的拉丁文译本，李明的《中国现状新志》和杜赫德的《中国通志》等。《世界公民》借用了不少中国故事、寓言、格言、哲理批评英国的道德风尚。

（八）歌德与中国文学的姻缘

歌德大量阅读了有关中国历史文化的书籍，研读过《赵氏孤儿》《花笺记》《好逑传》等中国文学作品，并改编了《百美新咏》中的四首"中国诗"。他于 1827 年创作的《中德岁时诗》堪称中德文学交流史上的丰碑。

（九）20 世纪西方文学中的中国

20 世纪西方文学中有一大批诗人、作家对中国文化和文学表现了钦慕之情，受中国文化影响，创作了与中国相关的作品。如美国的迪金森（Emily Dickinson，1830—1886）；英国的乔·奥顿（Joe Orton，1933—1967）、燕卜逊（William Empson，1906—1984）、罗素（Bertrand Arthur William Russell，1872—1970）；法国的保尔·瓦雷里（Paul Valéry，1871—1945）、保罗·克洛岱尔（Paul Claudel，1868—1955）、圣-琼·佩斯（Saint-John Perse，1887—1975）、亨利·米修（Henri Michaux，1899—1984）、法朗士（Anatole France，1844—1924）、罗曼·罗兰（Romain Rolland，1866—1944）、马尔罗（André Malraux，1901—1976）；德国的赫曼·赫塞（Hermann Hesse，1877—1962）、卡内蒂（Elias Canetti，1905—1994）、托马斯·曼（Thomas Mann，1875—1955）、布莱希特（Bertolt Brecht，1898—1956）、克里斯塔·沃尔夫（Christa Wolf，1929—2011）、安娜·西格斯（Anna Seghers，1900—1983）；等等。作为 20 世纪的文学流派，受中国文学影响最大的是英美的意象派诗歌。庞德（1885—1972，Ezra Pound）、叶芝（William Butler Yeats，1865—1939）等都是汉诗的热心借鉴者。

二、西方文学对中国的影响

（一）19 世纪中叶之前西方文学在中国的传播

中国文学中有关西方的记载，最早可见于西汉司马迁的《史记》。据《史记·大宛列传》记载："安息……其西则条枝，北有奄蔡、黎轩。"[①]一般认为，"黎轩"即指罗马帝国。"黎轩"后为"大秦"代替，《后汉书》卷八十八说，"大秦国一名黎键，以在海西，亦云海西国。地方数千里，有四百余城，小国役属者数十"，又因"其人民皆长大平正，有类中国，故谓之大秦"[②]。

16 世纪前，西方文学影响中国文学主要通过民间口头流传，后被文人记入文集以书面形式固定下来，其确切的流转过程已难以考察。据杨宪益先生研究，明以前中国文学作品中采用西方文学素材的至少有如下几种：唐代孙颀的《幻异志》中所载板桥三娘子的故事系来源于希腊神话中巫女竭吉的传说；唐代段成式撰《酉阳杂俎》中洞女禁限、古龟兹王的事迹分见于欧洲"扫灰娘"和日耳曼神话中英雄尼伯龙根的故事书；宋《太平广记》中"新罗长人"的记载取自荷马史诗《奥德赛》中奥德修斯航海遇见独眼巨人的故事。[③]

唐代有基督教一支的景教传入中国，明清之际，基督教在中国迅速传播，大批具有较高文艺修养的传教士来到中国。他们既带来了宗教教义，也带来了西方的文学。随着基督教的东渐，一些异族奇事一定程度上激起了文人的创作灵感，为其作品增添了奇幻的色彩。如关于域外的描写，唐杜环《经行记》说："拂菻国……不食猪狗驴马等肉，不拜国王父母之尊。不信鬼神，祀天而已。其俗每七日一假，不买卖，不出纳，唯饮酒，谑浪终日。其大秦，善医眼及痢。或未病先见，或开脑出虫。"[④]此类传闻散见于《玄怪录》《续玄怪录》《太平广记》等作品中，李白的《上云乐》中也有关于欧洲人容貌的直接描写："巉岩仪容，戍削风骨。碧玉灵灵双目瞳，黄金拳拳两鬓红，华盖垂下睫，嵩岳临上唇。不睹诡

① 司马迁撰、韩兆琦主译：《史记》（四），中华书局 2011 年版，第 2741 页。
② 范晔撰、李贤等注：《后汉书》（八十八），中华书局 1965 年版，第 2919 页。
③ 杨宪益：《零墨新笺三则》，《中国比较文学研究资料》，北京大学出版社 1989 年版。
④ 张星烺编注：《中西交通史料汇编》第一册，中华书局 2003 年版，第 212 页。

谲貌，岂知造化神。"①

西方文学流传到中国较早的一部作品是《伊索寓言》。最早对《伊索寓言》进行译介的是 17 世纪来华的耶稣会士利玛窦和庞迪我。利玛窦著有《畸人十篇》（1608），其中介绍了几则伊索寓言，有《舌之佳丑辨》，《肚胀的狐狸》《孔雀足丑》等。稍后，西班牙传教士庞迪我又在《七克》中翻译介绍了数则寓言。1625 年，由法国传教士金尼阁口授，中国天主教士张赓笔传的《况义》一书在西安出版，书中专门翻译了《伊索寓言》，其中正文共 22 则，加上第二手抄本后面附的 16 则寓言，多达 38 则。《况义》一书称得上是《伊索寓言》在中国第一个选译本。②

（二）19 世纪中叶至 20 世纪初西方文学的中国影响

西方文学的大规模译介并影响中国文学，是 19 世纪中叶以后的事情。鸦片战争以后，随着西方势力在中国的扩张，西方文学开始成规模地输入中国。但直到 19 世纪末期，翻译到中国的西方文学作品仍然不多。报刊的兴起，使一些西方文学的短篇译作得以刊发。《申报》《中西见闻录》《小说月报》《教会新报》《蒙学报》等报刊都刊发过西方译作，其中多为选自伊索、拉·封丹、莱辛等人的寓言创作，如《农人救蛇》《蛇龟较胜》《狮熊争食》《鼠蛙相争》《小鱼三喻》《狐鹤赴宴》《狗的影》《狮鼠寓言》《蚕蛾寓言》《蛙牛寓言》等。译介的长篇只有几种：1853 年在厦门出版的《天路历程》，1882 年画图新报馆译印的《安乐家》，1894 年广学会出版的《百年一觉》，还有连载于《申报》的《谈瀛小录》，连载于《瀛寰琐记》的《昕夕闲谈》，等等。西方诗歌的汉译最早的是美国 19 世纪诗人朗费罗的《人生颂》，该诗在 1865 年以前就由董恂翻译成了汉诗（先由英国驻华公使威妥玛译为汉语，董恂再根据译文加工为排律）。1871 年王韬在其著作《普法战纪》中翻译了法国大革命时期流行一时的《马赛革命歌》。

19 世纪对西方文学的介绍，得力于西方来华的文人和中国早期的外交官员。最早比较系统地介绍西方文学的是英国人艾约瑟（1823—1905），

---

① 《全唐诗》卷 21，转引自孙景尧《沟通——访美讲学论中西比较文学》，广西人民出版社 1991 年版，第 153 页。

② 《伊索寓言》在 19 世纪中后期出版过几个译本，如《意拾喻言》（1840 年《广东报》发表，后由广学会增订再版）、《海国妙喻》（1888 年天津时报馆印）。

他毕业于伦敦大学，1848年来到中国，曾主持墨海书馆的编辑出版工作，创办《中西闻见录》月刊，主要编译有《欧洲史略》《希腊志略》《罗马志略》《富国养民策》《西学启蒙》等书。他于1875年创办于上海的《六合丛谈》的第1、3、4、8、11、12号上发表了多篇介绍古希腊、罗马文学的文章。创刊号上的《希腊为西国文学之祖》，介绍了荷马史诗、古希腊悲剧和喜剧。第3号刊载的《希腊诗人略说》，比较准确地介绍了荷马（和马）其人及荷马史诗的流变，提到了赫俄希德（海修达）、萨福（撒夫）等希腊诗人的作品及特点："希腊诗人和马者，耶稣诞生前九百余年，中国周孝王时人也。作诗以扬厉战功，为希腊诗人之祖。时仅口授，转相传唱而已。雅典王比西达多（庇西特拉图）时，校定成书，编录行世。其诗足以见人心之邪正，世风之美恶，山川景物之奇怪美丽。纪实者半。余出自匠心，超乎流俗。海修达与之同时，所歌咏者农田及鬼神之事。周末一女子能诗，名曰撒夫，今所存者犹有二篇。"①

19世纪70年代，出使英伦的郭嵩焘、出使德国的李凤苞、出使英国的张德彝等清廷外交使节都在日记或游记中谈及了西方文学。1882年，一位没有留下姓名的中国人从日本去美国，后来写了反映这段旅行生活的《舟行纪略》。书中首次评述了朗费罗的诗歌创作，并将其与中国古诗相比较。1899年，单士厘随丈夫钱恂赴欧洲，随后，她写了两部游记：《癸卯旅行记》《归潜记》。在《归潜记》的《章华庭四室》和《育斯》中，她比较系统地介绍了希腊神话。《章华庭四室》从介绍梵蒂冈收藏的古希腊石雕开始，这些石雕是古希腊神话传说中的神或英雄，由此讲述了相关的神话。作者以优美简洁的文言，叙述了"金苹果""特洛耶木马""阿波罗射蛇""黄金雨""妖女美杜萨""劳奥孔之死""开天辟地"等神话传说，并从理论上探讨了这些神话传说的源流及其演变。"《育斯》专论Jupiter（今译朱必特）及诸神世系，兼及神话之起源，希腊神话流传罗马后之转变，神职与仪式，神话与宗教，育斯崇拜为多神至一神所自始……实可谓为近代中国第一篇支撑系统的神话学论文，在近代神话学史上有开山的价值。"②

---

① 艾约瑟：《希腊诗人略说》，《六合丛谈》第三号，江苏松江墨海书馆1857年版。
② 钟叔河：《从东方到西方》，岳麓书社2002年版，第654-655页。

对西方文学译介的第一个高潮是 19 世纪末 20 世纪初。这一阶段出现了一批中国自己的翻译家，诗歌、戏剧、小说的翻译全面展开。马君武、苏曼殊、辜鸿铭、陈冷血、包天笑、林纾、周桂笙、包公毅、曾朴、陈静韩、吴梼、徐念兹、周瘦鹃、伍建光、周作人等都是当时著名的西方文学翻译家。他们的译作，为中国的普通读者打开了不同于中国传统文学的另一个艺术世界。仅林纾一人就翻译出版了外国小说 170 多种（尚不包括未出版的 80 余种），林译小说影响了中国的几代作家和读者，现代学者郑振铎认为："他提高了中国人对世界和西方文学的认识与了解，打破了中国人历来看不起小说的旧传统，开了翻译世界文学风气之先。"①伍建光留英回国后大量译介欧洲文学名著，大约有 130 多种。"19 世纪末叶至 20 世纪初叶，是中国有史以来翻译外国文学的最高潮时期，据《中国近代文学大系·翻译卷》，1890—1919 年的晚清 30 年，所译外国小说的数量几乎是空前绝后的。"②

这样的译介高潮，当然冲击中国文坛，对中国文学产生了较大的影响。这种影响体现在多方面：首先，是促使民众社会意识的觉醒，对晚清的谴责小说产生直接影响；其次，是翻译的言情小说、侦探小说与中国传统的才子佳人小说、公案小说合流，形成了武侠小说、黑幕小说、鸳鸯蝴蝶派小说等新的文学类型；再次，在思想内容方面为中国文学提供了新的要素，如民主科学气息、人本主义意识、资本主义社会形态等；最后，在文学艺术表现手段上，各种叙述方式和手法为中国作家所借鉴。

（三）20 世纪西方文学对中国的深刻影响

20 世纪，以 20 年代的"五四"新文化运动和 80 年代的改革开放为契机，形成两次译介、借鉴西方文学的新高潮。西方文学在中国产生了全面、深刻的影响。各种文学思潮汹涌而至，西方文论全面进入。

"五四"新文化运动是救亡图存的文化革命运动，对旧传统进行了革命性的变革。由传统文化孕育、发展起来的传统文学，已不能满足和适应新型社会人们在精神、情绪和感觉方面的需求而走向衰亡。时代要求中国的文学求新、求变。在这种大背景下，各种西方现代思潮挟其经济、

---

① 郑振铎：《林琴南先生》，《小说月报》1924 年第 15 卷第 11 期。
② 徐志啸：《近代中外文学关系》，华东师大出版社 2000 年版，第 17 页。

政治、科技方面的威势，大举进入中国，中国的传统文学在这些思潮的冲击下迅速解体，新一代作家们在胡塞尔、海德格尔、尼采、叔本华、克尔凯郭尔、弗洛伊德、托尔斯泰等人思想的影响下，掀起了声势浩大的新文学运动。20 世纪的中国文学以此为起点，开始由封闭走向开放，由本土面向世界。

在西方文学的冲击和影响下，中国文学传统中的现代性因素得以凸显，中国文学完成了由传统向现代的转型，并开始步入世界文学进程。各种以文学自身为目的的文学思潮、流派形成，自由诗、十四行诗、话剧、报告文学、散文诗等新的文体产生。

鲁迅、郭沫若、老舍、沈从文、巴金、茅盾、周作人、曹禺、田汉、丁玲、戴望舒、穆旦、艾青等作家诗人，无一不受到文艺复兴以来西方文学经典作家的影响，如莎士比亚、歌德、伏尔泰、拜伦、雨果、普希金、巴尔扎克、果戈理、陀思妥耶夫斯基、左拉、莫泊桑、易卜生、托尔斯泰、马克·吐温、高尔基、罗曼·罗兰、德莱塞等。他们在继承和发扬中华民族优秀传统文化的基础上，汲取这些西方文学大师的长处，并融会于自己的创作思想和创作实践之中。

德国大诗人歌德的《少年维特的烦恼》在中译本问世之前，就以强烈地反封建精神和特有的艺术魅力，吸引了中国一些在国外留学或通晓外文的知识分子。1922 年，郭沫若把《少年维特的烦恼》译成中文出版后，神州大地掀起了一股炽烈的"维特热"，1928 年，上海泰东图书局还印行了一部由一名自称是"维特狂"的青年作家曹雪松改编成的题为《少年维特的烦恼》的四幕悲剧，而且，相继还出现了郭沫若的《落叶》和《喀尔美梦姑娘》、许地山的《无法投递的邮件》、蒋光慈的《少年漂泊者》、冰心的《遗书》等许多很有影响的西式书信体小说。尤其是当时颇具才华也很有影响的女作家庐隐所创作的书信体小说《或人的悲哀》，完全可以说是中国的《少年维特的烦恼》，小说在结构上、在情节的安排和人物的刻画上，与歌德的《少年维特的烦恼》有着惊人的相似之处。

沈从文是一个不懂外语、没有出国留过学的真正的"乡土"作家。但在当时文坛的氛围下，他变压力为动力：不懂外语却要比懂外语的作家读更多的外国文学作品；没有出国留过学，却要写出比留洋作家更欧化的文章。他是中国 20 世纪文学史上受到外国文学影响最广泛的作家。狄更斯的小说是沈从文最早接触的外国作品，入京之前，他在湘西沅州一个亲戚书房中读到了狄更斯的《冰雪因缘》《滑稽外史》《贼史》，他很喜欢这些小说，特别喜欢小说的写法，"他不像别的书尽说道理，他只记下一些生活现象。即或书中包含的还是一些陈腐的道理，但作家却有本领把道理包含在现象中"①。此后，他还接触到莫泊桑、契诃夫的作品，也有同样的感受，看到他们的创作"凡事从实际出发，结合生活经验，用三五千字把一件事一个问题加以表现……许许多多事情，如果能够用契诃夫或莫泊桑使用的方法，来加以表现，都必然十分活泼生动"②。正是这些 19 世纪西方作家现实主义的表现手法，含而不露，让人生状态来说话的叙述风格，使沈从文认识到小说创作的规律和特点。沈从文也是用这种方法创作，将强烈的情感融注于"现象"描绘、故事叙述的字里行间。在他笔下，沅水两岸男男女女的悲欢离合，繁华都市知识分子的心灵纠葛，都以鲜明生动的场景与形象加以显现。沈从文在回答"外国文学给您什么影响"的提问时说："较多地读过契诃夫、屠格涅夫作品，觉得方法上可取之处太多。契诃夫等的叙事方法，不加个人议论，而对人民被压迫者同情，给读者印象鲜明。屠格涅夫《猎人笔记》把人和景物相错综在一起，有独到好处。"③契诃夫的小说在平淡、客观中对笔下的人物寄予深切的同情，或以冷峻幽默的笔致强调讽刺效果，具有"含泪的笑"的创作风格。我们在沈从文描写城市生活的系列短篇小说中，可以看到契诃夫这种写法的深刻影响，《岚生和岚生太太》（1926）、《重君》（1926）、《绅士的太太》（1931）、《都市一妇人》（1932）等都是这类作品。沈从文曾在一篇文章中写道："神圣伟大的悲哀不一定有一摊血一把眼泪，一个聪明作家写人类痛苦或许用微笑来表现。"④这既是对契诃夫等西方作家"含泪的笑"这一写作方式的认识，也是对他自己创作特色的表述。屠格涅夫的《猎人笔记》是沈从文最喜爱的外国作品之一，

---

① 沈从文：《从文自传》，《沈从文别集·自传集》，岳麓书社 1992 年版，第 112 页。

② 沈从文：《我怎样就写起小说来》，《沈从文别集·阿黑小史》，岳麓书社 1992 年版，第 21 页。

③ 沈从文：《答凌宇问》，《沈从文别集·柏子集》，岳麓书社 1992 年版，第 14 页。

④ 沈从文：《给一个写诗的》，《沈从文文集》（11），花城出版社 1985 年版，第 303 页。

他有意识地学习其中把游记与小说融合，把自然描写与人物命运交错的写法。沈从文曾经坦言："用屠格涅夫写《猎人笔记》的方法，糅游纪散文和小说故事而为一，使人事凸浮于西南特有明朗天的地理背景中，一切还带点'原料'意味，值得特别注意。十三年前我写《湘行散记》时，即有这种企图，以为这个方法处理有地方性问题，必容易见功。"①比较《猎人笔记》和《湘行散记》，的确可以看到一种内在的相似。尽管《猎人笔记》是以猎人在俄罗斯草原与森林的足迹为叙述线索，《湘行散记》以回乡旅人沅水行船为叙述框架，但其中自由灵活的结构、美好的大自然风光，现实场景与历史人物的渗透，描述与抒情紧密结合的表达方式，等等，简直如出一辙，明显可见沈从文对屠格涅夫艺术方法的师承。

　　20 世纪 70 年代末，中国一度紧闭的国门重新向世界敞开，西方各种现代思潮如潮水般涌入。刚刚从十年"文革"的政治梦魇中挣扎出来的知识分子，对于来自西方的文化资源有着巨大的渴求。翻译家们为了满足国人的这些迫切的需求，开始大量地翻译和介绍西方各种现代思潮，出版社也大量地出版西方思想家和文学家的著作。如四川人民出版社率先在 20 世纪 80 年代初期出版了百余本的"走向未来丛书"，上海译文出版社的"现代西方哲学译丛"，生活·读书·新知三联书店全力推出的《文化：中国与世界》、"学术文库""新知文库"，等等，前所未有地推动了 20 世纪 80 年代西方现代思潮在中国的传播。在文学领域，西方现代主义文学作品也被大量地翻译和介绍。袁可嘉主编的共四卷八册的《外国现代派文学作品选》，出版之后便风行一时，成为最热门的畅销书。其他出版社也竞相出版外国文学作品，如北京外国文学出版社和上海译文出版社联合出版的《20 世纪外国文学丛书》《外国文学名著丛书》，广西漓江出版社出版的《诺贝尔文学获奖作家作品集》以及各出版社出版的大量的外国文学研究资料受到了广大读者的青睐。

　　伴随着思想界不断掀起的西学热，如萨特热、尼采热、弗洛伊德热、海德格尔热、解释学热、解构主义热、女性主义热、新历史主义热，中国当代文学也不断地产生各种文学思潮，如"伤痕文学""反思文学""寻根文学""先锋小说""新写实小说""新历史主义小说""女性文学"等。

----

① 沈从文：《新废邮存底·二十三》，《沈从文文集》（12），花城出版社 1985 年版，第 67 页。

中国的批评家们，也从中学到了各种方法论。如 1985 年被人们称为"方法论年"，现象学方法、解释学方法、西方马克思主义、女权主义方法、文艺心理学方法、弗洛伊德精神分析法、荣格神话原型法、结构主义方法等都涌进了学界。评论者运用这些新方法，分析解剖当代作品的内在要素，揭示中国人的心理结构，呈现文学作品的深层无意识，挖掘意识形态的权力运作模式。中国文学批评的面貌焕然一新。而中国作家也纷纷从纷至沓来的西方现代思潮中吸取养分，将他们从中学习到的各种写作技巧及受到的启发运用到了他们的创作中。20 世纪 80 年代知名的作家作品中，基本上都带有模仿与学习的痕迹。如王蒙在 20 世纪 80 年代初创作的一系列带有实验性质的中短篇作品，受到了"意识流"小说的深刻影响；余华的作品，受卡夫卡、川端康成和罗布-格里耶的启发；孙甘露、格非的作品，飘荡着博尔赫斯的影子；莫言的作品，深受魔幻现实主义的影响；等等。

"寻根派"文学是 20 世纪 80 年代中国文学非常突出的文学现象。这一思潮是向中国古老传统的掘进，当然不同于中国现代主义作家向西方作横向借鉴。"寻根派"作家不是向传统的简单回归，而是在"现代意识"之光的烛照下深挖传统之根，试图寻找当代中国文学在当代世界立足的根基。正是在这个意义上，他们比一些"先锋派"作家面对现实而发出的孤独呻吟、忧伤哀叹来得更加深刻。陈晋在专著中把"寻根派"作家归入"当代中国现代主义"的"深化派"加以论述，[①] 其观点也许不能得到学术界全体的认同，但颇有道理。因为"寻根派"作家大多不是面对当代的人生困境，逃避到传统的世外桃源，怡然自乐，自我陶醉；恰恰相反，他们是以当代的困境作为向前探索的起点，只是为了更好地"向前"，从传统中索取能量。他们试图以自己的独特气质和品貌，与当代世界文学对话。正如"寻根派"的翘楚韩少功所说："我们有民族的自我，我们的责任是释放现代观念的热能，来重铸和镀亮这个自我。"[②]

"新写实主义"是 20 世纪 90 年代初中国文坛讨论颇多的话题。这个由一批青年作家在 20 世纪 80 年代后期兴起的文学流派，被公认为不属

---

① 陈晋：《当代中国的现代主义》，中国文联出版公司 1988 年版，第 66 页。
② 韩少功：《文学的"根"》，《作家》1985 年第 4 期。

于现代主义之列，而是对 1985、1986 年的"新潮文学"的"疏离"或"反拨"。但从"新写实主义"的"生活原色魅力"的美学追求中，我们看到了使命感、责任感的淡化；在"零度感情"的创作状态中，透露出了一种无可奈何的情绪；其注重生活流程的描述、创作主体的自我消解、生存形态的生命体验、冷漠深沉的反讽效果和创作整体的灰色基调；等等，从中我们不难体味到某种后现代主义的意味。

后　记

　　20 世纪 80 年代中期，"比较文学"学科在中国大陆复兴，各高校的汉语言文学专业普遍开设比较文学课程，当时师资缺乏，往往由从事外国文学教学与研究的教师承担比较文学的教学任务。当时流行一种说法：从事外国文学教学与研究，本身就是与异质文化的对话，就是"比较文学"，大概这也成为 20 世纪 90 年代学科调整时，将外国文学与比较文学合并成"比较文学与世界文学"（"中国语言文学"下的八个二级学科之一）的学理依据。正是在这样的氛围和形势中，从 20 世纪 80 年代至今，我先后在衡阳师范学院、湘潭大学、湖南大学、天津师范大学、天津外国语大学给汉语言文学专业或外语专业的本科生、研究生开设"比较文学概论""比较文学专题研究"之类的课程。本书就是在教学讲稿的基础上整理而成，故书名确定为《比较文学讲稿》。

　　既然是"讲稿"，本书就有讲稿的特点：

　　第一，曾经的教学对象大都是"比较文学"入门的初学者，自然是从最基础的知识讲起；但又必须注重学科知识构架的完整，以便学生"走进去"，为进一步探讨、深造打下基础。

　　第二，"讲稿"是课堂教学的脚本，有些内容点到为止，书中常用综括号方式显示内容框架，教学中为课堂讲授的发挥留有余地。本书也可以为读者阅读"主动投入"留下积极思维的空间。

第三，注重实践环节和学习对象能力的培养。在讨论原理时，从实际例子入手，从现象到理论归纳；分析理论时，结合研究实例展开；第二章"比较文学研究的应用"，从实践操作的层面解析比较文学研究；还专辟第六章，为学习者提供比较文学研究的案例。意在使读者在具体案例的感悟中，深化对基本原理的理解，在操作过程的揣摩中有效训练技能、技巧，将知识和理论内化为能力。

　　第四，教学中难免借鉴学界已有的相关成果。书中参考了一些前辈、同仁的著作或论文的观点，我都以注释注明了出处。借鉴中，经过了我的理解和整合。

　　"比较文学"是一门比较年轻的学科，许多理论问题有待探讨和完善。本书结合自己多年的教学体会，做了一些普及性的工作，也对一些相关问题做了自己的思考。若本书出版能对比较文学的初学者有所助益和启发，心愿足矣。

　　感谢天津师范大学文学院领导和教研室的同仁，以"世界文学与文化论坛"丛书汇集大家的教学科研成果，加强学术和教学经验交流，增进友谊和感情，将工作、事业、人生融为一体，这种体验与境界，不亦快哉！也感谢南开大学出版社为丛书出版提供的条件，特别要感谢责编李波，她为本书出版付出了辛勤的劳动和智慧！

黎跃进

2017 年 8 月 14 日于天津西郊